Foto: Holger André

Hera Lind ist Sängerin, Romanautorin und Fernsehmoderatorin. Ihr erster Roman ›Ein Mann für jede Tonart‹ (Fischer Taschenbuch Bd. 4750) erschien 1989 und wurde ein Bestseller. Der gleichnamige Kinofilm war ebenso erfolgreich. Die Fortsetzung des Romans, ›Frau zu sein bedarf es wenig‹ (1992; Bd. 11057), wird fürs ZDF verfilmt. 1994 folgte ihr dritter Roman, ›Das Superweib‹ (Bd. 12227), der inzwischen eine Auflage von mehr als zwei Millionen erreichte. Der Film, den Sönke Wortmann nach diesem Buch drehte, kam 1996 in die Kinos. Hera Linds vierter Roman, ›Die Zauberfrau‹ (Bd. 12938), erschien 1995 und wurde wiederum ein Bestseller. 1997 veröffentlichte sie ihr erstes Kinderbuch, ›Der Tag, an dem ich Papa war‹ (mit Illustrationen von Marie Marcks; Bd. 85020). Die Autorin lebt mit ihrem Lebensgefährten und ihren vier Kindern in Köln.

Der Bestseller ›Die perfekte Frau‹ hat aus Franka Zis eine öffentliche Figur gemacht. Die Medien reißen sich um sie. Einzig ihre alte Nachbarin Alma mater und ihre treue Seele Paula scheinen sie noch als Menschen wahrzunehmen. Sie flieht kurz entschlossen mit ihren drei Kindern in die Schweiz, wo sie endlich wieder Franziska sein will. Gerade als sie zu dem Entschluß gekommen ist, sich nicht mehr von Enno Winkel öffentlichkeitswirksam vermarkten zu lassen, bietet ein Fernsehprogrammdirektor mit zwei verschiedenfarbigen Augen ihr eine eigene Talkshow an. Beherzt greift Franziska mit beiden Händen zu. Im Laufe ihrer chaotischen Fernsehkarriere kommt es zu manch überraschender Begegnung.
Da lernt Franka Marie kennen, eine frisch geschiedene Modedesignerin, die ebenfalls drei Kinder hat und einen unerschütterlichen Optimismus. Sie werden beste Freundinnen auf den ersten Blick. Aufgrund der weisen Erkenntnis, daß Männer und Frauen sowieso nicht zusammenpassen, gründen die vier Frauen – Franziska, Alma mater, Paula und Marie – eine frech-fröhliche Wohngemeinschaft. In ihr »Weibernest« kommt kein Mann rein – auch kein Programmdirektor mit zwei verschiedenfarbigen Augen. Gut, daß Franziska den Exmann ihrer besten Freundin nicht kennt, oder?
Hera Linds fünfter Roman schildert liebevoll augenzwinkernd und erfrischend das bewegte Alltagsleben von vier Powerfrauen, die sich nicht trotz, sondern gerade wegen ihrer Kinder die beruflichen und sonstigen Höhepunkte des Lebens nicht entgehen lassen.

Hera Lind
Das Weibernest
Roman

Fischer Taschenbuch Verlag

Die Frau in der Gesellschaft
Herausgegeben von Ingeborg Mues

Originalausgabe
Veröffentlicht im Fischer Taschenbuch Verlag GmbH,
Frankfurt am Main, Dezember 1997

© Fischer Taschenbuch Verlag GmbH,
Frankfurt am Main 1997
Gesamtherstellung: Clausen & Bosse, Leck
Printed in Germany
ISBN 3-596-13770-5

Für Marion, Gitte und Frau Kolb
und für mein wundervolles ZDF-Team,
dem ich sehr viel zu verdanken habe

Nebenan zogen auch gerade welche ein. Ich hörte den Schlüssel im Schloß. Dann Gepolter, Koffer wurden abgestellt. Kinderstimmen und ein Mann. Der Hotelangestellte mit der Gepäckkarre bedankte sich auf italienisch. Die Tür wurde zugeknallt. Peng. Gedämpftes Stimmengewirr, trappelnde Schritte.

Na bitte, dachte ich. Kinder. Das paßt ja prima. Dann werden die sich bestimmt nicht beschweren, wenn es bei uns mal zu laut ist. Vielleicht bekommen meine drei Anschluß. Nichts würde ich mir mehr wünschen für meine armen verwahrlosten Halbwaisen, als daß jemand mit ihnen redete und spielte.

Ich sank auf das Bett. Puh! Acht Stunden Fahrt mit drei Kindern! Es war das erste Mal, daß ich auf eigene Faust etwas derart Tollkühnes unternommen hatte. Aber es mußte sein. Jetzt oder nie.

Gestern war der Riesenkrach gewesen. Enno wollte mich heiraten.

Und ich hatte einfach nein gesagt. In MEINEM Alter. Als Mutter dreier Kinder! Da hatte Enno seinen Koffer gepackt und war zu irgendeiner Mandantin gefahren. Und ich hatte meinen Koffer gepackt. Das heißt, ich hatte vier Koffer gepackt. Und drei Taschen. Und das Reisebett und den Kinderwagen und drei Packungen Pampers. Und jetzt waren wir hier. Ohne Enno. Und ich fühlte mich in Hochstimmung.

Drei Wochen Urlaub lagen vor uns. In dieser herrlichen, paradiesischen Gegend. Bei diesem strahlenden, heißen Sommerwetter.

Ich hatte es so gewollt. Ich wollte wissen, ob ich ohne Enno klarkommen würde. Und ich war mir ganz sicher, daß genau dies der Fall sein würde.

Jemanden, der einen seit sieben Jahren bevormundet, maßregelt und alles besser weiß, vermißt man vermutlich nicht, wenn man endlich mal wieder allein denken und handeln darf. Ich freute mich auf jede Minute. Entschlossen rappelte ich mich auf. Koffer auspacken, Ordnung machen, Kinder waschen, nettmachen, Heizdecke unter das Laken friemeln.

»Franz, kannst du bitte mal einen Moment von meinem Bett runtergehen?«

»Immer ich!« maulte das Kalb, das sich gerade mit seinem Gameboy zwischen den Gepäckteilen auf meiner Tagesdecke breitgemacht hatte. Kalb Nummer zwei lümmelte am Fußende und spielte mit der Fernbedienung der hoteleigenen TV-Anlage. Über den Bildschirm taumelten Zeichentrickfiguren, die sich auf ausländisch hauten.

»Die sprechen ja noch nicht mal deutsch!« beschwerte sich mein bezauberndes Kind. »Hier bleib ich nicht. Hier ist alles bescheuert!«

Kälbchen Nummer drei taperte sehr beschäftigt mit Pullovern und Hosen, die es aus den herumstehenden Koffern zog, in der Suite auf und ab. Natürlich brauchte das Kälbchen Auslauf, nachdem es acht Stunden in seinem Kindersitz geklemmt hatte. Hauptsache, es tut sich nicht weh und fällt nirgendwo rein und öffnet nicht die Minibar und schmeißt keine Gläser ins Klo.

»Wann gehen wir endlich essen!« rief frustriert mein Ältester aus. Seine letzte Gummibärchentüte lag leer und zerknüllt auf dem Bettvorleger.

»Wir gehen essen, wenn die Koffer ausgepackt sind und ich geduscht habe«, sagte ich freundlich, aber bestimmt. »Und jetzt geh von meinem Bett runter, und hilf mir mit der Heizdecke.«

Unwillig erhob sich mein Ältester.

»Wieso muß immer ich von deinem Bett runtergehen!«

»Weil du drauf sitzt mit deinen schmutzigen Hosen! Los, hoch den Po! Geh doch mal raus in den Garten und guck, wer da im Nebenzimmer eingezogen ist«, munterte ich meinen übellaunigen Sohn auf. »Sicher findest du gleichaltrige Spielgefährten!«

»Die sind bescheuert, und außerdem sprechen die kein Deutsch«, sagte Willi und knipste frustriert den Fernseher aus. »Ich will hier wieder weg!«

»Ihr werdet euch bald eingewöhnen«, versprach ich, indem ich das Laken wieder zurechtstopfte. »Wir haben drei Wochen Zeit.«

Das kleine Kälbchen zerrte inzwischen meinen Kulturbeutel aus dem Koffer. Fünfunddreißig Lockenwickler rollten über den Teppichboden.

Ach ja, dachte ich. Das wär doch angemessen. Für das Treffen heute abend werde ich mich etwas nettmachen. Der erste Eindruck zählt. Wie du kommst gegangen, so wirst du empfangen. Und nach der achtstündigen Autofahrt siehst du blaß und strähnig aus. Wer weiß, wie viele alleinreisende Geschäftsmänner heute abend glutäugig auf dich starren. Außerdem kommt ja dieser alte Programmdirektor extra aus Berlin angeflogen.

»Ihr geht jetzt mit Fanny auf den Flur und spielt etwas Ball«, regte ich an. »Ich sorge hier ganz schnell für Ordnung, und dann gehen wir essen.«

Mit liebevollem Klammergriff am Oberarm – Marke »Das ist mein letztes Wort« – führte ich meine goldige Bande hinaus. »Und wehe, ihr spielt hier richtig Fußball«, hörte ich mich noch rufen. »Hier hängen Bilder, und hier stehen wertvolle Gegenstände! Den Ball nur rollen!«

»Bin ich denn bescheuert!« maulte Franz beleidigt.

Baby Fanny taperte unternehmungslustig den langen, dunklen Flur hinunter. An ihrem Arm hatten sich einige Wäschestücke verheddert, die sie als letztes aus meinem Koffer gezogen hatte. Mein Spitzen-BH schleifte einsam an ihrem Fußgelenk.

Willi riß erfreut an den Dessous und schleuderte sie übermütig gegen seinen mißmutig gestimmten großen Bruder.

»Laß das, du Eierloch!«

Ich warf die Tür hinter ihnen zu.

Mein Gott, was sind Erwachsene und Kinder doch unterschiedlich in ihrem Gebaren, dachte ich, während ich mir die verstaubten Sachen vom Leibe streifte. Ob das vom lieben Gott wohl Absicht war? Männer und Frauen passen ja sowieso nicht zusammen, aber daß Kinder und Eltern auch nicht zusammenpassen – wer hätte das gedacht.

Mit wachsender Panik dachte ich an den Programmdirektor,

der unbedingt heute, an meinem ersten Urlaubstag, ein Gespräch mit mir führen wollte. Dafür reiste er von Berlin an. Natürlich dachte er, Enno, mein Bestimmer, Lebensglückverwalter und Karriereplaner, sei dabei. Da würde er aber Augen machen, der Programmdirektor, daß das minderbemittelte Weibchen ganz allein mit ihm zu reden imstande war!

Gestern, unmittelbar nach dem Streit mit Enno, hatte ich den hohen Herrn plötzlich am Handy gehabt. Erst dachte ich natürlich, es sei Enno, der sich wortreich entschuldigen wollte. Ziemlich rüde hatte ich »Ja!« ins Telefon geschrien. Was ist denn noch? Mama packt gerade Koffer und ist kein bißchen zu erweichen!

»Chefredaktion Unterhaltung. Herr Dr. Karl möchte Sie sprechen«, hatte eine kühle Frauenstimme gesagt. Ziemlich irritiert war ich auf den Badewannenrand gesunken. Und dann hatte es geknackt, und dann war sanfte Musik an mein Ohr getropft und ich hatte mich mit den Kinderzahnbürsten auf den geschlossenen Klodeckel gesetzt und hatte gewartet. Ich kannte keinen Dr. Karl. Aber seit ich »Die perfekte Frau« geschrieben hatte, riefen immer mal wieder irgendwelche fremden Dr. Karls und andere wichtige Persönlichkeiten des öffentlichen Lebens an und luden mich in eine Talkshow ein oder wollten, daß ich aus meinem Buch läse oder eine Signierstunde gäbe oder an einer Podiumsdiskussion teilnähme. Ich wartete. Nach ziemlich langer Zeit hatte die sanfte Musik aufgehört, und es hatte wieder geknackt:

»Hal-lo!« Melodische Männerstimme, gut gelaunt. Kleine Terz. (Kuck-kuck!)

»Ha-lo!« hatte ich zurückgesungen.

»Karl hier. Einen wunderschönen Tag, Frau Zis!«

Ja und? Sach schon, Karl-hier! Mama is eilich! Getz! Komm zu Potte! Gleich kommt die Bande aus der Schule, und dann ist nichts gepackt, und Essen muß ich auch noch machen, und ich will wech sein, bevor der Enno Lunte riecht und womöglich mit Blumen auf der Matte steht und mit uns fahren will!

»Was kann ich für Sie tun, Herr Karl?«

»Ich würde Sie gerne ken-nen-ler-nen!« (Melodischer Gesang, fast ein bißchen zu gut gelaunt.)

»Das wollen viele«, scherzte ich gönnerhaft. Nichts erheitert mich so wie ein netter Talk am Telefon mit einem netten Herrn.

»Ich wa-haiß!«

Na los, ein bißchen origineller solltest du schon sein. Ich wartete. Karl-hier wartete auch ein bißchen. Dann sagte er:

»Unsere Programmdirektion plant ab Oktober eine neue Talkshow. Arbeitstitel: ›Alltalk am Sonntag‹!«

»Origineller Titel«, lobte ich.

»Wir würden Sie gern dafür gewinnen.«

Mein Terminkalender lag natürlich nicht im Badezimmer rum wie bei Enno, der neben der Toilette eine seiner Computer-Andock-Haltestellen hatte, aber ich hatte keine Lust, mein gemütliches Plätzchen zu verlassen.

»Können wir gern machen«, sagte ich cool. »Meine Sekretärin hat heute frei…« (Meine Sekretärin hatte natürlich immer frei, sie war die freieste Sekretärin der Welt.) Ich tat so, als suchte ich umständlich in meinem riesigen Terminplaner herum… »Im Oktober hab ich sicherlich noch einen Termin frei. Wann soll ich denn kommen?«

»Sie scheinen mich mißzuverstehen.«

»Dann drücken Sie sich deutlicher aus.« Mensch, Karl-hier! Jetzt KOMM doch mal zu Potte!

»Wir würden Sie gern für die Moderation gewinnen.«

Moderation. Ich. Hausfrau, Mutter und Zufalls-Bestsellerautorin. Und seit einer Stunde wieder alleinerziehend.

Jetzt hatte Karl-hier aber eine Bombe platzen lassen! Ich hörte ihn am anderen Ende förmlich grinsen.

»Für die Moderation? Mich?«

»Trauen Sie sich das nicht zu?«

»Doch. Natürlich.« Ja, sollte ich jetzt vielleicht anfangen zu weinen und sagen, nein, ich trau mich nicht?

»Das habe ich mir gedacht, Frau Zis.«

»Wie kommen Sie denn bloß auf mich?«

»Ihr Buch ist über alle Maßen erfolgreich, und Sie scheinen mir nicht auf den Mund gefallen zu sein.«

»Nee. Da haben Sie recht.«

»Kurz und gut, Frau Zis, ich würde Sie gern kennenlernen.«

11

»Das ehrt mich. Ich fahre nur leider morgen früh in Urlaub.«

»Für wie lange?«

»Drei Wochen mindestens.«

»Hm. Wohin fahren Sie denn?«

»In die Schweiz. Warum?«

»Dann würde ich da auch hinkommen, wenn es Ihnen recht ist.«

»Ja aber...« Mir gingen tausend Dinge durch den Kopf. Wieso war ich dem so wichtig? Warum mußte das sofort sein? Ich? Eine eigene Talkshow! Was würde Enno dazu sagen? Der würde erst mal gründlich sein Veto einlegen. Das machte der immer, das war seine Lieblingsbeschäftigung. Veto-Einlegen hieß: MO-ment. Ohne mich läuft hier gar nichts. Wer sind Sie, was wollen Sie, wer ist Ihr Vorgesetzter, stehen Sie gerade, wenn ich mit Ihnen spreche, wissen Sie eigentlich, wen Sie vor sich haben? Enno Winkel. Anwalt und Lebensglückverwalter von Franka Zis. Außerdem Kindsvater ihres dritten Zufallstreffers. Tja. Da staunt ihr. Ohne mich läuft hier nichts.

Karl-hier war die erste Herausforderung in meinem neuen Leben.

Es war ganz ungewohnt, so einfach mit einem wichtigen Menschen telefonieren zu dürfen, ohne daß Enno mir dabei böse Zeichen machte. Enno liebte es, neben dem Telefon zu stehen und wild zu gestikulieren, wenn ich galant mit dem Hörer plauderte. Egal, wer dran war, ob es Tante Bertchen war oder der Intendant vom ZDF oder der Lehrer von Franz, Enno gestikulierte und schlug sich demonstrativ an die Stirn und kritzelte wild entschlossen Unleserliches auf Zettel und verdrehte die Augen und zeigte mir einen Vogel, wenn ich mal wieder Dinge gesagt hatte, die er für unpassend hielt.

Jetzt hätte er mit Sicherheit mit den Armen gewinkt und die Augen verdreht. Er hätte »Frag nach dem Honorar« auf Klopapier gekritzelt oder »Keine mündlichen Zusagen!« mit Lippenstift auf den Spiegel geschrieben oder »Sag ihm, wir rufen zurück!« in Gebärdensprache auf mich ein gestikuliert. Und das minderbemittelte Frauchen hätte wieder mal das Gefühl gehabt, daß es sogar zu doof zum Telefonieren sei.

»Also gut«, sagte ich. »Wir können morgen abend zusammen essen. Was halten Sie davon, wenn wir uns um zwanzig Uhr im Restaurant des Albergo Losone treffen?«

»Albergo wo?«

Ich nannte ihm die Adresse.

»Das läßt sich prima einrichten« sagte Karl-hier. »Ich lasse mir gleich einen Flug buchen.«

Tja, so war das ohne Enno. Ganz einfach und unkompliziert. Und nun stand ich in eben jenem Fünf-Sterne-Schuppen, die Jungs rannten über den Flur und fesselten Fanny mit meinem BH, in einer Stunde würde Karl-hier hier sein und mir eine Talkshow anbieten, und ich hatte mir die Haare noch nicht gemacht. Sicherlich war es ratsam, mich für ihn ein bißchen nettzumachen. Nicht daß er auf die Idee kam, sein freundliches Angebot zurückzuziehen. Männer können so launisch sein.

Ich krabbelte auf allen vieren über den kostbaren Hotelteppichboden und sammelte die fünfunddreißig Lockenwickler ein. So, jetzt nur noch eine Steckdose finden, und dann machen wir uns gleich zauberhaft schön für unser erstes Abendessen am Pool. Die verführerische Mama dreier reizender Kinder tafelt im Mondenschein, während die drei zauberhaften Sprößlinge ganz artig und wohlerzogen in der Spielecke Klötzchen stapeln. Und der Herr Programmdirektor wird hingerissen sein und »Gnädige Frau, Sie sind genau die Richtige für mein kühnes Vorhaben« sagen.

Die Steckdose befand sich im Bad gleich neben dem marmornen Waschtisch. Zynisch grinste sie mich mit ihren drei Löchern an. »Bäh, ich bin eine Schweizer Steckdose! Wir Schweizer Stäckchdosen passen nur für Schweizer Stäckcher, dumme Touristen-Mutti!«

Da stand ich nun, splitternackt und strubbelig, mit meinen Heißwicklern vor der Brust, und die Heißwickler mochten nicht heiß werden! Der Programmdirektor setzte vermutlich gerade in Mailand zur Landung an!

Ich wickelte mir ein Badetuch um den Busen und spähte in den Flur hinaus. Kinderlein! Mama braucht mal eben einen Adapter! Schön artig herkommen und Anweisungen entgegennehmen! Haben wir früher auch getan! Und keine Widerworte jetzt! Mama is eilich!

Weit und breit keine Kinder. Dabei hatte ich ihnen so eingetrichtert, daß sie in Rufweite bleiben sollten!

»FRANZ!! WILLI!« versuchte ich es dezent. Meine Stimme hallte von den Hotelwänden wider. Ein glasäugiger Elch glotzte auf mich herab. Nebenan öffnete sich eine Tür. Ein schwarzhaariger Knabe äugte.

»Hallo«, sagte ich matt.

Der schwarzhaarige Knabe äußerte sich freundlich, aber unverständlich.

»Hast du meine Kinder gesehen?« fragte ich verbindlich.

Ein zweiter Braunschopf lugte durch den Türspalt. Ich zupfte an meinem Busenhandtuch.

»Die Kinder, die hier eben Ball gespielt haben. Habt ihr sie gesehen?«

Die Antwort war herzlich, aber nicht verständlich.

Nun öffnete sich die Tür vollends.

Der dazugehörige Vater schaute mich fragend an. Sehr sehr braune Augen, sehr sehr dunkles Haar. Der Förster vom Silbersee.

»Ich suche meine Kinder«, quakte die Entenmama hilflos und zupfte an ihrem Busentuch.

Der Mann antwortete irgend etwas, aus dem ich raushören konnte »Nüüht g'säähe«.

»Nee, ist klar«, sagte ich schnell. »Vielen Dank auch.«

Aha. Gleich würde die Mutter noch lugen, und alle würden auf schwitzerdütsch beteuern, daß sie meine Kinder nicht gesehen hätten. Und ich kam mir dämlich vor. Und die Zeit verrann.

Vielleicht war die Feuerwehr schon da und zog sie aus dem Pool.

Wir fielen gleich am Anfang unangenehm auf.

»Kann ich Ihnen hälfen?« fragte der Mann. Er bemühte sich sehr, hochdeutsch zu sprechen.

»Ach ja«, sagte ich erfreut. »Ich bräuchte einen Adapter! Sie haben doch bestimmt immer so was dabei, wenn Sie in der Schweiz herumreisen.«

Der Schweizer lachte. »Einen Adaptrr brauchen wir nicht! Wir sind Schweizer und benutzen die Schweizer Stäckchdosen, odr!«

»Ach ja, richtig«, entfuhr es mir. Ich Dummchen aber auch. Doofes deutsches Dummchen.

Und der alte Programmdirektor stand jetzt schon erwartungsfroh am Kofferband und wollte ein adrettes Frauchen sehen.

Hastig warf ich die Tür zu.

Das war ja schon mal ausgesprochen peinlich. Natürlich bestellt Frau von Welt so was telefonisch bei der Rezeption. Die können einen Pagen schicken, und der bringt das dann diskret vorbei, auf einem silbernen Tablett. Gerade als ich zum Hörer greifen wollte, polterten die Kinder von draußen an die Tür. Ich öffnete erfreut.

Die Jungs hatten FaNNy den BH um den Bauch gebunden und waren sichtbar gut gelaunt.

»Mama, im Swimmingpool sind Frösche!«

»Ihr sollt doch nicht an den Pool gehen«, schimpfte ich. »Die Fanny kann nicht schwimmen!«

»Deswegen haben wir sie ja angebunden«, sagte Willi eifrig. »Die ziehen wir dann wieder raus! Mit dem Netz hier kann man auch Frösche fangen!«

Das »Netz hier« war mein Spitzen-BH. Nun war er naß und glitschig.

»Tut mir einen Gefallen und lauft zur Rezeption«, sagte ich. »Ich brauche einen Adapter.«

»Das kann ich nicht aussprechen«, sagte Franz ungalant.

»Adapter«, sagte ich. »Denk an Ada und an Peter.«

»Nö. Das kann ich mir nicht merken.«

»Bitte!! Ich brauch meine Heißwickler!«

»Was soll ich sagen?« fragte Franz gnädig.

»Adapter«, sagte ich.

»Ich kann kein Englisch«, sagte Franz unkooperativ. »Da blamier ich mich bloß.«

»Dann lauf du«, bat ich Willi.

»IMMER muß ich alles machen!« stöhnte Willi. Er schleuderte frustriert den nassen Spitzen-BH von sich. Natürlich traf er Franz ans Bein.

»Ey, du Arsch!« Franz setzte zum Gegenangriff an.

Ich zerrte das liebe Kind ins Zimmer.

»Du setzt dich hier hin und spielst mit der Fanny«, zischte ich böse. »Ich style mich jetzt. So. Und ich will kein Wort mehr hören!«

»Spiel doch selbst mit der Fanny!« maulte mein Großer sauer. »Ich hab sie doch nicht geboren!«

Fanny mochte auch gar nicht auf der Erde sitzen. Sie wollte entweder alle Lockenwickler wieder über den Teppich rollen oder mit ins Badezimmer kommen und sich auch stylen.

Wer lebt ohn alle Sorgen, sang ich vor mich hin, während Fanny von draußen schreiend gegen die Badezimmertür hämmerte. Alle denken immer, ich sei eine perfekte Frau. Nur weil mein Buch so heißt. Dabei bin ich nur eine ganz normale alleinerziehende Mutter.

Es war zwei Minuten vor acht, als ich mit drei gewaschenen, frisch angezogenen Kindern im Speisesaal erschien. Kurzer Blick über die anwesende Gästeschar: alles gediegene Familien aus besseren Kreisen. Weit und breit keine alleinreisenden Grafen oder Schweizer Geschäftsmänner. Ein halbes Dutzend Kellner schwebte um die tafelnden Herrschaften herum, schenkte Wein ein, trat devot einen halben Schritt nach hinten und ließ die männlichen Gäste mit wichtiger Miene schlürfen, ehe sie der Dame dann das Glas halbvoll schütteten. Mich beachtete zunächst keiner. Ich hatte ja auch kein männliches Wesen dabei. Das gildet nicht.

Ich lugte vorsichtig nach dem Programmdirektor. So um die Sechzig müßte der sein. Direktoren sind alte weißhaarige Männer mit Bauchansatz und Brille.

Keiner da, der in Frage kam. Vielleicht kam er gar nicht?! Vielleicht war das alles ein Gag von »Verstehen Sie Spaß«? Mal sehen, was die dumme Mama macht, wenn ihr jemand mit Karriere winkt? Ich kam mir ziemlich komisch vor.

Fanny wollte nicht mehr im Buggy sitzen. Ich löste ihren Anschnallgurt. Unternehmungslustig taperte sie zwischen die Kellnerschar.

»Wenn's hier keine Pommes gibt, dann geh ich wieder«, sagte Franz.

»Warum eßt ihr denn nicht mit den anderen Kindern?« regte ich an. »Schaut mal, da hinten haben sie extra eine Lokomotive aufgebaut, das ist der Kinder-Speisesaal!«

»Die sind alle bescheuert, und außerdem sprechen die kein Deutsch«, sagte Franz stur. »Außerdem bin ich doch nicht blöd und esse in einer Lok!«

»Genau!« rief Willi entrüstet aus. »Für wie doof halten die uns! Ich will am Tisch sitzen und mit Messer und Gabel essen wie andere Leute auch!«

»Klar«, sagte ich. »Verständlich. Nichts anderes versuche ich euch seit Jahren beizubringen.«

Endlich kam die Dame de la maison und wies uns einen Tisch an. Er war zum Glück auf der Terrasse. Es war eine zauberhafte Anlage: ringsum Palmen und reich blühendes Gesträuch, dazu zwei ovale Swimmingpools in Hellblö, von weißem Gebrück liebevoll überspannt. An einer Bar inmitten des Planschbeckens hantierte ein Keeper und mixte Drinks mit Zitronenscheibchen und Sonnenschirmchen am Glasrand. Ein einsamer Mann um die Vierzig hockte bei ihm und schaute ihm beim Mixen zu. Es war ein rothaariger Mensch im feingeschnittenen Maßanzug. Sicher der einzige Geschäftsreisende weit und breit. Der Rest waren gediegene Familien.

Um den Pool herum zog sich ein feuchtbiotopischer Graben, in dem Goldfische und anderes Ziergetier ihre Bahnen zogen. Ab und zu krabbelte eine Kröte aus dem Graben und sprang zwischen den Gartentischen herum. Es war Juni, und die laue Nacht regte zum Schwärmen und Balzen an. Die Kröten quakten selbstzufrieden, bevor sie sich wieder in ihr feuchtes, dunkles Biotop zurückzogen. Mit einem leisen Platsch verschwanden sie genauso selbstverständlich, wie sie aufgetaucht waren. Alles verzauberte Prinzen, ging es mir durch den Sinn. Her damit.

Der Kellner installierte einen Kindersitz am Tisch. Ich wuchtete die sich heftig wehrende Kleine hinein. Wir bestellten zweimal Kinderteller – Würstchen mit Pommes – und fürs Fannylein einen Kartoffelbrei. Wegen des noch relativ zahnlosen Zustandes.

»Die Dame möchte noch auf den Herrn warten?«

»Mitnichten«, sagte ich froh. »Die Dame möchte einen großen Salatteller ohne fettige Beilagen und einen trockenen Weißwein.«

»Der Herr wartet dort hinten an der Poolbar«, sagte der Kellner.

Ach so, natürlich. Der Programmdirektor. Ich hatte mir einen älteren Großvatertypen vorgestellt. Aber dieser sah ja richtig nett aus. Borstenhaarig, doch gepflegt und im weitesten Sinne gutaussehend.

»Sagen Sie dem Herrn bitte, daß ich ihn erwarte«, sagte ich freundlich.

»Wieso mußt du schon wieder ein Interview geben«, maulte Franz. »Ich denke, wir haben Urlaub!«

»Ich gebe kein Interview«, erklärte ich liebevoll. »Er ist ein Fernsehdirektor. Und er findet, daß ich eine eigene Talkshow kriegen sollte. Wie findet ihr das?«

»Uncool«, sagte Franz. »Blöd und überflüssig.«

»Talkshow ist total langweilig«, sagte Willi.

Fanny in ihrem Kinderstuhl haute mit dem Suppenlöffel gegen die Gläser.

»Tooksso«, sagte sie beiläufig.

»Mama! Fanny kann ›Talkshow‹ sagen!

»Fanny! Sag mal Talkshow!«

»Tooksso.«

»JAAA! Bravo!!«

»Psst, Kinder! Was soll denn der Programmdirektor von uns denken!«

»Er soll gar nix denken, sondern lieber mit uns Fußball spielen«, maulte Willi, während er sein drittes Bratwürstchen verschlang.

Der Herr von der Poolbar näherte sich. Er sah von nahem nicht mehr ganz so gut aus wie von weitem, aber er hatte interessante Augen. Ein blaues und ein braunes. So was hatte ich noch nie gesehen. Außerdem war er riesengroß. Bestimmt über zwei Meter vier oder so.

Ich stand auf und gab ihm die Hand.

»Hallo«, sagte ich. »Nett, daß Sie hergefunden haben.«

»Alexander Karl«, stellte er sich vor. »Nun störe ich auch noch Ihren ersten Urlaubstag.« Es schien ihm richtig leid zu tun. Dabei hatte er doch darauf bestanden!

Ich lächelte ihn gewinnend an. »Aber Sie stören doch gar nicht! Wir haben uns auf Sie gefreut! Nicht wahr, Kinder!«

Ich übte mich in meinem schlimmsten »Willst-du-wohl-Blick«, aber er funktionierte nicht.

»Wir haben uns kein bißchen auf Sie gefreut«, sagte Willi mit vollen Backen. »Und hier ist alles blöd, und keiner spricht Deutsch.«

»Halt die Schnauze, du Eierloch«, sagte Franz. »Fanny, sag mal Talkshow!«

»Tooksso!« sagte Fannylein und strahlte uns an. Ihre vier Schneidezähnchen blinkten froh.

Dr. Karl lächelte erfreut. »Da hätte ich ja meine Kinder auch mitbringen können!«

»Wieviel haben Sie denn?« fragte ich.

»Vier. Aus verschiedenen Ehen allerdings.«

Aha. Ein kinderlieber Programmdirektor. Und ein heirats-freudiger dazu.

»Wo haben Sie Ihren Mann gelassen?« fragte Dr. Karl, während er sich setzte.

»Zu Hause«, sagte ich schlicht.

Der kinderliebe Programmdirektor äugte erfreut auf meiner Wenigkeit herum. Dann äugte er auf den Kindern herum.

»Warum habt ihr den Vati denn zu Hause gelassen? Hatte der keine Lust?«

»Mein Mann war verhindert«, sagte ich freundlich, aber be-stimmt.

»Mama und Enno haben sich verkracht«, bemerkte Franz zwischen zwei Pommes-Stäbchen. »Weil die Mama ihn nicht heiraten will.« Er genoß sichtlich die Bombe, die er hatte plat-zen lassen.

»Quatsch, du Eierloch! Weil Mama heiraten Scheiße findet!«

»Aber der Enno will!«

»Aber die Mama nicht!«

Mir brach der Schweiß aus. Genau DAS wollte ich auf keinen Fall diesem verschiedenäugigen Herrn mitteilen. Der machte doch sofort einen Rückzieher, wenn er das erfuhr! Eine alleinerziehende dreifache Mutti engagiert man nun mal nicht für eine Talkshow. Man nimmt nur Vorzeigemuttis. Wenn man überhaupt eine Mutti nimmt. Wo es doch genügend Bärbels und Ilonas und Arabellas und Veras und Sonjas gibt, die überhaupt keine Muttis sind.

Ich sank auf meinen Stuhl, während ich Fanny alle Messer aus den Händen nahm. Daß man in Fünf-Sterne-Buden immer mindestens fünf Messer decken muß und sieben Gabeln und drei Löffel und drei Gläser und fünf Teller. Und das vor einem Babysitz. Als wenn das Baby sein Besteck nacheinander von außen nach innen in seinen Brei tauchen wollte.

»Wir haben im Moment eine Meinungsverschiedenheit«, murmelte ich errötend. »Es ist nicht weiter von Bedeutung.«

Die Herrschaften an den anderen Tischen tafelten dezent vor sich hin. Die Kinder der Herrschaften hockten artig in der Lok. Nur meine wieder nicht.

Fannychen haute mit den Löffeln gegen die Gläser.

Willi rülpste. Die vierte Bratwurst schien nicht gut gewesen zu sein.

Franz verlangte nach einem Malbuch.

Der Kellner schwenkte herbei und fragte den Programmdirektor, was wir zu trinken wünschten.

»Was halten Sie von einem Fendant?« fragte Herr Dr. Karl und sah mich mit seinem brauen und seinem blauen Auge prüfend an. Überhaupt war er ein aparter Mann. Seine rötlichen Pumuckl-Haare standen alle ganz unternehmungslustig vom Kopfe ab.

»Wunderbar«, murmelte ich.

Der Kellner entkorkte geschickt eine Flasche, drehte sie mit dem Etikett zu Herrn Dr. Karl-hier und schenkte ihm ein Probierschlückchen ein.

Dr. Karl nickte anerkennend. »Dabei können wir bleiben.«

Der Kellner reichte ihm die Speisekarte und Franz ein Malbuch und mir die Serviette, die Fanny auf die Erde gefegt hatte.

Fannychen baumelte mit den Beinen und rieb sich die Augen. Jeden Moment würde sie vom Stengel fallen. Nach acht Stunden Fahrt und der Luftveränderung war das ja auch nicht erstaunlich. Sicher würde sie gleich stillschweigend im Buggy einschlafen, die Kinder würden über kurz oder lang in die Lok gehen, und ich könnte mit Herrn Dr. Karl ein nettes Abendessen haben, und nachher würden wir uns einig sein: Ich und nur ich war die Richtige für die neue Talkshow. Es würde ein leichtes sein, ihn davon zu überzeugen.

Ich hob mein Glas und prostete Herrn Dr. Karl herzlich zu.

»Auf einen produktiven Abend.«

»Mama?« Willi tippte energisch gegen meinen Oberarm.

»Ja, mein Schatz«, sagte ich, während ich Fanny das Weinglas aus der Hand nahm.

Fanny hatte bereits davon getrunken und schüttelte sich angewidert.

Willi zerrte an meinem Arm: »Mir ist schlecht.«

»Dann geh ein bißchen auf dem Parkplatz auf und ab«, sagte ich freundlich.

»Davon wird mir noch schlechter.«

»Im Moment kann ich mit dir nicht aufs Zimmer gehen«, sagte ich.

»Mir ist TOTAL schlecht«, sagte Willi. In dem Moment fing er bereits an zu würgen.

Panisch preßte ich ihm eine gestärkte Leinenserviette vor den Mund. Die anderen Herrschaften tafelten gediegen vor sich hin.

»Jetzt kotzt er«, sagte Franz kalt. »Hat ja auch fünf Würstchen gegessen, der Blödmann.«

»Sie entschuldigen mich«, rief ich Dr. Karl zu, während ich mit dem sich erbrechenden Kind über die lauschige Terrasse in Richtung Parkplatz trabte. Die tafelnden Herrschaften streiften mich mit einem befremdeten Blick.

Wir erreichten den Mülleimer mit Mühe und Not. In meinen Armen das Kind... na ja. Tot war es nicht. Aber es spie beachtliche Fontänen in den Eimer. Zitternd streichelte ich ihm die schweißnasse Stirn.

»Prima machst du das«, redete ich beruhigend auf Willi ein. »Ganz prima!«

»Quatsch!« keuchte er. »Kotzen IST nicht prima!«

»Da hast du recht«, sagte ich milde. »Waren wohl ein paar Würstchen zuviel?«

»Du SOLLST nicht Würstchen sagen!« schrie Willi mich an, und in dem Moment packte es ihn wieder. Wir beugten uns über den Eimer. Die Grillen zirpten. Drinnen hörte man Stimmengewirr und dezente Musik. Außerdem hörte man Fanny schreien. Ich atmete tief durch. Bitte beeil dich, Kind, ging es mir durch den Kopf. Irgendwann müssen die fünf Würstchen doch wieder draußen sein! Der Programmdirektor will mir das Angebot meines Lebens machen, aber er überlegt sich das bestimmt, wenn er mitkriegt, was für Verhältnisse bei uns herrschen. Meine Güte, warum muß dir ausgerechnet jetzt schlecht werden! Und das Fannychen brüllt das ganze Restaurant zusammen. Soll der Herr Programmdirektor das breiverschmierte Kind durch den Garten tragen?! Das fängt ja gut an.

»So, jetzt ist dir besser, ja?« Ich zupfte Willi liebevoll am T-Shirt. »Jetzt können wir wieder reingehen.«

»Auf keinen Fall«, sagte Willi matt. »Mama, wenn ich jemals im Leben tot sein wollte, dann jetzt.« Er sank neben den Mülleimer auf den Asphalt und legte sich zum Sterben.

Das kleine kraftlose Kerlchen tat mir so schrecklich leid. Schon krampfte es ihn wieder zusammen. Ich wuchtete ihn über den Eimer.

Irgendwann mußte doch alles raus sein! Fanny drinnen brüllte zum Gotterbarm. Niemand kam, niemand half. Alexander Karl versuchte sicherlich mit all seiner vierfachen Vatererfahrung, das verstörte Kind zu beruhigen. Aber ein Zwei-Meter-vier-Pumuckl mit roten Haaren und zwei verschiedenfarbigen Augen war für meine Fanny wahrscheinlich schlimmer als der Teufel persönlich. Und wie ich Franz kannte, würde der wortkarg vor sich hin muffeln und kein bißchen bereit sein, dem gestreßten Mann Ratschläge zu geben.

Ein Ehepaar kam von seinem Abendspaziergang zurück.

»Guck mal, wer da bricht!« sagte der Herr freundlich zu seiner Gattin.

Hahaha, dachte ich. Bist du witzig, Mann.

»Können Sie mir bitte das schreiende Baby bringen«, rief ich hinter ihnen her. Doch die Herrschaften fühlten sich nicht angesprochen.

»Willi«, sagte ich zu meinem sterbenden Sohn. »Ich lauf nur eben und hol die Fanny. Ich komme sofort wieder!«

Hastig stürzte ich ins Restaurant zurück. Herr Dr. Karl bemühte sich vergeblich, das brüllende Kind zu beruhigen. Zwei Kellner und die Dame de la maison bemühten sich ebenfalls vergeblich. Man wedelte mit Püppchen und Hasenohren. Fanny brüllte. Franz malte seelenruhig jede Menge Panzer und Hubschrauber auf die Speisekarte. Fanny wurde von Verzweiflungsschluchzern nur so geschüttelt. Vor ihr stand ein kochendheißer Kartoffelbrei. Sie schien sich an ihm versucht zu haben, denn ihr Mäulchen war verklebt von der heißen Paste. Die Gäste tafelten unbeirrt vor sich hin, und die Kellner schwebten dezent mit ihren Tellern und Weinbottichen umeinand.

»Entschuldigen Sie, ich bin sofort wieder da«, schrie ich gegen den Lärm an und wuchtete mein armes Fannychen aus dem Kindersitz. »Sie müssen mich noch einen Moment entschuldigen! Gleich hab ich alles im Griff.«

Fanny schrie. Die Leute guckten.

Mit Fanny unter dem Arm lief ich zurück zu besagter Mülltonne. Willilein hatte sich erneut auf den Parkplatz gelegt. Alle Farbe war aus seinem runden Knabengesicht gewichen. Mich beschlich Panik. Was, wenn es der Blinddarm war? Was, wenn dieses Kind ernsthaft erkrankte?

Das Ehepaar kam zurück. Man wollte noch eine weitere Abendrunde drehen. Ich ergriff die Gelegenheit beim Schopfe.

»Würden Sie bitte mein Baby mitnehmen?« fragte ich. »Wenn Sie einfach nur ein bißchen den Buggy schieben... das Kind schläft dann auch sofort ein. Es schläft immer sofort ein, wenn man es im Buggy schiebt. Ganz einfach!«

Die Herrschaften erwiesen sich als hilfsbereit. Ich stürzte ins

Restaurant zurück, warf Franz einen warnenden Blick zu, holte den Buggy und setzte das sich heftig wehrende Kind mit aller Gewalt hinein. Bevor es sich herauswinden konnte, hatte ich es schon angeschnallt.

»Mama!« schrie Willi auf seinem Sterbeplatz. »Es kommt wieder!«

Das Ehepaar trabte mit der schreienden Fanny davon. Ihr Wehklagen verhallte in der lauen Nacht. Das arme, arme Würmchen, dachte ich. Aber ich muß mich jetzt um Willi kümmern! Und den Programmdirektor kann ich ja schlecht mit dem Buggy in die Wüste schicken. Verdammter Mist, warum muß mir das ausgerechnet jetzt passieren? Enno hätte mir wieder vorgehalten, wie völlig unprofessionell ich so ein Gespräch anginge, wie unmöglich und blauäugig und naiv es von mir sei, mit drei Kindern zu einer wichtigen Verhandlung zu erscheinen, und wie sinnvoll es doch sei, in solchen Situationen verheiratet zu sein. Aber er war ja zum Glück nicht da. Jetzt ist nur Willilein wichtig, dachte ich, während ich dem armen Knaben die Stirn hielt. Willi teilte mir mit, daß er jetzt zu sterben gedächte.

Ich fragte ihn, ob er lieber im Bett sterben würde als neben der Mülltonne auf dem Parkplatz.

Wir schoben uns, von prüfenden Blicken der speisenden Gäste begleitet, blassen Gesichtes und mit zitternden Knien durch das Restaurant. Ich machte Dr. Karl Zeichen, daß ich gleich wiederkäme.

Er war inzwischen beim Hauptgang angekommen und schien mich nicht weiter zu vermissen. Er plauderte sehr angeregt mit Franz und malte ebenfalls Panzer und Hubschrauber auf die Speisekarte.

Im Zimmer angekommen, zog ich meinen armen Sohn aus und führte ihn ins Badezimmer.

»Hier riecht es so schrecklich«, wand er sich. »Da wird mir sofort wieder schlecht!«

»Dann setz dich aufs Bett«, sagte ich.

Wir sanken beide auf den Bettrand. Willi zitterte vor Schüttelfrost. Ich legte ihm meine Decke um und streichelte ihm das verschwitzte Borstenhaar. Ein kurzer Blick auf die Armband-

uhr: zwanzig nach neun. Wer weiß, wie lange der Programmdirektor noch da hocken wollte.

Willi gähnte. Ich legte ihn sanft auf meine Heizdecke.

»Nein, Mama! Im Liegen wird mir wieder schlecht! Und
außerdem will ich nicht gebraten werden!«

»Aber ich muß mich jetzt unbedingt um den Herrn Dr. Karl
kümmern«, sagte ich. »Der geht sonst wieder!«

»Der soll auch wieder gehen, Mama! Du sollst bei mir bleiben!«

»Und ich muß nach Fanny gucken. Die ist bei wildfremden
Menschen auf dem Parkplatz! Paß auf, ich hol sie nur ganz
rasch!« Entschlossen stand ich auf.

»MAMA! DU SOLLST BEI MIR BLEIBEN!!!«

Ich biß mir auf die Lippen. Ganz klar. Das Kind hatte Vor-
rang. Ich würde alles abblasen. Keine Talkshow. Dr. Karl mußte
sich eine andere suchen.

»Paß auf, mein kleiner tapferer Schatz. Ich gehe jetzt schnell
zu Herrn Dr. Karl und sage ihm, daß ich heute keine Zeit mehr
für ihn habe, und dann suche ich schnell das Fannychen und
komme sofort wieder«, sagte ich. »Ist das O.K.?«

»Mama! Du kannst mich doch jetzt nicht allein lassen!« jammerte Willi auf meinen Kissen. »Bitte geh nicht weg! Ich muß
sonst sterben!«

»Nein, tu ich nicht«, sagte ich beruhigend. »Ist schon gut.«
Ich sank auf den Bettrand und hielt Willilein die Hand.

Nein, es ging nicht. Karrieremachen ist eben nicht angesagt.
Drei Kinder und kein Mann, das ist schon tollkühn genug. Aber
nicht auch noch zum Fernsehen wollen. Tja, Franziska geborene
Herr geschiedene Großkötter verweigerte Winkel. Das hättest
du dir eher überlegen sollen. Der Programmdirektor begreift
das spätestens in diesem Moment. Er wird zu Ende speisen und
abreisen. Ich habe es nicht anders verdient.

Ich griff zum Telefon auf meinem Nachttisch. »Hallo, Rezeption? Hier Franka Zis, Zimmer 663.«

»Brauchen Sie wiedr einen Adaptr?«

»Nein, keinen Adapter. An meinem Tisch im Restaurant sitzen ein Mann und ein achtjähriger Junge. Der Mann soll bitte

nach Hause fahren. Es wird nichts aus uns, so leid es mir tut. Der Junge soll bitte auf mein Zimmer kommen. Hallo?! Und noch was. Wenn ein Ehepaar mit einem Kind im Kinderwagen von draußen des Weges kommt, schicken Sie es bitte ebenfalls auf Zimmer 663! Ich kann hier im Moment nicht weg. Tja, das wär's schon.«

»Ich WIEderhole«, sagte das schweizerische Fräulein an der Rezeption. »Mann soll gehen, Kind soll kommen, Ehepaar mit Kind im Kinderwagen ebenfalls kommen.«

»Genau«, sagte ich. »Kommen, aber wieder gehen.«

»Da wär noch eine Frage«, sagte das Fräulein. »Um welches Ehepaar handelt es sich?«

»Keine Ahnung«, sagte ich. »Der Buggy ist grüngemustert, und das Baby schreit.«

Ich legte auf. Willi lag mit geschlossenen Augen auf meinem Bett.

Nichts rührte sich. Die Minuten wurden zu Stunden.

Mit größter Sorge dachte ich an Fanny. Wer weiß, was das für Leute waren, die nun mit ihr durch die Nacht schoben? Und Dr. Karl? Der mußte sich doch völlig verschaukelt vorkommen! Ob ich nicht doch mal ganz schnell ins Restaurant zurücklief? Vielleicht konnte ich mich mit ihm für morgen verabreden? Die Chance meines Lebens saß fünfzig Meter von mir entfernt und war bestimmt schon beim Nachtisch angelangt! Ich wurde immer unruhiger. Gerade als ich mich davonschleichen wollte, schlug Willi leichenblaß die Augen auf.

»Jetzt kommt's wieder.«

»Na, dann wollen wir mal!« Wir erreichten gerade noch das Bad.

Junge, dachte ich. Warum mußt du mir das ausgerechnet heute antun? Ausgerechnet heute! Was habe ich dir getan, daß du dich so grausam rächst?

Das Telefon schellte. Ich lehnte Willi an die Wand und ging dran.

»Hallo!«

»Ja, gruezi, Frau Zis, hier wär die REzeption, und ich hätt da noch ein PROblem…«

»Mama!!!«

»Ja, sagen Sie's, schnell!«

»Der Junge sagt, er mag nicht kommen, der Herr sagt, er mag nicht gehen, und ein Ehepaar mit Kinderwagen sehe ich weder kommen noch gehen.«

»Danke!« Ich stürzte ins Bad zurück. Mein Sohn war nur noch die Hälfte seiner selbst. Wie KONNTE ich mich mit Karrieregedanken tragen, während mein Sohn starb! Ich schämte mich bis in die Knochen.

Um zwanzig nach zehn lag Willi bewegungslos mit geschlossenen Augen in meinem Bett. Ich hatte die Heizdecke rausgezerrt, damit das Kind in seinem Schüttelfrost nicht gebraten wurde. Inzwischen war es dunkel im Zimmer. Kein Klopfen, kein Alexander Karl, kein Franz und erst recht kein Ehepaar mit Kinderwagen. Nebenan hörte ich die Stimmen der Schweizer Familie. Ihre Terrassentür war offen. Was sie redeten, konnte ich nicht verstehen.

Nun hatte ich endlich Zeit zum Nachdenken.

Heute morgen war die Welt noch in Ordnung gewesen. Ein unglaubliches Hochgefühl hatte sich eingestellt, als ich mit dem vollgepackten Kombi über die morgendlich sonnenbeschienene Autobahn gebraust war.

Ich schaffte es, ganz allein! Niemand würde mehr sein Veto einlegen, wenn ich Auto fuhr, und niemand bestand darauf, daß ich auf der Stelle wendete, nur weil ich mich ein bißchen verfahren hatte, niemand würde mich mehr anherrschen, daß jemand so Orientierungsloses wie ich nur mit einem Navigationssystem durchs Leben käme. Ich hatte es gefunden! Ganz allein gefunden. Das wäre doch gelacht, hatte ich mir immer wieder vorgesagt. Das wäre doch gelacht, wenn ich nicht in der Lage wäre, mit drei kleinen Kindern allein in die Schweiz zu fahren. Daß Enno sich aber auch immer für so unentbehrlich hielt. Und heiraten mußte man wegen solcherlei Kleinigkeiten schon lange nicht.

Ich lief nervös im Zimmer auf und ab. Ob ich jetzt mal kurz wagen konnte, mein Willilein seinem Schicksal zu überlassen?

Als ich ganz sicher war, daß Willi schlief, stahl ich mich davon. Ich rannte im Eilschritt über den langen dunklen Flur, bis ich im Speisesaal angekommen war.

Alexander Karl und Franz waren sich inzwischen ein wenig nähergekommen. Eine zweite Flasche Wein lehnte wohlig im Bottich. Franz trank ganz gegen unsere Abmachungen Cola. Wahrscheinlich hatte er Herrn Dr. Karl gesagt, das sei sein übliches Einschlafgetränk.

Dr. Karl schaute auf die Uhr und lächelte nett. »Na, hat er's endlich geschafft?« Es war kurz nach elf.

»Es tut mir unendlich leid, daß Sie warten mußten«, sagte ich erschöpft.

»Oh, wir zwei haben uns blendend unterhalten, nicht wahr?« sagte Dr. Karl.

Franz nickte, während er weiter Panzer malte.

»Und worüber, wenn ich fragen darf?« Ich warf Franz einen warnenden Blick zu.

»Oh, was Männer eben so reden«, sagte Dr. Karl. »Nichts Weltbewegendes.«

Dieser Mann hatte Stil und Klasse, das war klar.

»Über Enno und daß ihr dauernd Zoff habt und daß Enno dich immer heiraten will«, maulte Franz in sein Malbuch hinein.

Ich sandte ihm einen meiner Dolchblicke. Herrn Dr. Karl schenkte ich eines meiner bezauberndsten Lächeln. Er zog die Augenbraue über seinem blauen Auge hoch. Auf seiner Wange erschien ein winziges Grübchen.

»Is doch wahr«, verteidigte sich Franz. »Du willst im Fernsehen 'ne Talkshow machen, und Enno will das bestimmt nicht erlauben, und deshalb machst du's heimlich, aber Enno sieht es ja doch. Und dann schreit er wieder rum und will, daß du ihn heiratest. Alles überflüssig!«

Na, wunderbar, Kind, dachte ich. Das hast du mir ja schon im Keime versaut. Ende. Einpacken. Null Karriere. Frauen gehören an den Herd.

»Wir… haben im Moment eine leichte Krise«, stammelte ich.

»Das kommt in den besten Familien vor«, sagte Dr. Karl verbindlich lächelnd. »Mir ergeht es zur Zeit ebenso.«

Ich sah mich suchend im Speisesaal um.

»Wo ist Fanny?«

»Woher soll ich das wissen?« fragte Franz. »Hier ist sie jedenfalls nicht.«

»Aber sie ist schon seit Stunden weg!« rief ich ängstlich aus.

»Ich habe allerdings gedacht, Sie hätten das Baby längst mit aufs Zimmer genommen«, sagte Dr. Karl und zog nun auch noch die Augenbraue über dem braunen Auge hoch. Sein Grübchen verschwand.

Ich sprang auf wie von der Tarantel gestochen und rannte zur Rezeption. Die dralle Maid im Dirndl, mit der ich schon so oft telefoniert hatte, saß freundlich da und blickte mich erwartungsvoll an.

»Was kann ichch für Sie tun?«

»Wo ist das Ehepaar mit dem grüngemusterten Kinderwagen?«

»Nühht g'sähe…!«

»Kennen Sie das Ehepaar? Ich meine, wie heißt es?«

»Nühht känne!! Wälche Zimmrnummr?«

»Weiß ich doch nicht, welche Zimmernummer die haben! Ich kenne die doch gar nicht!«

»HOTTällbesitzr anrufe, frage und Bschaid gäbe…!«

»Ja, aber dringlich!! Die haben mein Kind!!«

»Ja, haben sie es ENTführt?«

»Nein! Ich habe es ihnen AUFS AUGE GEDRÜCKT!! Aber das war vor Stunden! Jetzt wäre es angebracht, sie schauten mal wieder vorbei!«

»POLLizei mällde?«

»Fragen Sie bei der Hotelleitung nach, wer dieses Ehepaar ist! Bitte! Ich warte im Restaurant!«

Hastig rannte ich zurück. Nicht daß der Karl-hier jetzt ging. Ich sank kraftlos auf den Stuhl, der seit Stunden meiner harrte.

»Sie müssen jetzt das Allerschlimmste über mich denken.«

»O nein«, sagte Dr. Karl. »Ich denke, daß der Titel Ihres Buches ›Die perfekte Frau‹ hervorragend zu Ihnen paßt.« Er grinste genüßlich. »Sie haben Ihre Beziehung und Ihre Kinder fest im Griff, und das bißchen Karriere machen Sie doch noch mit links. Sie stehen halt mitten im Leben, deswegen werden Sie auch glaubhaft die Talkshow moderieren. Über Probleme des Alltags. Genau davon scheinen Sie was zu verstehen.«

»Das heißt, Sie wollen mich immer noch?«

»Natürlich. Oder meinen Sie, so eine leichte Magenverstimmung würde einen Programmdirektor umstimmen?«

»Hä! Magenverstimmung! Er hat geKOTZT wie ein Reiher!« sagte Franz wichtig. Ich hätte ihm sein Malbuch aufs Gesicht drücken können.

»Wenn Sie ein bißchen zu Kräften gekommen sind, können wir vielleicht ein wenig über unser gemeinsames Vorhaben reden?« fragte Dr. Karl und schenkte mir ein Glas Wein ein.

»Ich kann nicht«, sagte ich. »Willi liegt allein im Zimmer, Fanny ist mit fremden Leuten unterwegs, und ich muß Sie bitten, mich für heute zu entschuldigen. Wir müssen uns bitte ein andermal treffen.«

Mein Herz blutete Rotz und Wasser. Wenn er jetzt nein sagte, war meine einzige Chance für immer vertan. »Hören sie, Gnädigste, für was halten Sie sich eigentlich? Tausende von Moderatoren lecken sich alle zehn Finger nach einer solchen Chance, und Sie lassen mich hier einfach sitzen, nur weil Ihr Kleiner ein paar Würstchen kötzelt?« würde er gleich schnauben, die Serviette auf den Tisch knallen und mit fliegenden Rockschößen das Weite suchen.

Aber Herr Dr. Karl war nicht beleidigt.

»Ich muß leider morgen früh mit der Zehn-Uhr-Maschine ab Mailand fliegen«, sagte er bedauernd. »Um vierzehn Uhr ist in Berlin die Programmkonferenz. Da müßte ich allerdings Definitives in Händen haben. Sie können sich denken, daß nicht Ihr Name allein zur Disposition steht.«

Nein, klar. Was bilde ich dumme Pute mir ein. Ich senkte beschämt den Blick.

Der Kellner schwebte herbei und fragte, ob ich noch eine Vorspeise auszuwählen gedächte. Ich verneinte appetitlos. Ob er denn noch eine Flasche von dem Wein bringen dürfe. Herr Dr. Karl sah mich fragend an.

Ich dachte an Willi. Nein. Nicht für Millionen Einschaltquoten wollte ich das Kind seinem Schicksal überlassen. Vielleicht mußte es sich längst wieder übergeben, und ich saß hier und trank mit einem Programmdirektor Wein. Andererseits: Wenn ich jetzt ging, dann würde der Programmchef die Geduld verlieren. Der harrte seit drei Stunden meiner. Vielleicht schlief Willi tief und fest, und ich war einfach nur hysterisch?

»Franz«, sagte ich. »Lauf bitte ins Zimmer und sieh nach, ob Willi schläft.«

»Nein, Mama. Ich finde das Zimmer sowieso nicht.« Franz malte desinteressiert auf der Speisekarte herum.

»Bitte, Franz«, sagte ich. »Wenn er nicht schläft, komme ich sofort angerannt.«

»Mama, wer hat ihn geboren, du oder ich?«

Jetzt geht's aber los, dachte ich. Bei Kain und Abel hat auch alles so angefangen. Bin ich der Hüter meines Bruders, und warum ißt der Abel auch so viel Würstchen. Und der Herr ließ seinen Zorn niederfahren und schickte einen Programmdirektor.

»Schlagende Argumente«, sagte Dr. Karl. »Ich bin auch nicht dafür, daß Sie Willi allein lassen. Darf ich Ihnen einen Vorschlag machen?«

»Nein«, sagte ich matt. Morgen würde ich meinen Erstgeborenen verdreschen. Wenn ich erst wieder zu Kräften gekommen war.

»Wir nehmen jetzt die Flasche Wein mit und setzen uns in Ihr Zimmer.«

»Da riecht es nach Erbrochenem«, brachte ich tonlos hervor.

»Dann eben auf Ihren Balkon. Da stellen wir uns Stühle hin, und dann unterhalten wir uns in aller Ruhe.«

»Aber nur wenn ich da auch sitzen darf«, beharrte Franz.

»Wir haben eine Terrasse«, sagte ich starren Blickes. Im gleichen Moment wußte ich, daß ich diesen Programmdirektor nicht so schnell wieder aus meinem Herzen entkommen lassen würde.

Wir trabten den langen, dunklen Flur hinunter. Franz latschte lahm an meiner Hand. Er hatte leider das Temperament von seinem Vater geerbt. Wilhelm Großkötter aus Münster Bracklohe. Mein erster Gatte. Er fiel vom Blatte, die matte Ratte. Enno hatte uns geschieden. Aber das war ja noch kein Grund, mich statt seiner gleich heiraten zu wollen. Daß Männer so was nicht auseinanderhalten können. Kleine Gefälligkeiten und dann gleich die ganze Hand.

Die Schlafzimmer lagen alle weitab vom Speisesaal, was ja auch sinnvoll war, wenn man bedachte, daß Schläfer gern ihre Ruhe haben und Esser gern lärmen. Nur, daß Kinder dort nicht zu hören sind, wenn sie sich übergeben müssen, hatte der Architekt nicht bedacht.

»Wir fahren immer in den Schweizer Hof«, sagte Dr. Karl, während ich pausenlos an Willi dachte, an Fannychen, an meine Karriere und daran, daß das alles nicht zusammenpaßte. »Das ist im Engadin. Wunderbare Gegend. Ganz ideal für Kinder. Haben Sie schon mal was vom Gulliver-Club gehört?«

»Ach ja«, sagte ich abwesend.

»Das wäre auch was für Sie«, fand Dr. Karl.

»Bestimmt.«

»In so einem Familien-Club«, sagte Dr. Karl, »hätten Sie jetzt im Ernstfall jemanden, der sich um die Kinder kümmert. Da ist alles perfekt organisiert. Wir sind da jahrelang hingefahren, meine dritte Frau und ich…«

»Interessant.«

Ich schloß die Tür auf. Willi schnorchelte leise vor sich hin. Mir fiel ein Stein vom Herzen. Also. Jetzt zwei Stühle raus auf die Terrasse und dann die Verträge rausgeholt und im Schein der Taschenlampe über meine Fernsehkarriere verhandelt. Aber nur zehn Minuten. Dann würde ich zur Polizei gehen und Fanny als vermißt melden.

»So, Franz. Zieh dich bitte aus und geh leise schlafen.«

»Nee. Wenn du nicht ins Bett kommst, geh ich auch nicht.«

»Franz!« zischte ich. »Ich muß gleich zur Polizei! Du gehst jetzt ins Bett!«

»Ich will aber mit zur Polizei«, sagte Franz kalt.

Ich hatte selten zuvor eine solche Lust verspürt, mein unwilliges Kind windelweich zu hauen. Aber das ging natürlich nicht, vor dem Programmdirektor, nachts um elf, im Hotelzimmer. Ich konnte seine Geduld nun wirklich nicht überstrapazieren.

Herr Dr. Karl räusperte sich auf der Terrasse. Ich hörte ihn draußen Stühle rücken. Was für ein feiner Mann. Rothaarig und riesig und mit zwei verschiedenfarbigen Augen und mit einem Grübchen auf der einen Wange, aber nur, wenn er lachte. Ganz klasse, dieses Exemplar. Schon allein seinetwegen wollte ich die Talkshow unbedingt machen. Ich gab uns genau zehn Minuten.

Ich packte Franz hart, aber herzlich am Arm. »Du GEHST jetzt ins Bett, und zwar SOFORT«, zischte ich. »Ich sitze auf der Terrasse und habe was mit Dr. Karl zu besprechen. Und wenn ich noch EINE Silbe von dir höre, fährst du im ganzen Urlaub nicht Boot!«

»Das ist Erpressung!« maulte Franz beleidigt. »Ich will nach Hause! Hier ist alles bescheuert!«

Es klopfte. Fanny! Endlich! Alles würde gut! Ich stürzte zur Tür.

Es war der Kellner, der die Flasche Wein herankarrte. Wie aufmerksam. Schade, daß er meine Tochter nicht mitgebracht hatte.

Er hatte aber eine Nachricht von der Hotelleitung. »Das besagte Ähepaar, das sind Stammgäschte, und die gehen immer sehr ausführlich spazieren! Die kommen immer erst um Mitternacht ins HOTäll zurück, aber es sind sehr gediegene HÄRRschaften! POLLizei rufen ischt nüht zweckmäßig.«

Fürs erste war ich ein bißchen beruhigt. Ich ließ den Kellner mitsamt seinem Bottich gleich auf der Terrasse vorfahren. Herr Dr. Karl hatte sein Jackett ausgezogen und über die Gartenstuhllehne gehängt. Gelassen stopfte er sich seine Pfeife und blickte dabei auf die Pferdekoppel hinüber. Einzelne Sterne blinkten vom Himmel.

»Ich komme gleich!« winkte ich froh und verschwand mit Franz im Badezimmer.

»Lassen Sie sich Zeit«, sagte Herr Dr. Karl lässig. »Ich habe heute nichts Erwähnenswertes mehr vor!« Ein vanillesüßer Pfeifenduft zog durch das Zimmer.

Alexander Karl schenkte mir ein Glas Wein ein.

Wir hielten einen Moment inne und sahen uns an. Das Mondlicht tauchte die Terrasse und die duftende Wiese in mildes Licht. Hinten auf der Koppel schnauften einige Jungpferde. Die Frösche im nahegelegenen Tümpel quakten leise. Die Grillen zirpten. Eigentlich war alles paradiesisch schön. Es roch nach Vanillerauch und Sommernacht. Und Dr. Karl hatte rote Haare. Ob er die überall hatte? Auch an den Waden, beispielsweise?

»Ich wäre Ihnen dankbar, wenn wir uns kurzfassen könnten…« Ich hob mein Glas.

»Sie sollten vielleicht doch erst Ihre Tochter suchen. Ich bleibe solange hier sitzen.«

»Fünf Minuten.« Wir tranken. Der Wein war herrlich frisch und kalt und herb, genau wie ich ihn mag.

»Mama, ich kann nicht schlafen, wenn ihr so laut redet!«

Franz kam im Schlafanzug angetapst und ließ sich umständlich auf meinem Schoß nieder. Ich konnte ihm ja wieder mal überhaupt nicht böse sein. Das arme Kind. Ich kraulte ihm das zerzauste Nackenhaar.

»Wir könnten nun vielleicht zum Geschäftlichen kommen«, lächelte Herr Dr. Karl. »Natürlich nur, wenn Sie jetzt bereit dazu sind.«

»O ja, natürlich.«

»Die Talkshow, die wir planen, soll sich von den anderen wohltuend unterscheiden. Wir wollen seriösen Journalismus, jedoch leicht und natürlich rübergebracht. Deshalb dachten wir an Sie.«

»Ah ja. Natürlich.« Ich schielte unauffällig auf die Uhr. Fanny! Wo bist du?! Was tun sie dir an, die Schweizer?

»Deshalb«, riß mich Dr. Karl aus meinen Gedanken, »wollen wir keine voyeuristischen Themen. Kein Schamhaarfriseur, kein Katzenschänder, kein Pinkelröhrchentester, kein Kindsmörder, kein siamesischer Zwilling und so weiter. Überhaupt keine kamerageilen Selbstdarsteller.«

»Nein, natürlich nicht.«

»Es wird nicht so einfach sein«, warnte mich Dr. Karl. »Alltagsthemen mit alltäglichen Menschen. Trauen Sie sich das zu?«

»Ja«, sagte ich. Ich hörte gar nicht zu. Es war einfach nicht der richtige Moment, um über neue Fernsehkonzepte zu plaudern! Ich wollte mein Fannychen wiederhaben! JETZT!!

Herr Dr. Karl sog an seiner Pfeife und sandte mir einen mitleidigen Blick.

Mein Magen knurrte. Mir war todschlecht vor Hunger.

»Ich denke, ich laufe doch noch mal schnell zur Rezeption«, stammelte ich. »Vielleicht mögen Sie noch ein bißchen hier sitzen?« Ich hätte weinen können.

»Mama«, sagte Franz. »Du findest die doch sowieso nicht! Du kennst dich doch hier gar nicht aus!«

»Ich kenne mich hier leider auch nicht aus«, sagte Dr. Karl.

»Schönes Thema für eine Talkshow«, versuchte ich zu scherzen. »Verwaiste Mütter. Ich verlor mein Kind versehentlich auf einem Parkplatz.«

Herr Dr. Karl räusperte sich. »Wir müssen eine Lösung finden. Es hat keinen Zweck, jetzt über das Sendekonzept zu sprechen. Sie können hier nicht weg. Also werde ich gehen.« Er erhob sich und stieß fast mit dem Kopf an die Terrassenlampe.

Es klopfte. Fanny! Endlich! Mein Kind! Ich stürzte zur Zimmertür.

Es war wieder nicht Fanny. Es war der Schweizer Vati von nebenan. Er hatte ein Medizinfläschchen dabei und hielt es mir unter die Nase.

»Ich hörte, Ihr Bube ist übäll? Hier habe ich ein ANTIibräch!«

»Danke, wir haben schon fertig erbrochen.«

»Außerdem habe ich einen ADAptr aufgetrieben, odr«, sagte der Nachbar.

»Auch den brauche ich momentan nicht mehr«, antwortete ich erschöpft.

»Kann ich Ihnen sonst irgendwie behilflich sein?«

»Ich vermisse seit Stunden meine kleine Tochter.« Erst jetzt merkte ich, daß mir die Tränen ganz oben saßen.

»Wir können sie suchen« sagte der Braunäugige. »Ich habe ein Auto, odr?!«

Weiß ich doch nicht, ob du ein Auto hast. DU mußt das doch wissen.

»Kommen Sie! Wir fahren ein wenig umeinand!«

Au ja. Jetzt ein wenig umeinandfahren. Und wenn ich wiederkomme, ist der Programmdirektor weg.

»Mama! Du sollst hierbleiben! Nachher kotzt der Willi wieder!«

»ICH bleibe bei Ihren Kindern! Fahren Sie Ihre Tochter suchen! Franz und ich, wir werden schon Erste Hilfe leisten, wenn es nötig wird!«

»Sie würden wirklich bleiben?«

»Natürlich. Meinen Sie, ich lasse Sie jetzt im Stich?«

»Wie kann ich Ihnen dafür danken?«

»Indem Sie ein paar gute Talkshows moderieren!«

Ach, Karl-hier! Was bist du für ein wunderbarer Mann! Der beste Programmdirektor, den ich kriegen kann. Ich werde mir alle Mühe geben. Wenn du mich noch willst.

Der freundliche Nachbar an der Tür klimperte mit seinem Autoschlüssel. Er hatte also doch ein Auto. Ich warf Franz noch einen mahnenden Blick zu. Dann wankte ich erleichtert hinter dem Schweizer Vati her.

»Es ist heute alles etwas turbulent«, versuchte ich eine Unterhaltung, als ich neben dem netten Menschen auf den Beifahrersitz sank.

Er hatte einen schwarzen Mercedes und machte einen gediegenen Eindruck. Die Uhr in seinem Fahrzeug stand auf halb zwölf.

»Ich habe Sie den ganzen Abend beobachtet, odr«, sagte der Schweizer.

»Wenn Sie das sagen, wird es schon stimmen.« Ich wollte ein bißchen kichern. Die spinnen, die Schweizer. Die sind alle bescheuert und sprechen kein Deutsch.

»Der Härr auf Ihrem Zimmr ist nicht Ihr Mann?«

»Nein. Ich habe ihn heute erst kennengelernt. Er ist ein Programmdirektor und will mir eine eigene Talkshow anbieten. Aber er kommt einfach nicht dazu. Wohin fahren wir?«

»Zur PROMmenade. Zum Lago. Da hat's viele Straßencafés, odr?!«

»Ja, ICH weiß das nicht. Ich denke, Sie kennen sich hier aus!«

»Sichr! Ich känne die Gegend hier wie meine Westentasche, odr!«

Dieser Schweizer stellte immer seine eigene Aussage in Frage. Das schien so eine Angewohnheit von ihm zu sein. Ich ließ ihn gewähren.

»Wo haben Sie denn Ihre Kinder gelassen?!«

»Im Bett, odr?!«

»Ich meine, wer ist bei ihnen? Ihre Frau?!«

»Wir sind ganz allein unterwägs, odr!«

Aha. Keine Frau. Sehr praktisch.

»Ich habe mich noch gar nicht vorgeställt, odr«, sagte der Schweizer Vati. »Brüderli, Walltrr.« Er streckte mir kurz seine braungebrannte Hand rüber.

»Franziska Herr«, sagte ich höflich.

Wir bretterten durch die Nacht. Der Lago Maggiore lag still und dunkel vor uns. Wir erreichten Ascona. Dieser Walter Brüderli kannte wirklich jede Gasse. Nach wenigen Augenblicken waren wir auf der Promenade. Leise schaukelten einige Abenddampfer über den See. Es klang gedämpfte Musik herüber. Am Seeufer säumten Cafés den Weg. Überall war Stimmengewirr, Gelächter. Kellner servierten Eis und Longdrinks. Kinder sprangen spielend umher. Sommernacht, du wunderkühle. Wie paradiesisch es hier war. Wenn ich alle meine drei Kinder wiederhabe, dachte ich, und keinem ist mehr schlecht, dann lade ich den freundlichen Brüderli mit seinen Knaben hier auf ein Eis ein. Morgen vielleicht. Oder übermorgen. Dann kann ich über all das hier lachen. Und dann schreiben wir Enno ein Ansichtskarte, wie prima es uns geht.

Wir äugten angestrengt aus dem Autofenster.

Überall standen Kinderwagen herum.

Nur kein grüngemusterter.

»Wie sahen die Leute aus?« wollte Brüderli wissen.

»Keine Ahnung. Gediegenes Ehepaar. So um die Fünfzig.«

Brüderli Walltrr sparte sich jedweden Kommentar. Enno hätte getobt und sich die Haare gerauft und die Polizei zu sprechen verlangt und einen Riesenaufstand gemacht. Dieser hier fuhr schweigend an den Straßencafés vorbei.

Und dann sah ich sie! Meine kleine Tochter! In ihrem grüngemusterten Buggy! Sie stand neben einem vollbesetzten Tisch! Sie schlief.

»Halt! Das ist sie!«

Wir stiegen aus. Sofort kamen zwei Polizeibeamte und wollten Brüderlis Papiere sehen. Das nächtliche Hineinfahren in die Fußgängerzone ist nämlich nicht gestattet, odr.

Brüderli zückte seine Papiere und erklärte den Beamten in völlig unverständlicher Mundart, warum er hier verkehrswidrig herumfuhr und wer die hysterische Mutti sei, die sich nun aufschluchzend über den Kinderwagen warf. Die POLLizei tippte grüßend an die Mütze und fuhr davon.

Die Herrschaften hatten Freunde getroffen. Und sich mit ihnen auf ein GLASSee niedergelassen. Und daß es schon so spät war, das hatten sie gar nicht gemerkt, odr!! Das kleine Maidli schlief ja so schön! Und der Mann wollte auch im HOTTÄll anrufen, daß alles in Ordnung sei, odr!! Seit zwei Stunden wollte er schon im HOTTÄll anrufen. Aber er war noch nicht dazu gekommen. Odr. Weil man sich so blendend unterhielt. Und so a goldigs Maidli hatten sie schon lange nicht mehr erlebt. Das. schlief ja immer und weinte nicht!

Ich konnte den Herrschaften noch nicht mal böse sein. Schließlich hatte ich sie quasi gezwungen, das schreiende Kind mitzunehmen. Ich hatte sie noch nicht mal gefragt, ob sie was vorhätten.

Meine Knie zitterten so stark, daß ich fast nicht in der Lage war, noch aufrecht zu stehen. Ich hatte mein Kind wieder! Ich hatte mein kleines Mädchen wieder! Unter Tränen versuchte ich ein Lächeln.

Brüderli verhandelte und lachte auf schwyzerdütsch mit den Leuten, und ich verstand kein Wort, und dann nahm Brüderli mein schlafendes Kind mitsamt der Wolldecke und legte es mir in den Arm, klappte fachmännisch den Buggy zusammen und warf ihn in seinen Kofferraum.

Und dann fuhren wir zurück ins Albergo Losone.

Herr Brüderli zeigte mir einen Hintereingang über die Pferdekoppel. Ich bedankte mich tausendmal. Vom Dorfkirchturm her schlug es Mitternacht.

Herr Brüderli versicherte freundlich grinsend, daß ihm der kleine Ausflug Spaß gemacht habe. Er lugte unauffällig in Richtung Terrasse. Franz lehnte schlafend an Herrn Dr. Karls Schulter. Herr Dr. Karl klopfte seine Pfeife aus und zählte die Sterne. Kein Frosch quakte mehr. Die Pferde schliefen im Stehen. Na prima. Dann konnte die Besprechung ja bald losgehen.

»Alles wunderbar«, raunte ich meinem Nachbarn zu. Er verabschiedete sich. Ich drückte ihm dankbar die Hand. Er verschwand auf der Nachbarterrasse, schob sich in sein Zimmer und machte leise die Tür hinter sich zu.

Ich schlich zu Dr. Karl hinüber.

»Alles in Ordnung. Sind Sie noch wach?«

»O ja. Hier war alles ruhig. Ich nutze die Zeit zum Nachdenken.«

»Komme gleich!« flüsterte ich.

Dann nahm ich behutsam das schlafende Fannychen, machte ihm schnell eine neue Windel und legte es auf mein Kopfkissen. Endlich hatte ich mein Goldkind wieder. Welch ein Abend! Herr Dr. Karl kam mit dem schlafenden Franz über der Schulter ins Zimmer.

»Wohin mit dem?«

»Neben den andern«, sagte ich, »ins große Bett.«

»Und wo schlafen Sie?«

»Ich drängel mich dazwischen«, lächelte ich tapfer.

Herr Dr. Karl legte seine Pfeife auf meinen Nachttisch und griff beherzt meinem schlappen Sohn unter die Arme. Gemeinsam legten wir ihn ins Bett. Da lagen alle drei Schnorchelkinder nebeneinander, mit rosa Bäckchen und endlich ohne eigene Meinung. Welch ein wunderbarer Anblick. Mir war so wohlig und leicht ums Herz!

»Jetzt haben Sie keinen Platz mehr«, stellte Herr Dr. Karl sachlich fest.

»Das macht nichts«, flüsterte ich. »Ich kann heute nacht sowieso nicht schlafen!«

»Dann wünsche ich Ihnen eine wunderbare schlaflose Nacht«, sagte Dr. Karl.

»Wie, Sie wollen schon gehen?«

»Ja. Ich lasse Sie jetzt in Ruhe.«

»Aber wir könnten noch ein bißchen über die Talkshow reden!«

»Das verschieben wir. Ich melde mich.«

»Es ist mir unendlich peinlich, daß Sie die weite Reise gemacht haben...«

»Hat sich doch gelohnt!«

Wir drückten uns sehr fest die Hand. Er sah mich aus seinem braunen und seinem blauen Auge verheißungsvoll an.

»Auf gute Zusammenarbeit!« Er beugte sich zu mir herunter und hauchte mir ein winzigkleines Küßchen auf die Wange. Er roch ganz wunderbar nach schwachem Vanilleduft und einem sehr feinen Herrenparfum und nach Sommernacht zwischen Pferden und Fröschen.

Mir war so weich in den Knien wie schon lange nicht mehr. Jetzt war er weg. Ich konnte es nicht fassen. Sollte ich hinter ihm herrennen und schreien, so bleiben Sie doch noch ein bißchen? Nein.

Ich ging auf die Terrasse zurück und schenkte mir ein Glas Wein ein.

Die Sterne leuchteten, die schmale Mondsichel schob sich hinter den Palmen hervor. Die Grillen zirpten. Sonst war alles still.

»Was für eine Nacht«, murmelte ich vor mich hin.

Erst als ich mich neben Franz in mein Bettviertel gequetscht hatte und die Nachttischlampe löschen wollte, fiel mir auf, daß die Vanillepfeife des Programmdirektors immer noch auf meinem Nachttisch lag.

Am nächsten Morgen erwachte ich erst um zehn.

Alle meine drei Kinder schliefen noch. Welch ungewohntes Geschenk! Ich entwirrte meine verrenkten Glieder. Als erstes fiel mein Blick auf die Vanillepfeife. Die wollte ich ihm nie und nimmer wiedergeben. Die sollte mein Maskottchen sein. Sie würde mir Glück bringen bei all den waghalsigen Unternehmungen.

Ich löste mich aus der Umklammerung meiner goldigen Kinder und ging ins Bad. Oje. Die Diva sah leider völlig zerknittert aus. Kein bißchen bezaubernd. Und schon gar nicht wie eine Fernsehmoderatorin. Ja, war das denn nun gestern ein verbindlicher Vertrag gewesen? Dieser Handschlag? Oder ein Abschied für immer? Ich duschte eiskalt.

Mach dir doch nichts vor, Franziska. Der ist abgehauen auf Nimmerwiedersehen. Der wird doch kein Eigentor schießen und dich wirklich nehmen. Der sitzt jetzt völlig erleichtert im Flieger. Erleichtert, daß er dich endlich los ist. Odr?! Oder würde er sich wirklich melden? Hatte er nicht gesagt »Auf gute Zusammenarbeit«? Na ja. Ein Mann ein WORT. Mehr nicht!

Als wir gegen halb elf zum Frühstück erschienen, lächelte uns das riesige, großzügige Büfett einladend an. Da gab es sechs verschiedene Krüge mit frischen Fruchtsäften, mehrere Schüsseln mit Obstsalat, Ananas-, Kiwi- und Melonen-Arrangements. Da reihten sich frische Quarkspeisen an Vollwertmüsli-Breichen, Fruchtjoghurt, Joghurt pur und Frischkäse. Und alles, was gesund war, stand appetitlich beieinander. Auf der anderen Seite war die riesige Käseplatte, gab es Wurst, Schinken, Rührei, sogar Heringe und Gurken für die ganz hartgesottenen Mägen. Am Ende des Büfetts stand der hölzerne Brotwagen mit mindestens zehn verschiedenen Sorten frischen Landbrotes. Phantastisch. Ich liebte die Schweiz. Und das Albergo Losone erst recht.

Die Gäste saßen verteilt auf der sonnigen, warmen Terrasse, andere im schattigen Speisesaal. Alles war großzügig angelegt, ruhig und von einer wunderbaren Ferienstimmung. Kein Kellner eilte oder hetzte, niemand montierte das Büfett ab oder staubwedelte um die Kaffeetassen herum oder hantierte einem mit dem Staubsauger um die Beine. Das Albergo Losone gewährte seinen Gästen die Muße, die einem in den Ferien zusteht. Wenn man es sich leisten kann. Aber das konnte ich ja, nach meiner »Perfekten Frau«. Sie war verfilmt und über zweimillionenmal verkauft worden.

So, Franziska, dachte ich, als ich mit den Kindern am großen runden Tische saß. Das hast du dir alles allein verdient. Ohne irgend jemandes Gattin zu sein. Und damit könntest du dich fürs erste begnügen.

Auch wenn sich Dr. Karl-hier nie wieder meldet: Du wirst jetzt deinen Urlaub genießen. Und viel Zeit zum Nachdenken haben. Dafür bist du hier.

An einem der runden Tische im Vordergrund saß mein Schweizer Nachbar mit seinen Söhnen.

»Hallo«, grüßte ich freundlich hinüber. »Habt ihr alle gut geschlafen?«

Die Kinder guckten mich mit großen, runden Braunaugen an. Wahrscheinlich verstanden sie kein Wort. Der Mann erhob sich und wischte sich den Mund mit seiner Serviette.

»Wie geht es Ihnen heute morgen?«

»Danke«, sagte ich. »Es war ein turbulenter Abend. Nochmals tausend Dank, daß Sie mit mir mein Töchterlein gesucht haben.«

»Gärn gschähe«, sagte der Mann. »Und dem Bubi gähets wiedrr bässer?«

Der Bubi stand bereits am Büfett und lud sich den Teller voller Rührei mit Speck.

Franz wählte lieber die warmen Hörnchen mit selbstgemachter Marmelade und etwa drei bis fünf Stücke von dem frischen, duftenden Kuchen.

Fanny klammerte sich auf meinem Arm an mich und fremdelte den Schweizer an. Sie hatte natürlich ein Schweizer Trauma seit gestern.

»Ist der Herr vom Fernsähe NICHT mehr da!«

»Ich denke, nein«, sagte ich. »Er mußte um zehn im Flieger sitzen.«

»Und HABE Sie die Fernsähshow nun bekommen oder nüht?«

»Ich weiß es nicht.« Ich zuckte die Schultern. »Schätzungs-
weise unterschreibt jetzt im Moment ein anderer glücklicher
Moderator den Vertrag!«

»Das glaube ich nicht«, sagte der nette Herr Brüderli. »Wenn
der Mann Sie wirklich will, dann nimmt er Sie auch, odr!«

»Na, ich werde Sie jedenfalls auf dem laufenden halten«, grinste ich.

»Ich bin ganz sichrr!« sagte der Schweizer. »Da wärden Sie
eine Talkshow moderieren! Die werde ich aber schauen, odr!«

»Guten Appetit weiterhin«, sagte ich freundlich. »Und vielen
Dank noch mal.«

Ich setzte Fanny in ihren Kinderstuhl, den ein aufmerksamer
Kellner bereits an unserer Tischplatte befestigt hatte, und half
den Kindern beim Tragen ihrer Teller.

Der Kellner fragte, was wir zu trinken gedächten.

»Cola«, sagte Franz.

»Warme Milch«, sagte ich streng.

»Ibäh!« machte Franz, und Willi rief, daß ihm von warmer
Milch auf der Stelle wieder schlecht werden würde und daß
Cola das einzige sei, was er seinem Magen anbieten könne zu
den Rühreiern mit Speck! Einige Gäste ringsum lachten. Das
Ehepaar von gestern abend saß auch ein paar Tische weiter und
lachte. Ich winkte zu ihnen hinüber.

Fanny knufte vergnügt an ihrem Brötchen herum.

Ich gönnte mir einen wunderbaren Caffellatte und einen
großen frischen Obstsalat aus Ananas, Melone, Kiwi und
Mango.

»So«, sagte ich, »ab heute haben wir wirklich Ferien.«

Wir hoben unsere Tassen und stießen damit geräuschvoll an.
Ein großer Schluck Milch schwappte auf Fannys Lätzchen.

»Pooss!« sagte sie erfreut.

»Fanny, sag mal Talkshow!« rief Willi.

»Tookssoo«, sagte Fanny und grinste uns mit ihren paar
Zähnchen an.

»Prost, Kinder«, sagte ich gerührt in die Runde. »Auf ein paar
unbeschwerte, sonnige Wochen!«

Nach dem Frühstück suchten wir uns ein schattiges Plätzchen im Garten. Dort hinten, unter den Palmen, an der Hibiskusblütenhecke, war noch eine freie Hollywoodschaukel. Ich setzte Fanny ein Sonnenhütchen auf und cremte die Kinder ein. Sie wanden sich voller Ekel und wollten mir entwischen.

»Ihbääh! Tu die scheußliche, schleimige Creme von mir weg!«

»Das ist nur was für Mädchen!«

»Das stinkt nach Seife!«

Alles, was nach sauber roch, war für meine Knaben ein Grund, sich zu ekeln. Sie bevorzugten den erdigen Duft nach echtem Männermuff. Aber ich hielt sie fest und ließ sie nicht eher laufen, bis kein Fleckchen an ihren weißen, speckigen Körperchen mehr cremefrei war. Sie schmissen sich sofort ins Wasser.

Fanny und ich schaukelten gedankenverloren in der Hollywoodschaukel vor uns hin. Was Dr. Karl wohl gerade machte. Er saß jetzt in Berlin am Verhandlungstisch und verhandelte. Vielleicht gedachte er mein. Vielleicht hatte er mich auch längst vergessen.

Der Hibiskus duftete. Das kleine Sonnenmützchen meines kleinen Mädchens leuchtete. Ich streichelte das pralle, weiche Kinderärmchen. Die nackten Füßchen bewegten sich unternehmungslustig.

So, dachte ich. Augenblick. Jetzt kannst du verweilen. Es ist Juni, ich hab Ferien, meine drei Kinder sind froh und gesund, und dieser Urlaub ist ab sofort ungetrübt. Und ob ich die Talkshow bekomme oder in China fällt ein Sack Reis um...

Enno hätte jetzt auf mich eingeredet, daß ich doch mal anrufen solle in Berlin und fragen, wie es so stehe. Und die gestrigen Vereinbarungen sicherheitshalber schriftlich zusammenfassen und rüberfaxen. Und um Bestätigung bitten. So machte man das im Busineß. Aber ich wollte nicht anrufen und nicht zusammenfassen und nicht faxen.

Ich ließ mein Auge schweifen. Der Garten blühte so bunt und reich und prachtvoll, daß es einen fast blendete. Die weißen Brückchen und geschwungenen Geländer über Teiche und Gräben flirrten in der Sonne. Der riesige ovale Swimmingpool mit

den abgerundeten Enden lag friedlich und bläulich funkelnd inmitten all der Pracht. Welch ein Paradies. Und das wollte ich
jetzt ohne schlechtes Gewissen genießen. Auch an Enno wollte
ich nicht weiter denken. Der hätte für Gebrück und Gesträuch
keinen Blick gehabt. Der wäre jetzt hektisch an der Hecke ent-
langgelaufen und hätte geprüft, ob er im Funkloch war und ob
seine Mailbox auch noch ging, und hätte den Programmdirektor
um Rückruf gebeten.

Ein Kellner näherte sich mit eisgekühltem Mineralwasser.

»Frau Zis?«

»Ja, bitte, gern, stellen Sie's hier im Schatten ab.«

»Da wäre noch ein Fax für Sie.«

Nanu? Wer hatte denn meine Faxnummer? Ich nahm die
Nachricht entgegen und riß den Umschlag auf.

»Deutsches Fernsehen. Der Programmdirektor« stand oben
dezent auf dem Briefkopf.

Und unten drunter: »Ihr Alexander Karl.«

Ich überflog hastig seine Zeilen. Mein Herz raste.

»Liebe Frau Zis«, stand da zu lesen, »als ich gestern auf dem
Hinflug war, dachte ich, wie soll ich mit dieser Frau eine Talkshow machen! Und als ich heute auf dem Rückflug war, dachte
ich: Wie soll ich ohne diese Frau eine Talkshow machen! Die
Würfel sind gefallen! Genießen Sie noch Ihren Urlaub und die
hoffentlich entspannende Zeit, die Sie als Ruhe vor dem Sturm
sicherlich brauchen werden. Mit großer Vorfreude auf eine
sicherlich nicht langweilige Zusammenarbeit – Ihr Alexander
Karl.

PS: Habe ich vielleicht meine Pfeife bei Ihnen liegenlassen?
Bitte, heben Sie sie gut auf, ohne sie kann ich nicht einschlafen!«

Ich hielt das Fax in den Händen. Ein Schmetterling gaukelte
vor meinem Gesicht vorbei.

»Da, Käfer!« sagte Fanny.

Ich hielt das Fannychen auf meinem Schoß und wühlte mein
Gesicht in ihren kleinen speckigen sonnenmilchduftenden
Nacken.

Er wollte mich! Er meinte es wirklich ernst! Ich bekam die
Chance!!

Mit meinem Fannychen im Arm tanzte ich barfuß über das Gras, ich drehte und schleuderte sie, ich warf sie in die Luft und fing sie wieder auf, und sie jauchzte und krähte und quietschte, und die Badegäste lugten hinter ihren Zeitungen und Sonnenbrillen hervor.

»JAA!!« schrie ich. »Er will mich! Ich krieg eine TALK-SHOW!!!«

»TOOKSSOO!« schrie Fanny begeistert.

Und da kam er angestakst. Auf braunen, krummen Jungenbeinen. Mein Schweizer Nachbar. Und drückte mir die Hand.

»Hier. Halten Sie mal!« Ich drückte dem verdutzten Mann mein Töchterchen in die Hand und sprang mit Anlauf ins Wasser. Das war das beste, was ich mit meiner unbändigen Freude tun konnte. Erst mal abschrecken. Wie gekochte Eier.

Fannychen schrie natürlich sofort wieder los. Immer gab ihre Mama sie fremden Menschen in die Hand. Brüderli tanzte mit ihr im Gras. Einige Gäste äugten interessiert auf das schreiende Kind.

Ich schwamm zu meinen Söhnen, um ihnen die Bombennachricht mitzuteilen. »Ich krieg sie! Ich krieg die Talkshow! Wir haben es geschafft!«

Willi heulte vor sich hin. Was war denn jetzt schon wieder los? Da sah ich, daß er aus dem Mund blutete. Meine Güte, kann man die Bande aber auch nicht eine Minute aus den Augen lassen!

»Franz, komm mal her! Was hast du denn gemacht?!« Ich will mich jetzt ungestört freuen und mit dem Brüderli einen Sekt trinken, und ihr stört mich immer! NIE kann ich mal mit einem netten krummbeinigen Schweizer im Grase herumtanzen. IMMER verderbt ihr mir allen Spaß.

»Nix. Er hat gesagt, daß ich ein Blödmann bin, und da hab ich ihm eins aufs Maul gehauen!«

»Und jetzt BLUTE ich!« schrie Willi entsetzt, als erste rötliche Tropfen das Wasser färbten. »DU BLÖDMANN!!!«

»Pscht! Kinder!! Bitte!!!«

»Selber schuld«, sagte Franz kalt. »Warum hast du auch Blödmann zu mir gesagt!«

»Weil du ein Blödmann BIST! DU OBERBLÖDMANN!«
Willis kleiner, sonnenmilchverschmierter Körper bebte vor
Wut. Ich sah mich hastig um. Jeden Moment würden wir des
Hotels verwiesen werden!

»Franz, bitte sofort raus aus dem Wasser«, sagte ich mit
Dolchblick. »Geh ins Zimmer, trockne dich ab, und warte da,
bis ich komme.«

»Ph«, machte Franz sauer. »Und das sollen Ferien sein!«

Immerhin trollte er sich, wenn auch viel zu langsam für die
Brisanz der Lage, beleidigt aus dem Wasser und schlurfte trop-
fend und nasse Fußspuren hinterlassend durch die Hotelhalle
davon. Ich zerrte den wehklagenden Willi aus dem Wasser und
tupfte vorsichtig an seinem blutenden Mund herum.

»LASS DAS, Mama!« schrie Willi. »Immer muß ich sterben,
und du bist das alles schuld!«

Alle guckten. Deutsche Schlampe mißhandelt und verstößt
ständig ihre Kinder.

Da war doch was, dachte ich, worüber ich mich gerade freuen
wollte... Jetzt hatte ich's vergessen.

Draußen auf der Paradieswiese stand der braunäugige Schweizer in knackigen Boxershorts mit meinem Töchterchen im Arm
und gab seinen zwei Schweizer Wasserratten im Nichtschwim-
mer-Pool Anweisungen. Sie schwammen sehr friedlich und einträchtig umeinand. Wie schafft der das bloß, dachte ich, daß
seine Jungs sich nicht dauernd die Köpfe einschlagen und aus
dem Mund bluten und sich öffentlich übergeben und ständig
lautstark beschimpfen?

Willi fummelte sich im Mund herum und legte mir schließlich
einen ausgeschlagenen Milchzahn in die Hand.

»Hier, Mama. Den schenk ich dir. Der soll dir Glück bringen.«

Ich drückte den zitternden, weißspeckigen Fischotter in
Liebe an mein Mutterherz.

»Danke, du wunderbares Kind. Und jetzt gehst du zu den anderen Kindern ins Nichtschwimmerbecken und schreist nicht
mehr so, ja?«

»Ist in Ordnung, Mama. War auch gar nicht so schlimm. Der Zahn hat sowieso schon gewackelt.«

Der Schweizer näherte sich artig. Er hielt mit sicherem, erfahrenem Griff mein Fannychen im Arm. Gott, wie ich diesen Mann mochte!

»Puh«, sank ich auf einen freien Liegestuhl und streckte die Hände nach meinem Kind aus. »Schon wieder haben Sie mich gerettet. Eigentlich wollte ich Ihnen was ganz anderes sagen.«

Der Schweizer ließ sich neben mir auf der Erde nieder.

»Daß Sie mich für unwiderstehlich halten!«

Aha. Humor hatte er auch noch.

»Ich hab die Talkshow«, grinste ich und wies auf das nasse, fleckige, zerknitterte Fax auf der Wiese.

»Das habe ich auch nicht anders erwartet, odr!!«

Walter Brüderli saß breitbeinig zu meinen Füßen. Seine Boxershorts waren freundlicherweise sehr weit geschnitten. Sein Brüderli lag friedlich schlummernd im Grase.

Ich betrachtete voll Freude die schönen Dinge des Lebens, und die Bienchen und die Hummelchen brummten dazu. Ich konnte meinen Blick gar nicht von ihm lösen. Herr Brüderli bemerkte das, schaute an sich herunter und sprang behende auf.

»Ich wollte gerade eine Runde schwimmen!«

»Tun Sie das«, grinste ich froh. Ach, ich wollte die ganze Welt umarmen!

Brüderli sprang mit Anlauf in das kühle Naß.

Ich hockte auf seinem Handtuch auf seiner Liege, preßte mein Kind an mich und las das nasse Fax noch mal und noch mal.

Welch eine Liebeserklärung des Lebens!

Welch ein unbeschreiblich schöner Tag!

Ich konnte mich nicht erinnern, jemals glücklicher gewesen zu sein. Das Schicksal meinte es so gut mit mir. Und überhaupt. Nun hatte ich innerhalb weniger Stunden gleich zwei liebenswerte Vertreter des männlichen Geschlechts kennengelernt. Einen rothaarigen Riesen und einen schwarzhaarigen Krummbeinigen. War das erst vorgestern, daß Enno mich anschrie, eine Frau in meinem Alter solle froh sein, wenn überhaupt noch einer sie heiraten wolle?

Ich drückte mein sonnengewärmtes Herzenskind an mich. Nichts gegen deinen Vater, Kind. Aber im Moment vermisse ich ihn kein bißchen. Im Gegenteil. Ich fühle mich unendlich frei.

Enno hätte jetzt tage- und nächtelang nichts anderes mehr im Sinn gehabt als die Talkshow. Die Presse, das Honorar, den Vertrag, die Bedingungen. Und ich, ich dachte noch gar nicht an diese Nebensächlichkeiten. Ich freute mich einfach nur.

Franz tauchte verschämt wieder aus der Hotelhalle auf und ließ sich unauffällig ins Wasser fallen. Ich ließ ihn gewähren. Heute erziehen wir mal nicht.

Die vier Jungen – nein, eigentlich waren es fünf! – spritzten und tobten und lachten, und Herr Brüderli ließ sie alle abwechselnd auf seinen Schultern stehen und schleuderte sie dann von sich, bis fast kein Wasser mehr im Pool war. Keiner hackte auf mir rum. Keiner bestand auf erzieherischen Maßnahmen und redete auf mich ein, wie inkonsequent ich mal wieder sei.

Schließlich kam Brüderli triefend wieder heraus. Die Boxershorts schmiegten sich klatschnaß an seine ausgesprochen knakkigen Pobacken. Was für ein appetitlicher Mann. Wenn einem so viel Gutes widerfährt, dachte ich, ist das schon einen tiefen, glücklichen Seufzer wert.

Er setzte sich neben mich ins Gras. Ich ließ ihn erst mal ein bißchen vor sich hin keuchen und tropfen. Auf seinem braungebrannten Oberkörper bildete sich eine Gänsehaut. Am liebsten hätte ich ihm ein Handtuch über die Schultern gelegt und ein bißchen gerubbelt. Mir war, als würden wir uns schon lange kennen. Dabei hatten wir uns gestern abend beim Essen zum ersten Mal flüchtig gesehen.

»Das war ein aufrregender Abend für Sie«, begann Herr Brüderli die Konversation. »Ich habe natürlich zuärscht gedacht, das sei Ihr Mann, odr!«

Ich grinste. Daß die Schweizer aber auch in den unpassendsten Momenten »oder« sagen müssen.

»Ich habe ihn auch erst gestern kennengelernt«, sagte ich. »Aber ich kann Ihnen gar nicht sagen, wie sehr Sie mir geholfen haben. Allein schon das Gefühl, daß da nebenan jemand ist, der sich um mich Gedanken macht.«

»Ich habe mir die ganze Zeit um Sie Gedanken gemacht, odr«, grinste Herr Brüderli. »Da reisen Sie allein mit drei Kindern und wollen noch zum Färnsehen? Das ist wirklich mutig von Ihnen!«

»Das haben Sie nett gesagt«, sagte ich. »Sie finden es nicht mutig, sondern anmaßend, stimmt's?«

»Nicht anmaßend. Aber wer sorgt für die Kinder, wenn Sie arbeiten müssen?«

»Viele Frauen arbeiten«, gab ich zu bedenken.

»Aber die haben einen Mann, odr.«

»Ich habe Freundinnen«, sagte ich schnell.

»Ich auch«, scherzte Herr Brüderli. Er hatte sehr, sehr weiße Zähne, wenn er lachte.

»Und? Haben Ihre goldigen kleinen Wasserrattenkinder auch eine Mutter?«

»Wir leben in Scheidung.«

»Ach Gott«, sagte ich. »Und jetzt sind Sie allein unterwegs?«

»Ja. Sie doch auch!« Aha. Die Kinder hatten ihm längst alles erzählt.

Ich rutschte verlegen auf meinem Handtuch herum. Wie der schauen konnte, der Schweizer! Wo ich doch gerade erst mein Herz an diesen rothaarigen Programmdirektor verloren hatte! Ich nestelte nach meiner Sonnenbrille. Kinder, nein, diese Reizüberflutung!

Brüderli schaute mich aus seinen braunen Augen an.

»Wie sind Sie überhaupt auf dieses HOTTäll gekommen? Das ist sogar für die Schweizer noch ein Geheimtip!«

»Frau Gabernak hat es Enno empfohlen.«

»Wer ist Enno?«

»Mein – Scheidungsanwalt.«

»Und wer ist Frau Gabernak?«

»Die letzte Mandantin, die er glücklich geschieden hat.«

»Ja, da wäre der auch was für mich.«

»Er hält meistens zu den Frauen«, sagte ich bedauernd. »Ich rate ab!«

Wohlig ließ ich meinen Blick schweifen über den paradiesischen Garten, die wunderschönen gepflegten Anlagen, den riesigen Swimmingpool und das flach hingestreckte HOTTäll mit den vielen gelben Sonnenschirmen.

»Und was treibt Sie hierher, ohne Gattin?« Irgendwie war ich ja doch neugierig. Nicht, daß die morgen nachgereist kam und ich hätte schon mein Herz an diesen krummbeinigen Schweizer verloren.

»Wir leben schon seit einem Jahr getrennt. In den Färien habe ich die Kinder. Dann komme ich immer hierher ins Albergo Losone. Ich känne es von Geschäftsreisen.«

Aha. Der Herr pflegte geschäftlich in solch paradiesischen Gegenden herumzureisen. Nicht schlecht.

Die Kinder kamen aus dem Wasser gestürmt und wollten alle vier gleichzeitig abgetrocknet werden. Wir hatten erst mal buchstäblich alle Hände voll zu tun.

Also doch ein alleinreisender Geschäftsmann, dachte ich. Fast alleinreisend. Aber mit Kindern ist er der bezauberndste Geschäftsmann, der mir je begegnet ist.

»Wissen Sie, wie dieses HOTTäll entstanden ist?« fragte mich Brüderli, während er seine braunen Jungenbeine im Grase ausstreckte. Die Buben kauerten rechts und links in seinen Armen.

»Nein, aber Sie erzählen es mir jetzt«, bat ich. Ich legte meinen Jungen ein Handtuch über und nahm sie fest in den Arm. Fanny krabbelte ein wenig fürbaß, um Grashalme zu kauen. Enno hätte jetzt sein Veto eingelegt und mich geschimpft und darauf hingewiesen, wieviel Hasenköttel und Regenwurmleichen und Schmetterlingspipi hier so an den Grashalmen rumklebte. Aber er war ja zum Glück nicht da.

»Es war einmal ein Bärgbauernbub«, sagte Herr Brüderli. »Der konnte nicht lesen und nicht schraiben, der lebte als Knächt bei fremden Leuten, odr, und mußte immer harte Arbeit verrichten. Aber er hatte einen Traum: Er wollte KONduktör wärden, bei der Schweizer Eisenbahn.«

»Mama, was sagt der! Ich kann den überhaupt nicht verstehen!« Willi schüttelte unwillig meinen Arm. Ich übersetzte die Bergbauernbubgeschichte ins Hochdeutsche.

»Schaffner«, sagte ich. »Der arme kleine Junge wollte Schaffner werden.«

»Warum sagt der immer oder?« fragte Willi verständnislos. »Der muß doch wissen, ob das stimmt, was er sagt! Oder glaubt der sich selbst nicht?«

»Doch, aber die Schweizer sagen halt immer oder«, sagte ich.

»Waruhum?«

»Ja, tönt das so seltsam?« wunderte sich Brüderli. »Was sagt denn ihr?«

»Nix«, sagte Franz. »Wir reden deutsch. Ganz einfach.«

»Mama, der Mann soll weitererzählen.«

»Der Mann heißt Brüderli«, sagte ich.

»Brüderli«, sagte Franz verächtlich. »Total bescheuert.«

»Nehmen Sie es ihm nicht übel«, sagte ich schnell.

»Bei so einer bezaubernden Muttr kann ich dem Knaben doch gar nichts übelnehmen, odr«, lächelte Brüderli.

Nee, dachte ich. Find ich auch. Weiter so. Ist gerade so schön.

»Mit siebzehn Jahren gelang es ihm, aus seinem Dorf abzuhauen, und er bewarb sich als KONduktör, obwohl er ja nicht einmal lesen und schraiben konnte. Und weil er wirklich so eifrig war, bekam er den Poschten, odr!«

»Wenn Sie das sagen«, sagte ich, »dann wird das wohl so stimmen.«

Franz verdrehte genervt die Augen. Willi schüttelte unwillig meinen Arm.

»Was hat der gesagt, Mama! Los, du sollst es übersetzen!«

»Er wurde ein sehr guter KONduktör, und eines Tages bemerkte er, daß immer nur die Kinder von reichen Leuten Eisenbahn fahren durften, nie die armen Kinder aus den Bärgdörfern. Denen war die Wält draußen gänzlich verschlossen. Da richtete er eine Färien-Verschickung für die armen Kinder ein, und sie durften alle gratis mit der Schweizer Eisenbahn fahren, odr.«

»Oder nich oder doch«, sagte Franz mit Nachdruck. »Und was hat das jetzt mit diesem Hotel zu tun?«

»Der KONduktör kam in höhere Kreise, so auch in die GastROnomie. Und als er heiratete, stand für ihn fest, er gründet ein HOTTäll.«

»Langweilig«, sagte Franz und stand auf. »Ich geh wieder ins Wasser. Wer kommt mit?«

Er hatte noch nicht ausgesprochen, da waren alle vier Jungen schon wieder im Pool. Platsch.

»Die Geschichte hat sie nicht vom Hocker gerissen«, sagte ich bedauernd.

»Ja, und da hat er dieses HOTTäll gegründet«, fuhr Brüderli unbeirrt fort.

»Für arme Bergbauernkinder wie Sie und mich«, sagte ich. »Deshalb brauchen wir in diesem Fünf-Sterne-Schuppen auch nichts zu bezahlen. Schließlich können wir nicht lesen und schreiben, und unsere Kinder sind verwahrloste Halbwaisen, die sich entweder übergeben oder ertrinken oder sich Zähne ausschlagen oder sich sonstwie danebenbenehmen.«

»Sie hatten gestern halt ein wenig Streß«, sagte Brüderli. »Das ist ja auch nicht so einfach mit drei Kindern, und dann kommt noch so ein Kärl vom Färnsehen und macht einem mitten in der Nacht einen Antrag, odr!«

Ich schwieg. Er war so rührend und besorgt, als wären wir schon lange dicke Freunde.

»Aber wär sind Sie denn nun wirklich? Muß ich Sie kännen?«

»Nein«, sagte ich, »müssen Sie nicht.«

Herr Brüderli wartete ab, ob ich noch weitere Auskünfte zu geben bereit sei.

»Ich hab mal ein Buch geschrieben«, sagte ich, »das heißt ›Die perfekte Frau‹.«

»Ist das ein Aerobic-Training?« Herr Brüderli grinste.

»Nein«, sagte ich. »Es ist eine Gebrauchsanweisung für ratlose Muttis, und sie hat sich zweimillionenmal verkauft.«

»Ratlose Muttis! Ja, gibt es die in Deutschland?!« Er knipste einen Grashalm ab und wollte ihn essen.

»Mit Sicherheit auch in der Schweiz!« sagte ich. »Aber Sie müssen trotzdem nicht ins Gras beißen.« Ich nahm ihm den Grashalm weg und sprang auf, um hinter Fanny herzulaufen. Sie hatte sich bis zur Dusche vorgearbeitet und war soeben im Begriff, ins eiskalte Wasser des Duschbeckens zu fallen.

Um nicht am ersten Tag gleich allzuviel Pulver mit Herrn Brüderli zu verschießen, beschloß ich, hier erst mal einen Punkt zu setzen.

»Wir gehen lieber aus der Mittagssonne«, bestimmte ich. »Die Kinder werden sich einen Sonnenbrand holen.«

Ich sammelte mein Hab und Gut zusammen und trabte mit den sich heftig wehrenden Kindern in Richtung abgedunkeltes Schlafzimmer. So, dachte ich. Und jetzt wird geschlafen. Schließlich haben wir endlich Zeit.

Nachmittags beschloß ich, mit den Kindern eine kleine Radtour zu unternehmen.

Am Eingang des Gartens standen Fahrräder bereit, manche mit Kindersitz. Franz und Willi schnappten sich je ein kleines Mountainbike und drehten glücklich damit ihre Runden auf dem Parkplatz. Ich schnallte Fanny auf ihrem Kindersitz an, setzte ihr das Sonnenmützchen auf, suchte nach meiner Sonnenbrille und radelte los.

»Kommt, Kinder! Wir versuchen es bis Ascona!«

Ich war in Hochstimmung. Ein ganzer unbeschwerter Urlaub lag vor uns, ich war mit den Kindern allein, alles klappte reibungslos, niemand mischte sich ständig ein. Und dann war da noch so ein süßer krummbeiniger Schweizer. UND dann war da noch so ein rothaariger, vanillepfeiferauchender Programmdirektor. Und alle waren nett zu mir.

Ich hatte Enno noch keine Sekunde vermißt, ODRR?!

Keine Bequemlichkeitsehe! Dafür fühlte ich mich zu jung. Neununddreißigeinhalb! Das ist doch kein Alter für eine Frau.

»Willi!« schrie ich! »Guck nach vorn!«

Willi pflegte, wie alle Sechsjährigen, gern in der Gegend herumzugucken und mit dem Lenker zu schlenkern, ohne auf den Verkehr zu achten. Wir näherten uns der vielbefahrenen Hauptstraße nach Ascona. Der Verkehr umtobte uns inzwischen.

Willi wackelte unsicher vor mir her. Selbst Franz schien nicht so glücklich zu sein.

»Absteigen!« schrie ich! »Wir schieben!« Nun brach mir doch der Schweiß aus. Wir flüchteten uns auf den engen Bürgersteig. Die italienischen und Schweizer Kleinwagen brausten fröhlich über den Kreisel. Plötzlich hupte jemand direkt neben uns. Eierloch! dachte ich, was erschreckst du uns. Oder findest du meinen Hintern so knackig, daß du trotz der Kinder hupen mußt?

Ein schwarzer Mercedes mit Züricher Kennzeichen schnitt uns den Weg ab und hielt direkt vor uns auf dem Bürgersteig. Der Fahrer ließ die Scheibe herunterfahren.

»Sie sollten nicht so gefährrliche Sachen machen!« rief ein schwarzhaariger braunäugiger Mensch aus dem Auto zu mir herüber. Es war Herr Brüderli nebst Nachkommen.

»Schon wieder Sie!« freute ich mich. »Sie tauchen ja immer auf, wenn ich Sie brauche!«

»Da herüben hat's einen Veloweg, odr!« Herr Brüderli sprang heraus und lief um sein Auto herum. »Warten Sie!«

Er schnappte sich das Rad von Willi, nahm Willi an die Hand und führte uns über einen Zebrastreifen zu einer Böschung. Diese kletterte er hinauf, zog Willilein hinter sich her, lief dann wieder herunter und half mir mit dem Rad, auf dem das staunende Fannychen unter seinem entzückenden Mützchen hockte. Schließlich schob er noch meinen bewegungsunlustigen Franz den Hügel hinauf. Hinter der Böschung lag ein Fluß, und an diesem Fluß entlang führte ein breiter, bequemer Weg.

»Rechts geht's nach AScona, odr!«

»Danke!« strahlte ich Herrn Brüderli an.

»Sie scheinen wirklich einen Schutzengel zu brauchen!« grinste er, bevor er behende wieder die Böschung hinunter und in sein Auto sprang. Auf dem Rücksitz lugten die Kinder mit ihren braunen Augen interessiert auf das Geschehen.

»Mama, warum sind wir nicht bei dem eingestiegen?«

»Weil wir die Fahrräder dabeihaben.«

»Die hätten wir doch in seinen Kofferraum tun können.«

»Mein lieber, fauler Schatz. Dieser Herr Brüderli ist nicht unser Privatchauffeur.«

»Aber der Grischtian und der Simonn dürfen auch Auto fahren.«

»Und wir fahren Rad. Ein bißchen Bewegung kann uns gar nicht schaden.«

»Ich finde Bewegung Scheiße.«

»Ich weiß, mein Engel. Aber Bewegung ist wichtig.«

Wir schoben die bucklige Piste hinab, bis wir auf dem Weg angekommen waren.

Der Fluß war steinig und seicht und klar, und auf den größeren Klippen lagerten überall Sommerfrischler. Es erinnerte mich an Bilder von früher. Vor fünfzig Jahren, dachte ich, da haben sie hier auch schon am Fluß gelegen und sind barfuß durch das eiskalte Wasser gestapft. Auch wenn der Kondukteur hier noch kein Luxushotel gegründet hatte.

»Oh, das ist toll! Sollen wir nicht ein Bad im Fluß nehmen?«

»Nö, das ist steinig! Ich will in den Swimmingpool zurück!«

»Aber so ein Fluß ist abenteuerlich! Man kann über die Steine waten...«

»Bäh, blöd! Ich will nicht auf Steine warten! Ich will im Hotel warten!«

»Mama, du hast uns versprochen, daß wir Boot fahren!«

»Also los jetzt, Mama. Ich will nicht an diesem blöden steinigen Fluß rumstehen. Das ist langweilig.«

Ich atmete tief durch. Daß die Kinder von heute alle so verweichlicht sind, dachte ich, und so verwöhnt! Bei uns hätte es das nicht gegeben! Uns hätte man früher gesagt, bums, das wird gemacht, und dann wurde das gemacht. Ab auf die Steine und dankbar sein und keine Widerworte, sonst knallt's.

Wir radelten weiter. Nach kurzer Zeit mündete der Fluß in den See. Es war ein herrlicher Anblick. Dunkelblaues Wasser, soweit das Auge reichte, übersät von Segelbooten, größeren weißen Schiffen, die von Anlegestelle zu Anlegestelle glitten, und von vielen Tret-und Ruderbötchen, die wie kleine schillernde Schmeißfliegen aussahen. Linkerhand lag Locarno an den Hügel gedrängt, rechts begann die Promenade von Ascona. Über Locarno waberte die nachmittägliche Dunstwolke.

»Kinder, nein, wie ist das schön!« entfuhr es mir.

»Langweilig«, sagte Franz.

»Blöd«, sagte Willi. »Mir ist heiß, und die Sonne blendet.«

Fanny in dem Kindersitz war eingeschlafen. Ihr Köpfchen war gar anmutig nach vorn gesackt.

»Also los, Mama! Wir wollen Motorboot fahren! Du hast es versprochen!«

Wir radelten die Promenade entlang. Überall flanierten Menschen, aber es war lange nicht so voll, wie ich befürchtet hatte. Die Hauptsaison hatte noch nicht begonnen. Endlich fanden wir eine Bootsanlegestelle. Wir lehnten unsere Räder an einen Baum. Ich klaubte das schlafende Fannychen aus ihrem Sitz. Mit ihrem Sonnenmützchen sah sie zum Anbeißen süß aus. Eigentlich wäre ich gern am Ufer geblieben, hätte mich auf eine Treppenstufe gesetzt und meinen Blick schweifen lassen. Aber ich konnte doch meine zwei unreifen Burschen nicht allein auf den See hinaus lassen. Ausgeschlossen!

Eine beleibte Italienerin und ihr Sohn halfen uns beim Einsteigen in das Boot. Ich hatte ein Tretboot nehmen wollen. Kinder, bewegt euch ruhig mal. Das ist gesund und stärkt den Appetit. Und außerdem ist Tretboot billiger als Motorboot, und Kinder müssen nicht alles haben. Aber die Kinder bestanden auf Motorboot.

»Tretboot ist ungeil! Langweilig! Immer nur anstrengen!«

Da die Italienerin keine Anstalten gemacht hatte, nach unserem Führerschein zu fragen, schickte ich mich drein. Ich ließ mich mit der schlafenden Fanny auf den hinteren Sitz plumpsen, während Franz und Willi sich um das Lenkrad stritten.

Die italienische Mutti warf den Motor an, indem sie einmal kräftig an einer Schnur zog. Sofort begann das Boot heftig zu knattern und noch heftiger zu stinken.

»Na dann mal los«, murmelte ich entschlossen.

Das Boot tuckerte und stank, aber es setzte sich nicht nennenswert in Bewegung.

Die dicke Frau schrie gegen den Lärm an, doch ich verstand nichts und beugte mich vor, soweit das mit Fannychen auf dem Schoß ging, und schrie Franz an, er möge auf das Gaspedal drücken. Sofort schoß das Boot mit spritzender Gischt nach vorn.

»Hilfe!«

Da erwachte Fanny und fing an zu weinen. Ich preßte das unschuldige Kind an mich.

»Mama, ich will hier raus!« jammerte Willi. »Der Franz kann das nicht, und mir wird schon wieder schlecht!«

Inzwischen waren wir schon zu weit vom Bootssteg entfernt, als daß die beleibte Mutti mit einem kühnen Sprung hätte bei uns einsteigen können, um uns das Boot zu erklären.

»Ruhig!« sagte ich, um Beherrschung bemüht. Mein Trommelfell flatterte. Immer wenn ich Streß hatte, fing mein linkes Trommelfell an zu flattern.

»Willi, du kletterst jetzt nach hinten und hältst die Fanny fest. Komm, ich halte dich am Arm.«

»Ich will aber lenken, und außerdem muß ich brechen!«

»Später. Zuerst tauschen wir beide den Platz.«

Ich kramte nach den Schwimmwesten, die Dickmutti uns noch ins Boot geworfen hatte, und band sie den beiden Kleinen um. Fanny wehrte sich heftig, weil ihr das Ding zu eng am Hals war. Ich setzte mich mit groben Griffen durch. Ruhig jetzt und dankbar sein. Sonst knallt's.

Die Frauen nach dem Krieg, dachte ich. Die haben auch nicht lange diskutiert mit ihrer Brut. Jetzt wird geflüchtet, und du nimmst den Koffer da und ab.

Willi kam mit banger Miene nach hinten geklettert. Er war wirklich ähnlich blaß im Gesicht wie gestern.

Na ja, dachte ich. Wenn er jetzt über die Reling speit, ist das nicht ganz so peinlich wie gestern. Außerdem ist heute kein Programmdirektor da. Kotz du nur, Kind. Ich hab die Talkshow. Mich haut nichts mehr um.

Franz probierte inzwischen das Gaspedal aus. Wir hopsten ein paarmal mit unglaublichem Geknatter nach vorn. Da näherte sich laut hupend ein Ausflugsdampfer. Ganz klar, der hatte Vorfahrt. Ich balancierte, so gut ich konnte, nach vorn. Franz gab Gas. Ein panischer Schrei entrang sich meiner Brust. »Franz! Bist du wahn…« Unsanft fiel ich auf den Po. Ich versuchte es ein zweites Mal. Die beiden Kleinen auf der Rückbank schrien Mord und Brand. Spätestens jetzt hätte Enno endgültig sein Veto eingelegt.

Wenn ich ins Wasser falle, dachte ich, hat er recht. Dann tuckert die verwahrloste Brut allein über das tote Meer und strandet irgendwann am italienischen Ufer. Und dann kommen sie alle ins Heim. Ich bin zu blöd für drei Kinder. Zu dumm und zu naiv und zu blauäugig für diese Welt. Und ohne männlichen Beistand bin ich nicht lebensfähig. Enno hat ganz recht. Dumm-Frauchen darf man nicht ohne Aufsicht auf die Straße lassen.

Franz hatte inzwischen den Rückwärtsgang gefunden. Wir schnellten fünf Meter nach hinten. Das gab mir den nötigen Schubs, um nach vorne zu fallen. Ich landete auf Franzens Kopf. Nun heulte auch noch mein dritter.

»Spinnst du, Mama! Das hast du mit Absicht gemacht!«

Der Ausflugsdampfer pupste wichtig.

»Jaja, du Arsch!« schrie ich mit puterrotem Kopf, als ich versuchte, meine Beine zu ordnen. Ich bekam das Lenkrad zu fassen, an dem Franz rechthaberisch festhielt, und meine Beine fanden das verdammte Gaspedal. Weg da, du dicker zäher Franz-Fuß. Jetzt ist Mama dran. In letzter Sekunde stob ich mit siebzig Sachen und in einer Neunzig-Grad-Kurve davon.

Der Dampfer pupste beleidigt hinter mir her.

Ich raste erst mal fünfhundert Meter auf den See hinaus. Endlich weitab von allem, mit dem wir kollidieren könnten.

»So«, sagte ich befriedigt, als ich den Gang herausnahm. »Jetzt klettere ich wieder nach hinten, und ihr könnt hier in aller Ruhe ein paar Runden ziehen.« Jetzt leg ich mich ins Heck und genieße das Hier und Jetzt und denke an Dr. Karl-hier und an die Megakarriere, die ich demnächst machen werde.

Ich fummelte etwas an dem Hebel herum, mit dem man die Gänge einlegen kann, und da prottelte der Motor noch ein bißchen vor sich hin, und dann war er still.

Der See plätscherte friedlich. Wir dümpelten pfadlos und ratlos in den kleinen weißen Schaumkrönchen herum.

»Wir atmen jetzt erst mal ganz doll ein und aus«, sagte ich zu den völlig verdatterten Kindern. Willi war viel zu verwundert, um noch weiter einen Brechanfall zu erwägen. »Ein- und ausatmen hilft immer.«

Franz und Willi bliesen ihre Backen auf und atmeten. Die Angst stand ihnen in den Äuglein. Ich hatte sie schrecklich lieb. Was brockte ich uns aber auch ständig ein! Fanny hatte im Bootsboden ein Loch entdeckt und ließ ihren Schnuller zu Wasser.

»Es kann sein, daß wir nun ein bißchen auf dem Wasser treiben«, sagte ich milde. »Aber keine Angst, eines Morgens stranden wir irgendwo. Es ist ja nicht das Meer. Es ist nur ein großer See. Und es ist auch Trinkwasser. Wir müssen also nicht sterben.«

»Mama, der Brüderli kann uns hier rausholen«, sagte Franz zuversichtlich. Klar. Der Brüderli war immer zur Stelle, wenn Mama mal wieder lebensunfähig war.

»Das würd der glatt machen, wenn er wüßte, daß wir hier sind«, sagte ich, während ich mit den nackten Zehen im Wasser wackelte. »Aber ich schätze, wir müssen warten, bis die Bootsverleiher uns vermissen.«

»Der Brüderli SOLL uns aber sofort hier rausholen!« schrie Willilein verängstigt. Ich streichelte sein Ärmchen.

»Klar holt der Brüderli uns hier raus«, sagte ich. »Oder ein Angler oder ein Wasserpolizist oder ein Tretbootfahrer. Irgend jemand wird uns schon finden. Ist ja nicht so, als wäre auf dem Lago Maggiore niemand.« Wie wäre es, wenn du dich jetzt zur Abwechslung mal ein bißchen übergeben würdest, dachte ich. Das würde die Sache hier etwas auflockern.

»Meinst du, wir kriegen den Motor wieder an?« fragte ich Franz.

»Nein, Mama! Dazu müssen wir aussteigen. Und wie willst du hier aussteigen, hä? Kannst du auf dem Wasser laufen?«

»Nein«, sagte ich kleinlaut. »Wieso muß immer ich auf dem Wasser laufen? Das ist Männersache.«

»Da draußen muß man am Seil ziehen.«

Ich krabbelte in den Fonds und betrachtete mir das marode Seil. Mit aller Kraft zog ich ein paarmal daran, doch es rührte sich nichts. Meine schwachen Ärmchen vermochten aber auch gar nichts auszurichten. Ich überlegte, wo ich mehr Panik gehabt hatte, im Gotthardtunnel, als vor mir die Warnblinker angingen, oder jetzt, mitten auf dem Lago Maggiore.

Atmen, dachte ich. Ein und aus. Wie im Kreißsaal. Es wird immer nur so schlimm, wie man es zuläßt. Die Kinder dürfen nicht merken, daß ich Angst habe. Und im Krieg war alles viel schlimmer. Da hätten sie jetzt noch zusätzlich auf uns geschossen.

Ob es Sinn hatte, einem anderen Boot zuzuwinken?

Aber es war weit und breit niemand zu sehen. Wir trieben so langsam auf das offene Wasser hinaus. Passieren wird uns nichts, dachte ich. Die Jungen können schwimmen, die Fanny hat eine Weste an, und irgendwann kommen wir am anderen Ufer an. Und dann lachen wir alle und haben jahrelang was zu erzählen, und Enno wird sich triumphierend an die Stirn schlagen und sagen, daß Dumm-Frauchen weder zu Lande noch zu Wasser lebensfähig sind.

Da ganz hinten schwamm einer. Es war fast wie eine Fata Morgana, aber ich sah crowlende Arme sich heben und senken.

»Wir könnten ein bißchen Personenraten machen«, schlug ich vor.

»Spricht er deutsch?« fragte Franz gelangweilt.

»Im weitesten Sinne«, sagte ich.

»Brüderli.«

»Richtig.«

»Das ist langweilig.« Franz ließ sich frustriert auf seinen Sitz fallen. »Ich will hier raus, und außerdem hab ich Durst.«

»Ich hab auch Durst«, schrie Willi zwischen Schluchzern.

»Tinken!« begehrte nun auch Fanny auf. Na wunderbar. Nun konnte ja die kollektive Panik ausbrechen.

»Ich erzähle euch eine Geschichte«, sagte ich. »Von einem kleinen Albino, den niemand haben wollte.«

»Langweilig!«

»Oder wir können was singen! War einst ein klei-nes Se-gel-schi-hiff-chen!«

»Sei ruhig, Mama!«

»Das Albinokind verkroch sich immer im Keller, weil es nicht in die Sonne gucken konnte…«

»Mir ist heiß«, sagte Willi. »Ich will eine Sonnenbrille.«

»Langweilig. Ich hab Durst.«

»Hab ich euch schon die Geschichte erzählt, wie ich einmal in London in der U-Bahn meine Sonnenbrille verloren habe?«

»Gab's da Eis?« fragte Franz mißmutig.

»Eiß!« jammerte Fanny.

»Gleich gibt's Eis«, sagte ich. »Erst noch die Geschichte.«

»Los, erzähl schon«, sagte Willi neugierig.

»In der U-Bahn braucht man ja auch keine Sonnenbrille«, sagte Franz. »Das ist kein bißchen interessant.«

»Ich könnte euch noch mal die Geschichte von dem Bergbauernbuben erzählen«, schlug ich vor.

»Der nicht lesen und schreiben konnte?«

»Blöd und langweilig und überflüssig.«

»Komm, Mama, wir sind jetzt genug Boot gefahren. Ich will aussteigen.«

Ich beobachtete mit zusammengekniffenen Augen den Schwimmer, der sich fata-morgana-mäßig immer mehr unserer Barkasse näherte. Wenn das Brüderli ist, dachte ich, dann heirate ich ihn. Auf der Stelle. Mit zwei Forellen als Zeugen. Und vergesse den Programmdirektor.

»Wir könnten was angeln«, schlug ich vor. »Was haltet ihr davon?«

»Und womit sollen wir angeln?« fragte Willi frustiert. »Kannst du mir das mal sagen?«

»Fanny angelt ja schon«, sagte ich. »Guckt mal, der Schnuller ist ein prima Köder. Alle Fische wollen mal lecken.«

»Der Schnuller IST kein Köter«, schrie Willi humorlos.

»Kein Schwein wird in den ekligen Schnuller beißen«, maulte Franz. »Kein einziges Fisch-Schwein! Der schmeckt ja nicht mal nach Wurm!«

»Ich hab Hunger«, stöhnte Willi. Dicke Tränen liefen über sein rundes gerötetes Knabengesicht.

Ich lugte unauffällig auf den Schwimmer, der mit gleichmäßigen Zügen auf uns zu kraulte. Narrte mich ein Trugbild? Oder war es wirklich Brüderli, der sich da mit kräftigen Armstößen durchs Wasser vorpflügte?

»Wir könnten Rauchzeichen geben. Hat jemand von euch Streichhölzer dabei?«

»MAMA! Du willst uns verarschen! Du hast es uns schließlich selbst verboten!«

Es WAR Brüderli. WAR es Brüderli? Jedenfalls war es ein schwarzhaariger Mann, und der schwamm direkt auf uns zu.

»Wir können einfach winken!« sagte ich. »Steht mal ganz vorsichtig auf und winkt! Aber nicht zu doll, hört ihr! Ich will nicht, daß dieser traurige Kahn auch noch umfällt!«

Die Jungen schöpften Hoffnung. Sie stellten sich auf ihre staksigen Beinchen und winkten um ihr Leben. Fanny badete ihren Schnuller in dem kleinen Loch im Bootsboden. Sie war bis auf weiteres beschäftigt.

»Ich hab Doooorrst!« maulte Willi. »Bootfahren ist langweilig!«

»Du sollst winken!« sagte ich.

In dem Moment hatte der Schwimmer unser Boot erreicht. Ich werde nie vergessen, wie vertraut mir dieses Gesicht vorkam, diese braunen Augen, diese schwarzen Haare, diese weißen Zähne, wenn er lachte.

Herr Brüderli wischte sich das Wasser aus dem Gesicht. Seine Haare standen senkrecht in die Höhe. Er spuckte und prustete.

»Hat's keinen Saft mehr im Kahn?« keuchte er. Er legte seine muskulösen, braungebrannten Arme auf den Bootsrand, nahm irgendwie Schwung, stemmte sich hoch und hechtete mit einem eleganten Satz in unser Boot. Das Knie blutete ein bißchen, aber schon stand er da und zog an der maroden Schnur.

Der Motor sprang an.

Herr Brüderli sah mich freundlich an und sagte nichts. Wie ich ihn dafür liebte, daß er nichts sagte! Enno hätte sich so aufgebläht, daß er davongeflogen wäre: Typisch Frau im Boot, noch nicht mal die leichtesten Handgriffe... und da gehören doch wirklich nicht allzu viele IQ-Punkte dazu. Hach, daß ich ihn aber auch so gar nicht vermißte!

Jetzt kam Leben in unser Boot!

»Mama, ich!«

»Nein, ich!«

»Jetzt bin ICH dran, du Blödmann!«

»Das gilt nicht, ich hab noch gar nicht richtig...«

»Kinder!« schrie ich gegen den Knatterton an. »Der Herr Brüderli darf jetzt lenken! Schließlich hat er die olle Jolle wieder flott gekriegt!«

Das sahen die Kinder ein.

Brüderli ließ sich auf den vorderen Sitz fallen und gab Gas.

Mit einem Schwung rasten wir davon. Hinter uns wälzte sich die weiße Gischt, die unser Motor in den stillen See pflügte. Ich betrachtete den muskulösen Rücken meines Retters, das dicke, runde schwarze Muttermal zwischen seinen Schulterblättern und die vielen glänzenden Wasserperlen, die ihm die Wirbelsäule runterrannen. Was focht ihn an, ständig aufzutauchen, wenn ich in Verlegenheit war? Anscheinend war ich ohne Mann kein bißchen lebensfähig. Das stürzte mich in fundamentalen Frust. Warum konnten Männer immer alles? Hatte ich mich schon so daran gewöhnt, daß sie einfach schlauer waren als ich? Nun gut, dieser goldige Schweizer war SCHWEIGEND schlauer als ich, im Gegensatz zu Enno.

Brüderli setzte mein Willilein auf sein Knie und ließ ihn lenken.

Willilein strahlte mich an. »Klasse, Mama!«

Ich lehnte mich entspannt zurück, mein Fannychen fest umklammernd, und genoß die Aussicht. Der blaue See, die wunderbare Kulisse des Städtchens Ascona, die hügelige Umgebung, die in der Ferne im bläulichen Dunst verschwand, das war so paradiesisch, so malerisch, so friedlich, daß mir die Tränen kommen wollten. Hier bin ich Mensch, dachte ich, hier darf ich's sein. Keiner nennt mich hier Franka Zis und will ein Interview und eine Fotostory und will wissen, was mein Leibgericht ist und ob ich Männern zuerst auf die Hände oder auf den Hintern schaue, und will meine Mutter und mich gemeinsam in der Küche fotografieren und fragt, welche Gegenstände in meiner Badewanne schwimmen, wenn ich bade, und fordert mich auf, für einen guten Zweck einen Frosch zu malen und zu verraten, bei welchem Designer ich mir meine Abendkleider schneidern lasse und was ich von Eifersucht halte, oder will mich beim Beten fotografieren.

Alle lassen mich hier in Ruhe leben. Besonders dieser goldige Schweizer Vati mit dem Muttermal.

»Wo haben Sie Ihre Kinder gelassen?« rief ich unserem Steuermann zu.

»Sie sitzen in einem KAFFee und essen GLASSee, odr!« schrie Brüderli über die Schulter.

Ich fand, daß das »Oder« hier besonders angebracht war. Wenn sie da nicht mehr saßen, hatte Brüderli Streß. Was der aber auch alles auf sich nahm, nur um eine dumme deutsche Touristenmutti ständig vor dem Tode zu bewahren!

Brüderli ließ Franz den Rest der Strecke fahren. Beide Kinder hatten nun ihren Traum erfüllt: einmal im Affenzahn über den See preschen und selbst lenken. Im Fonds hockten die staunenden Mädels. Mama genoß die Aussicht auf den See und die Kulisse und den braungebrannten Männerrücken. Und Fanny genoß den Fahrtwind. Ihr Sonnenmützchen und ihre dreieinhalb blonden Härchen flatterten gar anmutig um ihr Gesichtchen. Herr Brüderli drehte sich zu mir um und grinste. Aber es war kein triumphierendes Grinsen. Kein: »Siehst du, wenn du mich nicht hättest!« Es war ein fröhliches, ein freundliches, ein unbeschwertes Sommergrinsen.

Die beleibte Bootsverleiherin stand schon gespannt auf ihrem hölzernen Steg und winkte uns mit schwabbelnden Oberarmen in die Parklücke ein. Franz parkte die olle Jolle professionell zwischen den alten Autoreifen am feuchten Holzsteg. Seine Bäckchen waren rot vor Eifer. Ich hätte ihn küssen können, so stolz war ich auf ihn.

Die Beleibte half uns beim Aussteigen. Mir zitterten dermaßen die Knie, als ich mit meinem Fannychen das Boot verließ, daß Brüderli mir auch noch unter die Arme greifen mußte. Endlich hatten wir wieder festen Boden unter den Füßen. Brüderli machte sich an einem Kleiderhaufen zu schaffen. Er stülpte sich das Polohemd über und schlüpfte in seine Jeans.

»Ich weiß gar nicht, wie ich Ihnen danken soll«, stammelte ich. Brüderli band sich seine Schuhe zu.

»Aber ich!« schmunzelte er.

Franz und Willi waren bereits wieder zu den Fahrrädern gelaufen. Thema erledigt, Punkt Bootfahren abgehakt, neue Attraktion, Mama ich will, Mama ich muß, Mama du sollst.

»Nämlich?«

»Indem Sie jetzt ein GLASSee mit uns essen«, sagte Brüderli und sprang behende auf die Füße.

»Sie beschämen mich ununterbrochen.«

»Warum sollte ich Sie beschämen? Ich habe nur den Eindruck, daß es mit Ihnen nie langweilig wird, odr?«

Der Programmdirektor mit den zwei verschiedenfarbigen Augen hatte eine ebensolche Hoffnung geäußert.

Na gut, Jungs, dachte ich. An mir soll es nicht liegen.

Und mit einemmal wurde mir klar, wie unbeschreiblich schön dieser Sommer war.

Wir wanderten hinter den Jungen her, die radelnd auf der Promenade ihre Bahnen zogen. Ich trug mein Fannychen im Arm, eine süße, schwere Last. Wie selbstverständlich nahm Brüderli sie mir nach einer Weile ab.

In einem Café mit vielen gelben Sonnenschirmen saßen beinebaumelnd die beiden Schweizer Knaben und tauchten ihre viel zu langen Löffel in viel zu große Eisbecher. Sie grinsten uns freundlich an. Die Worte, die sie dann mit ihrem Vater wechselten, konnte ich nicht verstehen.

Wir bestellten Cappuccino und für die Kinder je eine Kugel Eis.

»Warum dürfen wir nur eine Kugel! Der Grischtian und der Simonn haben so 'n riesigen Eimer voll!«

»Weil wir dick genug sind.«

Walter Brüderli lachte. »Ja, ihr eßt wohl rächt gärn!«

»Schräcklich gärn«, bedauerte ich.

Und das sah man meinen Nachkommen ja auch an. Alle recht prall und weißhäutig und speckbäuchig und voll der guten deutschen Hausmannskost. Die Familie Brüderli war sehnig, rank und schlank und braungebrannt. Wir waren schon ein prima Gespann.

»Wie haben Sie gemerkt, daß wir in Seenot waren?« Ich band Fanny ein Lätzchen um und drückte ihr den Löffel in die Hand.

»Das war nicht schwer zu bemerken, odr.« Brüderli wischte seinem Jüngsten den Mund ab. »Du bist plötzlich nicht mehr weitergefahren! Da dachte ich, daß du vielleicht den Motor abgewürgt hast. Das kann ja passieren, wenn man sich nicht auskännt mit so einem alten Kahn.«

Ich registrierte gerührt, daß er mich duzte. Klar. Unter Sportlern und Lebensrettern sagt man du, das ist praktischer. Überhaupt war Brüderli so ein ganz Unkomplizierter. Bestimmt spielte er ständig zu Hause am Dorfweiher mit der Dorfjugend Fußball und ließ mit ihnen Drachen steigen und zeigte ihnen Seemannsknoten. Enno machte so was nie.

»Ich würge sonst nie Motoren ab«, sagte ich kleinlaut. »Aber dieser ging einfach aus!«

»Ja, da hast du auf Lärlauf gestellt«, mutmaßte Brüderli.

»Genau«, sagte ich dankbar. Endlich mal eine Männerseele, die meine schlichten weiblichen Handlungsweisen verstand.

»Lärlauf bedeutet treiben lassen, odr.« Brüderlis Augen betrachteten mich wohlwollend. Kinder, nein, was war der doppeldeutig.

»Und das kann man sich als dreifache Mutter nicht leisten«, sagte ich schnell. »Weder zu Wasser noch zu Lande.«

»Mit drei Kindern ans Ufer schwimmen wäre bestimmt nicht so lustig«, sagte Walter Brüderli. »Da dachte ich, ich sollte ins Wasser springen.«

»Das hast du gut gedacht.« Endlich mal ein Mann, der einfach handelte gleich nach dem Denken. Die meisten reden ja erst noch. Enno zum Beispiel. Der hätte die dickarmige Mutti angeschrien, wer ihr Vorgesetzter sei, und per Handy ein Wassertaxi bestellt. Und inzwischen wären wir still und heimlich ertrunken.

Die Brüderli-Kinder sagten irgend etwas, das ich nicht verstand.

»Sie sagen, ich hätte dir das Leben gerettet!« übersetzte Brüderli.

»Hast du auch«, sagte ich. »Jetzt stehe ich ewig in deiner Schuld.«

»Das lasse ich mir gefallen«, sagte Brüderli, indem er sich einen riesigen Löffel Eis genießerisch unter den Schnäuzer schob. Ein paar Sahnetupfer blieben in den borstigen Haaren kleben. Junge, dachte ich, du kannst mir auch sehr gefallen. Hoffentlich gewöhn ich mich nicht an dich. Wär schade um die guten Vorsätze.

An diesem Abend wollten meine Söhne doch in der Lokomotive essen.

»Aber keine Bratwürstchen«, rief ich hinter Willi her.

Ich hatte mich, einem weiblichen Urinstinkt folgend, ziemlich nett gemacht und saß nun mit meinem Fannychen friedlich zu Tisch.

Brüderli tafelte einsam zwei Tische weiter. Genau wie gestern. War das erst vierundzwanzig Stunden her, daß der Programmdirektor hiergewesen war? Meine Güte, dachte ich. Und vor etwas mehr als achtundvierzig Stunden saß ich noch mit Enno und den Kindern in unserer Doppelhaushälfte in Köln, und wir schrien uns an, ich schrie, daß heiraten spießig sei, und Enno legte wieder sein Veto ein und schrie etwas von Verantwortung, und eine Frau in meinem Alter sei aus dem Alter raus, wo sie einfach machen könne, was sie wolle, und wenn ich nicht sofort mit Ja antwortete, würde ich nie wieder einen Kerl abbekommen, was ich mir eigentlich einbildete, und er fahre jetzt zu seiner Mandantin, Frau Gabernak wär nämlich durchaus interessiert an ihm, und wenn ich Pech hätte, würde er auch noch bei der übernachten. War das erst achtundvierzig Stunden her? Ich fühlte mich bereits so gut erholt wie nach sechs Wochen Müttergenesungswerk.

Die Dame de la maison kam herbeigeeilt und reichte mir ein Fax. »Das ist eben angekommen!«

»Danke!« Ich riß den Umschlag auf. Vielleicht wieder ein paar nette Zeilen von Dr. Karl?

Brüderli saß zwei Tische weiter und beobachtete mich halb amüsiert, halb bemüht diskret. Eigentlich albern, dachte ich, daß wir an getrennten Tischen sitzen. Ich vertiefte mich in mein Fax.

»Wichtiges am Wochenende« stand auf dem Briefkopf. »Der Chefredakteur.« Ach nein, dachte ich. Bitte nicht jetzt. Und bitte nicht hier. Bestimmt soll ich wieder einen Frosch malen oder meine Meinung darüber äußern, daß sich Franz Drossler nach seiner tausendsten Talkshow scheiden läßt, oder einsamen Karrierefrauen einen Tip geben, wie man Kinder und Beruf unter einen Hut bekommt.

Ich überflog hastig die Zeilen.

»Liebe Frau Zis, wie wir aus zuverlässiger Quelle erfahren haben, werden Sie eine Fernsehshow übernehmen. Sind Sie die Nachfolgerin von Rosamunde Schmachtenberg? Bitte rufen Sie uns umgehend zurück, da wir noch in dieser Wochenendausgabe darüber berichten wollen!« Und unterschrieben war die Botschaft mit »Martin Gans«.

»Du, Herr Brüderli, komm bitte mal her«, rief ich. »Du hast mir das Leben gerettet und du mußt bis auf weiteres an meinem Tische sitzen und von meinem Tellerchen essen und mein Fannychen füttern.«

»Ich bin aber kein verzauberter Frosch, odr!«

»Doch«, sagte ich.

Herr Brüderli nahm seinen Suppenteller und balancierte erfreut zu uns rüber. Der Kellner rannte diensteifrig hinter ihm her und brachte ihm den Brotkorb, das Besteck und den Weinbottich. Hastig und geradezu übertrieben dezent deckte er zwischen dem Kartoffelbreimatsch von Fanny, den vielen angegrabschten Gläsern mit den Fettflecken und dem wahllos verstreuten Pfeffer und Salz neu ein.

»Entschuldige mich mal eben«, sagte ich. Gott, was war Mama wieder busy. Brüderli grinste.

Ich kramte nach meinem Handy und wählte im Weggehen Dr. Karls Nummer. Er war so freundlich gewesen, mir sein Kärtchen zuzustecken. Die Mailbox ging an. Ich lehnte mich an das kunstvoll geschwungene Brückchen im Garten Eden und wartete ab, was die Computerstimme mir riet. Entweder Nachricht hinterlassen oder für immer schweigen.

»Franka Zis«, sprach ich mit einem Seitenblick auf Brüderli in das Gerät. »›Wichtiges am Wochenende‹ hat mir ein Fax geschickt. Ich müßte Sie dringend sprechen. Bitte rufen Sie mich über Handy zurück…«

Gerade als ich die Nummer zu Ende geleiert hatte, klickte es und »Karl-hier« war höchstpersönlich in meinem Handy zugegen. »Hal-lo!«

Hach, diese gutgelaunte Dur-Terz! (Kuck-kuck!)

»Hallo«, sagte ich. »Haben Sie alles gehört, oder soll ich noch mal von vorn anfangen?«

»Ich habe alles gehört«, sagte Karl-hier. »Und Sie werden lachen: Ich habe das gleiche Fax gekriegt!«

»O.K.«, sagte ich. »Ich lache. Und was machen wir jetzt?«

»Maul halten«, sagte Dr. Karl. »Ich habe zu absolut keiner Seele darüber gesprochen.«

»Ich auch nicht.« Außer zu einem harmlosen Schweizer Familienvati. Aber der gildet nicht.

»Irgendwoher muß dieser Geier es aber wissen.«

Der Kellner war unter den Tisch gekrabbelt und tauchte nun mit einem beschmierten Lätzchen wieder auf. Er hielt es Brüderli fragend unter die Nase. Der nahm das Lätzchen an sich, faltete es zusammen, legte es auf den Tisch und löffelte unbeeindruckt weiter seine Suppe.

»Aber WOHER wissen die Burschen von der Zeitung das denn? Wir waren doch im wahrsten Sinne des Wortes im Séparée…«

»Die haben überall ihre Informanten«, sagte Dr. Karl.

»Aber doch nicht in einem harmlosen Schweizer Familienhotel…«

»Der Nachbar«, sagte Dr. Karl. »Der mit dem Brechmittel. Mit dem Sie im Auto gefahren sind. Der könnte ein Spitzel gewesen sein.«

»Aber nein!« sagte ich errötend. Ich streifte Brüderli mit einem prüfenden Blick. »Da bin ich mir ganz sicher!«

Brüderli nahm gerade ein Stück Schweizer Landbrot aus dem Körbchen und drückte es meinem Fannychen in die Faust. Fannychen schleuderte es von sich.

Ich sandte Brüderli einen herzlichen Blick. Er lächelte zurück.

»Seien Sie vorsichtig«, warnte Dr. Karl.

Mir stockte der Atem. Brüderli? Ein Spitzel? Hatte er gar das Boot präpariert, um uns retten zu können und sich so mein Vertrauen zu erschleichen? Quatsch, Franziska. So wichtig bist du auch wieder nicht.

»Ich bin mir ganz sicher, daß Sie sich irren«, sagte ich ins Telefon.

»Irgend jemand muß gequatscht haben«, sagte Dr. Karl. »Ich

jedenfalls nicht. Aber es gibt natürlich undichte Stellen im Sender. Sie haben ab sofort ein paar Neider mehr, gnädige Frau. Damit müssen Sie leben!«

»Ignorieren wir es einfach«, sagte ich. »Übrigens, Ihre Pfeife habe ich gefunden und ›hab sie sorgsam sehr in Acht‹.«

»Ich vermisse sie sehr«, sagte Dr. Karl.

Wen? Mich? Oder die Pfeife? Das zu fragen schien mir doch etwas unangebracht. Aber ich wollte unbedingt das letzte Wort haben.

»Danke gleichfalls«, sagte ich.

Kaum hatte ich mich wieder an den Tisch gesetzt und mich meinem gemischten Salatteller gewidmet, klingelte das unartige Handy, als wolle es nicht einsehen, daß ich es einfach beiseite gelegt hatte. Nichts ist mir peinlicher, als wenn im Restaurant ein unerzogenes Handy klingelt. Höchstens noch im Kino. Oder in der Oper. Oder beim Klaviervorspielnachmittag von Franz und Willi in der Musikschule. Da ist es besonders peinlich. Oder im Flugzeug, nachdem die Entertainerin mit der Lebensrettungskarte auf die Leuchtstreifen gedeutet und AUSDRÜCKLICH darauf hingewiesen hat, daß man Laptops, Plattenspieler und andere elektronische Geräte zu Start und Landung ausschalten solle.

Düdldüdldütt! Düdldüdldütt! Alle Welt dreht sich herum und glotzt auf den armen erwischten Handybesitzer, der hochroten Kopfes das unartige Stückchen Plastik an die Backe hält und schamgebeugt »Hallo« in die Muschel würgt. Außer Enno. Der war immer sichtlich erfreut, wenn sein Handy klingelte, und dann schrie er »Ja, Winkel?« in den Apparat und ließ alle Welt teilhaben an seinen hochinteressanten Gesprächen, die in neunzig Prozent aller Fälle mit »Hallo, Mutti« begannen und mit »Tschüs, Mutti« endeten.

Ich überlegte kurz, ob ich wieder ein paar Schritte weggehen sollte, aber das würde Herr Brüderli womöglich als unhöflich empfinden. Ich verdrehte die Augen und signalisierte ihm ein genervtes »Entschuldigung«.

»Hallo?« Ich stocherte hungrig in meinem Salat herum.

»Wichtiges amWochenende.«

»Herr Gans?« fragte ich überrascht.

»Martin Gans. Chefredaktion.«

»Was kann ich für Sie tun, Herr Gans?« fragte ich eisig.

Herr Brüderli und ich tauschten einen vertrauten Blick. Paß auf, Schweizer, gleich mußt du mich wieder retten. Aber das machst du gärn. Odr?

»Ja, haben Sie mein Fax nicht bekommen?«

»Welches Fax?« fragte ich scheinheilig.

Brüderli nahm es unter dem Brotkörbchen hervor und wedelte milde mahnend damit herum. Nicht lügen, deutsche Mutti. Lügen haben krumme Beine. Odr?

»Ach so, das Fax.« Ich esse gerade und habe außerdem einen goldigen Schweizer neben mir sitzen. Womöglich nimmt der seinen Suppenteller und geht wieder. Also. Faß dich kurz.

»Und?«

»Was und?«

»Sie kriegen eine Talkshow?«

»Woher wissen Sie, daß ich eine Talkshow bekomme?«

»Also stimmt es?!«

»Herr Gans! Ich gebe keine Auskunft. Ich bin hier in Urlaub und esse gerade zu Abend.«

»Guten Appetit. Sagen Sie nur, wieviel Geld man Ihnen geboten hat und was es für eine Talkshow sein soll und warum Sie zugesagt haben.«

Ich ließ das Salatblatt von der Gabel fallen.

»Warum! Sagen Sie bloß, Sie würden es ablehnen, wenn der Herausgeber der ZEIT Ihnen seinen Job anböte!«

»Ich stelle hier die Fragen. Sind Sie die Nachfolgerin von Rosamunde Schmachtenberg, oder tendieren Sie eher in Richtung Micky Gottwald?«

»Wie meinen Sie das?«

»Eher Talk oder Entertainment?«

»Ich bin ich«, antwortete ich schlicht.

»Das hört sich nach einem krachenden Selbstbewußtsein an.«

»Ein Mauerblümchen bin ich nicht«, gab ich zurück.

Mein Gott, dachte ich, jetzt hat er mich schon eingewickelt.

Jetzt gebe ich ihm schon ein Interview, obwohl ich gerade vor fünf Minuten dem bezaubernden Dr. Karl gegenüber beteuert habe, er könne sich auf mich verlassen. Andererseits: Sollte ich anfangen zu weinen und sagen, nein, eigentlich bin ich wortkarg, kamerascheu und kontaktarm und sitze am liebsten im abgedunkelten Schlafzimmer, und wenn eine Kamera sich nähert, kriege ich Schweißausbrüche und nasse Hände? Was wollte der Mann denn hören! Ich wußte genau, daß alles, was ich jetzt sagte, falsch war. Enno hätte theatralisch mit beiden Armen gewedelt, sich an die Stirn getippt und auf eine Serviette unleserliche Zeichen gekritzelt.

»Wir haben zuverlässige Informationen darüber, daß Sie sich mit dem Programmdirektor getroffen haben«, sagte Herr Gans. »Gestern abend. In einem Schweizer Familienhotel.«

Ich hielt völlig sprachlos die Schnauze. Ich starrte Brüderli an. Wenn der Herr Gans im Handy jetzt noch von der Kotzgeschichte anfing, war alles klar.

»Von wem haben Sie die Informationen?«

»Sag ich nicht.«

»Dann sag ich auch nichts.« Ich wollte das Gespräch beenden.

»Sie können neun Millionen Feinde haben«, gab Herr Gans zu bedenken.

»Neun Millionen Feinde? Ich habe gerade mal neun! Und bin auf jeden einzelnen stolz! Woher wollen Sie die neun Millionen so schnell nehmen?«

»Wir haben neun Millionen Leser.«

»Na gut«, sagte ich. »Überredet. Was wollen Sie wissen?«

»Fangen wir mit ganz einfachen Dingen an«, sagte Martin Gans. »Was gab es denn zu essen?«

»Würstchen«, sagte ich wahrheitsgemäß.

»Aha. Bei einem rustikalen Abendessen... bitte, ich höre. Vergessen Sie kein Detail.«

»Also, wenn Sie es genau wissen wollen«, stammelte ich, »wir haben uns nicht weiter unterhalten können. Ich war nämlich mit meinem Sohn auf dem Parkplatz und half ihm beim Erbrechen. In den Eimer. Und später ins Badezimmer. Und dann noch auf den Bettvorleger. Schreiben Sie das.«

Brüderli zog eine Augenbraue hoch und hörte auf zu kauen.

»Frau Zis!« schnaubte Martin Gans. »Wo war der Programmdirektor?«

»Der Programmdirektor saß auf meiner Terrasse und rauchte Pfeife.«

So. Nun war es geschehen. Ich hatte alles vermasselt.

Sie können mich mal, dachte ich trotzig. Sie haben angefangen.

»Was sagt denn Ihr Mann dazu?« fragte Herr Gans schließlich.

»Was sagt welcher Mann wozu?«

»Na, Ihr Mann. Was sagt er dazu, daß Sie nun auch noch zum Fernsehen gehen?«

Mensch, Gans, bist du blöd! Wer mögen denn deine Spitzel sein.

»Nichts. Er weiß es noch gar nicht«, triumphierte ich.

Und DAS war natürlich ein Eigentor.

»Er WEISS es nicht?! Das ist ja großartig! Er ist also gar nicht dabei! Sie haben sich allein mit dem Programmdirektor getroffen! Nachts! Auf Ihrer Terrasse! Das ist ja interessant!«

»Verdammte Kiste! Was heißt hier ›interessant‹? Führen Sie nie ein Geschäftsgespräch ohne Ihre Frau?« schrie ich erbost in den Hörer. Fanny fing an zu weinen.

Brüderli nahm sie aus dem Kindersitz und trug sie beruhigend im Restaurant auf und ab. Nicht schon wieder eine Szene, Franziska. Heute nicht.

»Frau Zis, ich schreibe nur, was Sie sagen«, sagte Martin Gans. »Sie sind also mit drei Kindern allein in der Schweiz, treffen sich mit fremden Männern und kriegen daraufhin Fernsehshows angeboten.«

»Vorher schlafe ich natürlich mit ihnen«, sagte ich. »Dazu muß ich natürlich meine Kinder in die Bollerkammer sperren.« Im gleichen Moment hätte ich mir die Zunge abbeißen können. Der Herr Gans hatte womöglich keinen Sinn für meinen Humor?! »Wie kommen Sie bloß an Ihre Informationen?« fragte ich ungehalten.

»Na, Sie erzählen mir doch alles gerade!«

»Mama macht nur Spaß«, beteuerte ich kraftlos.

»Das glaube ich nicht«, sagte Martin Gans kalt.

Mir schoß die Schamesröte ins Gesicht. Was sollte Brüderli von mir denken? Brüderli tauchte seinen Schnäuzer ins Rotweinglas und betrachtete mich mit seinen braunen Augen über den Glasrand hinweg.

»Wissen Sie was, lieber Herr Chefredakteur?« sagte ich schlau. »Ich faxe Ihnen alles Erwähnenswerte. Dann haben Sie es gleich schriftlich und es kommen keine Mißverständnisse auf.«

Ich preßte so lange mit dem Daumen auf den kleinen, bösen Aus-Knopf, bis alles Leben aus dem Handy gewichen war. Stumm und tot und willenlos lag es auf dem Tisch und blinkte nicht mal mehr. So, Handy. Jetzt kannst du nicht mehr klingeln.

Ich wartete, bis mein Herzklopfen sich etwas beruhigt hatte. Alles hatte ich falsch gemacht, alles. Lauter Zugeständnisse! Statt die Aussage zu verweigern! Warum hatte ich mal wieder plump-vertraulich lauter ungefilterte Auskünfte gegeben?

»Brüderli«, sagte ich flehentlich. »Hast du noch fünf Minuten Zeit? Ich fax mal eben was, sonst kann ich den ganzen Urlaub nichts mehr essen.« Und zu Fanny, die mit großen, runden Augen interessiert auf ihrem Löffel kaute: »Mama kommt gleich wieder.«

»Wieda«, sagte Fanny.

»Schöne Grüße!« sagte Brüderli unbeeindruckt hinter mir her.

Hastig stakste ich mit dem Handy in der Hand über die Speiseterrasse. Interessierte Blicke folgten mir. Gestern noch schweißgebadet über den Speieimer gebeugt, heute ganz offensichtlich in neues Chaos verstrickt, hatte diese deutsche Touristenmutti doch immer irgendwelche Probleme und machte sich damit wichtig. Immerhin. Heute erbrach sich keiner.

An der Rezeption erbat ich einen Briefbogen.

»Lieber Herr Gans, weder meine privaten noch meine beruflichen Pläne sind derzeit spruchreif. Zu einem späteren Zeitpunkt gebe ich Ihnen gern ein Interview. Beste Grüße, Franka Zis.«

So. Das war freundlich, aber bestimmt. Das hätte sogar Enno abgesegnet.

Ich wartete, bis das Fax durch war und ich das O.K. hatte. Dann schritt ich zu meinem Tisch zurück.

Brüderli fütterte inzwischen liebevoll mein Töchterlein mit Vanilleeis.

Fanny fraß ihm buchstäblich aus der Hand. Die vier Jungen hockten nach wie vor einträchtig in ihrer Eisenbahn. Ich sah Brüderli prüfend an. War er ein harmloser Urlauber? Für einen Moment fühlte ich keinen Boden unter den Füßen. Was, wenn unsere ganze Begegnung kein Zufall war?

Es war doch schon mehr als verdächtig, daß dieser Mensch immer dann in meiner Nähe auftauchte, wenn ich in Verlegenheit war. Und daß er ausgerechnet das Nebenzimmer hatte. Und zufällig keine Frau dabei. Und die Söhne im passenden Alter.

Ich angelte nach meinem Weinglas und trank einen hastigen Schluck.

»Du solltest was essen«, sagte Brüderli.

»Nein, danke.« Ich schob den Teller appetitlos von mir.

»Das ist dir auf den Magen geschlagen, odr.«

Ein Schwätzer war er nicht. Er hüllte sich in freundliches Schweigen.

Fanny wurde unruhig. Ich pflückte sie von seinem Schoß und preßte sie an mich. »Wir gehen mal 'ne Runde«, sagte ich. »Bis später.«

Ich wanderte also Hand in Hand in gebückter Haltung mit meinem Töchterlein zwischen den Teichrosenarrangements herum und ging in die Hocke und zeigte ihr die Frösche und Goldfische, die da so sorglos ihre Bahnen zogen. Mein Töchterlein staunte nicht schlecht, als sie die orangefarbenen prallen Leiber unter der trüben Wasseroberfläche gleiten sah. »Boh!« machte sie und »Da!«. Einige Gäste lachten. Ich lachte auch. Mein Mutterherz weitete sich vor Stolz. Das Ehepaar von gestern machte sich zu seinem Spaziergang auf.

»Sollen wir sie wieder mitnehmen? Das tun wir gärn!«

»Ach nein, danke!« murmelte ich matt.

Brüderli saß nun wieder allein, wenn auch nicht mehr an seinem Tisch, sondern an meinem. Der Kellner tänzelte nervös um ihn herum, nicht wissend, ob er jetzt den nächsten Gang servieren dürfe, und vor allem, welchen, und insbesondere, wo. Die Jungen kamen angerannt und wollten alle vier auf der Stelle einen Eistee.

Sie verstanden sich blendend. Gestern noch hatten meine beiden die Schweizer für bescheuert erklärt. Heute war das alles kein Problem mehr. Wie einfach es plötzlich war! Zu einfach vielleicht?

Wir wanderten bestimmt eine halbe Stunde durch den paradiesischen Garten, Fanny und ich. Es war kurz vor zehn, immer noch fast hell, die Grillen zirpten, und die Luft war lau und samtig. Alles Äußere war so phantastisch! Und in mir drin wütete das Chaos! Wer war Brüderli? Woher wußte Martin Gans etwas? Was, wenn Dr. Karl sich nun über mich ärgerte? Was, wenn »Wichtiges am Wochenende« tatsächlich diesen Mist schrieb? Und Enno womöglich durch die Zeitung alles erfuhr?

Mit wem konnte ich jetzt reden? Wer konnte mir helfen?

Mit dem müden, muckeligen Fannylein, das ich wieder in den Buggy gesetzt hatte, schob ich um die Ecken. Hier war ein riesiges Erdbeerfeld, dort hinten der steinige Fluß. Es war so mild und lauschig, so friedlich und lau. Die Zikaden in den Feldern schrubbten sich die Hinterbeine wund. Amseln sangen ihr Abendlied. So war Landsommer früher, dachte ich. Abende, die nie aufhörten. Barfuß Grillen fangen. Von ferne Stimmengewirr und Fetzen von sanfter Musik. Aufgehende Sterne, eine schmale Mondsichel. Und nun wäre ich so gern sorglos gewesen. Leicht und allein und doch nicht einsam, mit meinen heißgeliebten Kindern und mit einem entzückenden Schweizer Urlaubsflirt. Aber jetzt war der Wurm drin. Ich würde heute nacht wieder nicht schlafen können.

Endlich schlief mein Mädchen ein. Ich legte ihr meinen Pullover über die runden, weichen Ärmchen. Mit gemischten Gefühlen ging ich zum Hotel zurück.

Am Sonntag drauf hatte Brüderli bereits »Wichtiges am Wochenende« aufgeschlagen auf seinem Tisch liegen.

»Du solltest erst etwas essen«, sagte er, als ich gierig danach greifen wollte. »Sonst magerst du übr diesr Sache noch völlig ab!«

Ich konnte aber nicht an mich halten. »Was schreibt er?«

»Trink doch wenigstens zuerst einen Kaffee«, sagte Brüderli.

Er nahm sämtliche fünf Kinder mit ans Büfett, damit ich in Ruhe über dem Artikel brüten konnte.

»ICH BIN GUT WIE GOTTWALD« stand da in fingerdicken Lettern. Und darüber eine Fotomontage, wie ich triumphierend mit meinen Stöckelschuhen Micky Gottwald ans Bein trete.

»Aber das habe ich nie gesagt«, murmelte ich fassungslos. Immerhin war ich demütig dankbar, daß sie das »Wald« nicht weggelassen hatten.

»Ich bin zum Bücherschreiben viel zu sexy«, war die zweite Überschrift. Dann begann der Artikel: »Die ›perfekte Frau‹ Franka Zis ist sich für nichts zu schade. Gerade trennte sie sich von ihrem Mann – »mit dem ich mich immer langweile!« – und flüchtete mit drei kleinen Kindern in ein Schweizer Hotel. Dort traf sie gleich am ersten Abend bei einem rustikalen Abendessen den Programmdirektor eines großen Fernsehsenders. Während sich ihr kleiner Sohn an zuviel Würstchen erbrach, plauderte sie ungehemmt über neue Pläne. Nach ihrem Millionenerfolg ›Die perfekte Frau‹ will sie nun allen beweisen, daß sie nicht nur schreiben, sondern auch talken kann. Die neue Plaudertasche der Nation will es nun auch noch vor der Kamera wissen: ›Ein Mauerblümchen bin ich nicht!‹«

Der Frühstückskellner neben mir räusperte sich. »Caffellatte, signora?«

Ich schaute ihn gläsern an. »Bitte?«

»Was wollen Sie trinken?«

»Jaja«, antwortete ich und versenkte mich wieder in den Artikel.

»›Ich will Karriere machen, und zwar um jeden Preis! Dafür greife ich schon mal zu drastischen Mitteln!‹ Um ihr Ziel zu erreichen, lockte die ehrgeizige Vierzigerin den Programmdirektor sogar in ihre privaten Gemächer. ›Mein Mann weiß von all dem nichts‹, teilte die Erfolgsfrau unserem Chefredakteur freimütig mit. ›Natürlich schlafe ich mit Männern, die mir was nützen. Vorher sperre ich meine Kinder in die Bollerkammer.‹ Ob die dreifache Mutter sich da nicht etwas überschätzt? Für eine Frau in ihrer Situation und in ihrem Alter ist es allerdings ungewöhnlich, sich ein solches Projekt zuzutrauen. Der Erfolg ihrer Bemühungen bleibt abzuwarten...«

Mit einer Mischung aus Selbstmitleid und Panik starrte ich vor mich hin. Mein Kopf war völlig leer. So wurde einem also das Wort im Munde verdreht. So wurde man der Nation zum Fraß vorgeworfen.

Ich zerknüllte die Zeitung und warf den Papierball in den Brotkorb. Der Kellner entsorgte ihn eiligst.

»Das wird Enno in den Suizid treiben«, murmelte ich frustriert vor mich hin. »Jetzt kann er noch nicht mal mehr sein Veto einlegen.«

Sie sind ein mächtiger Mann, Herr Gans. Sie können mit einem einzigen kleinen Artikel Karrieren zerstören und Menschen gleich dazu. Mit einem Wisch ist alles weg.

Mir war so schlecht, daß ich noch nicht mal den Caffellatte trinken konnte. Wie schnell man doch in die Klauen von solchen Hyänen geraten kann, dachte ich. Was hab ich dem Mann bloß getan? Sie können neun Millionen Feinde haben. Wird das jetzt so weitergehen? Soll ich mich in mein Mauseloch verkriechen? Den Kopf in den Sand stecken? Wie sich das für Frauen gehört? Männer dürfen Karriere machen und gleichzeitig drei Kinder haben. Frauen dürfen das nicht. Das denkt Martin Gans. Und mit ihm die halbe Nation. Neun Millionen mit Sicherheit.

Außerdem habe ich bis jetzt nichts weiter als eine Chance! Den Rest muß ich mir erarbeiten wie andere Leute auch! Aber die Chance zu nutzen, scheint schon etwas sehr Unanständiges zu sein. Das tut man einfach nicht. Als Frau. Als Mutter erst recht nicht. Ich sollte sofort aufhören damit, dachte ich. Ruf Dr. Karl an und sag ihm, du traust dich nicht. Er soll sich eine andere suchen. Eine ohne Kinder. Eine, der die Nation nicht böse ist.

In diesem Moment gab es einen dumpfen Plumps. Ich zuckte zusammen. Da war etwas an die Scheibe geflogen. Ein kleines Spätzchen! Eines von denen, die morgens die Frühstückstische umschwirrten, um nach Krümeln zu picken! Erst sah ich so etwas wie Symbolik darin. Aber dann kniete ich auch schon vor dem leblosen grauen Federbällchen, das den Schnabel halb geöffnet hielt. Die winzigen runden Augen blickten starr geradeaus. Entweder es stand unter Schock, oder es war schon tot. Es gab doch so viel Wichtigeres auf der Welt als einen Schmierenartikel von einem Martin Gans! Hier starb ein Spatz!!

Brüderli kam gerade mit der vollbeladenen Bande vom Frühstücksbüfett. Fanny hielt ein duftendes Frühstückshörnchen in ihren Händchen. Die Jungen balancierten andächtig ihre Müsliteller vor sich her.

»Schaut mal«, sagte ich traurig bewegt. »Hier stirbt gerade ein Spatz.«

Brüderli nahm mir das scheintote Vögelchen sacht aus den Händen.

»Das stirbt nicht«, sagte er. »Es hat sich nur erschrocken, odr!«

Die Kinder drängelten sich neugierig um seine Hand. Brüderli ging in die Hocke und bespritzte das arme Spatzenkind mit Wasser aus dem Goldfischteich.

»He! Was machst du!« schrie ich entsetzt. »Er steht doch unter Schock!«

»Er macht ihn alle«, sagte Willi begeistert.

»Los, lauf nach einem Löffl«, sagte Brüderli zu Franz. Franz setzte sich ausnahmsweise mal willig in Bewegung.

Das Spatzenkind rührte sich nicht.

»Kann nüht mär schnaufe«, sagte Simon bedauernd.

Als wenn Spatzen schnauften. Aber in der Schweiz schnaufen sie vielleicht. Weil sie immer bergauf fliegen müssen.

»Das schnauft gleich wiedr«, antwortete Brüderli.

Er flößte dem Vogel tropfenweise Wasser ein, und siehe da, das Spatzenkind schlug die Augen auf und schluckte brav das Wasser herunter. Noch einen Tropfen und noch einen, und dann kippte Brüderli dem Spätzchen auch noch Wasser über den

Kopf. Es schüttelte sich und blähte die Federn und klapperte mit dem Schnabel und mit den Augendeckeln, und die Kinder jubelten, und Fanny warf ihm das ganze CROISSant vor die Krallen, und das Spätzchen hüpfte erschrocken drei Schritte zurück, bevor es davonflog.

»Weg«, sagte Fanny. Sie bückte sich und biß in ihr Croissant.

Brüderli richtete sich auf und sah mich an. Und sagte wieder mal nichts! Ich nahm seine Hand, in der eben noch das Spätzchen gehockt hatte. So standen wir eine ganze Weile da. Mein Gott, dachte ich, was hat der Mann für ein Herz. Daß mir das auf meine alten Tage noch passiert! Wie konnte das angehen, daß ich auf Anhieb einen so goldherzigen Menschen getroffen hatte? Noch nicht zwei Tage auf der Ohne-Mann-Diät, und schon war mir einer über den Weg gelaufen, den ich jeder Kaloriensünde wert erachtete. Dies hier war mehr als ein Urlaubsflirt.

Wir verbrachten eine herrliche Zeit.

Morgens gegen zehn versammelten wir uns am runden Frühstückstisch, Papa, Mama und fünf Kinder. Die vier Jungen waren dann ganz schnell verschwunden, während Brüderli und ich in aller Ruhe Zeitung lasen. Wir lasen die »Zürcher Nachrichten«, natürlich, drunter taten wir es nicht. Fanny dackelte mit ihrem Pampers-Pöter zwischen den Gästen umher, bewarf Spatzen mit Krümeln oder schäkerte einfach nur mit den frühstückenden Herrschaften. Ab und zu kam sie gschamig zu mir gelaufen und verbarg ihr Köpfchen auf meinem Schoß. Dann streichelte ich ihr das Glätzchen mit den drei abstehenden Haarsträhnen, roch dann und wann prüfend an ihrem Popo, und wenn die Luft rein war, durfte sie wieder zwischen den Frühstückstischen auf Unternehmungsreise gehen.

Am späten Vormittag bezogen wir meistens unseren schattigen Platz am Swimmingpool. Die vier Jungen tobten stundenlang im Wasser herum, während ich mit Fanny barfuß im Gras spazierenging oder im seichten Wässerchen herumplanschte, träge Goldfischleiber betrachtete oder einfach nur die Seele baumeln ließ.

Gegen Mittag wickelte ich mein goldiges, wonniges, nasses

Speckbäckchen in ein Handtuch und legte es auf meinen Bauch, während ich in der Hollywoodschaukel hin und her pendelte. Es war ein wunderbarer Friede. Brüderli fühlte sich für meine Söhne genauso zuständig wie für seine. Die Jungmänner aßen immer einen Snack an der Bar, während ich das kalte Mineralwasser genoß, das die Poolbarkellnerin mir brachte, und mein wunderbares Kind beim Schlafen betrachtete.

Nachmittags beratschlagten Brüderli und ich, was wir unternehmen könnten.

»Wir können in ein Grotto gehen und einen Rotwein nehmen«, pflegte er vorzuschlagen. Gar zu gern wäre ich mit ihm rotweinselig in ein Grotto gesunken und hätte ihm mein ganzes Leben erzählt und ihn in tausend Dingen nach seiner Meinung gefragt.

»Aber was sollen wir mit fünf Kindern und Rotwein in einem Grotto«, seufzte ich.

»Wir wollen Motorboot fahren«, schrien die Kinder, und ich flehte darum, nie wieder ein stinkendes, knatterndes, morsches Boot betreten zu müssen.

»Der Brüderli soll mit uns fahren, Mama!«

»Du kannst mit Fanny am Ufer bleiben!«

Das war ein Angebot.

Wir quetschten uns alle sieben in seinen Mercedes, vier Kinder hinten angeschnallt, Mama mit Baby auf dem Beifahrersitz. Brüderli fuhr gut und schnittig. Ich vertraute ihm gern mich und meine Kinder an. Es war eine Selbstverständlichkeit, als würden wir uns schon hundert Jahre kennen.

Er fuhr mit den Kindern Boot, er badete mit den Kindern im See, er angelte mit ihnen am Ufer. Alles wußte er, alles konnte er. Und sagte nie ein überflüssiges Wort. Ich genoß mein Fannychen und meine Söhne und meine Ruhe. Niemand löcherte mich mit Fragen oder Forderungen. Auch rief niemand mehr von der Presse an. Ich verdrängte den Gedanken an Martin Gans und an »Wichtiges am Wochenende«. Wer las denn so 'n Dünnbrettgebohre? Die Menschen, auf die es mir ankam, jedenfalls nicht.

Eines Nachmittags saß ich in Locarno auf der Piazza. Brüderli unternahm mit den Kindern eine Fahrt in der Touristeneisenbahn. Ich trank einen Cappuccino, Fanny dackelte hinter den Tauben her. Mein Handy klingelte. Ach nein, dachte ich. Bitte jetzt nicht. Warum habe ich das Ding überhaupt angelassen. Aber es könnte ja Enno sein.

»Redaktion ›Die glückliche Frau‹, Silbersträhne ist mein Name. Frau Zis?«

»Was kann ich für Sie tun, Frau Silbersträhne?«

Klar, wenn eine Redakteurin bei »Die glückliche Frau« arbeitete, dann mußte sie auch »Silbersträhne« heißen.

»Wir würden schrecklich gern eine Homestory mit Ihnen machen.«

»O nein, Frau Silbersträhne«, sagte ich. »Da wird nichts draus.«

»Wir wissen, daß Sie in Urlaub in der Schweiz sind«, sagte Frau Silbersträhne. »Wir kommen selbstverständlich auch gern da hin.«

»Nein, danke. Sehr freundlich, aber nichts zu machen.«

»Alle Welt weiß ja nun«, sagte Frau Silbersträhne, »daß Sie eine eigene Talkshow bekommen.«

»Und alle Welt weiß«, sagte ich, »daß ich karrieregeil bin und männergeil und meine Kinder verwahrlosen lasse und über Leichen gehe, nur weil ich zum Fernsehen will.«

Ich sah Enno schon wieder winken und sich an die Stirn hauen. Die schreibt das doch alles, Mädchen! Die Presse versteht keine Ironie!

»Wir würden die Sache gern aus unserer Sicht beschreiben«, sagte »Die glückliche Frau«. »Wir haben kein Interesse daran, über Sie herzufallen. Wir möchten unseren Leserinnen Frauen vorstellen, die mit ihrem Leben glücklich sind.«

»Liebe Frau Silbersträhne«, sagte ich, »ich bin tatsächlich sehr glücklich im Moment, und ich fürchte, das ist schlagartig vorbei, wenn Sie oder irgendeiner Ihrer Kollegen in mein Schweizer Urlaubsparadies kommt.«

»Das verstehen wir, Frau Zis, selbstverständlich respektieren wir das. Aber für zwei bis drei Stündchen können Sie sich doch bestimmt mal für uns freimachen? Außerdem würden wir Sie gern exklusiv haben. Das heißt, Sie müßten mit keinem anderen mehr reden. Wir lassen Sie das Ganze gegenlesen. Wir fallen Ihnen nicht in den Rücken.«

Sie klang so reizend, so höflich, so gar nicht besitzergreifend. Auch drohte sie mir nicht mit neun Millionen Feinden. Aber trotzdem. Ich mußte lernen, nein zu sagen. Dies war meine Zeit. Meine und Brüderlis und der Kinder Zeit.

»Es tut mir leid, aber diesmal muß ich leider nein sagen.«

»Aber Sie werden eine eigene Fernsehshow bekommen?«

»Sehen sie, Frau Silbersträhne, das sollte alles noch gar nicht in die Öffentlichkeit. Wenn der liebe Herr von ›Wichtiges am Wochenende‹ nicht darüber geschrieben hätte, dann wüßte es jetzt kein Mensch, und Sie hätten mich nicht angerufen, und ich hätte einen ungestörten Urlaub und Sie auch, und im September, wenn ich auf Sendung ginge, würden wir es zum richtigen Zeitpunkt am richtigen Ort sagen. Vergessen Sie es einfach.«

»Liebe Frau Zis, es werden noch mehr Anfragen auf Sie zukommen. Ich wollte Sie nur bitten, daß Sie uns nicht vergessen, wenn Sie es sich anders überlegen.«

»O.K., Frau Silbersträhne«, sagte ich. »Wenn ich überhaupt in diesem Urlaub noch mit einem Journalisten rede, dann mit Ihnen.«

»Das ist ein Wort von Frau zu Frau«, freute sich Frau Silbersträhne. »Ein Anruf von Ihnen, und wir kommen sofort. Mein Fotograf hat ein Privatflugzeug. Das wäre doch was für Ihre Kinder?! Wir würden ein paar schöne Motive in der Schweiz aussuchen und Ihnen einen netten Tag machen. Und für den Urlaubstag, den wir Sie kosten, dürfen wir Sie natürlich einladen.«

»Hört sich alles verlockend an«, sagte ich. »Aber ich denke nicht, daß es dazu kommen wird.«

Wir grüßten einander noch herzlich und wünschten uns eine schöne Zeit.

Ich legte das Handy nachdenklich auf den Tisch.

Wie merkwürdig. Früher dachte ich immer, daß es toll sein müßte, berühmt zu sein. Aber daß Tag und Nacht irgendwelche fremden Leute sich in dein Leben drängen, dich ablichten, dich ausfragen, dich beobachten, jede Kleinigkeit mit Argusaugen zur Kenntnis nehmen, interpretieren und dann Millionen von Fremden darüber berichten, wie sie dich einschätzen, das ist ja eigentlich kein bißchen komisch. Wenn du nein sagst, schreiben sie über dich, was sie wollen. Wenn du ja sagst, mußt du verdammt Glück haben, um nicht auf bösartige Menschen zu treffen, die dir das Wort im Munde umdrehen. Du bist so ausgeliefert! Oder du giltst als arrogant und zickig und zugeknöpft. Was sollte ich machen?

Da kam das blaue Bimmelbähnchen wieder um die Ecke. Im allerletzten Wagen saßen die vier kleinen und das eine große Brüderli. Welch hübsches Bild. Die Bahn hatte noch nicht angehalten, da sprangen sie alle erlebnishungrig heraus und fielen sofort über mich her.

»Mama, der Brüderli hat uns versprochen, daß wir jetzt was gekauft kriegen.«

»Das wüßte ich aber«, sagte ich. »Ihr habt so viel. Eben seid ihr Bimmelbahn gefahren. Davor habt ihr Pommes gegessen. Davor habt ihr vier Stunden lang im Pool rumgetobt. Was wollt ihr denn jetzt noch gekauft kriegen?«

»Tut mir leid«, sagte Brüderli. »Ich habe allen Buben versprochen, daß sie sich was aussuchen dürfen, odr? Laß mich ihnen doch was schenken…« Er sah mich mit ganz merkwürdig traurigen Augen an.

»Ja, wenn du es ihnen versprochen hast…«

»Mama, ich hab Durst!«

»Ich auch ich auch ich auch!«

»Alle setzen, alle Klappe halten. Wer will Eistee?«

»ICH!« Ein einziger Schrei von einer durstigen Meute. Trotzdem wollte keiner sitzen.

Willi rannte hinter Fanny her, die hinter den Tauben herrannte. Die anderen Kinder rannten hinter Willi her, der hinter Fanny herrannte. Die Tauben flohen in heller Panik.

Brüderli setzte sich neben mich auf einen freien Stuhl und atmete tief durch.

»Die Zeit mit den Kindern ist so kostbar, odr?! Man kann dem Leben nicht mehr Tage geben, aber dem Tag mehr Leben!«

Ich sah ihn von der Seite an. Gott, was hatte ich den Kerl lieb-
gewonnen in diesen Tagen! Er war ein wunderbarer Vater. Ein
feinfühliger, bescheidener, stiller Mensch. Einer, der noch betrachten und genießen konnte. Einer, der noch Spätzchen rettete
und Kindern zuhörte und dumme Touristenmuttis beschützte.
Ganz uneigennützig.

»Brüderli«, sagte ich, und am liebsten hätte ich seine Hand
gestreichelt. »Du gibst den Kindern so viel! Da mußt du ihnen
nicht dauernd was kaufen. Ich versuche gerade, meinen Kindern
diese Anspruchshaltung abzugewöhnen. Sie werden sonst immer unzufriedener. Man tut ihnen damit keinen Gefallen.«

»Aber du hast sie dauernd, ich habe sie nur in den Färien,
odr.«

Armer Brüderli. Der hatte auch ein Packerl zu tragen. Er
hatte mir inzwischen erzählt, daß seine Frau jeden Kontakt zu
ihm abgebrochen hatte und ihm die Kinder nur noch ganz selten gab. Warum, das hatte er nicht erzählt. Und ich wollte ihn
natürlich nicht fragen.

»Daß es ausgerechnet so wunderbare Väter wie dich trifft«,
sagte ich.

»Bin ich das?« gab Brüderli erstaunt zurück.

Brüderli, dachte ich. Wenn ich dir verfalle, bist du schuld.

Am liebsten hätte ich ihn umarmt, aber ich traute mich nicht.

Die Kinder kamen angerannt. »Kriegen wir nun was geschenkt
oder nicht?«

»Also gut. Wenn der Brüderli es euch versprochen hat…«

Wir wanderten durch die malerische Altstadt. Brüderli über-
nahm wie selbstverständlich den Buggy mit Fanny, als es auf
dem Kopfsteinpflaster bergauf zu schwierig wurde. Ich hielt die
beiden jüngeren Knaben an den Händen. Eine Patschhand und
eine knochige. Welch ein Gefühl. Ein älteres Ehepaar blieb begeistert stehen.

»Che bello!« rief die Frau aus. »Cinque bambini!«

Der Mann strahlte auch. »Wir haben sogar sechs!« sagte er
stolz in gebrochenem Deutsch. »Alles prachtvolle bambini!«

Ich grinste froh. »Wir üben ja noch«, sagte ich freundlich.

Der Mann lachte fett. Er übersetzte es seiner Frau, und die fing schrill an zu kreischen. »Bene, bene! Nur weiter!«

Brüderli sah sich um und grinste. »Bindest du wieder unschuldigen Leuten einen Bären auf?«

»Laß mich doch, Brüderli!«

Wir schlenderten sorglos weiter.

Ich stellte mir plötzlich vor, wie es wäre, mit Brüderli zusammenzuleben. Irgendwo in einem freundlichen kleinen Dorf am Zürichsee, mit einem weißen, spitzen Kirchturm und properen Häuschen, wo die Leute stets freundlich »Grüezi« sagten und keiner seine Nase in meine Angelegenheiten steckte.

Morgens würde Brüderli seiner Wege fahren, er machte irgendwas im Elektronikfachhandel, von dem ich nichts verstand, und ich würde unsere fünf Kinder mit Schweizer Käse füttern und unser properes Häuschen aufräumen, und nachmittags um fünf, wenn er wiederkäme, würden wir alle zum Dorfweiher gehen und Boot fahren und GLASSee essen und den lieben Gott einen guten Mann sein lassen. Und an den Wochenenden würden wir in die Berge fahren und in holder Eintracht wandern und Kühe anschauen und Bächlein plätschern lassen und auf einer Hütte in Strohsäcken übernachten. Und niemals wieder würde mich irgend jemand von der Presse finden. Weil wir einfach kein Handy dabeihätten.

Neben der Kirche war ein Spielzeuggeschäft. Die Jungen stürzten hinein, als hätten sie noch nie im Leben einen Ball gesehen. Arme ausgehungerte Kinder. Nie schenkte ihnen jemand Spielzeug. Immer mußten sie sich langweilen.

Ich wollte dieser Raffgier nicht beiwohnen und stahl mich mit Fanny durch das schwere hölzerne Seitenportal in die dunkle Kirche. Kühle Stille schlug mir entgegen. Leise schlich ich mich durch den halligen Mittelgang.

Fanny machte erstaunt »Boh!«. Ihre Stimme hallte von den marmornen Säulen wider. Das regte sie an, weiter ohne Unterlaß »Boh!« zu machen.

Ich ging in Richtung Altar. Meine Augen gewöhnten sich an das Dunkel. Da hockte ein Dutzend schwarze Krähen in den Bänken und betete den Rosenkranz wie in Trance. Eine betete immer vor, die anderen fielen in den Refrain ein. »Santa Maria ora pro nobis nunc et in hora mortis nostrae amen.«

»Ave Maria gratia plena...«, fing die Vorbeterin wieder an zu leiern.

Alle fummelten an den Gebetsperlen in ihren Händen herum und murmelten ohn Unterlaß ihre ewig gleichen Verse in italienisch gefärbtem Latein.

Ich blieb mit dem »Boh« schreienden Fannychen lieber im Hintergrund, um die Andacht nicht zu stören. Ich wollte selbst einen Moment andächtig sein. Ich hatte so viel Grund zur Freude und zur Dankbarkeit. Auch wenn letzten Sonntag ein paar Millionen Leute so schäbige Dinge über mich gelesen hatten. Was war das schon gegen das Glück und den Frieden, die ich hier empfand? Ich hatte es schon längst vergessen. Und die Gewißheit, daß alle Leute, die es gelesen hatten, es auch schon längst vergessen hatten, stimmte mich gelassen und heiter. Zeitungspapier ist so vergänglich.

Als ich wieder in das gleißende Tageslicht hinaustrat, war mir ganz feierlich zumute.

Die Kinder kamen mir entgegengerannt. »Mama, wo warst du?«

»Ich hab mal für fünf Minuten eine Auszeit genommen.«

»Jetzt hat der Brüderli bezahlt, Mama!«

»Ich werd ihm die Fränkli schon wiedergeben.«

»Das kommt nicht in Frage! Laß mich den Kindern auch mal eine Fräude machen! Wer weiß, wann ich sie wiedersähe, odr!«

Ich sah Brüderli aus zusammengekniffenen Augen an. Abschiedsstimmung? Woher plötzlich dieser Schatten auf seinen Augen?

»Wir haben einen Power Ranger!«

»Meiner kann schießen!«

»Meiner kann reden!«

»Au ja«, sagte ich und hockte mich vor die begeisterten Jungen hin. »Zeig mal. Was kann er denn sagen?«

Die eifrige Kinderpfote drückte dem Power Ranger auf den Nabel, und da schrie er mit brüchiger Computerstimme: »Zeit zum Verwandeln!«

»Was sagt der?« fragte ich überrascht.

»Zeit zum Verwandeln!« schrie der Power Ranger mich an. Und wieder: »Zeit zum Verwandeln!«

»Boh!« machte Fanny.

»Zeit zum Verwandeln!« riefen nun auch die anderen Power Rangers durcheinander.

»Was wollen die denn verwandeln?« fragte ich erstaunt.

»Mama! Das verstehst du nicht! Die verwandeln sich selbst!«

»In was?«

»In Power Rangers!«

»Ach so. Nee, ist klar.« Ich stand auf.

»Da fahren sie tierisch drauf ab«, sagte Brüderli schuldbewußt. »Sie wollten alle nur so einen PAUerräindschr haben, odr.«

»Zeit zum Verwandeln!« schnarrten die Plastikritter durcheinander.

Die Leute drehten sich kopfschüttelnd um.

»Was meinst du, wann die Batterie leer ist?« fragte ich hoffnungsvoll, als wir mit dem Buggy weiter bergauf schoben.

»Laß doch die Batterie noch lange voll sein!«

»Wieso? Das nervt doch tierisch!«

»Ich wollte, ich hätte noch Zeit zum Verwandeln«, sagte Brüderli.

»Bitte?!«

»Nichts.«

»Du bekommst noch Geld von mir«, beharrte ich. »Was kostet denn der pädagogisch unwertvolle Mist?«

Brüderli blieb stehen und schaute mir in die Augen, daß mir ganz schwindelig wurde. Mein Gott, konnte der schauen!

»Geld ist nicht alles. Ich wünsche mir, daß du heute mit mir den Abend verbringst!«

»Man kann dem Leben nicht mehr Tage geben«, sagte ich kühn. »Aber dem Tag mehr Leben.« Toller Spruch eigentlich. Den wollte ich mir merken. Ihr grauen Mütterchen, betet nur weiter für mich den Rosenkranz. Ich schleppe heute abend das goldigste aller Schweizer Urviecher in meine Höhle. Und dann wollen wir mal Power Ranger verwandeln, Hollaria!

Wir waren auf einer Anhöhe angekommen. Dort unten kräuselte sich sanft der bestechend blaue See. Die Altstadt zog sich bis zu uns herauf. Eine Eisbude säumte passenderweise den Wegesrand. Drinnen lehnte eine italienische Mutti und kühlte ihren mächtigen Busen über den eisdampfenden Bottichen.

»Mama, ich will ein Eis!«

»Wer will alles ein GLASSee!«

»Iiicchhh!!«

»Laß mich jetzt bezahlen«, bat ich Brüderli, der schon wieder in seiner Jeanstasche kramte. Ich erstand siebenmal Eis. Wir hockten uns auf ein Mäuerchen und genossen den Anblick unserer sich friedlich bekleckernden Kinder und die Aussicht, die sich zu unseren Füßen bot. Dunkelblauer See, weiße Schiffe, Palmen am Ufer.

Unten tutete der Ausflugsdampfer.

»Kennst du das ZITat aus Faust: Verweile doch, du bist so schön?«

»Klar kenne ich das ZITat«, sagte ich.

Fanny verteilte das Eis sorgfältig auf ihrem ganzen Gesicht und Oberkörper. Niemand legte darob sein Veto ein. Niemand herrschte mich an, ich solle dem Kind das Eis wegnehmen, das sei doch Wahnsinn, ein so großes Eis und ein so kleines Kind.

»Zeit zum Verwandeln«, rief ab und zu ein Power Ranger. Sonst war alles still und friedlich.

»Ich werde diesen Augenblick nie mehr vergessen«, sagte Brüderli.

»Ich auch nicht«, lächelte ich über meinem Eis.

Und dann gaben wir uns ein ganz kleines Küßchen. Es schmeckte nach Vanilleeis.

Abends im Hotel fand ich ein halbes Dutzend Faxe vor.

Na, das mußte ja so kommen. Ich hatte mich schon gewundert, wieso man mich bis jetzt in Ruhe gelassen hatte. Es waren alles Faxe von Zeitschriften und Magazinen. Alle zum Thema »Ich bin gut wie Gottwald!« und »Für meine Karriere schlafe ich mit jedem!«.

Alle wollten sofort ein Interview. Und alle wollten sofort an meinen Schweizer Urlaubsort kommen. Ich mußte nur mit dem Finger schnipsen. Morgen würde unser herrliches Krötenparadies voll von Schmierenreportern sein. Ich dachte voller Wut an Martin Gans. Was hatte der Blödmann nur angerichtet! Was gab dem das Recht dazu? Mein Privatleben zu zertrampeln, meinen wunderschönen Urlaub.

Kein bißchen werde ich reagieren, dachte ich erbost. Nicht das geringste bißchen. Zerreißt euch doch das Maul, wenn ihr nichts Besseres zu melden habt. Was schert mich euer Sommerloch-Syndrom. Wenn wieder ein Politiker oder ein Talkmaster seine Frau verläßt, habt ihr was Interessanteres zu melden. Mein Problem ist das nicht.

Ich zerriß sämtliche Faxe und warf sie in den Papierkorb.

Es ist mir scheißegal, was sie von mir denken. Der einzige, der mir nicht scheißegal war, war Enno. Alles, was recht war. Ich hatte jahrelang mit ihm zusammengelebt. Und er war der Vater meiner kleinen Tochter. Ihm schuldete ich eine Erklärung. Aber er meldete sich nicht. Ob er »Wichtiges am Wochenende« nicht gelesen hatte? Sein Niveau war ja dieses Blättchen nicht.

Aber ich sollte nicht so naiv sein zu glauben, er hätte inzwischen nicht von der Meldung erfahren. Und wenn es seine neunmalkluge Mandantin war, die ihm den Artikel sorgfältig ausgeschnitten hatte.

Ob ich Alma mater anrufen sollte? Aber was, wenn sie es nicht gelesen hatte? Was, wenn sie und Enno nicht das geringste ahnten? Warum sollte ich schlafende Hunde wecken?

Andererseits: Das Angebot von Frau Silbersträhne war so uninteressant nicht. Sie schien fair zu sein. Höflich war sie jedenfalls. Freundlich und menschlich. Ich überlegte. Sollte ich ihr das Exklusivinterview geben? Das mit dem Flugzeug war verlockend! Mit Brüderli über die Schweiz fliegen! Und mich für seine tausend kleinen Gefälligkeiten bedanken. Außerdem würde ich es gegenlesen können. Und ein paar Dinge gründlich klarstellen. Und dann würden mich alle in Ruhe lassen.

Ich schickte die Kinder zum Händewaschen und rief Frau Silbersträhne an.

Frau Silbersträhne war eine bezaubernde Dame um die Mitte Vierzig mit wehendem dünnen Haar und wehendem dünnen Kleid. Sie hatte tatsächlich ihren Fotografen im eigenen Flugzeug mitgebracht. Das Flugzeug parkte auf dem Parkplatz neben dem Erdbeerfeld.

»Liebe Frau Zis, ich freue mich ja so, daß Sie so spontan reagiert haben!«

Frau Silbersträhne wanderte mit Fannychen und mir durch den paradiesischen Garten. Die Jungmänner alberten wie immer im Pool herum, und der Fotograf stapfte zwischen seinem Flugzeug und dem Hotel hin und her, um seine Utensilien zusammenzusammeln.

»Ich habe es Ihnen doch versprochen«, sagte ich. »Ich gehe davon aus, daß wir exklusiv miteinander arbeiten und daß ich Ihren Artikel gegenlesen werde. So waren unsere Vereinbarungen.«

»Das war eine kluge Entscheidung«, sagte Frau Silbersträhne. Sie hatte sich die Sandaletten von den Füßen gestreift und wanderte nun barfuß neben mir her. Alles an ihr war silbern. Ihre Zehennägel, ihre Ringe und Ketten, ihr Kleid, ihre Sandaletten, ihre Haare. Sie wirkte auf mich wie die gute Fee, die Pechmarie wenigstens halbwegs wieder rehabilitieren wollte.

»Machen wir zuerst das Interview«, regte sie an, während sie sich neben meiner Lieblings-Hollywoodschaukel im Gras niederließ. »Welche Fragen bekommen Sie denn am meisten gestellt? Die werde ich einfach nicht stellen.«

»Bitte fragen Sie mich nicht, wie man das schafft, eine ›perfekte Frau‹ zu sein«, seufzte ich. »Und bitte erwarten Sie von mir keine Ratschläge. Ich bin keine perfekte Frau, nur mein Buchtitel heißt so, er war ironisch gemeint, aber keiner macht sich die Mühe, das zu glauben.«

»Nein, dafür haben die Deutschen viel zu gern ihre Schubladen«, seufzte nun auch Frau Silbersträhne. »Sie sind halt ›Die perfekte Frau‹, ob Sie das wollen oder nicht. Und wehe, Sie machen mal einen kleinen Fehler. Dann wird man mit Steinen auf Sie werfen. Und zwar werden es Frauen sein, die den ersten Stein werfen!« Mich überzog eine Gänsehaut. »Einen Mann fragt man natürlich nicht, wie er das alles schafft, einen Job, drei Kinder und noch eine Frau daheim. Der lacht Sie aus!«

»Oder fragen Sie mal einen Mann, wie seine Frau seinen Erfolg verkraftet«, sagte ich. »Der zeigt Ihnen den Stinkefinger!«

»Es herrscht leider eine gewisse Engstirnigkeit«, gab Frau Silbersträhne zu. »Deshalb sind Artikel wie die von Herrn Gans Wasser auf vielerleuts Mühlen und verstärken die blödesten Vorurteile, wie zum Beipsiel: Frauen, die Erfolg haben, sind auf jeden Fall kaltherzig, skrupellos und egozentrisch. Das zum Thema: Ich schlafe zur Not mit jedem!«

»Wenn sie zusätzlich Kinder haben«, ereiferte ich mich, »sind sie angeblich Rabenmütter. Wenn sie keine haben, sind sie im Grunde ihres Herzens gebärneidisch und versuchen ihre innere Leere mit Karrieredenken zu überspielen. Bitte stellen Sie mir solche Fragen nicht!«

»Nein. Keine Angst. Was für Ratschläge wollen die Leute eigentlich von Ihnen?«

»Oh, vielerlei. Letztens kam ein Fax von einer Frauenzeitschrift namens ›Leonore‹ mit der Frage: ›Was glauben Sie, warum IN DEUTSCHLAND die Frau und der Mann so große Probleme miteinander haben?‹«

»Und was haben Sie geantwortet?«

»Nun, weil der Mann und die Frau nicht wirklich zueinander passen, besonders nicht in Deutschland.«

Wir bekamen richtig Spaß an dem Interview, Frau Silbersträhne und ich. Der Kellner kam, wie immer um diese Zeit, vorbeigeschwebt und brachte das eisgekühlte Mineralwasser.

»Hm, köstlich«, sagte Frau Silbersträhne. »Warten Sie. Werden wir noch etwas unreflektierter. Welche Fragen bekommen Sie sonst noch zu hören?«

»›Was ist das Geheimnis einer funktionierenden Beziehung?‹« sagte ich. »Das hat mich ›Frau mit IQ‹ letztens gefragt. ›Wie hält man sich als Frau sexy? Wie kriegt man seinen Mann dazu, sich ab und zu zu einem Beischlaf herabzulassen? Welchen Nagellack sollte man dabei tragen? Welche Geräusche sollte eine Frau im Bett nicht machen? Wie bekämpfe ich meine nächtlichen Freßattacken?‹ ›Welchen Tip geben Sie Frauen, die keinen Spaß mehr am Leben haben?‹ wurde ich unlängst von der Zeitschrift ›Nachbarin‹ gefragt. Ich hab geantwortet, daß ich in diesem Fall volltrunken aus dem siebzehnten Stock springen würde. Aber meine bittere Erfahrung zeigt: Die schreiben das alles, was man sagt!«

»Da schämt man sich für die eigenen Kollegen«, murmelte Frau Silbersträhne.

Ich war aber noch nicht fertig. »Was unterscheidet die Frau vom Mann?« schnaubte ich mich in Rage. »Allen Ernstes! Ein seriöses Wochenmagazin fragte mich vor einiger Zeit wörtlich, was die Frau vom Mann unterscheidet! Da saß ich aber da, völlig ratlos, und außer dem blöden abgedroschenen Penisneid fiel mir rein gar nichts ein. Ich habe die Frage an meinen achtjährigen Sohn weitergegeben, wegen der kindlichen Spontaneität. Und wissen Sie, was er gesagt hat? ›Frauen können nicht so gut aufs Klo.‹«

Frau Silbersträhne lachte sich kaputt.

»Stimmt doch«, ereiferte ich mich. »Das ist es, was Mann und Frau unterscheidet! Während Männer sich nach jedem Frühstück ausgiebig mit der Zeitung zurückziehen und ihren leiblichen und seelischen Überdruck von sich weichen lassen, mampfen Frauen jeden Abend frustriert ihren grobkörnigen, übelschmeckenden und nicht rutschen wollenden Verdauungsbrei, der ihnen die ganze Nacht schwer im Magen liegt und sie in üble Alpträume verwickelt und meistens zu keinerlei Erfolg führt. Aber das ist wirklich ALLES, was den Mann von der Frau unterscheidet.«

Frau Silbersträhne prustete in ihr Mineralwasser hinein. »Und das haben Sie an die Zeitschrift weitergegeben?«

»Klar«, sagte ich. »Blöde Frage, blöde Antwort!«

»Das Problem ist nur, daß sie alle keinen Spaß verstehen«, sagte Frau Silbersträhne. »Wenn die ihre Schlagzeile wittern, dann gehen sie über Leichen.«

»Ja, und ich falle immer wieder drauf rein!«

Was hatte mich in letzter Zeit noch vor Begeisterung vom Hocker gerissen? Die Fragen der schreibenden Kollegenzunft waren unerschöpflich!

»Was will die Frau?« sagte ich. »So was steht auf einem x-beliebigen Fax, das die Zeitschrift ›GUDRUN‹ mir schickt, und so was soll ich allen Ernstes beantworten! Ich bin dann oft genug versucht zu antworten, nun, die eine Frau will sich in Größe sechsunddreißig quetschen, die andere will unbedingt mit sechsundvierzig noch Zwillinge, eine dritte will einfach nur mal in Ruhe auf dem Balkon Zeitung lesen, eine vierte will endlich neue Zahnkronen, und eine fünfte will zweimal in der Woche einen Nacktputzer. Was will die Frau? So 'n Quatsch!«

»Ja, aber was will die Frau denn nun Ihrer Meinung nach?«

»Was sie vermutlich alle wollen, ist ein riesengroßer, niemals in sich zusammensinkender, frisch gewaschener, appetitlicher, pulsierender, unaufdringlicher… na Sie wissen schon.«

Ich griff zu meinem Mineralwasserglas.

»Entschuldigung«, sagte Frau Silbersträhne. »Aber das kann ich wirklich nicht schreiben.«

»Ich weiß«, sagte ich. »Da hört die männliche Toleranz auf. Obwohl: Frauen diäten und turnen und tragen ihr Geld zum Schönheitschirurgen, weil ihr Busen zu klein ist oder ihre Beine zu dick sind, aber kein Mann geht zum Penistraining und gibt sich ein bißchen Mühe, damit das Ding nicht immer gleich in sich zusammensackt!«

»Kommen wir auf die gängigeren Klischeefragen zurück«, schmunzelte Frau Silbersträhne, indem sie sich im Gras zurechtsetzte. »Was nervt Sie noch?«

»Warum sind erfolgreiche Frauen einsam?« ereiferte ich mich. »Das fragte mich unlängst die ›Lektüre aus Langeweile‹. Sie wollten von mir das Patentrezept gegen Einsamkeit. Und sie schickten mir Fotos von Fernsehansagerinnen und Politikerinnen und Schauspielerinnen, die angeblich einsam sind. Ich sollte dazu das Ei des Kolumbus ausspucken! In sechsundzwanzig Zeilen mit dreißig Anschlägen! Als wenn ich das wüßte, warum Sigrid Feger und Birthe Schrotflinte und Walsa von Marienberg ›einsam‹ sind! Vielleicht wollen sie gar keinen Mann an ihrer Seite! Vielleicht leben sie gern allein! Verstehen könnte ich sie!«

»Ich auch«, sagte Frau Silbersträhne.

»Das macht mir Mut«, grinste ich.

»Weiter«, drängte Frau Silbersträhne. »Klischeefragen!«

»Letztens fragte mich eine junge Journalistin vor laufender Kamera mit zusammengekniffenen Augen und ernster Miene: ›Wie sieht die Frau heute aus?‹ Da hat's mir aber gereicht! ›Sie ist schön rund und hat einen Kopf auf den Schultern‹, hab ich da ohne Mitleid gesagt.«

»Klar, daß alle von Ihnen Patentlösungen wollen«, sagte Frau Silbersträhne. »Sie haben Ihr Image, bums und fertig.«

»Wenn ich das gewußt hätte«, sagte ich.

»Was dann?«

»Dann hätte ich mein Buch ›Die Mauerblume‹ genannt oder ›Die Träne‹«, sagte ich. »Oder ›Die Schlafsäckin‹. Mir wär schon was eingefallen!«

»Ich will aber lenken!«

»Nein, ich!«

»Kommt nicht in Frage! Der Brüderli darf lenken!«

»Aber nein! Der Brüderli sitzt hinten!«

»Ja, was denn nun! Immer schön einer nach dem anderen!«

Wir quetschten uns in wildem Gerangel in den kleinen Flieger.

»Die Kinder nach hinten und anschnallen!«

»Och, blöd! Immer anschnallen! Hinten sieht man ja gar nichts!«

Schließlich saßen wir. Die vier Jungen hockten wie die Heringe in der Dose auf der hintersten Bank. Sie alle hatten ihre Power Rangers dabei. »Zeit zum Verwandeln«, knarzte der eine oder andere zwischendurch. Ansonsten herrschte Ruhe auf den hinteren Rängen. Man war doch ziemlich beeindruckt von der Tatsache, daß wir gleich abheben würden.

Auf der mittleren Bank hockten Brüderli und ich, das Fannychen zwischen uns. Vorn saßen der Fotograf und Frau Silbersträhne. Und die Fotoausrüstung.

Wir starteten. Meine Hand tastete nach der Brüderli-Hand, und so klammerten wir uns aneinander, halb bange, halb froh.

»Boh«, sagte Fanny beeindruckt, als der Flieger Anlauf nahm. Hinter uns auf den billigen Plätzen war ausnahmsweise alles still. Die Maschine holperte und knatterte, und das Erdbeerfeld flatterte unter unseren Schwingungen, und dann waren wir in der Luft. Der Fotograf fing an zu pfeifen. »Zeit zum Verwandeln«, murmelte einer der Power Rangers hinter uns kleinlaut. Frau Silbersträhne kramte in ihrer Handtasche herum und suchte nach ihrem Lippenstift. Klar. Die flog ja auch immer und war's gewöhnt.

Ich schloß die Augen. Alles war ein Traum, alles, alles. Diese Landschaft, dieses Stück Paradies, dieser Mann neben mir, die braungebrannten Kinder, Frau Silbersträhne und ihr Pilot. Und jetzt flogen wir mal eben ein bißchen über die Alpen! Ich hätte jubeln können! Unter uns lag der blaue See. Wir schaukelten über die Hügel und Wälder.

»Boh, Mama, ist das geil!«

»Hauptsache, niemand muß sich übergeben.«

»Sei still, Mama. Du sollst mich nicht daran erinnern!«

»Da unten ist die Maggia, siehst du!« Brüderli zeigte mit seinem braungebrannten Zeigefinger an meinem Gesicht vorbei an das Bullauge.

»Und hier ist das Grotto, wo wir die Eidechsen beobachtet haben, odr!«

»Und in dieses Tal sind wir mit dem Velo hineingefahren.«

»Centovalli«, erklärte Brüderli. »Das Tal heißt: Hundert Täler.«

»Gigantisch. Und die einsamen Dörfer da an den Talhängen!«

»Die haben zum Teil noch nicht mal Strom«, sagte Brüderli. »Die leben noch wie im Mittelalter, odr!«

»Sieh mal«, rief ich, »da führt ja noch nicht mal eine Straße hin!«

»Nein«, sagte Brüderli. »Die gehen durch den Wald ins Tal hinunter, wenn die was brauchen. Aber das meiste stellen die selbst her. Die arbeiten noch richtig schwer mit ihren Händen.«

Ich schwieg. Welch ein Kontrast. Wir badeten im Luxus und langweilten uns, wenn wir nicht jeden Tag was Neues geboten kriegten, und unsere Kinder maulten, wenn nicht täglich Würstchen und Pommes frites und Eis angesagt waren, und die lebten ohne Fernseher und Fax und gingen zu Fuß. Und keiner von denen brauchte Ratschläge für den Sinn des Lebens. Sie hatten nur sich. Und waren dabei nicht mal unglücklich. Denen fehlte nichts. Nur uns Übersättigten fehlte immer irgend etwas. Und dann fragte man vermeintlich perfekte Frauen, wie Glücklichsein geht. Warum fragte keiner diese Frauen aus dem Tessiner Dorf?

»Wie lange fliegen wir noch?« maulte auch schon der erste Übersättigte von den billigen Plätzen.

»Mir ist langweilig.«

»Zeit zum Verwandeln!«

»Könnt ihr mal die verdammten Dinger ausstellen«, entfuhr es mir.

»Zeit zum Verwandeln«, kam die Antwort. Er war schon etwas schwach auf der Brust, und ich hoffte, die Batterie würde irgendwann leer sein und der Power Ranger tot und stumm.

»Was schlagen Sie vor?« fragte der Pilot nach hinten.

»Swiss miniature«, rief Brüderli. »Da hat's hübsche Kulissen für die Kinder! Lauter Schweizr Bauwärke, odr!«

»Will ich nicht«, rief Franz. »Blöd! Immer Bauwerke! Langweilig!«

»Ruhe«, zischte ich nach hinten. »Wenn du nicht sofort dankbar bist, schmeiß ich dich aus dem Bullauge!«

»Immer dankbar sein!« maulte Franz. »Ich hab Durst!«

»Swiss miniature wird dir gefallen, odr«, sagte Brüderli. »Da hat's auch was zu essen und zu trinken und eine Kindereisenbahn hat's auch. Und Karpfen hat's, odr! Die sind so zahm, daß du sie streicheln kannst.«

»Karpfen streicheln! Bin ich denn blöd?!«

»Sie kennen sich wohl noch nicht sehr lange?« fragte Frau Silbersträhne nach hinten.

»Nö«, sagte Willi vorlaut. »Die kennen sich noch gar nicht lange, aber zum Verlieben hat's gereicht.«

»Willi!« zischte ich nach hinten. »Sechs Tage«, sagte ich verbindlich nach vorn. »Sechs Tage und elf Stunden. Und ein paar wunderbare Minuten. Aber das schreiben Sie bitte nicht!«

Swiss miniature lag am Rande des Lago Maggiore und war eine Ansammlung von Schweizer Bauwerken und Sehenswürdigkeiten im Kleinformat. Ganz entzückend und liebevoll bis ins Detail. Die Kinder waren begeistert von den kleinen Gondeln, die sich zwischen den Gebirgsmassiven hin und her schoben, von den Autos und Eisenbahnen, von den Häusern und Landschaften. Ich war auch begeistert. Daß wir so was geboten kriegten! Wir schlenderten über die liebevoll angelegten kleinen Wege, blieben hier und da staunend stehen und betrachteten die Schönheiten, die die Schweiz zu bieten hat. Mehr und mehr wurde mir klar, was für ein herrliches Fleckchen Erde es war, auf dem wir uns befanden. Und daß die Schweizer alle sehr ausgeglichene, selbstbewußte Menschen sein mußten. Brüderli war jedenfalls so einer. Ausgeglichen, ruhig und stolz. Zu jedem Gebäude konnte er mir etwas sagen. Dies ist das Rathaus von Thun, und das ist der Wehrturm von Cham, und hier sehen wir den Flughafen von Basel, odr, und das ist der Bahnhof von Interlaken. Ich beschloß, noch ganz oft in die Schweiz zurückzukehren und mir all diese Häuser einmal in Orginalgröße am Originalstandort anzusehen. Sowohl im Sommer als auch im Winter war die Schweiz ein Paradies. Allerdings nicht für Faule. Zum Rumsitzen war sie zu schade. Zu Fuß wollte ich sie erobern. Und per Eisenbahn. Und all diese Berge beschloß ich noch zu erklimmen. Eines Jahres. Mit Brüderli vielleicht?

Wir posierten vor den kleinen, putzigen Gebäuden, vor den Brücken und Bergmassiven, und der Fotograf arbeitete schnell und unaufdringlich. Natürlich kam Brüderli nicht mit aufs Bild. Jedenfalls versicherte mir Frau Silbersträhne das. Wir fuhren mit der kleinen Eisenbahn einmal rund um die Schweiz, wir ließen uns auf dem Spielplatz ablichten und beim Eisteetrinken auf der Terrasse. Die Stimmung war locker, wir scherzten herum, und Frau Silbersträhne warf wohlwollende Blicke auf meinen Herrn Begleiter.

»Wo haben Sie den denn aufgegabelt?« fragte sie mich, als wir beide im Toilettenhäuschen am Waschtisch standen.

»Am Nachbartisch im Hotel. Er saß einfach da. Toll, nicht?«

»Was Sie aber auch immer für ein Glück haben«, sagte sie,

während sie sich die Hände abtrocknete. »Werden Sie sich wiedersehen?«

»Keine Ahnung.«

»Es sei denn, Sie helfen etwas nach.«

Wir sahen uns im Spiegel an.

»Ach, Frau Silbersträhne. Mal ehrlich. Aus dem Alter sind wir doch raus, wo wir Urlaubslieben mit in unseren Alltag schleppen, odr!«

»Stimmt«, sagte sie, »eigentlich naiv!«

Und dann lachten wir beide und gingen wieder in den Sonnenschein hinaus.

»Aber Sie schreiben das NICHT«, sagte ich.

»Natürlich nicht«, sagte Frau Silbersträhne.

Die Kinder hatten inzwischen die Karpfen im Teich entdeckt.

Hunderte von fetten fischigen Leibern wanden sich gierig um ein Pommes-frites-Stäbchen, das jemand in den Teich geschmissen hatte. Die Mäuler wurden in beängstigender Schnelligkeit aufgerissen, so daß sämtliche Fischgesichter nur noch aus schwarzen Löchern bestanden. Ich fand den Anblick unappetitlich und furchterregend. Gierige Schlünde und nackter Darwinismus.

Natürlich waren die Kinder begeistert. Endlich mal Action und Gerauf und Gerangel, so wie sie es liebten.

»Boh, Mama, guck mal, sind die dick, Mann!«

»Solchche Brockchen, luege, Vatti!!«

»Total geile Fische, ey!«

Selbst Fanny ging in die Hocke auf ihren dicken, weichen Beinchen und versuchte, ihren Schnuller an der Kette unter die Karpfen zu werfen. Dabei entfuhr ihr pausenlos ein begeistertes »Boh!«. Der Fotograf sprang hingerissen um sie herum, und auch Frau Silbersträhne konnte sich vor Entzücken kaum lassen. Die vier Knaben hockten auf den Knien und boten ihre Brötchen den gierig geöffneten Karpfenmäulern zum Fraß an. Wie großzügig sie plötzlich alle waren!

»Nicht doch, Kinder, das ist bestimmt verboten! Die sind ja schon völlig überfüttert!«

Willi pfefferte mit Lust seine Bratwurst auf die schwarzen Mäuler, und sofort wälzten sich zweihundert Karpfen und eine Bratwurst im schwarzen Gewässer herum. Keiner bekam die Wurst zu fassen, jeder stupste sie nur dem Nachbarn aufs Maul. Wie im richtigen Leben, dachte ich. Wenn es einmal was umsonst gibt. Sommerschlußverkauf bei Karpfens.

Die Power Rangers wurden nun auch noch zum Fraß angeboten.

»Zeit zum Verwandeln!« gurgelten sie mit letzter Kraft. Die Kinder jubelten und tanzten vor Freude über dieses Spektakel.

»Guck mal, jetzt spielen sie Rugby!«

Ich raufte mir die Haare. »Kinder! Aufhören! Was soll ›Die glückliche Frau‹ von uns denken!«

Gerade als das Getümmel am allergrößten war, spürte ich die Hand von Brüderli auf meiner Schulter. Ich richtete mich auf. Keiner beachtete uns, der Fotograf ebensowenig wie Frau Silbersträhne und die Kinder.

»Du, ich mag dich soo gut«, sagte Brüderli.

Ich sah in seine Sonnenbrille, in der sich die gierig aufgerissenen schwarzen Karpfenmäuler spiegelten.

»Du, ich mag dich auch so gut«, antwortete ich, »aber bitte nimm die Sonnenbrille ab!«

Brüderli nahm die Brille ab, und nun waren es seine dunkelbraunen Augen, in denen sich ganze Weltuntergänge abspielten.

Ich schloß die Augen. Vielleicht sollten wir es nicht gerade jetzt tun, dachte ich. Aber vielleicht sollten wir es doch tun. Doch. Jetzt.

Und dann spürte ich sehr trockene, zarte und rauhe Lippen auf meinen. Ganz sanft und gar nicht karpfenmäßig gierig.

Oh, Brüderli, ging es mir durch den Kopf. An dich könnte ich mich ganz fürchterlich gewöhnen. Ich mag dich so gut, ganz ohne »odr«, und ich vertraue dir, und ich fühle mich unsagbar wohl in deiner Nähe, und ich liebe dich dafür, daß du mich einfach in Ruhe läßt, mich nicht bevormundest, nicht alles besser weißt und nicht auf mich einredest, und dafür, daß du mit so wachen, interessierten und positiven Augen durchs Leben gehst. Und dafür, daß du deine und meine Kinder wirklich wahrnimmst und ihnen ein Freund bist. Du bist auch mein Freund. Du bist einfach nur da und strahlst Ruhe und Lebensfreude aus. Solche Männer braucht das Land.

Und dann war es mir ganz egal, was die Karpfen von uns dachten.

Als an diesem Abend die Kinder artig in ihrer Lok saßen und Fanny in ihrem Buggy unter der grünen Wolldecke schlief, fühlte ich, daß unsere Stunde gekommen war.

Ich hatte mir zur Feier des Abends ein schlicht fallendes, knöchellanges schwarzes Kleid angezogen. Mit nichts weiter drunter als unternehmungslustiger sonnengebräunter Haut. Ich fühlte mich so glücklich wie seit Jahren nicht mehr. Wir saßen uns gegenüber auf der Terrasse, im milden Licht der Lampions, und sahen uns im Schein der funkelnden Rotweingläser lange schweigend an. Es war Freitag, und freitags abends sang immer auf der Terrasse ein Tessiner Chor. Eigentlich war es nicht wirklich ein Chor, sondern es waren ein paar urige Gestalten aus den umliegenden strom- und fernsehlosen Bergdörfern, die mit Inbrunst zur Ziehharmonika italienische Schmonzetten knödelten. Alte, faltige Männer mit goldenen Zahnstummeln im Munde und zwei oder drei Weiblein in selbstgefertigten rosa Strickjacken waren auch dabei, die mit Hingabe und Herzblut ihr Liedgut im Kreise der speisenden Herrschaften tremolierten. Es klang schauerlich und terzenselig, jedenfalls paßte der Gesang wunderbar zu dem monotonen Gekrächz der Frösche, die sich ebenfalls auf der Terrasse versammelt hatten, um ihren Herzschmerz in die Gegend zu quaken.

Brüderli und mich hatte eine heiße Welle der Seligkeit erfaßt. Ich war bis über beide Ohren verliebt in diesen wunderbaren krummbeinigen Schweizer, und mit jedem Glase funkelnden Weines und jedem Tessiner Volkslied aus Frosch- und Sängerkehlen wurde ich unternehmungslustiger. Zumal jetzt kein einziger Fotograf oder gar Journalist mehr in der Nähe war! ODR?!

Ich streifte meinen rechten Schuh ab und fing unter dem Tisch an, den Herrn meiner Lüste zu befüßeln. Links und rechts die Herrschaften speisten und tranken und plauderten, und niemand nahm weiter Anstoß an unseren Blicken und Gesten.

Der Kellner umflatterte uns und fragte, ob wir ein Dessert wünschten.

Ich hatte unbändige Lust auf eine würzige Käseplatte.

Brüderli hatte auch Lust auf eine würzige Käseplatte.

Die Kellner kamen zu zweit mit einem riesigen hölzernen Käsekarren angefahren, auf dem ein Dutzend verschiedener Käsesorten zu sehen war, liebevoll umlagert von reifen, saftigen Weintrauben, Walnüssen, Birnenscheiben und Sonnenblumenkernen. Ganz gegen meine Gewohnheit ließ ich mir fünf oder sechs verschiedene Käsesorten auflegen. Als die Kellner weg waren, schob ich den Teller in die Mitte.

»Los, Brüderli. Das teilen wir uns brüderlich.«

O Gott, dachte ich, mach, daß die Kinder für immer in ihrer Lok hocken und dort meinetwegen zu hölzernen Bengelen werden, bitte, laß sie wenigstens heute nacht nicht wieder da rauskommen! Erst morgen wieder. Zum Frühstück. Bitte, lieber Gott! Und laß die Fanny in einen Dornröschenschlaf fallen unter ihrer grünen Wolldecke. Muß ja nicht hundert Jahre dauern. Nur eine Nacht.

Brüderli schien das gleiche zu denken. Er schob mir ein weiches, würziges Camembertstück in den Mund und eine reife Beere hinterher. Ich schloß die Augen und ließ die sinnliche Gaumenfreude auf der Zunge zergehen. Den Brüderli-Finger hätte ich gern mitgegessen, aber Brüderli zog ihn sanft zurück.

Nun war ich dran mit Würzigen-Käse-in-den-Mund-Schieben und Fingerablecken und Augenschließen und Fuß-an-Brüderli-Oberschenkel-Reiben. Und die Tessiner Bauernknechte schrien von Herzeleid und Solemio und Tecino grande, und die Frösche quakten dazu. Verweile doch, du Augenblick!

Das Mit-Käse-Füttern und Würzige-Finger-Schmecken und Weintrinken und Füßeln unter dem Tisch steigerte sich immer mehr. Der Tessiner Bauernchor und der Terrassenfröschechor heizten mich dermaßen an, daß ich die tafelnden Herrschaften um mich herum vergaß. Die Lust auf Brüderli war nicht mehr zu bremsen. Gierig schaute ich auf meinen Schweizer Freund.

Er schaute zurück. Es war ganz unerträglich und gleichzeitig ganz wunderbar.

»Du kannst schauen!« sagte er heiser. »Das ist ganz erotisch, wie du schauen kannst!«

Klar kann ich schauen, Mann, dachte ich. Aber das ist nicht alles! Ich kann noch viel mehr als schauen, rate mal, was ich noch alles kann!

»Meinst du, die Kinder bleiben noch ein bißchen in ihrer Lok?« fragte ich, vor Sehnsucht brennend. »Wir könnten sie von außen abschließen. Oder die Hollywoodschaukel davorschieben.«

»Ich weiß es nicht«, sagte er zurückhaltend. »Was hast du vor?«

Na, was wohl, krummbeiniger Schweizer!

Der Chor erreichte den Schlußakkord mit Mühe und Not. Los jetzt, Brüderli! Ich will dich, und zwar auf der Stelle!

Gerade als wir erneut unsere Blicke ineinander versenkten und ich den erotischsten aller Blicke schaute und meine große Zehe einen sehr gewölbten harten Hügel zwischen den Brüderli-Schenkeln erreicht hatte, kamen unsere vier Söhne angestürmt. In diesem Moment wünschte ich, sie würden zu Eis. Eiscreme auf dem Nachtischbüfett. Vier tiefgefrorene Knaben aus Erdbeer-, Schokoladen-, Aprikosen- und Vanilleeis.

»Mama! Im Swimmingpool ist ein Frosch!«

»Ja, ihr lieben Kinder. Seht ihm ein bißchen beim Schwimmen zu. Ihr dürft noch zwei Stündchen aufbleiben.«

»Du mußt ihn retten, Brüderli! Der ertrinkt!«

»Kein Frosch ertrinkt beim Schwimmen«, stöhnte ich frustriert. Ich hätte schreien mögen vor Verlangen.

»Kchomm schnäll luege!« Die Schweizer Kinder zerrten an Brüderlis Arm. »Im Chlorwassr tut er verende, odr!«

»Dann verendet er eben mal«, sagte ich weise. »Nicht jeder Frosch muß achtzig Jahre alt werden. Geht ein bißchen spielen.«

»Nein, nein, der arme Frosch muß stärrbe! Vatti, du mußt ihn wiedrbeläbe! Blieb nit iinfach hocke!«

Brüderli erhob sich sofort. Wenn ich da an Enno dachte! Der hätte die Lok von außen zugeschweißt und vorher noch sein

Veto eingelegt und den Lokführer zu sprechen gewünscht, und dann hätte er darauf bestanden, daß wir das täten, was wir gerade im Begriff gewesen waren zu tun, und zum Thema Frosch im Pool hätte er höchstens gepredigt, wie unhygienisch das sei.

Brüderli fand immer das Anliegen seiner Kinder wichtiger als sein eigenes. Obwohl da nichts mehr anlag. Selten hatte mein großer Zeh etwas Erfreulicheres gefühlt als das, was Brüderli da beim Käseessen unter dem Tisch hervorgezaubert hatte. Ich fluchte auf alle Frösche und Kinder dieser Welt. Er warf mir einen bedauernden Blick zu und folgte seinen aufgeregten Söhnen zum Swimmingpool.

Verdammte, blöde Kröte, verrecke! murmelte ich liebestrunken vor mich hin, während ich meine Schuhe unter dem Tisch suchte. Ich schlüpfte in meine Pumps, leerte noch das käsefettige Rotweinglas von Brüderli, weil ich fürchtete, ein übereifriger Kellner würde es abräumen, und schob, das andere Weinglas in der Hand, den Buggy mit der schlafenden Fanny in der grünen Wolldecke an den Augen der staunenden Gäste vorbei in Richtung nächtlich ruhendem Swimmingpool. Durch das duftende Gesträuch, an den Palmen vorbei, unter denen wir tagsüber immer im Grase saßen, wenn das Fannylein unter den Sonnenstühlen schlief. Warum mußt du blöder Froschkönig ausgerechnet jetzt in den Swimmingpool fallen. Wo ich die goldene Kugel von Brüderli doch schon zum Greifen nahe hatte. Wenn ich dich erwische, werde ich dich grillen oder in die Suppe tun. Ich erklomm die zierliche Brücke und schaute in den beleuchteten Pool hinab. Tatsächlich. Da schwamm im tadellosen Bruststil ein Frosch im Kreis herum. Ganz vorbildlich machte der das.

»Seht mal, Kinder, das nenn ich Brustschwimmen«, rief ich von meinem Schiedsrichterplatz hinab. »Da solltet ihr euch mal ein Beispiel dran nehmen!«

»Mama! Wie kannst du so grausam sein! Der stirbt!«

Die Kinder hockten alle auf den Knien am Rand und versuchten, durch Wellenbewegung mit den Armen das arme, verwirrte Fröschlein in eine Richtung zu treiben. Das Fröschlein war von unten so stark beleuchtet, daß man glaubte, seine Innereien zu sehen. So ein liebliches, wendiges Tier!

»Vattii!« schrien die Schweizer Bengel. »Du mußt einispringe! Tu ihn rrätten!!«

»Los, Brüderli!« feuerten ihn auch meine Söhne an. »Den Spatz hast du ja auch nicht sterben lassen!«

»Und uns hast du schließlich auch gerettet, als wir Schiffbruch erlitten haben!« mischte ich mich spöttisch ein.

Es blitzte ein-, zweimal kurz. Nanu, dachte ich. Wätterläuchchten?! Oder knipsen sich nur ein paar Touristen auf der Terrasse?

Brüderli schaute sich kurz um, ob auch niemand der Gäste sein unangebrachtes Tun bemerken würde, aber der Tessiner Bauernchor hatte wieder angefangen zu schreien, und so streifte Brüderli mit einem gschamigen Blick auf mich seine engen Jeans ab. Ich registrierte eine gewisse Rückbildung innerhalb seiner Boxershorts. Das Polohemd flog auf einen Kaktus, und dann machte es platsch, und Brüderli schwamm bereits unterhalb des Frosches im Scheinwerferlicht herum.

Die Kinder schrien und feuerten ihn an. »Los, Vatti! Du muscht ihn packe!«

»Nit entwische lasse! Greife und feschthalte!«

In dem Moment wünschte ich, ich sei der Frosch.

Der legte nun den fünften Gang ein. Nie hatte ich eine Kreatur schneller schwimmen sehen! Hei, wie der die Beinchen rotieren ließ! Die Ärmchen kreisten wie ein Hubschrauberpropeller, aber Brüderli war geschickter: Mit einem gezielten Griff hielt er das strampelnde Wesen plötzlich in der Faust. Unter tosendem Beifallsgebrüll der Jungen trug er das zappelnde Geschöpf sorgfältig zu seinem Tümpel zurück und ließ es zwischen die trägen Goldfischleiber gleiten. Oh, wie ich ihn in diesem Augenblick liebte! Immer tat er alle Bienchen und Schmetterlinge dahin, wo sie hingehörten, rettete jungen Spatzen und Mehrfachmüttern pausenlos das Leben und war dabei doch so still und bescheiden!

Ich wollte ihn unbedingt noch heute abend in meinen Armen halten und ihn spüren, mit Haut und Haaren, mit Leib und Seele. Wenn ich überhaupt jemals im Leben etwas gewollt hatte, dann das! Wie konnte ich das bloß anstellen?

Doch die Kinder verlangten sofort nach einem Eistee und nach einem GLASSee und wollten um jeden Preis noch mit uns am Tisch sitzen. Also wanderten wir alle zurück, brachten den Kellner erneut auf Trab, und Brüderli und ich versuchten, unsere unbändige Lust aufeinander durch harmloses Geplauder zu kompensieren.

Keines der Kinder tat uns den Gefallen, müde zu werden oder gar nach seinem Bett zu verlangen. Nur Fanny. Die schlief wie ein Engelein.

Endlich, als der Bauernchor verstummt war und der Froschchor auch, als das Nachtischbüfett abgeräumt war und die letzte Karaffe Wein, als fast alle Gäste von der Terrasse verschwunden waren, meldeten die Kinder ein gewisses Interesse an ihrem Bett an. Es war halb eins. Brüderli war erkaltet und erschlafft, das war mir klar. »Zeit zum Verwandeln«, murmelten die Power Rangers kleinlaut vor sich hin.

Wir erhoben uns und gingen den langen, dunklen Flur hinunter in Richtung unserer Zimmer. Brüderli hielt mich zart und verheißungsvoll an der Hand, während unsere müden Kerlchen fast willenlos vor uns hertrotteten. Mein Fannylein im Buggy schlief, als ginge sie das alles nichts an.

»Wie machen wir es nun?« fragte ich verklemmt.

»Was meinst du?« fragte Brüderli samtstimmig zurück.

»Du weißt genau, was ich meine.«

»Ich weiß nicht«, antwortete Brüderli. »Es wird schwierig werden.«

Verdammt, dachte ich. Er ziert sich. Was hat er denn nur, der samtäugige, langwimprige Mann? Bin ich ihm etwa nicht attraktiv genug? Hat der etwa nicht begriffen, daß ich ihn will? Achtet er womöglich nicht auf solche Kleinigkeiten, weil er immer Frösche und Spatzen retten muß? Mein Gott, dachte ich, dies wäre das erste Mal, daß ich einen Korb bekomme. Das könnte ich seelisch nicht verkraften. Da müßte ich mich sofort einer Wechseljahre-Selbsthilfegruppe anschließen, um dieses Trauma zu überwinden.

An unseren Zimmertüren blieben wir ratlos stehen. Wie ich's vor knapp einer Woche getan hatte. Mit Dr. Karl. Der hatte beherzt gesagt, er komme mit hinein und er habe schon mal ein Hotelzimmer von innen gesehen.

Und Brüderli? Wieso hatte der plötzlich Hemmungen?

Die Kinder verschwanden willig im Inneren. Man hörte sie drinnen die Klospülung bedienen und dann ins Bett fallen.

Halleluja, dachte ich. Es gibt doch noch himmlische Heere, die zu mir halten.

Brüderli und ich gingen jeder in sein Zimmer und deckten jeder seine Kinder zu und löschten das Licht.

Dann standen wir da. Im Flur.

»Es ist alles nicht so einfach, odr«, sagte er plötzlich heiser.

»Nö«, sagte ich.

Nun hatten wir sie endlich alle schachmatt gekriegt, zum ersten Mal in diesem Urlaub sagte keiner von ihnen mehr einen Ton, und jetzt war kein Platz in der Herberge. Maria und Josef mußten auf dem Flur stehen bleiben.

Wir beschränkten uns darauf, uns im Flur heftig zu küssen. Eigentlich ist das genau wie vor zwanzig Jahren, dachte ich, als man sich in dunklen Korridoren herumdrückte, weil alles andere nicht möglich war. Aber das erhöhte die Spannung. Etwas Verbotenes heimlich zu tun, das war noch viel reizvoller, als wenn wir gemeinsam in ein Ehebett gesunken wären.

»Du, ich mag dich so gut«, flüsterte Brüderli wunderbar schweizerisch in mein Ohr. Es blitzte draußen. Wie passend!

»Und ich dich!« Wir küßten und streichelten uns zärtlich und wild und heftig, und ich konnte meine Hände nicht von ihm lassen, er atmete schwer und warm in mein Ohr, ich streichelte seine noch feuchten Haare und seinen Nacken, und dann wanderten meine Hände dahin, wo es zu explodieren drohte, und plötzlich spürte ich, daß seine Hände langsam mein Kleid hochschoben, und ich war erregt wie selten, als ich seine Überraschung spürte, daß ich darunter nichts anhatte. Er streichelte meine Beine und meinen Rücken, und dann fühlte ich seine Hände auf meinem Hintern, seine festen, warmen, trockenen Hände, die ich mir schon so oft zu spüren gewünscht hatte, und er stöhnte, und ich stöhnte und preßte mein Bein zwischen seine Schenkel, und das Begehren war so stark, daß ich auf der

Stelle mit ihm auf den Fußboden des Hotelflures sinken wollte. Einfach machen! Das Leben ist so kurz! Einfach auf dem Hotel-flurfußboden! Los, Brüderli! Sei kein Frosch. Draußen wätter-läuchtete es.

»Es geht nicht«, räusperte sich plötzlich Brüderli.

»Doch«, flehte ich, »es geht! Ich will dich jetzt! Bitte! Komm, wir sind ganz allein. Es gibt keinen Menschen außer uns beiden auf der Welt, hörst du.« Meine Hände tasteten nach seinem Gürtel. Ich wollte jetzt haben, was ich schon am ersten Tag ge-sehen hatte! Es fühlte sich so vielversprechend an, so stark. Ich brauchte es jetzt. JETZT! Verdammt noch mal! Wie kann ein Mann sich so zieren.

Ich wand mich lüstern in seiner Umarmung. Hör doch nicht auf! Was bist du für ein Spielverderber!

»Nein«, sagte er brüsk. Seine Stimme war rauh trotz all seiner Zärtlichkeit. Er hielt mich am ausgestreckten Arm von sich ab. Mein Kleid fiel wieder herunter wie ein Vorhang nach der Vor-stellung im Theater.

Ich starrte ihn an. »Warum nicht?« flüsterte ich fassungslos.

»Es geht nicht«, sagte er rauh.

»Klar geht es«, beharrte ich. »Ich fühle doch, daß es geht! Und WIE es geht!«

»Ich kann es dir nicht erklären…«

»Brauchst du auch nicht. Ich will dich doch nur…« Ich stöhnte. Ich will dich doch nur. Ist das denn so schwer zu be-greifen, krummbeiniger Schweizer?! »Man kann dem Tag mehr Leben geben. Hast du selbst gesagt!«

»Aber man sollte ihm nicht das Leben nehmen!« kam die Antwort.

In dem Moment hörte ich Schritte. Ich lehnte mein Gesicht an seine Schulter und hoffte, dieser späte Hotelgast würde de-zent an uns vorbeigehen.

Die Schritte kamen näher. Ich wartete. Mein Herz klopfte. Alle Vorfreude und Wollust und Seligkeit sanken in sich zusam-men. Warum wollte Brüderli mich nicht? Es war mir noch nie passiert, noch nie! Immer hatte ich erreicht, was ich wollte, und oft hatte ich auch erreicht, was ich gar nicht wollte, sondern erst dann wollte, als es schon im vollen Gange war. Aber dies? Daß ich jemandem mein Herz schenkte, und er sagte, och nein, ich möchte, glaub ich, doch nicht, das war mir noch nie, nie, nie passiert.

Ich werde alt, dachte ich. Das sind die ersten Zurückweisungen. Ab sofort kann ich froh sein, wenn noch ein Müllmann hinter mir herhupt.

Diese Schritte! Statt sich dezent zu entfernen!

»Frau Zis?« Es war eine Frauenstimme.

Brüderli zupfte ritterlich mein Kleid wieder zurecht. Ich kniff die Augen zusammen und übte mich im Unsichtbarsein.

»Entschuldigen Sie, wenn ich störe!«

»Nein«, maulte ich an Brüderlis Schulter. »Ich entschuldige NICHT!«

»Da war noch ein FOTOgraf, den habe ich eben erst weggeschickt…«

»BITTE?!«

»Ich hatte ihn für einen ganz normalen Gast gehalten, aber er hat Sie immer beobachtet, und dann hat er Fotos von Ihnen gemacht, ich wollte es Ihnen nur sagen, daß Sie vielleicht bässer ins Zimmer gähe…«

Mich packte eine ohnmächtige Wut. Die waren ja wie die Mücken! Wie die Kakerlaken!! Was hatte ich denen getan? Warum ließen die mich nicht in Ruhe? Was wollten die denn erreichen? Gab's da Knete für? Für ein Kuß- und Knutschfoto von Franka Zis? Mit einem Schweizer Urlauber?

Brüderli! Am Ende bist du doch kein Urlauber. Am Ende steckst du doch mit denen unter einer Decke. Ich glaube es nicht. Ich kann und will es nicht glauben.

Die Dame von der Rezeption entfernte sich.

Ich sah Brüderli in die Augen, in die langwimprigen, braunsamtenen.

Er blickte mich bedauernd an.

»Es soll nicht sein«, flüsterte er heiser.

»Warum nicht, Brüderli? Bitte sag's mir.« Meine Stimme war so belegt, als hätte ich stundenlang geheult. »Bitte sag mir, was los ist. Ich verliere sonst den Glauben an die Menschheit!«

»Ich kann es dir nicht sagen«, kam die Antwort. »Ich habe nicht mit offenen Karten gespielt, odr.«

»Was soll das heißen!« Ich trat einen Schritt zurück und versuchte, ihm ins Gesicht zu sehen. Die Notbeleuchtung im Flur warf gespenstische Schatten. Jetzt sah sein lieb-vertrautes Gesicht plötzlich fremd und unheimlich aus. Also doch. Er war doch ein Spitzel! Ein Presseagent! Einer, der mich für viel Geld eine Woche lang beobachtet hatte! Ein Lockvogel. Warum? WARUM?! Doch nicht wegen einer blöden Schlagzeile und ein paar Schnappschüssen in einer Zeitschrift.

Plötzlich fror ich an meinen nackten Armen. Ich taumelte drei Schritte zurück, lehnte mich an die Wand. Fixierte Brüderli im Halbdunkel.

Bildete ich mir das nicht alles ein? Wer sollte ein Interesse daran haben, mich beobachten zu lassen? War ich nicht viel zu unwichtig, ein kleines, unbedeutendes Licht? Gab es nicht viel interessantere Menschen für die Schlagzeilen im pressedeutschen Sommerloch?

Bitte, Brüderli. Hilf mir. Sag, daß ich mir das alles einbilde. Sag, daß du ein lieber, harmloser Vati bist, der zufällig im Nebenzimmer Urlaub gemacht hat. Sag, daß du mich genauso gern hast wie ich dich.

Brüderli sagte nichts. Er sah mich nur aus unendlich traurigen Augen an.

»Was verschweigst du mir?« preßte ich heraus.

»Ich kann es dir nicht sagen«, murmelte er. Seine Hände verknoteten sich ineinander. »Ich hätte dir von Anfang an etwas sagen sollen. Nun kann ich es nicht mehr.«

Mir blieb das Herz stehen.

NEIN! Nicht so plötzlich, so ohne Vorwarnung! Alles schien in sich zusammenzufallen. Ich ließ die Arme sinken und suchte nach einem Taschentuch. Er reichte mir eines. Ich schneuzte beherzt hinein und gab es ihm zurück.

»Ich kann es nicht glauben«, stammelte ich. »Ich kann es nicht, und ich will es nicht.«

»Was kannst du nicht glauben? Sag es mir!«

»Und zu dir habe ich Vertrauen gehabt«, brachte ich mit letzter Kraft heraus. »Ich habe dir meine Kinder anvertraut, meine Gedanken und meine Sorgen, und ich hätte jetzt mit dir geschlafen.«

Damit huschte ich in mein Zimmer und schloß hinter mir ab. Ich warf mich aufs Bett und starrte in die Dunkelheit.

Als der Morgen dämmerte und ich immer noch nicht schlafen konnte, knipste ich die Nachttischlampe an. Ich stand auf, warf mir ein T-Shirt über und tappte barfüßig nach draußen auf die Terrasse. Feuchte, schwüle Morgenluft schlug mir entgegen. Die ersten Amseln fingen gerade tapfer und unverdrossen an zu singen. Ich atmete ein paarmal tief ein und aus. Es regnete grau und öde vor sich hin. Wolkenschwaden zogen träge über die Wiese. Die jungen Pferde auf der Koppel schnaubten. Der prallvolle Brombeerstrauch rankte sich gespenstisch vor den grauen Morgenhimmel. An jedem Zweig hingen mehrere dicke Tropfen, die wie Tränen zu Boden fielen. Kleine Pfützen bildeten sich. Ab und zu sprang ein irritierter Frosch durch das Naß. Auf dem Terrassentisch lag einsam mit zum Himmel gereckten Armen ein stummer Power Ranger.

»Zeit zum Verwandeln«, dachte ich, als ich fröstelnd ins Zimmer zurückging und die Koffer aus den Schränken holte.

Auf dem San-Bernardino-Paß regnete es in Strömen. Das Wetter paßte zu unserer Stimmung. Die Kinder waren kein bißchen froh, daß ich unser Ferienparadies einfach so verlassen hatte, und das in aller Heimlichkeit. Wir waren schon vor dem Frühstück abgehauen.

Ich hätte es nicht ertragen können, Brüderli noch einmal zu begegnen.

Die nette Dame von der Rezeption hatte für meinen panischen Aufbruch Verständnis gehabt.

»Wir fahren wohin, wo es noch viel schöner ist«, versprach ich, ohne selbst daran zu glauben. Es KONNTE gar nicht woanders schöner sein als im Albergo Losone.

»Und wo soll das sein, bitte?«

»Im Engadin. Laßt euch überraschen.«

»Engadin ist blöd. Langweilig! Wenn da nicht Grischtiann und Simonn sind, will ich da nicht hin.«

»Aber da gibt es viel mehr Kinder und viel mehr Bratwürstchen und viel mehr Spielsachen als im Albergo Losone!«

»Alle langweilig und bescheuert. Außerdem sprechen die da kein Deutsch!«

»O doch! Das ist ein Gulliver-Club, und da sind NUR Deutsche! Ihr werdet schon sehen!«

»Ich will in keinen Oliver-Club.«

»Gul-li-ver! Das war einer, der immer tolle Reisen machte. Zu Riesen und Zwergen.«

»Kein Bock! Ich will nach Hause zu Alma mater und zu Paula!«

»Aber Gulliver-Clubs sind toll!«

»Woher willst du das wissen, Mama?«

»Weil der Herr Dr. Karl mir das erzählt hat.«

»Der Lange mit den roten Haaren und der Pfeife?«

»Ja. Der ist da mit seinen Kindern schon oft gewesen. Und er hat gesagt, daß es da toll ist. Da sind ganz viele junge Leute, die mit euch spielen.«

»Wenn da kein Brüderli ist, ist es da blöd.«

Das fürchtete ich auch. Ich schluckte an einem Kloß.

Inzwischen goß es wie aus Eimern. Man konnte nicht mehr die Hand vor Augen sehen.

Vor uns schlich ein Wohnwagen mit schwedischem Kennzeichen mit zwanzig Sachen die Serpentinen rauf. Ich hätte ihn gern überholt, aber ich traute mich nicht.

Hilf, Himmel, dachte ich, daß jetzt das Auto nicht bockt. Was ist, wenn der Motor ausgeht? Oder der Scheibenwischer klemmt? Oder ein Reifen platzt? Ähnliche Panik wie auf dem Lago Maggiore beschlich mich. Aber dort war immer irgendwo Brüderli. Jetzt ist er endgültig aus meinem Leben verschwunden, dachte ich. Hier schwimmen wir mitsamt unserem Auto die matschige Steilwand hinunter, und kein Mensch wird uns vermissen! Überall nur schleichende Schweden in ihren klapprigen Wohnwagen, die sind alle bescheuert und sprechen kein Deutsch!

Ich wischte mir verstohlen eine Träne von der Backe.

»Mama, heulst du?«

»Nein, nein, ist schon gut.«

»Stimmt's, du bist in den Brüderli verknallt.«

Ich schluckte. Diesen Burschen konnte man aber auch gar nichts verheimlichen.

»Kann sein«, sagte ich. »Aber das geht vorbei.«

»Iiih!« schrie Willi vom Hintersitz. »Habt ihr etwa geknu-hutscht?«

»Ein bißchen«, sagte ich und mußte schon wieder lächeln. Bei der Erinnerung an gestern abend zog sich mir der ganze Unterleib zusammen. Ich wischte die zartbitteren Gedanken beiseite. Hauptsache, die Kinder würden das alles nicht aus der Zeitung erfahren.

»Ich muß mich jetzt ganz doll konzentrieren«, sagte ich. »Es ist noch gefährlicher als im Gotthard.« Ich klammerte mich an das Lenkrad. »Man kann fast gar nichts mehr sehen!«

»Wir machen Personenraten!« schrie Willi begeistert. »Ich hab einen!«

»Bitte nicht so laut, mein Schatz. Sonst erschrecke ich mich, und dann fahren wir gegen eine Leitplanke.« Ich kniff die Augen zusammen. »Falls es hier überhaupt eine gibt.« Ich sah wirklich nichts mehr. Nur den triefendnassen schäbigen Wohnwagen vor uns. Mit den zugezogenen schwedischen Gardinen.

»Brüderli«, sagte Franz gelassen.

»Du Blödmann! Du sollst das nicht sofort raten! Ich hab die Mama gefragt!«

»Brüderli?« fragte ich, indem ich auf den Scheibenwischer starrte. Ständig mußte ich Scheibenwischwasser auf das dreckige Glas schleudern. Alles verschmierte und quietschte und zog Schlieren und war kein bißchen streifenfrei und aprilfrisch. Ich schielte durch meine Tränen und die der Waschanlage.

»Genau«, sagte Willi zufrieden. »Jetzt darfst du dir einen ausdenken.«

Der Wohnwagen vor mir blieb nun vollends stehen. Ich latschte auf die Bremse. Ja, wollten die jetzt ein Erinnerungsfoto machen? Das Regenwasser stürzte uns in Fluten entgegen.

»Mama! Du sollst dir einen ausdenken!«

Ich verspürte regelrechte Panik. Schweißgebadet drückte ich auf die Hupe.

In dem Moment meldete sich mein Handy im Rucksack.

Mein Trommelfell flatterte. Immer wenn ich Streß hatte und eine bestimmte Geräuschfrequenz mein Ohr erreichte, fing mein linkes Trommelfell an zu flattern. Das war mir jetzt lange nicht mehr passiert.

»Mama! Dein Handy!« Franz kramte es hervor und hielt es mir an die Backe.

»Ich kann jetzt nicht drangehen«, sagte ich.

»Du sollst dir einen ausdenken!« schrie Willi vom Hintersitz.

Franz hatte bereits den Hörer hochgeschoben. »Hallo?«

Ich lauschte. Der Wohnwagen vor mir setzte sich wieder in Bewegung. Im dichten Nebel tauchte ein Straßenschild auf: Bernardino rechts, die restliche Schweiz geradeaus. Die Herrschaften hatten wohl ein bißchen in die Karte geguckt. Endlich setzten sie den Blinker und schwammen rechts ab. Meine Augen erspähten mit Mühe einige baufällige Häuser und ein ungemütlich wirkendes Hotel.

»MAMA!! DU sollst Dir einen AUSDENKEN!!«

»Gleich, mein Schatz. Erst muß ich hier heil über den Paß.«

»Die Mama kann jetzt nicht reden. Die spielt gerade Personenraten«, sagte Franz in das Handy.

Wer konnte das sein? Hoffentlich nicht schon wieder ein Reporter!

»Außerdem heult die Mama, weil sie sich in einen Schweizer verknallt hat.«

Aha, dachte ich. Ich liebe dich, mein Sohn. Wem auch immer du das jetzt erzählst: Es wird der Falsche sein. Ich streckte vorsichtig die Hand aus.

»Gib mal eben…« Doch der Schotterweg wand sich in Haarnadelkurven. Ich legte die Hand wieder ans Lenkrad.

»Erst denkst du dir einen aus! Du hast es VERSPROCHEN!«

»Weiß ich doch nicht! Die Mama bestimmt das ja einfach, wo wir hinfahren. Immer müssen wir machen, was Mama will!«

Vor mir fuhr nun ein Trecker. Ja, Herrschaftzeiten, was habt ihr Schweizer denn für Nerven?! Ihr könnt doch nicht bei solchen Sturzfluten mit eurem Trecker über Gebirgspässe spazierenfahren!

»Ja. Ich grüße die Mama. Wenn sie nicht mehr weint.«

»Fra-hanz!« Ich wollte meinem Sohn das Handy entreißen. Der Wagen machte einen gefährlichen Schlenker Richtung ewiges Gemsengrab. Ich riß das Lenkrad herum.

»Na gut, dann grüße ich sie eben nicht.«

Zack. Franz steckte das Handy wieder in die Tasche.

»Zeit zum Verwandeln!« schrie der Power Ranger von der Rückbank.

Ich atmete ganz tief ein und aus. Als »Eltern«-Abonnentin weiß ich, daß man Kinder niemals anschreit, erst recht nicht, wenn es auf Gebirgspässen regnet und die Welt gerade untergeht.

»Willilein, sei so lieb und nimm der Fanny den Power Ranger weg. Gib ihr das Malbuch oder den Teddy, irgendwas, was keinen Krach macht.«

Empörtes Protestgeschrei war die Antwort.

»Sie will ihn nicht hergeben, Mama!«

»Zeit zum Verwandeln! Zeit zum Verwandeln!«

»Ist ja schon gut. Laß ihn ihr. HAST DU GEHÖRT! DU SOLLST IHN IHR LASSEN!«

»Zeit zum Verwandeln!«

Der Trecker vor mir gehörte zu einer Baustelle. Eine improvisierte Ampel stand festgemauert in der Erden und sprang gerade auf Rot.

Ich zog die Handbremse an. Mein Herz raste.

»Wer war das?« fragte ich Franz genervt.

»Wer das war? Schön, daß du dich auch mal dafür interessierst!«

»WER WAR DAS?!«

»Ph! Wenn du so schreist, sage ich gar nichts mehr!«

Hinter mir wurde gehupt. Grün. Ich mußte wieder anfahren.

Ich versuchte, gleichmäßig ein- und auszuatmen. Wie im Kreißsaal. Schlimmer wird's nicht. Und wer schreit, hat unrecht.

»Na gut, ich sag's dir, wenn du's unbedingt wissen mußt. Der Enno.«

»Der ENNO? JETZT?! Was wollte er?«

»Dich sprechen natürlich!«

»Und was hast du ihm gesagt?«

»Na, das hast du doch gehört!«

Warum mußte Enno ausgerechnet jetzt anrufen? Enno hatte ja immer einen untrüglichen Sinn für den rechten Augenblick. Enno konnte ganz wunderbar mit einem Fax vom Finanzamt unter meiner Nase wedeln, wenn ich gerade einem heulenden Kind das blutige Knie verband oder erklärte, warum Mathe machen wichtig ist, oder mir gerade die Beine enthaarte und klebrige Hände hatte oder wenn ich kochende Spaghetti abgoß. Dann wollte er immer sofort mit mir über Steuern oder Filmverträge oder Pressedementis oder Immobilienanlagen sprechen. Männer sind eben in puncto Einfühlungspotential etwas minderbemittelt.

Klar, daß er in Sachen heiraten anrief, wenn ich über Serpentinen fuhr.

»Warum hast du dem Enno das mit Brüderli gesagt?« fragte ich. »Hä? Warum?«

Franz kaute nachdenklich auf seiner Lakritzschnecke herum.

»Weil es doch wahr ist! Du hast doch mit dem Brüderli geknutscht!«

»Aber du weißt, was ich von Petzen halte, ja?«

»Ja. Aber du verpetzt mich ja auch. Jetzt weißt du, wie das ist.«

»Wann habe ich dich je verpetzt?«

»Wenn du mit Paula über meine Erziehung redest.« Franz nahm sich ungerührt eine neue Lakritzschnecke.

»Zeit zum Verwandeln!« kam es ohn Unterlaß von der Rückbank. Mein Trommelfell flatterte. Ich hätte so gern diesen verdammten Power Ranger meinem Kind aus der Hand gerissen und in hohem Bogen ins klaffende Tal geschmissen. Aber so was macht man nicht als reife Mutter dreier Kinder.

Ein Bagger vor uns blinkte, fuhr in den braunen Lehm hinein und räumte das nasse Geröll zur Seite, das wohl diesen Stau verursacht hatte. Vor mir lag die enge, notdürftig befestigte Straße. Hinter mir hupte ein Laster. Dichte Wolkenfetzen zogen an uns vorüber. Ich gab vorsichtig Gas und fuhr wieder schneller.

»Bitte, lieber Franz, sag mir jetzt, was der Enno gewollt hat.«

»Also«, sagte Franz schließlich, während er Lakritzaroma im Auto verströmte. »Er hat in der Zeitung gelesen, daß du ihn nicht heiraten willst. Und daß wir im Albergo Losone sind. Und da hat er gesagt, er kommt jetzt dahin, und er heiratet vielleicht eine Pedantin, aber das wollte er noch mal mit dir besprechen.«

Ich latschte auf die Bremse.

»WEN heiratet der?«

»Na, so 'ne Pedantin, weiß ich doch nicht.«

»MANdantin?«

»Kann sein. Irgend was Langweiliges.«

»Und das sagst du erst jetzt? Du hast ihm nicht gesagt, daß wir abgereist sind!«

Jetzt war mein Erstgeborener aber empört! »Hast du uns etwa gesagt, daß wir abgereist sind? Hä!? Hast du NICHT! Du hast einfach heute morgen gesagt, los, einsteigen, wir fahren, und nicht mal frühstücken durfte man mehr! Ist das etwa fair, hä? Du hättest ja selbst mit ihm telefonieren können, aber du wolltest ja nicht!«

»Mama?« kam es vom Hintersitz. »Welcher Mensch ist vierhundert Jahre alt geworden?« Daß sogar junge männliche Wesen so einen untrüglichen Sinn für das rechte Wort zur rechten Zeit haben!

»Weiß ich nicht.« Ich preßte die Lippen zusammen und starrte auf die Sintflutscheibe. »Jetzt fährt der Enno ins Tessin, und wir sind gar nicht mehr da! Und wenden kann ich hier nun wirklich nicht! Womöglich heiratet der jetzt aus Trotz irgendeine Tussi, die er gar nicht liebt!«

»MAMA! Das ist eine FRAGE! Du sollst mit MIR reden!«

»Ich weiß es nicht«, sagte ich genervt. Mir gingen tausend Dinge durch den Kopf.

»MAMA! Du hörst mir gar nicht zu! NIE weißt du, wer der älteste Mensch ist«, schmollte Willi von seiner Hinterbank.

»Irgend ein sibirischer Einsiedler bestimmt«, sagte ich abwesend.

»Quatsch! Der Ötzi! Hat Brüderli uns erzählt. Und der Ötzi hat hier rumgelegen, in einer Felsenspalte! Tausend Jahre lang! So!«

»Halt die Schnauze«, sagte Franz verächtlich. »ICH rede mit der Mama.«

»Junge«, sagte ich, während ich mich ans Lenkrad krallte. Draußen tobte das Jüngste Gericht. »Bitte nimm mein Handy und ruf Enno an. Ich will wissen, wo er ist.«

»Siehst du, Mama. Wenn DU was wissen willst, dann muß das sofort sein. Aber wenn ICH was wissen will, dann krieg ich keine Antwort.« Willi fing an zu heulen.

»Jetzt heult er auch noch, der Blödmann.« Gnädig kramte Franz mein Handy hervor. »Nummer?«

Ich sagte sie ihm. Franz drückte seine kräftigen, kurzen Finger verächtlich in die Tasten.

»Wenn IHR streitet, dann muß ich sofort anrufen, ja? Aber wenn WIR streiten, dann sagst du nur, wir sollen uns vertragen.«

Gern hätte ich mein Kind gehauen, aber ich traute mich nicht, die Hände vom Lenkrad zu nehmen.

»Hier«, sagte Franz schließlich und drückte mir das Handy an die Backe.

»Der Teilnehmer ist vorübergehend nicht erreichbar«, sagte eine Frauenstimme. Wahrscheinlich war er schon im Gotthard. Da ist Funkloch.

Entweder auf die Mailbox sprechen oder für immer schweigen.

Ich entschied mich für letzteres.

»Haben Sie noch ein Doppelzimmer frei? Mit Zustellbett?«

»Du, da muß ich mal unseren Chef fragen.«

Das freundliche Girl im grünen T-Shirt sprang behende von der Rezeption, auf der es gerade gehockt hatte.

Ach ja, dachte ich. Hier duzen sie sich ja alle. Wie nett.

»Du, Carlo?« sprach die Lässige ins Telefon. »Hier ist noch

eine Frau mit ein paar Kids angekommen. Kriegen wir die noch irgendwo rein?«

Ich schaute meine Kinder aufmunternd an. Klar, Kids! Wird schon klappen! Und hier ist es toll! Keiner kennt uns! Alle lassen uns in Ruhe!

»Ja? Die vier war für die Karlsteins? Nee, die fünf hab ich gerade vergeben. Die Frau vom Alex ist ja noch gekommen. Die vier also. Müssen wir noch zwei Zustellbetten reintun. Das kann der Janosch machen. O.K.« Sie legte auf. »Also, geht klar, haste Glück gehabt. Ist wirklich das letzte.«

»Super«, seufzte ich. »Kann uns jemand mit dem Gepäck helfen?«

»Du, klar«, sagte das Girl. »Das kann auch der Janosch machen. Ich bin übrigens die Ulla.«

»Und ich bin die Franka«, sagte ich leger. »Und das sind Franz, Willi und Fanny.«

»Ich weiß«, sagte die Ulla. »Ich kenne dein Buch, und daß du jetzt 'ne Fernsehshow machst, hab ich auch gelesen. Hier liegen immer Illustrierte rum. Und du stehst ja nun wirklich dauernd drin.«

»Du, das tut mir leid«, sagte ich.

»Hier, kennste das schon?« Sie reichte mir ein Schweizer Blatt, das so ähnlich aufgemacht war wie die deutsche »Blöd-Zeitung«, mit großen roten Buchstaben. »Blitz-auf-einen-Blick« stand da zu lesen. »Das schnelle Schweizer Journal.« Und wirklich. Die Zeitung machte ihrem Namen alle Ehre. Auf der Titelseite war ich zu sehen, im langen schwarzen Abendkleid, wie ich Brüderli ein Stück Käse in den Mund schob. Unsere Füße unter dem Tisch waren auch zu sehen. Ein roter Pfeil wies sogar dezent auf eine gewisse Stelle. Die Stelle, wo meine große Zehe war. Mir sank der leere Magen in die Kniekehle. Daneben war noch ein Foto von uns allen, wie wir die Karpfen im Swiss miniature mit Bratwurst fütterten. Und ein Foto von Brüderli und mir, wie wir vor der Zimmertür knutschten. Gestern abend. Das war noch keine achtzehn Stunden her. Ich starrte es an. Der nette Fotograf mit dem Flugzeug war doch nachmittags mit Frau Silbersträhne abgereist.

»Deutsche Bestsellerautorin amüsiert sich in der Schweiz« stand unter dem Knutschfoto. Ich starrte auf das Schmuddelblatt. Womöglich hatte Enno das gesehen? Beim Tanken, an der Schweizer Grenze?

»Mama!« zerrte Willi an meinem Arm. »Können wir jetzt endlich ins Zimmer gehen? Ich hab Durst!«

»Still!« schüttelte ich ihn ab. »Erst muß ich das hier lesen!«

»IMMER mußt du zuerst was lesen!« maulte Willi. »Ich hab aber DURST!!«

»Schnauze, du Eierloch«, sagte Franz und trat ihn gegen das Schienbein.

Ich hätte schreien können. SCHREIEN!!!

»Du, ich kann deinen Kindern einen Drink aus der Bar holen«, sagte die Ulla. »Oder 'ne Cola oder so was.«

»Ja, bitte«, sagte ich, während ich weiterlas. »Hol ihnen irgendwas.«

»Die dreifache Mutter Franka Zis, die scheinbar mühelos Kinder und Karriere unter einen Hut bekommt, nimmt sich gerade eine Auszeit in der schönen Schweiz. Ungewöhnlich allerdings: Statt mit ihrem Lebensgefährten Dr. Enno Winkel (der auch ihr Anwalt ist, Anm. d. Red.) Urlaub zu machen, amüsiert sie sich hier ganz offensichtlich mit einem Schweizer Touristen. Geschmack hat die Bestsellerautorin und zukünftige Fernsehmoderatorin allemal: Sie findet die Schweizer Männer viel attraktiver! Viel Spaß noch im schönen Tessin!«

Ich seufzte. Na wenigstens wähnten sie mich noch im Tessin. Hier im Engadin würden sie mich nicht finden. Ich wollte nur noch meine Ruhe haben. Den Kopf in den Sand stecken und unsichtbar sein.

Die Ulla kam von der Bar zurück. Wir schlürften durstig unseren Drink.

»Danke«, sagte ich und reichte ihr das Blättchen zurück.

»Kannst du uns jetzt bitte unser Zimmer zeigen?«

»Ja, also ein Zimmer ist es nicht«, sagte die Ulla. »Es ist mehr eine Familiensuite. Normalerweise haben das immer die Karlsteins.«

»Um so besser.«

»Aber ihr seid da nicht allein.«

»Sondern?«

»Die Frau vom Alex ist gekommen. Aber ohne Alex.«

»Aha. Und das sind die Kahlsteins oder wie die heißen?«

»Nachnamen sind hier egal. Wir duzen uns hier alle.«

»Das find ich prima«, sagte ich. »Du, Ulla, ich wäre dir dankbar, du würdest uns einfach ignorieren. Wir sind hier ganz privat, O.K.?«

»Du, Franka, mir ist das egal, ob du oder sonst wer in der Zeitung steht«, sagte die Ulla. »Ich les das nur, weil ich nichts Besseres zu tun habe.«

Wir schlürften mit unserem Handgepäck über endlose Gänge. Der ganze hellgelbe Kasten war über hundert Jahre alt – ein pompöses Sommerfrischehotel aus der K. u. k.-Zeit. Eigentlich war es vom Baustil her völlig veraltet. Aber es lag ganz wunderschön auf einem Hügel über einem herrlichen Tal mit Blick in dasselbe. Mitten im Engadin. Eigentlich war es ganz, ganz phantastisch. Dr. Karl hatte Geschmack. Sonst hätte er mir das ja nicht empfohlen. Eigentlich bin ich doch ein Glückspilz, dachte ich. Immer gleich ein Volltreffer.

Wir trabten im Gänsemarsch hinter der Ulla her durch die große, dunkle Jugendstilhalle. Überall standen sportliche Gestalten herum, mit Golfschlägern und Tennisschlägern und Tischtennisschlägern und sonstigen Schlägern bewehrt und mit einem erfrischenden Drink in der Hand. Es sah aus, als wären die falschen Schauspieler und Statisten in der falschen Filmkulisse gelandet. Hier gehörten bläßliche Mittelscheiteltypen im schwarzen Anzug hin, mit Monokel und einem guten Buch. Und bodenlange Kleider an schüchternen Fräuleins, die, begleitet von ihren Gouvernanten, ihre Lungenentzündung auskurierten. Und Kinder in Knickerbockern, die auf Holzpferdchen artig durch den Flur galoppierten.

Die Ulla führte uns durch einige lange Gänge. Die Decken waren fünf Meter hoch, riesige Fensterfronten gaben den Blick auf das herrliche, sonnige Tal frei.

Kinder rannten in Scharen laut lärmend flurauf, flurab. Überall huschten Gestalten in grünen T-Shirts herum und sorgten für Spiel, Spaß und Spannung. Eine Kleinkinderschlange wälzte sich singend um uns herum. Die Kindertanten in Grün sangen am lautesten. Sie schienen eine Menge Spaß zu haben. Man warf mit Popcorn und mit Luftschlangen, man strömte eine kollektive Urlaubsstimmung aus, die auf seelisch verkaterte Menschen wie mich geradezu körperlich verletzend wirkte. Alle waren karnevalsmäßig bemalt und verkleidet, besonders die singenden Kindertanten.

»Hier ist es blöd«, sagte Franz muffig.

»Die spinnen ja alle«, maulte Willi.

Selbst Fanny klammerte sich bänglich an meinen Hals.

»Das war bis vor zehn Jahren ein alter verfallener Kasten«, sagte die Ulla. »Und dann kam Gulliver mit seinem neuen Marketingkonzept und hat das hier innerhalb von zwei Saisons zur Goldgrube gemacht. Zuerst war hier der Alex Chef, und jetzt ist es der Carlo. Unten im Tal ist noch ein Gulliver-Club. Den müßt ihr euch auch mal ansehen. Hier ist immer was los.«

Ulla schloß unsere Zimmertür auf. Ein langer, dunkler Flur gähnte uns an.

Auf der Erde lagen einige Spielsachen aus der Neuzeit. Keine Holzpferdchen. Power Rangers und Playmobil-Ritter und ein Fernsteuer-Auto.

»Wie gesagt«, sagte die Ulla. »Es ist eine Familiensuite. Ihr müßt euch irgendwie einigen. Die Frau vom Alex, die Marie Karlstein, ist ohne ihren Mann da. Die ist aber total nett, du.«

»Na bitte«, sagte ich.

Die Ulla grinste mich an. »Hier scheint ein Nest zu sein.«

»Wie meinst du das?« Ich stellte Fanny auf ihre Beinchen.

»Ein Weibernest.«

Die Ulla öffnete die rechte Tür. Ein großzügiger, weiter Raum mit riesig hohen Decken war zu sehen. Roter Plüsch, bodenlange dunkelrote Samtvorhänge, Jugendstilsofas, eine geschwungene Ottomane. Ich sah mich schon im Negligé darauf herumlümmeln und meine Migräne pflegen. Ach nein, das brauchte ich ja nicht. Männerloses Terrain. An der Wand ein Waschbecken mit Sprung. Es fehlten allerdings die porzellanenen Waschschüsseln und das Pinkeltöpfchen. Eine Toilette schien vorhanden zu sein.

Die Schränke wirkten morsch und knarzig. Auf einem dreibeinigen Tischchen eine Flasche Champagner im Kühler. Dazu Schokolade und Obst in einer silbernen Schale. Daran lehnte ein Schild: »Herzlich willkommen, Alex und Marie!«

»Das war für die Karlsteins«, sagte die Ulla. »Du kannst ja rübergehen und mit der Marie den Champagner trinken.«

»Geht klar«, sagte ich. Ich betrachtete den wuchtigen Kronleuchter an der Decke. Hoffentlich würde er nicht auf uns herabsausen.

»Und wo ist der Fernseher?« fragte Franz.

»Du, so was brauchen wir hier nicht.« Die Ulla riß die Vorhänge auf. Draußen sprangen etwa zwanzig Kinder um eine Tischtennisplatte herum. Überall tobte kollektive Fröhlichkeit. Im Hintergrund leuchtete im Nachmittagssonnenschein ein herrliches, kantiges weißgraues Gebirgsmassiv. Es war wunderschön anzusehen mit all dem satten Grün im Vordergrund.

»Ihr Kinder könnt euch gleich im Gully-Club melden«, sagte die Ulla. »Die Karin und die Dschill teilen euch dann ein. Es gibt Gullies, Minis, Maxies und Pickels. Na, zu denen gehört ihr ja noch nicht.«

»Pickels?«

»Na, alle ab dreizehn. Die Pubertos eben. Die heißen bei uns Pickels.«

»Wie praktisch«, sagte ich.

»Die Gullies sind die, die noch krabbeln. Deine Tochter kann ja schon laufen. Die gehört zu den Minis. Und die zwei Kids hier würd ich zu den Maxies stecken.«

»Ich will nicht zu den Maxies gesteckt werden «, sagte Franz sofort.

»Ich auch nicht«, schrie Willi empört. »Ich will überhaupt nicht zu diesen albernen Rumlaufern!«

»Aunich«, rief Fanny bestimmt.

»Ist in Ordnung, keiner von euch muß heute noch irgendwas machen«, sagte ich.

»Wenn du was brauchst, kannst du vorn anrufen«, sagte die Ulla. »Ich muß jetzt wieder zurück auf meinen Posten. Der Janosch bringt euch gleich das Gepäck.«

»Danke, Ulla!« Puh, soviel organisierte Urlaubswut war ja anstrengend! Ich war nach der paradiesischen Woche im Albergo Losone das dolce far niente gewöhnt und wollte eigentlich sofort wieder mit Brüderli am Froschteich hocken und Spatzenkinder retten. Jetzt bloß nicht durchhängen.

Ich sank auf das Bett. Es gab ziemlich nach und winselte wie eine getretene Katze. Wie viele Generationen von Sommerfrischlern hier drin schon Züchtiges und Unzüchtiges getan hatten!

»Hier ist ja nicht mal 'ne Minibar«, schmollte Franz. »Ich hab Durst!«

»Ich will ein GLASSee«, sagte Willi.

Mir schossen die Tränen in die Augen. Brüderli! Du fehlst mir so entsetzlich!

»Ich hab auch Durst«, sagte ich selbstmitleidig. Ich erhob mich von dem schaukelnden Bettgestell und betrachtete interessiert die Champagnerflasche. Jetzt wollte ich endlich mein Schicksal beweinen.

»Los, ihr geht jetzt raus und schaut euch um«, sagte ich streng. »Und wer jetzt noch was zu melden hat, geht ohne Abendessen ins Bett!«

»Hier ist sowieso nichts, was mir schmeckt«, maulte Franz. »Und wenn, dann muß man es im Rennen essen!«

»Hier hat's noch nicht mal Frösche«, setzte Willi noch nach, bevor meine Herren Söhne sich endlich trollten.

Fannylein öffnete neugierig alle Schranktüren und machte begeistert »Boh«. Es klang, als würde sie in jeder Schatulle eine einbalsamierte Mumie finden. Ich ließ sie gewähren. War das erst eine Woche her, daß sie im Albergo Losone die Lockenwickler verteilt hatte? Daß sie mit meinem BH am Fußgelenk durch die Flure gedackelt war? Daß ich den Herrn aus dem Nebenzimmer nach einem Adapter gefragt hatte?

Brüderli. Ach, Brüderli, du hast mir das Herz gebrochen! Ich hätte nie gedacht, daß mir das auf meine alten Tage noch passieren würde.

Ich lehnte am Fenster. Champagner trinken oder Koffer auspacken? Nebenan rumorte es. Die andere Mannlose war in ihrem Zimmer. Das wäre doch gelacht, dachte ich. Wer wird sich denn unterkriegen lassen. Ich schnappte mir die Champagnerflasche und die zwei Gläser und klopfte an.

»Ja-ha!« ertönte es silberhell, und dann näherten sich Schritte über den maroden Fußboden, und die Dielen knarrten, und die Tür wurde aufgerissen. Eine strahlende Schöne mit dunkelbraunen, pfiffig geschnittenen Haaren schenkte mir den Anblick der makellosesten Schneidezähne, die ich je gesehen hatte.

»Hal-lo!« Das war ja originalgetreu die gesungene Kuckucks-Terz von Dr. Alexander Karl!

Ich prallte regelrecht zurück.

»Hallo«, sagte ich tapfer, »ich wohne nebenan, und der Champagner galt eigentlich Ihnen, Frau Karlstein.«

»Ich bin die Marie«, sagte sie und schüttelte mir die Hand. »Kommt doch REIN!«

»Ja. Gern. Fanny, komm, wir gehen mal guten Tag sagen«, ich klaubte mein sich heftig wehrendes Fannychen aus dem Kleiderschrank, »wir sollten auf gute Nachbarschaft trinken!«

Die Strahlende lachte herzlich. »Maxie, komm, zeig dem kleinen Bärchen hier mal deine Spielsachen«, rief sie in Richtung Badezimmer.

Sie sank auf die Knie und schaufelte hervor, was sie in einer Kiste unter dem Bett finden konnte. Ich stand ungelenk mit meiner Flasche Champagner daneben. Ob Maxie ein Bär war? Oder ein Schimpanse? Oder vielleicht ein kleines Schwein?

Ein dreijähriger Knabe mit rötlichem Haar kam schüchtern aus dem Badezimmer hervor.

»Maxie, hier ist ein kleines Mädchen!«

»Hallo, Maxie«, sagte ich. Wie praktisch, ging es mir durch den Kopf, daß der Maxie heißt. Oder nennt ihn die Mutter nur so, weil hier alle Dreijährigen Maxie heißen? Dann hieß er früher »Mini« oder »Gullie«. Und später wird sie ihn »Pickel« nennen.

Wir sanken auf die klapprigen Liegestühle auf dem Balkon. Frau Karlstein hielt die Gläser, ich öffnete die Flasche. Der Champagner war herrlich kalt und frisch.

Goldmarie, dachte ich. Das paßt zu der.

»Auf eine gute Nachbarschaft!« Wir stießen mit den Gläsern an. Und ich fühlte mich zum ersten Mal an diesem Tage wohl.

»Marie! Hältst du mir einen Platz frei?«

»Ich versuch's!«

Maries Kopf war kurz im Gewühl aufgetaucht, aber sofort wieder im Gedrängel verschwunden. Ich hielt mein Fannychen auf dem Arm und versuchte, für sie etwas Eßbares zu ergattern. Das war nicht so einfach! Ganz anders als im Albergo Losone, wo artig und stundenlang in gediegener Atmosphäre getafelt worden war, tobten hier die Massen. Um punkt halb acht waren Hunderte von Menschen aus ihren Verschlägen gekommen und rangelten nun um die verschiedenen Köstlichkeiten. Man stürmte, mit Tellern und Brotkörbchen bewehrt, im Laufschritt zu den letzten freien Plätzen an den Zwölfertischen und schmiß sich dort auf seinen Stuhl, nicht bereit, ihn jemals wieder freiwillig zu verlassen. Die Kellner, die im Albergo Losone alle halbe Stunde mal mit einem Essensgang herbeigeschwebt waren, fehlten hier gänzlich. Statt dessen sauste ein Abräumkommando in grünen T-Shirts durch den Tumult. Überall, wo ein Teller länger als zehn Sekunden unbeobachtet herumstand, wurde er abgeräumt. Und zack und weg.

»Franz!« schrie ich, weil ich meinte, hinten bei den Kartoffeln meinen Ältesten erspäht zu haben. »Ist bei dir noch ein Platz?«

Fanny fing an zu weinen. Sie war müde von der Reise, und eigentlich wollte ich sie nur schnell abfüttern und ins Bett bringen. Aber das erwies sich als recht schwierig. In diesem Gewühl konnte man die Richtung nicht einfach selbst bestimmen. Entweder man ließ sich treiben und lud sich auf den Teller, was man zufällig erwischen konnte, oder man blieb in seiner Ecke und fastete.

Da vorn sauste Willi. Ich erkannte ihn an dem halben Dutzend Würstchen, das er auf seinem Teller balancierte. Er schnappte sich einen letzten Stuhl an einem Zwölfertisch, kletterte, ohne die Arme von seinem Teller zu lassen, darauf und verschlang hastig seine Beute.

Auf jedem Tisch standen ein Bottich Rotwein, ein Bottich Weißwein und ein Bottich Wasser. Falls er da noch stand.

Mir verschlug es erst mal den Appetit. Ich ergatterte eine Scheibe Brot für Fanny und verzog mich mit ihr auf die Fensterbank.

»Ey, du, dahinten ist noch ein Platz, und hier vorn ist noch einer, und im Raucherraum sind noch vier Plätze an vier Tischen frei«, rief mir ein Grüner im Vorbeirennen zu.

»Ach ja, danke«, wollte ich antworten, aber er war schon wieder weg.

Die ganze Szene erinnerte mich an den Karpfenteich im Swiss miniature. Lauter rangelnde Leiber mit schwarz aufgerissenen Mäulern. Wenn jetzt einer ein Brötchen in die Menge würfe, dachte ich, oder eine Bratwurst, dann gäbe es ein paar Verletzte. Und hier machte der patente Dr. Karl immer Urlaub mit seiner Familie? Da mußte man aber Ellenbogen haben, Durchsetzungsvermögen und eisernen Überlebenswillen! Na ja, schien er ja alles zu haben. Nicht umsonst war er Programmdirektor geworden. Mir war nur heute abend so gar nicht danach.

Fanny lutschte verstört an ihrer Brotschnitte. Ich versuchte, einen Vorübereilenden mit einer Weinkaraffe zum Stoppen zu bringen, aber er bemerkte mich nicht. Schließlich gewahrte ich Marie, die ganz hinten an einem Tisch heftig winkte. Ich schob mich durch die Massen.

»Hier!« schrie Marie lachend. »Ich habe dir einen Platz freigehalten! Beeil dich, dann schaffst du es noch vor dem Typen mit dem roten Hemd!«

Ich warf einen gehetzten Blick nach hinten: Da näherte sich ein Teller Tortellini mit einem dazugehörigen roten Hemd! Er wurde noch schräg diagonal gekreuzt von einem Grünen, der gnadenlos Teller an sich raffte, die leergegessenen und die nur angeguckten. Jetzt aber nichts wie gekämpft! Ich drängelte mich unfein weiter und erreichte wenige Sekunden vor dem Hemd den Stuhl, den Marie mir freigehalten hatte.

»Oh, Mist!« schrie das Hemd frustriert. »Jetzt hab ich EINmal Tortellini erwischt, aber mit dem Stuhl will es heute wieder nicht klappen!«

»Sie können gern den Stuhl haben, wenn Sie meine Tochter auf den Schoß nehmen«, schrie ich. »Ich muß nichts essen! Ich kann daneben stehen und alles in Ruhe auf mich wirken lassen!«

»Das kommt nicht in Frage«, rief Marie gegen den Lärm der essenden und rennenden Menschenschar an. »Dies ist Frankas Stuhl, und wer hier drängelt, den hauen wir!«

Das Hemd trollte sich. Hastig essend kämpfte es sich davon. Die Angst, daß ein Grüner ihm im Vorbeilaufen den Teller entreißen würde, stand ihm ins Gesicht geschrieben.

Ich ließ mich auf den freien Stuhl fallen.

»Mensch, Marie, wie hast du das fertiggebracht?«

»Das lernt man hier mit der Zeit«, strahlte Marie. »Guck mal, ich hab sogar Salat organisiert!« Sie schob einen appetitlich aussehenden Salatteller in die Mitte. »Hier«, zauberte sie eine Gabel unter dem Tisch-Set hervor, »für dich! Iß, solange ihn dir niemand wegreißt!«

»Wo sind deine Kinder?« rief ich zwischen zwei gierig eingeschaufelten Salatblättern.

»Die Großen sind am Pickeltisch!« rief Marie. »Und Maxie ist am Maxietisch! Deine nicht?!«

»Keine Ahnung, mit welchen Pickelgesichtern sich meine Kinder zusammengerottet haben«, rief ich aus. »Die haben die strenge Hausordnung hier bestimmt noch nicht durchblickt!«

»Na, Hauptsache, wir haben uns gefunden!«

»Wie viele hast du denn?«

»Wie viele was?«

»Na Pickels und Maxies und wie man hier die Kinder nennt!«

»Nur drei!« schrie Marie. »Und du?«

»Auch nur drei!«

Ein Grüner, der mit unserer Rotweinkaraffe entwischen wollte, wurde energisch von Marie am Hemdzipfel festgehalten. »Hiergeblieben!«

»Oh, ʼtschuldigung, ich dachte, ihr trinkt keinen Wein!«

»Wir trinken alles, was wir kriegen können!« schrie ich ihn an.

Der Grüne knallte die schwappende Karaffe auf den Tisch und wollte meinen halbgegessenen Salat mitgehen lassen. Da hatte er aber die Rechnung ohne die hungrige Mama gemacht.

»Stehenlassen!« herrschte ich ihn an. »Auch das Brotkörbchen! Finger wech!«

Fast hätte ich ihm draufgeschlagen, aber Marie beteuerte, die grünen Burschen würden auch auf Zuruf reagieren und ohne Schläge auskommen.

»Die sind darauf gedrillt, immer alles abzuräumen, weil dauernd Leute aufstehen und weggehen und sich woanders hinsetzen! Das hat alles der Alex hier eingeführt! Das neue Marketingkonzept, angepaßt auf den aktiven Urlauber! Die Jungs hier sind unheimlich flink und eifrig!«

»So einen nehmen wir uns mit nach Hause«, schrie ich begeistert.

Wir tranken sehr viel von dem schwappenden dünnen Rotwein.

Fanny popelte in ihrer Brotscheibe herum und sah sich mit großen, staunenden Augen um.

»Und um Punkt neun beginnt hier immer die Show!« schrie Marie, während sie einen Tomatenschnitz in die Sauce tunkte, die gerade jemand abräumte.

»Wie – noch 'ne Show?«

»Ja! Jeden Abend! Im Club-Theater! Hat alles der Alex eingeführt! Die Show für den aktiven Urlauber! Da muß man sich nur rechtzeitig einen Platz freihalten!«

»Ich muß mich hier erst mal dran gewöhnen!« rief ich Marie zu. »Im Tessin war alles so beschaulich und ruhig, und da konnte es schon mal vorkommen, daß man drei Stunden lang einen einzigen Frosch beobachtete!«

»Oh, der käme hier nicht weit!« lachte Marie. »Der würde im Getümmel sofort totgetreten!«

»Oder aufgegessen«, mutmaßte ich.

»Oder abgeräumt«, sagte Marie.

»Was gefällt dir eigentlich hier so?« fragte ich, während ich einen Grünen weghaute, der mein Glas mitnehmen wollte.

»Ach, weißt du, ich bin so dran gewöhnt«, freute sich Marie. »Der Alex hat dieses Urlaubskonzept erfunden, und wir haben es von Anfang an mitgemacht.«

»Welcher Alex?« fragte ich blöde.

»Na, mein Mann!« lachte Marie.

»Ach, dein MANN«, sagte ich verlegen. Nichts schnallte ich. Von wem redete Marie denn die ganze Zeit! Sie war die Frau von Alex, und Alex war dieser Getümmel-Erfinder, und deshalb hatte Marie auch ununterbrochen gute Laune! Das gehörte alles zum Marketingkonzept!

»Hier findest du immer sofort Anschluß, lernst nette Leute kennen. Und die haben hier ein tolles Freizeitangebot, ist für jeden was dabei! Das ist die einzige Chance für eine Familie, noch zusammen Urlaub zu machen!« schrie Marie gegen den Lärm an.

»Versteh ich nicht! Ihr seht euch doch gar nicht! Die Großen sind bei den Pickeln, der Maxie ist bei den Maxies, du sitzt am Frauentisch, und die Männer essen im Raucherzimmer…«

»So geht jeder seinen Interessen nach«, schrie Marie. »Sei doch mal ehrlich. Ist Familienurlaub nicht eine stinkbiedere Angelegenheit? Man hockt aufeinander und ödet sich an und hat sich nichts zu sagen… Komm, ich hole uns noch eine Käseplatte. Es ist gerade günstig, die meisten sind schon in der Show!«

Mir war nach Lachen und Weinen gleichzeitig.

»Alles«, sagte ich, »nur keinen Käse.« Und dann erzählte ich Marie, welche Erinnerungen sich um meine letzte Käseplatte rankten und daß ich nie wieder ohne Brüderli einen einzigen Käsebissen würde herunterbringen können.

Sie weinte fast mit mir. »Und was war mit dem Typ?«

»Ich weiß nicht. Ich bin völlig verwirrt. Irgendwas war mit dem nicht in Ordnung. Ich erzähl's dir, wenn wir mal Ruhe haben!«

»Dann hole ich uns ein Rieseneis«, tröstete mich Marie. »Rosa und orange und vanillegelb, und das schaufeln wir zwei jetzt, und wehe, das nimmt uns jemand weg! Dann hauen wir den! Ich kann Wing-Tsun!«

»Wing-was?«

»Eine chinesische Kampfkunst!« Marie machte eine zackige Bewegung mit beiden Unterarmen und wühlte sich tatendurstig durch die Menge. Gott, was war Goldmarie für ein reizendes

Geschöpf! So unkompliziert und lebensfroh! Und man konnte ihr direkt alle großen und kleinen Kümmerchen anvertrauen!

Leider setzten sich in diesem Moment zwei Polohemden mit ihren Hähnchenschenkeln auf die freien Stühle.

»Hallo«, sagte einer mit fetttriefenden Lippen. »Du bist neu hier, oder?«

»Heute angekommen«, sagte ich.

»Und da gehst du nicht in die Show?«

»Doch, klar! Aber die fängt doch erst um neun an!«

»Es ist zwanzig nach acht!« sagte Fettlippe. »Du mußt dich beeilen!«

»Ja und du?« fragte ich listig, in der Hoffnung, er würde sein Hähnchen an sich raffen und seinen Polofreund auch und sensationslüstern davonstürzen.

»Ich kenn die Shows alle schon«, sagte Polohemd. »Wir sind schon vier Wochen hier. Der Alex könnte sich auch mal was Neues einfallen lassen.«

»Ach, der Alex«, sagte ich. »Der alte Penner. Der ist überhaupt nicht hier!«

»Der bringt, glaub ich, einen anderen Club auf Vordermann«, sagte der andere. »Oder irgendwas anderes in der Unterhaltungsbranche.«

»Jedenfalls läuft es dieses Jahr nicht so gut wie sonst«, sagte der erste Insider.

»Der Carlo ist nämlich total lahm. Gestern klappte das ja schon mal nicht mit dem Wildschweinschießen im Morgengrauen«, sagte der zweite Experte.

»Wieso nicht?« fragte ich interessiert.

»Na, das Wildschwein, was sie extra für uns organisiert hatten, damit wir es erschießen können, ist einfach abgehauen«, beklagte sich der erste. »Total gegen die Spielregeln!«

»Dabei ist das Konzept an sich ganz toll«, sagte der zweite. »Echt geniale Marketingidee. WENN's funktioniert. Man muß natürlich vernünftig arbeiten. Der Alex hätte das Wildschwein vorher angebunden. Aber der Carlo: läßt es einfach abhauen. Da standen wir aber blöd da.«

»Der Carlo ist viel zu weich für den Job«, sagte der erste.

Mir kamen plötzlich schon wieder die Tränen. Ich wollte so gern in Brüderlis feines Antlitz schauen! Und eine Viertelstunde schweigend einen gemeinsamen Blauschimmel-Bressot-Camembert auf der Zunge zergehen lassen! DAS war noch Eßkultur! Und seine langwimprigen, sanftäugigen Blicke dazu trinken und einen trockenen Fendant die Kehle herunterrinnen lassen und Brüderlis zauberhafte Stimme hören, wenn er leise beim dezenten Rauschen des Springbrunnens sagte: »Du kannst schauen…!« Und ein Wildschwein würden wir retten, nicht erschießen!

Da kam Marie angeschwebt, zwei Teller mit schmelzendem Eis vor sich her balancierend.

»So!« rief sie voller Freude. »Und das essen wir jetzt, bis wir platzen!« Sie beugte sich vertrauensvoll zu mir: »Was wollen die zwei denn hier? Sollen wir die hauen?«

»Nein«, sagte ich. »Die sind harmlos. Und die gehen auch gleich.«

Wir schaufelten genüßlich das rosa, orange und vanillegelbe Schmelzeis. Die Sonnenschirmchen und Luftschlangen warfen wir einem vorüberhetzenden Abräumer aufs Tablett.

»Hast du dich schon für irgendwas angemeldet?« fragte Marie.

»Nein. Für was sollte ich mich denn anmelden?«

»Entweder für den Golf-Kurs oder für Tennis oder Rafting oder Bungee-Springen oder so was halt! Es gibt hier ungezählte Möglichkeiten! Du mußt dich nur noch schnell in eine Liste eintragen!«

»Klar, Mensch«, sagte ich lasch. Eigentlich wollte ich auf meiner Hollywoodschaukel im Garten Eden sitzen und Schmetterlingen beim Gaukeln zusehen. Aber das stand hier auf keiner Liste.

»Komm, wir sehen mal, wo noch was frei ist«, sagte Marie.

Ich hatte die Sitzfläche noch nicht ganz freigegeben, da klemmte bereits ein neues Hinterteil auf meinem Gestühl. Wir bahnten uns einen Weg in die Halle. Dort tobte gerade die Rebellen-Polka, aber sonst war es ein guter Zeitpunkt, sich in eine Liste einzutragen.

»Rafting ist noch frei«, rief Marie über die Schulter. »Willst du das machen?«

»Was ist das, Rafting?« rief ich zurück, während man mich luftschlangenwerfend umrundete. Fanny klammerte sich ängstlich an mich. Ich dachte, Rafting sei vielleicht ein Kurs zum Erlernen des Raffens von Eßbarem und des Ergatterns von einem Sitzplatz im Restaurant, aber das waren hier Grundvoraussetzungen, die man besser mitbrachte.

»Na, mit dem Schlauchboot durch den reißenden Fluß! Das hab ich letztes Jahr gemacht! Das ist supertoll! Aber da hat man nachher immer ein paar Schürfwunden, und außerdem kommen die abends mit weniger Leuten nach Hause, als sie morgens mitgenommen haben, das solltest du vielleicht nicht gleich am ersten Tag machen!«

»Tennis-Doppel?!« fragte hilfsbereit eine Grüne mit einer Liste.

»Ach nein.«

»Du kannst deinen Golfschein machen«, sagte Marie. »Welches Handicap hast du denn?«

»Eins? Drei! Die heißen Franz, Willi und Fanny!«

»Aber die mußt du natürlich auch für was eintragen!«

»Ich fürchte, die wollen nicht eingetragen werden. Da sind sie eigen.«

»Bogenschießen, Tontaubenwerfen, Autobusfensterbemalen, Forellenweitwurf, Zirkuszeltbauen, Treckerwettfahren, Kirschkernweitspucken, Mini-Playback-Show, Maxie-Playback-Show, Oldie-Show, Musical einstudieren, Batiken, Kochen, Töpfern, Kiddy-Rafting, Kiddy-Bungee-Jumping, Ballonflug über das Engadin...«

»Du, ich glaub, die wollen einfach nur spielen«, sagte ich matt.

»Also, dann geht wenigstens mit auf eine mittelschwere Wanderung. Morgen um sechs Uhr fünfzehn, wetterfeste Kleidung, Seil und Babytrage gibt's an der Rezeption. Und Wandererfrühstück ab fünf auf der Nordterrasse. Da wird das Wildschwein gegrillt, das die Obelixe heute nacht fangen.«

»Falls das Wildschwein nicht wieder abhaut.«

»Nein. Diesmal sitzt es in einem Käfig und kann leicht erschossen werden. Also. Kommt ihr mit auf die Wanderung?«

»O.K. Um sechs Uhr fünfzehn ist es bestimmt noch nicht so voll.«

Tatsächlich waren um sechs Uhr fünfzehn höchstens achtzig Personen vor dem Haupteingang des Hotels versammelt. Alle sahen wildentschlossen und finster drein. Hier wird gewandert, und zwar stramm! Wir sind Profis, daß das mal klar ist! Die meisten hatten diese olivgrünen Cord-Knickerbocker an, die in mir ein kaltes Grausen auslösen, darunter strammgezogene grobe Wollstrümpfe, und dann diese knöchelhohen Wanderschuhe, die vor nichts zurückschrecken. Der Wanderer an sich hat ja gern einen beigefarbenen Blouson an, auf dem verschiedene Wanderorden unauffällig angebracht sind, darunter ein rot-weiß grobkariertes Hemd sowie ein Halstuch, das seine Lässigkeit demonstriert, und im naturgegerbten Rucksack befinden sich die ordnungsgemäß verschlossene Feldflasche und die Dauerwurst mit Gurken und Tomatenschnitzen. Keiner kaut Kaugummi oder kickt eine Coladose mit Turnschuhen vor sich her oder hat die Hände in den Jeanstaschen. Mir wurde gleich klar: Die richtige Ausrüstung sagt entschieden etwas aus über die Qualität des Wanderercharakters. Und hergelaufene Gelegenheitsspaziergänger sind hier nicht gern gesehen.

Ich fühlte mich völlig underdressed mit meinen Jeans und dem Sweatshirt, ganz zu schweigen von Franz, Willi und Fannychen, die auch alle keine olivgrünen Knickerbocker vorzuweisen hatten. Hoffentlich lassen die uns überhaupt mitgehen, dachte ich besorgt. Uns trafen einige abschätzige Blicke, aber ich hielt tapfer meine Kinder an den Händen: Wir wandern jetzt. Fannychen hockte in einer Kiepe, die ich an der Rezeption geliehen hatte, und lugte neugierig unter ihrem Sonnenhütchen hervor. Zwar schien die Sonne noch nicht, aber ich nahm an, das würde sich im Laufe des Tages ändern. Ich schulterte ächzend das dreizehn Kilo schwere Kind. Selbst ist die Frau.

»Gehen wir jetzt endlich?« maulte Willi.

»Aber nicht bergauf!« verlangte Franz.

»Nein, nein«, sagte ich schnell. »Wir spazieren nur ein biß-chen auf dem Parkplatz im Kreis herum. Ganz leicht.«

Drei ganz besonders professionell gekleidete Clubmitarbeiter – mit strammen Wanderwadln unter prall gefülltem Rucksack, mit Seil und Pickel und geradezu ätzend guter Laune – kamen die Treppe herunter.

»Alle da?«

Jemand kontrollierte die Listen.

»Na, dann mal los.«

Ich schnappte mir die Kinder und reihte mich in den Pulk der schweigenden Traber ein.

»Los, jetzt. Wandern. Und wehe, ihr mault!«

Keiner sagte ein Wort. Vor uns und hinter uns nur Atem und Morgentau und das Knirschen der Wanderschuhe.

Wir schlängelten uns in einer langen Prozession über den Parkplatz. Als wir am letzten Auto angekommen waren, stöhnte Willi: »Wann gehen wir nach Hause?« Es war sechs Uhr zwanzig.

Ich versuchte, das zu überhören.

»Puh«, keuchte Willi erschöpft, »ich muß 'ne Pause machen. Mama, warte mal, ich brauche dringend was zu trinken.«

Die anderen überholten uns erbarmungslos. Ich fand es echt kameradschaftlich, daß sie nicht auf uns traten. Ich zerrte an Willis Arm.

»Jetzt nicht! Erst müssen wir ein bißchen gegangen sein!«

»Aber ich hab SEITENstiche!« Willi inszenierte schon wieder eine gelungene Sterbeszene, indem er kraftlos auf dem Parkplatz zusammensank. Die Massen trabten grimmig an uns vorbei.

»Willi! Wir sind noch keine fünf Minuten unterwegs! KOMM jetzt bitte mit!«

Franz latschte verächtlich weiter.

Widerwillig ließ sich Willilein von mir vorwärtszerren. Dabei wehklagte er so laut, daß man es achtzig olivgrüne Cordhosen-Hinterteile weiter vorn noch hören mußte. In mir machte sich eine ziemliche Wut breit.

»Sieh mal«, sagte ich, um Fassung bemüht, »alle Kinder wandern! Du bist der einzige, der sich so anstellt!«

»Ich stelle mich nicht an, ich hab SEITENstiche!« schrie Willi beleidigt. »Und Blasen am Zeh! Ich muß meinen Schuh ausziehen!«

Inzwischen waren wir die letzten. Dabei hatte ich mich so bemüht, im vorderen Drittel zu bleiben! Warum mußten wir immer unangenehm auffallen? Einer der Wanderhelfer in Grün kämpfte sich durch den Gegenverkehr zu uns durch. Es war ein freundlicher junger Bursche um die Fünfundzwanzig. Wortlos packte er meinen schlappen Sohn, schleuderte ihn auf seine Schulter und sprang leichtfüßig wieder nach vorn. Ich hörte Willi triumphierend lachen. Na bitte. Hatte dieser kleine Teufel doch bereits auf dem Parkplatz erreicht, was er wollte.

»Ich will auch getragen werden«, maulte Franz, den ich nach kurzer Zeit einholte.

»Da mußt du dich in eine Liste eintragen«, antwortete ich kalt.

Wir latschten schweigend durch einen Wald steil bergab. Nach etwa drei Kilometern gelangten wir an den anderen Gulliver-Club, der im Tal lag. Hier warteten bereits ungeduldig scharrend fünfzig weitere Wandervögel, die sich unserer Gruppe anschlossen. Wir trabten keuchend, schweigend und verbissen auf unseren Vordermannnacken blickend auf der anderen Seite des Tales wieder bergan, bis wir an eine Gondelstation kamen. Hier rottete sich der wanderfrohe Haufen zu einem dichten Menschenknäuel zusammen. Hundertdreißig bierernste Wandergesellen in absoluter Urlaubslaune starrten sich gegenseitig übellaunig an. Alles keuchte. Keiner lachte. Alle glotzten stumm auf dem ganzen Tal herum.

Mir taten die Schultern weh. Fanny in ihrer Kiepe war längst eingeschlafen. Ich konnte sie kaum noch tragen. Willi sprang fröhlich mit einem Stock zwischen anderen Kindern umher. Franz übte sich im Schlechte-Laune-und-ich-will-nach-Hause-und-hier-sind-alle-bescheuert-und-keiner-spricht-deutsch-Blick.

Da entdeckte ich Marie! Sie war mit ihrem Maxie ganz an der Spitze des Zuges leichtfüßig dahingeschwebt! Daß sie sich überhaupt noch so einem Laienhaufen anschloß, wo sie ja in jeder

Hinsicht ein Profi war! Na, das konnte meine Söhne doch nur motivieren.

»Seht mal, der Maxie ist hier! Er läuft ganz vorn!«

»Na und!«

»Hallo, Marie«, rief ich erfreut.

»Franka! Du hier!« schrie Marie, und dann fielen wir uns um den Hals, als hätten wir uns jahrelang nicht mehr gesehen.

»Mensch, der Eddi kann doch deine Fanny tragen«, sagte Marie.

»Der Eddi trägt doch schon meinen Willi«, sagte ich.

»Na und? Der Eddi kann die beide tragen, was meinst du! Nich, Eddi?«

Der Eddi kam gleich herbei und nahm mir die schwere Kiepe ab.

Er schnallte die schlafende Fanny vor Bauch und Brust, wuchtete den herumrennenden Willi wieder auf seine Schultern und seinen riesigen Rucksack auf den Rücken.

»Ich will auch getragen werden«, schmollte Franz beleidigt.

Eddi nahm Franz und schleuderte ihn auf den Rucksack. Jetzt trug er alle meine Kinder nebst einem riesigen Rucksack. Fröhlich pfeifend und mit einer Butterblume im Mund schritt er weiter bergan.

»Er war beim Schweizer Militär«, sagte Marie. »Der Alex hat alle seine Mitarbeiter vom Schweizer Militär geholt. Da schleppen sie täglich fünfzehn Stunden lang Steine und Kanonen und Pferde über die Alpen. Der Alex weiß immer, wo das beste Material zu holen ist! Der hat für so was einen siebten Sinn!«

»Toll, dein Alex«, staunte ich.

»Er ist nicht mehr mein Alex«, strahlte Marie. »Aber toll ist er schon!«

Eddi pfiff ein fröhliches Lied und kaute auf der Butterblume rum und hatte an jeder Hand noch ein anderes Kind. Das sind noch Männer, dachte ich hintertückisch vor mich hin. Meine Söhne sollen auch zum Schweizer Militär.

Eddi hängte uns locker ab. Ich sah noch, wie er mit sämtlichen Kindern eine Gondel bestieg. Dann waren sie weg.

Als Marie und ich oben angekommen waren, genossen wir den sagenhaft schönen Rundblick. Der rötliche Schein der Morgensonne tauchte alles in ein wunderbares sattes Licht. Die Luft war würzig und unverbraucht.

Von weiter unten wälzte sich der Pulk herauf. Eddi schleppte wieder meine drei Kinder.

»Und du meinst, die können wir einfach so hinter uns lassen?« fragte ich hoffnungsfroh. »Der Eddi wird zusammenbrechen!«

»Der bricht nicht zusammen«, sagte Marie. »Genieß doch mal deine Freiheit! Dafür ist so ein Club gut! Da war der Alex genial, nicht?«

»Doch«, sagte ich. »Genial. Dein Alex soll leben!«

Und dann liefen wir beiden Mädels einfach los.

Es ging von nun an nur noch leicht bergab. Mit der Zeit geriet ich in einen richtigen Wanderrausch. Wir liefen nicht mehr, wir flogen! Endlich hatte ich mal jemanden an meiner Seite, der weder maulte noch keuchte, jemanden, der nicht nur Schritt halten konnte, sondern ganz offenbar genausoviel Spaß an der Fortbewegung hatte wie ich.

Zuerst mußten wir uns ziemlich darauf konzentrieren, zwischen Schnee und Geröll und feuchten Steinen sicher unsere Füße zu setzen. Wir hatten beide keine Lust zum Reden, wir genossen nur die Morgenstille, den herben Duft der unberührten Natur und die Geräusche unserer Schritte und unseres Atems.

»Da!« raunte Marie, indem sie mich am Arm hielt. »Murmeltiere!«

Ich stellte mich artig neben Marie und staunte. Keiner sagte: »Blöde, langweilige Murmeltiere.« Oder: »Na und? Ich will nach Hause, und außerdem sind die Murmeltiere bescheuert und sprechen kein Deutsch!«

Wir liefen weiter, süchtig nach Bewegung. Steinadler zogen über unsere Köpfe hinweg ihre Bahnen. An der Felswand, die sich gegen den dunkelblauen Himmel bizarr abzeichnete, flüchteten zwei Gemsen. Oder waren es Steinböcke? Bächlein schossen zu Tal. Ich hatte nicht mehr gewußt, wie wunderbar es war, einfach nur zu laufen und den eigenen Körper zu spüren. Nach zwei Stunden erreichten wir wieder die Baumgrenze. Das Geröll ging langsam in satte Wiesen über, Vogelgezwitscher umfing uns. Hurra! Landsommer! Es war warm geworden. Längst hatten wir die Pullis um unsere Hüften geschlungen.

»Sollten wir nicht mal auf die anderen warten?«

»Um Gottes willen. Die trampeln hier alles nieder. Um zwölf machen alle eine Rast auf einer Wiese. Ich kenne die Stelle. Der Alex hat diese Wanderroute ausgearbeitet. Wir laufen gerade noch eine halbe Stunde. Komm. Wir haben uns soviel zu erzählen!«

Endlich konnten wir nebeneinander gehen. Ohne unseren Schritt zu verlangsamen, fingen wir die mit Spannung erwartete Unterhaltung an.

»Was ist eigentlich mit deinem Alex?« fagte ich neugierig. »Warum habt ihr euch getrennt?«

»Ach, das ist eine lange Geschichte«, sagte Marie. »Ich bin schon die dritte Frau von Alex. Jedesmal findet er die Frauen attraktiv, die selbständig und beruflich erfolgreich sind. Ich war zum Beispiel Model. Das fand er ganz toll. Wir haben geheiratet. Dann habe ich Maxie gekriegt, und da war die Model-Karriere beendet. Jetzt möchte ich gern wieder einsteigen, aber der Zug ist abgefahren. Mit vierzig kannst du nicht mehr Model sein.«

»Und was wirst du jetzt machen?«

»Ich werde es ohne ihn schaffen«, sagte Marie. »Ich möchte ein Modeatelier für die Frau über Vierzig eröffnen, und außerdem eine Kampfsportschule für Frauen. Avci-Wing-Tsun.«

»Avci-was?«

»Avci-Wing-Tsun. Hab ich dir doch schon erklärt. Eine chinesische Kampfkunst. Selbstverteidigung für Frauen.«

»Aber das sind doch zwei ganz tolle Perspektiven!«

»Tja. Nur die finanziellen Verhältnisse müssen noch geklärt werden. Im Moment sitze ich auf unserem Haus, und Alex verfügt über die Konten!«

»Du bist ein typischer Fall für Enno Winkel«, sagte ich. »Der wird das schon machen! Er hält immer zu den Frauen. Und die Männer müssen Unterhalt zahlen. So war es bei mir auch.«

Ich erzählte ihr von meiner erfreulichen Scheidung, damals, als mein erster Gatte, ohne es zu wissen, mein Buch verfilmte. Damals hatte Enno wirklich viel Geld für mich rausgeschlagen. Weshalb ich es mir heute leisten konnte, auf eine Heirat mit ihm zu verzichten.

Die Mittagsrastwiese war noch völlig vom Tau benetzt. Wir breiteten unsere Pullover aus und ließen uns ächzend darauf nieder. Marie kramte in ihrem Rucksack und holte eine Feldflasche heraus.

»Willst du einen Schluck?«

»Danke.«

Ich trank das köstliche, kalte Wasser. Nie hatte mir ein Getränk besser geschmeckt.

Dann saßen wir da, Rücken an Rücken, und schauten ins Tal hinab.

Ganz unten wand sich der reißende Fluß. Auf der anderen Seite des Tales lag das pompöse, alte Hotel, umgeben von seinen Golf- und Tennisplätzen. Alles sah aus wie eine Spielzeuglandschaft. Erst jetzt konnte man die winzigen Dörfchen und Bauernhöfe ausmachen, die verstreut in der hügeligen Landschaft dalagen. Unten neben dem Fluß verlief eine Eisenbahn. Wildromantisches Engadin.

Marie zeigte nach rechts oben. »Guck mal, da kommen sie!«

Tatsächlich. Ganz weit dort oben wand sich der Lindwurm Wandergruppe zäh bergab.

»Wie findest du meine Idee?« nahm Marie den Faden wieder auf, während wir Popo an Popo auf einem Pulloverzipfel auf einem Baumstamm saßen und Aprikosenkerne ins Tal spuckten.

»Welche?«

»Na, die mit dem Modeatelier für die attraktive Frau über Vierzig.«

»Sensationell«, entfuhr es mir. »Endlich mal wieder eine geniale Marketingidee.«

»Du nimmst mich nicht ernst!«

»Doch! Natürlich! Alle Frauen werden irgendwann vierzig, jedenfalls die meisten. Und für die besteht ein unglaublicher Bedarf!«

»Du meinst, ich hätte mit meiner Idee eine Chance?«

»Aber ja! Marie! Das ist DIE Marktlücke! Guck doch mal in die sogenannten Frauenzeitschriften. Kein Gesicht da drin ist älter als dreiundzwanzig!«

»Das stimmt aber nicht. Erst gestern habe ich ein Gesicht gesehen, das war gut und gern fünfunddreißig.«

»Und? Für was hat das Werbung gemacht?«

»Für ein Wechseljahre-Hormonpflaster«, sagte Marie düster.

»Oder vielleicht für eine Faltencreme für die reife Haut?«

»Sag mir bitte mal, für welche Produkte Frauen über Vierzig in den Medien ihre Gesichter hinhalten!« rief Marie. »Frauen WERDEN einfach nicht älter als Dreißig. Dann scheiden sie aus dem öffentlichen Leben aus! Und das will ich ändern. Keine einzige Frau über dreißig wagt sich noch in die Öffentlichkeit!«

»O nein!« ereiferte ich mich. »So pauschal darfst du das nicht sehen. Zum Beispiel die Gebißträgerinnen im Fernsehen«, half ich ihr auf die Sprünge, »die ihrer Freundin zuflüstern, sie könnten schon seit Jahrzehnten in kein Käsebrötchen mehr beißen. Die sind über Dreißig.«

»Oder diese Inkontinenzfotos! Da sieht man eine Frau in unserem Alter mit höchstem Pipidrang in irgendeiner Kaufhaustoilette verschwinden.«

»Na? Merkst du was? Die Frau über Dreißig. Was spiegelt sie in deutschen Medien?«

»Alter, Vergänglichkeit, Hilflosigkeit, peinlich zu verbergende Zipperlein! Hühneraugen. Krampfadern. Geschwollene Beine!«

Ich überlegte. Im Geiste ging ich die Frauenzeitschrift »Gudrun« durch. Oder »Die glückliche Frau«. Oder »Mein Heim und meine Familie«.

»Völlegefühl nach dem übermäßigen Verzehr von Sahnetorte!« rief Marie.

»Verdauungsprobleme. Orangenhaut. Krähenfüße«, ergänzte ich.

»Vergeßlichkeit. Eine Frau in unserem Alter lehnt ratlos mit ihren Einkaufstaschen an einer Bushaltestelle und weiß nicht mehr, wohin sie fahren will.«

»Leistungsschwäche, Müdigkeit, Abgeschlagenheit! Ich sehe da diese Mittdreißigerin blaß und elend in ihrem Bürostuhl hängen, die es nicht mehr schafft, den Telefonhörer auf die Gabel zu legen.«

»Verstehst du jetzt, warum es höchste Zeit ist, ein Modeatelier für Frauen ab vierzig zu gründen?«

»Ja«, sagte ich beeindruckt. »Verstehe ich. Welch eine riesige Marktlücke!« Deswegen war ich auch so eine sensationelle Ausnahmeerscheinung. Weil ich trotz meines biblischen Alters von neununddreißig UND dreier Kinder noch halbwegs nett aussah. Und mich einfach in die Öffentlichkeit traute.

Über uns zog ein Flugzeug seine Bahnen. Manchmal drang das Stimmengewirr von der Wandergruppe zu uns herüber. Sonst war alles still.

»Das würde mich reizen«, schwärmte Marie. »Werbung für Mode, für Kosmetik, für Reisen und Lebenslust! Als Frau am Steuer eines tollen Mercedes der S-Klasse sitzen mit vierzig! Werbung für ein Handy mit fünfzig!«

»Männer telefonieren doch auch noch, wenn sie die Mitte des Lebens überschritten haben«, grübelte ich. »Dieser Schauspieler! Du weißt schon! Der mit der Glatze und der Narbe und dem Bierbauch!«

»Sag mir EINE Frau, die übergewichtig ist und faltig und hemdsärmelig und unfrisiert und ungeschminkt und dann noch für eine Telefongesellschaft wirbt. Sag mir eine!«

»Weiß keine«, sagte ich frustriert.

»Stell EINMAL eine fünfundsechzigjährige, fettleibige, hängebusige Frau mit strähnigen, fettigen Haaren ins Fernsehen, laß sie hochprozentigen Schnaps trinken und dabei schnaufen: »Man gönnt sich doch sonst nix.«

»Dann kann der Sender zumachen«, murmelte ich.

»Aber bei Männern funktioniert das!« sagte Marie mit Bestimmtheit. »Die dürfen so alt und häßlich sein, wie sie wollen. Sind ja gestandene Kerle, die das Leben prägte.«

»Frauen dürfen nicht vom Leben geprägt sein. Wenn sie nicht ständig Diät halten und sich liften lassen und ihre Zeit in Schönheitskliniken verbringen, gehören sie ab dreißig nicht mehr in die Öffentlichkeit.«

»Wir kaufen den Klischeemachern unser Frauenbild ab, wenn wir es nicht ändern«, ereiferte sich Marie.

»Zeit zum Verwandeln«, sagte ich und spuckte einen Aprikosenstein ins Tal.

Als wir am Abend von unserer Wanderung heimkehrten, fing mich die Ulla an der Rezeption ab.

»Du, Franka, was soll ich mit den zwei Dutzend Faxen machen, die heute angekommen sind?«

»Schmeiß sie in den Eimer«, sagte ich.

»Willst du nicht wenigstens mal reingucken? Also ich hab sie alle gelesen, und es sind ein paar interessante Anfragen dabei!«

»Du hast was?!«

»Alles Presseanfragen. Hier: ›Gudrun‹: ›Welcher Mann hat Ihr Herz in der Schweiz erobert? Stimmt es, daß Sie den Programmdirektor an einem Froschteich geküßt haben?‹ Die wollen ein Exklusiv-Interview! Oder hier! ›Frau und Heim‹: ›Wieso verlassen Sie Ihren Anwalt? Stimmt es, daß Ihr Neuer ein Schweizer ist? Was haben Schweizer Männer, was deutsche Männer nicht haben?‹«

Ulla machte es sich auf der Rezeptionstheke bequem. Einige andere Grünhemden gruppierten sich interessiert um sie herum. Auch einige Wanderburschen, die inzwischen eingetrudelt waren, blieben interessiert stehen.

»Das hier find ich dreist«, sagte Ulla. »Schon wieder ›Wichtiges am Wochenende‹: ›Wo versteuern Sie Ihr Geld? In der Schweiz? Wer berät Sie in Steuerfragen? Ihr neuer Freund? Wir wollen exklusiv berichten!‹ Die von der ›Blitz-Illu‹ haben dreimal hier angerufen«, beschwerte sich Ulla. »Sie wollten wissen, von wem das letzte Kind ist. Ob das von dem Schweizer ist oder von dem Anwalt.«

»Und? Was hast du gesagt?« Marie baute sich drohend neben mir auf.

»Na, von dem Anwalt doch!« Ulla wurde nicht im geringsten kleinlaut.

»Von dem Schweizer wär auch etwas knapp«, gab ich zu bedenken. »Gott, was sind die von der ›Blitz-Illu‹ blöd.«

»Und ›News und Show‹ faxen, sie wollen dich hier besuchen und eine nette Story mit dir und den Kindern machen. Nur ein paar Fotos, wie ihr am Pool frühstückt und wie ihr Golf spielt und wie ihr alle im Bett liegt und 'ne Kissenschlacht macht… und sie fragen, welchen Mann du gern dabeihättest.«

»Keinen. Ich fange gleich an zu weinen«, sagte ich selbstmitleidig. »Ich will doch nur meine Ruhe haben.«

»Du solltest ihnen was antworten«, sagte die Ulla. »Damit dieser Streß hier aufhört.«

»Und was soll ich ihnen antworten?« fragte ich.

»Komm!« sagte Marie unternehmungslustig. »Die hauen wir alle. Ich hab auch schon eine Idee.«

Wir schickten die Kinder in den Maxie-Club, verzogen uns in unser »Weibernest«, köpften eine Flasche Champagner und verfaßten einen feinen Rundbrief.

»Liebe Kollegen von der schreibenden Zunft, ja, es stimmt: Der Programmdirektor ist ein krummbeiniger Schweizer, und ich bin die neue Schmachtenberg! Ja, ich gebe auch zu: Ich habe bei einem rustikalen Abendessen einen Frosch geküßt, aber nicht nur das! Ich habe ihn sogar heimlich geheiratet, bei Sauerkraut und Bratwurst! Natürlich sind alle Schweizer Frösche besser als alle deutschen Prinzen. Was Sie alle noch nicht wissen: Ich bin wieder schwanger, allerdings von einem berühmten Modeschöpfer, der mich soeben als Topmodel für seine Umstandsmoden in Mailand ganz groß rausgebracht hat! Mein Geld versteuere ich übrigens nicht, ich vergrabe es! In Plastiktüten unter roter Erde! Nun werde ich über kurz oder lang auch noch den Sender kaufen, nach Hollywood gehen und die Hauptrolle in dem Dokumentarfilm ›Das Suppenweib‹ spielen, einer Dokumentation über Kannibalenköche. Für weitere Interviews stehe ich jederzeit gern zur Verfügung!«

»So«, sagte Marie händereibend. »Und das geben wir jetzt der Ulla, und die faxt das auf der Stelle durch. Dann wirst du wohl deine Ruhe haben.«

Wie konnte Marie denn auch ahnen, daß die werten Kollegen von der schreibenden Zunft diese Zeilen Wort für Wort abdrucken würden?

Das ahnte ich zu diesem Zeitpunkt ja auch noch nicht.

Wir schwenkten also fröhlich zur Rezeption und schickten das Geschreibsel ab.

Ein paar Tage später hatten sich unsere lieben Kinder so sehr an den Gulliver-Club gewöhnt, daß sie nie mehr nach Hause wollten. Morgens stürmten sie davon und wurden bis spätabends nicht gesehen. Kein einziges Mal hörte ich mehr »Ich langweile mich« oder »Hier ist alles doof« oder »Ich will nach Hause«. Selbst die Minibar wurde nicht mehr vermißt, und daß wir keinen Fernseher auf dem Zimmer hatten, war den Kindern und mir herzlich egal. Wir waren nur noch unterwegs, und auch mir begann dieses Clubleben zu gefallen. Jeder ging seinen Interessen nach, ohne den anderen auf die Nerven zu gehen. Marie und ich machten täglich große, ausgedehnte Wanderungen. Dabei konnten wir uns wunderbar unterhalten. Mit jedem Marsch wuchsen wir enger zusammen. Die Mahlzeiten verliefen ruhiger, seit wir uns an einen bestimmten Tisch im letzten Winkel verzogen hatten. Niemand traute sich mehr in unseren Dunstkreis. Marie sagte immer entschlossen »Den hauen wir!«, wenn sich einer in unsere Nähe wagte. Selbst die Abräumer ließen uns in Ruhe. Nach dem Essen zogen wir uns dann in unseren alten, hochherrschaftlichen Seitenflügel mit den hohen Decken zurück, den wir »Das Weibernest« nannten. Hier saßen wir bis lange nach Mitternacht mit unserer allabendlichen Flasche Champagner auf dem Balkon, während unsere Kinder friedlich schlummerten. Immer öfter stand die Zwischentür auch nachts offen. Wir hatten einfach nicht das Bedürfnis, uns voreinander zu verschließen. Oft hockten wir noch mit angezogenen Beinen in Wollsocken und im Nachthemd auf unserer Ottomane und unterhielten uns leise, wenn es draußen schon wieder hell wurde. Wir hatten uns so viel zu erzählen! Maries Plan mit dem Modeatelier für die selbstbewußte Frau über Vierzig war genial, und ich wollte mich auf jeden Fall daran beteiligen. Sie mußte nur noch die finanzielle Klärung mit ihrem Alex abwarten. Ich legte ihr immer wieder Enno ans Herz, den besten Scheidungsanwalt der Stadt. Er würde ihren Alex schon in seine Schranken weisen. Was mußte das für ein Macho sein!

Ich erzählte ihr von Paula, die nun schon seit fünf Jahren zur Familie gehörte, und von Alma mater, die ja nebenan wohnte und mit ihren siebzig Jahren so jung und fit war wie keine von uns Vierzigerinnen. Und natürlich von meinen Talkshowplänen für das nächste Jahr.

»Du hast es gut«, seufzte Marie. »Du hast tolle Frauen um dich herum, die zu dir halten und deine Karriere unterstützen!«

»Komm doch zu uns!« sagte ich. »Du würdest hervorragend zu uns passen.«

»Als wenn das so einfach wäre…«, seufzte Marie.

»Es IST einfach!« ereiferte ich mich. »Frauen passen im Alltag einfach viel besser zusammen.«

»Du hast ja so recht«, seufzte Marie.

»Ja. Und die Zeit, die man dadurch gewinnt, kann man wiederum wunderbar mit so angenehmen Dingen wie Karriere oder Männern verbringen…«

»Tolle Theorie«, lachte Marie. »Aber warum ist das so schwer in die Praxis umzusetzen?«

»Weil Frauen sich nicht trauen«, mutmaßte ich. »Sie bleiben entweder bei ihrem Kerl und gehen tausend faule Kompromisse ein, oder sie sind alleinerziehend und völlig auf sich gestellt. Statt sich mit einer guten Freundin oder mehreren zusammenzutun, sich Haushalt und Kinder zu teilen und die gewonnene Zeit für positive Power zu nutzen.«

»Weibernester müßte es viele geben«, seufzte Marie. »Bei dir scheint's ja zu funktionieren.«

»Ich hab die richtigen Frauen getroffen«, gab ich zu. »Mit jeder geht das natürlich nicht.«

Und während ich das sagte, war ich ganz sicher, daß Marie hervorragend zu uns passen würde.

An einem sonnigen Augusttag kehrten wir mit unserem voll-
bepackten Kombi wieder in die heimatliche Straße zurück.
Alma mater stand bereits vor der Tür und erwartete uns. Wir
fielen ihr alle nacheinander um den Hals. Ich liebte Ennos Mutter, als wäre sie meine eigene.

»Groß seid ihr geworden!« freute sie sich. « Und braungebrannt!«

»Sie haben sich hoffentlich auch von uns erholt!« lachte ich.

»Gut sehen Sie aus!« sagte Alma mater zu mir. »Richtig entspannt.«

»Bin ich auch«, strahlte ich zurück. »Es war eine wunderschöne Zeit!« Wir sagten immer noch »Sie«, Alma mater und
ich, und ich wollte das auch nicht ändern. Es hatte etwas Vor-
nehmes, Respektvolles. Sie war so fein, so zurückhaltend in all
ihrer Herzlichkeit. Man kann sich auch mit guten Freundinnen
siezen.

»Ich hab Ihnen die ganzen Artikel aufgehoben«, berichtete
Alma mater, »die in diesen Wochen über Sie erschienen sind.«

Sie zeigte mir einen ganzen Stapel Zeitungsausschnitte. »Hier.
Und die schönen Fotos! Besonders die mit den Kindern. Ganz
wunderschön.«

»Ich lese sie später«, sagte ich. »Im Moment will ich mir nicht
die Laune verderben.«

»Aber das ist doch lustig!« freute sich Alma mater. »Am besten hat mir der hier gefallen!«

Und dann zeigte sie mir einen Artikel aus der Fernsehzeitung
»Siehnur«. Sie hatte WÖRTLICH meinen Rundumschlag abge-
druckt, den ich mit Marie im Engadin verfaßt hatte! Unter der
Überschrift: »Franka Zis: Jetzt spreche ich!« war mein ganzes
wütendes Geschreibsel zu lesen. Ich hätte nie gedacht, daß irgend jemand das wirklich drucken würde.

»Wie peinlich!« entfuhr es mir. »Sie müssen das Allerschlimmste über mich denken! Und Enno erst!«

»Aber nein!« lachte Alma mater. »Der Enno liest so einen
Blödsinn doch nicht! Und ich – ich habe mich köstlich amüsiert!«

»Es ist mir schrecklich unangenehm.«

»Wissen Sie was?« sagte Alma mater, während sie bereits die Federballschläger aus der Hülle klaubte. »Nehmen Sie sich einfach nicht so wichtig. Nach diesem Grundsatz habe ich auch immer gelebt. Lassen Sie die anderen sich doch die Mäuler zerreißen. Solange die anderen Sie wichtiger nehmen als Sie sich selbst, schießen die völlig ins Leere!«

Das war allerdings sehr weise. »Sie meinen, ob man hier über mich dummes Zeug schreibt oder in China fällt ein Sack Reis um…«

»Da muß in China gar kein Sack Reis umfallen«, sagte Alma mater. »Sie selbst müssen nur nicht umfallen. Lassen Sie die schreiben, was sie wollen. Das braucht Sie doch gar nicht zu interessieren. Nehmen Sie sich selbst nicht so wichtig, und Sie werden merken, wie unwichtig Ihnen solche Kleinigkeiten werden. Nehmen Sie Ihre Kinder wichtig. Die haben es verdient.«

Mir fehlten die Worte. Sie hatte so recht! Woher nahm sie nur diese Weisheit und Überlegenheit? Wie alt muß man werden, dachte ich, um so gelassen mit dergleichen Widrigkeiten umzugehen?

»Hier«, sagte Alma mater. »Das ist wiederum was sehr Nettes. Es gibt auch noch Menschen, die anderen ihr Glück gönnen können.«

Sie hielt mir »Die glückliche Frau« unter die Nase. Frau Silbersträhne! Ich riß ihr das Blatt aus der Hand. Da. Vier Seiten. Die wunderschöne Schweiz. Die Kinder und ich. Kein Brüderli. Nur Harmonie und farbenfrohe Kulisse und Familienglück unter blauem Himmel. Und dazu ein sehr netter, wohlwollender Text.

Ich schlich mich erst mal in meine Haushälfte. Berge von Post türmten sich, Faxe quollen aus dem Apparat, und der Anrufbeantworter war übervoll. Ich packte den ganzen Krempel in eine Kiste und fuhr damit zum Altpapiercontainer. Das war Hausfriedensbruch. Sie hatten kein Recht auf mich. Enno hätte natürlich sein Veto eingelegt und sich die Haare gerauft. Aber wenn was wirklich Wichtiges dabeigewesen war, dann würden sie sich schon wieder melden. Sehr erleichtert fuhr ich nach Hause zurück.

Jetzt wollte ich erst mal meine Ruhe haben und die unmittelbare Zukunft anpacken. Und meine Kinder wichtig nehmen.

Nachdem ich alle Koffer ausgepackt und die Waschmaschine angeworfen hatte, ging ich wieder rüber zu Alma mater. Sie spielte gerade mit den Jungs Federball, während Fanny ihren Schrubber durch die Stiefmütterchenbeete zog. Alma war in ihrem Element. Sie lachte und jauchzte und rannte, als wäre sie siebzehn und nicht siebzig.

Eine wundervolle Frau.

»Wo ist Enno?« fragte ich so beiläufig wie möglich.

»Verreist!« rief Alma mater fröhlich, derweil sie nach einem Federball hechtete. »Mit seiner Mandantin. Aber setzen Sie sich doch, Sie hatten so eine lange Fahrt!«

Ich sank auf ihren Gartenstuhl.

»Was ist das für eine Frau?« Meine Neugier auf diese Dame war kaum noch zu steigern.

»Sie ist völlig anders als Sie!« Alma amüsierte sich und fand das umwerfend komisch.

»Wie – anders?«

»Na ja, wie soll ich sagen... sie ist eben eine perfekte Hausfrau. Seit sie geschieden ist, fühlt sie sich einsam. Und da hat sie den Enno ein bißchen bekocht und verwöhnt... wie manche Frauen eben so sind.« Sie schüttelte den Kopf. »Der Enno ist doch in mancher Hinsicht sehr bürgerlich... das hat er von seinem Vater.« Dann rannte sie ins Haus und brachte Zitroneneis und Erdbeeren. »Die habe ich heute ganz frisch vom Markt geholt! Weil ich ja wußte, daß Sie kommen!«

Ich spachtelte ziemlich aufgewühlt das Eis und die köstlichen roten Erdbeeren. Alma spielte schon wieder Federball.

»Ist Enno nicht... irgendwie böse auf mich?« rief ich ihr zu. »Ich meine, in der Presse steht viel dummes Zeug!«

»Aber nein! Das glaube ich nicht!« Alma schlug geschickt nach einem Ball. »Er ist doch Anwalt. Und ein kluger Mann. Der weiß genau, was in der Zeitung steht, muß noch lange nicht wahr sein.«

»Und – ist er mir nicht mehr böse, daß ich ihn nicht heiraten will?«

»Für die bürgerliche Ehe sind Sie überhaupt nicht gemacht! Das habe ich Enno auch gesagt. Und das hat der Junge dann auch eingesehen.«

Diese Frau war so geistig rege wie keine zweite! Dabei war sie über Siebzig! Wenn doch nur manche jüngere Frauen so flexibel wären, dachte ich. Was stünde denen die Welt offen.

»Die Mama macht jetzt so 'ne blöde, langweilige Talkshow«, mischte Willi sich vorlaut ein, während er den Ball auf das Garagendach drosch.

»In Berlin«, fügte Franz noch naseweis hinzu. »Jetzt ist der Ball weg. Hast du eine Leiter?«

»Ich komme!« Alma mater rannte in die Garage und holte die Leiter. Dann krabbelte sie mitsamt den Kindern auf das Garagendach.

»Und zwischen uns bleibt alles beim alten?« rief ich hinauf. Ich kam mir komisch vor mit meinem Zitroneneis in der Hand, wie ich da gegen die Sonne blinzelte. Die Kinder pfefferten eine nasse alte Socke, die sie mit Sand gefüllt hatten, auf mich herab.

»Natürlich bleibt alles beim alten!« rief Alma mater vom Garagendach herunter. »Guckt mal, Kinder, was hier alles liegt!« Und dann schoß sie voller Freude ein paar alte Bälle vom Dach. Für sie war das Thema erledigt.

»Hal-lo!« Oh, diese wundervolle harmonische Kuckucks-Terz! Aus dem Munde meines wundervollen rothaarigen Programmdirektors! Endlich rief er an, endlich, endlich! Ich hatte schon gefürchtet, alles wäre nur ein rosaroter Traum gewesen!

Der Anruf erreichte mich auf dem Minigolfplatz, wo ich gerade mit den Kindern eine Knackwurst verzehrte. Ich kaute anstandshalber schnell zu Ende, bevor ich »Hallo« zurück intonierte.

»Wie geht es Ihnen?« sang Dr. Karl wohlgemut.

»Wunderbar«, sang ich zurück. »Wie geht es Ihnen?«

»Oh, ich habe nur gearbeitet«, sagte Dr. Karl. »Wir haben Ihre Talkshow vorbereitet. Haben Sie einen Moment Zeit?«

Klar, Mann. Alle Zeit der Welt. Und für dich sowieso.

Franz und Willi knallten mir ihre abgegessenen Wurst-Senf-

Pappen auf die Bank und trollten sich mit ihren Minigolfschlägern.

»Aber ja«, sagte ich leichten Herzens. »Ich bin ganz Ohr.«

Fanny schmierte den Senf auf meine Kniescheibe. Ich ließ das Kind bei seinem frühkindlich kreativen Tun gewähren.

»Wir haben eine Firma gefunden, die die Recherchearbeiten übernimmt«, sagte Dr. Karl. Wahrscheinlich hockte er an seinem Chefschreibtisch in Berlin und hatte die Krawatte gelokkert und die Beine hochgelegt und winkte seine Sekretärin mit seiner Pfeife aus dem Zimmer.

»Aha«, sagte ich. Firma für Recherchearbeiten? Isn das?

»Sehr pfiffige junge Mitarbeiter, die schnell und zuverlässig arbeiten«, sagte Dr. Karl.

Was sollte ich mit denen? Ich dachte, Karl-hier und ich würden die Sache allein schmeißen? Irgendwie hätte ich mir das gewünscht.

»Wir würden Sie gern so bald wie möglich aufsuchen und Ihnen erklären, wie wir vorgehen wollen. Sie müssen dann sagen, ob Sie mit dieser Art zu arbeiten leben können.«

»Klar«, sagte ich ratlos.

Was meinte der mit »dieser Art zu arbeiten«? Ich wollte ein bißchen nett und niveauvoll mit Menschen plaudern, was brauchte ich dafür eine Recherchefirma?

»Wann können Sie uns empfangen?«

»Jederzeit.« Fanny matschte ihre Wurst auf die Bank. Ich wischte gedankenverloren mit einem Papiertaschentuch hinter den Schleifspuren her. »Hee! Franz und Willi! Nich hauen! Nur schön artig spielen!«

»Wo sind Sie?« hörte ich Dr. Karl fragen. »Im Sandkasten?«

»Auf dem Minigolfplatz«, antwortete ich vornehm.

»Na, Sie haben aber auch immer Zeit! Das wird sich ändern, wenn Sie die Talkshow moderieren!«

Ich überlegte, ob ich ihn hauen sollte. Mit dem Minigolfschläger durchs Telefon. Marie hätte ihn jetzt gehauen. Und dabei gelacht. Aber Männer haben nun mal null Einfühlungspotential. Rein gentechnisch. Da können sie nichts für. Ich beschloß, freundlich zu bleiben.

»Also dann kommen wir am Freitag abend um acht.«

»Natürlich«, sagte ich. »Dann hab ich die Kinder im Bett, und dann können wir in Ruhe über die Sache sprechen.«

»Na bitte«, sagte Dr. Karl am Telefon. »Genau wie beim letzten Mal. Ich würde Ihnen gern einen kleinen Rat geben – unter Freunden.«

»Ja bitte?«

»Keine Bratwürstchen«, sagte Dr. Karl.

»Eierloch«, murmelte ich verklärt, als ich das Handy ausdrückte.

»Hal-lo!« sang Marie.

»Hal-lo!« sang auch ich. Wie geht es dir?«

»Alles bestens! Bei dir auch?«

»Marie! Ich höre doch an deiner Stimme, daß nicht alles bestens ist! «

»Na ja, ich hab ein bißchen Ärger mit Alex.«

»Erzähl! Was tut er dir an?«

»Er akzeptiert nicht, daß ich wieder arbeiten will!«

»Den hauen wir!« rief ich kampflustig. »Wieso mußt du ihn überhaupt um Erlaubnis fragen?«

»Weil er immer noch das Geld hat«, sagte Marie. »Ich brauche wirklich einen guten Anwalt.«

»Den kriegst du. Sobald Enno wieder im Lande ist. Aber jetzt brauch ich erst mal deine Hilfe, Marie!«

»Jederzeit. Was kann ich für dich tun?«

»Der Programmdirektor hat mich gerade angerufen! Am Freitag fällt er mit einer Horde Leute bei mir ein! Er will was zu essen haben und möglichst in Ruhe mit mir sprechen! Kannst du mir die Kinder abnehmen?«

»Ich bring dir ein paar Salate vorbei«, sagte Marie. »Und bevor er kommt, verdrück ich mich und nehm die Kinder mit. Die können bei mir übernachten. Kein Problem. Der Maxie freut sich!«

Ich wollte mich noch wortreich bedanken, aber da hatte sie schon aufgelegt.

Punkt zwanzig Uhr stand der lange Kerl hinter einem riesigen Blumenstrauß vor meiner Tür. Seine roten Haare zeichneten sich gegen die Milchglasscheibe der Haustür im Schein der Straßenlaterne ab. Ich öffnete.

Herr Dr. Karl mußte sich bücken und den Kopf einziehen, bevor er über meine bescheidene Schwelle trat.

Wir begrüßten uns artig, ich blickte eine Sekunde länger als nötig in seine faszinierend verschiedenfarbigen Augen, und am liebsten hätte ich die Tür hinter ihm zufallen lassen, um an seinen Bauchnabel zu sinken und ihn gebührlich zu begrüßen, aber da standen noch ein halbes Dutzend Herrschaften in unserem Vorgarten. Ein dicker Unrasierter war dabei, in Lederjacke und mit schmuddeliger Aktentasche, ansonsten einige späte Mädchen mit Brille und Faltenrock und naturbelassener Frisur Marke »An meine Haare lasse ich nur Wasser und Tofu«. Aha. Die Firma. Die hatten alle keine Zeit für modischen Firlefanz. Und ein Blatternarbiger stand auch noch im Hintergrund. Der ließ an seine Haare gar nichts. Noch nicht mal Wasser. Keine Zeit. Und ein glatzköpfiger Kleiner mit Ring im Ohr. Der hatte erst gar keine Haare, die er hätte waschen müssen. Ich hieß sie alle höflich eintreten.

Es dauerte eine Weile, bis sich alle sieben Personen an meinem Eßzimmertisch gruppiert hatten. Ich schenkte Sekt aus und überlegte, ob ich in meinem Kostüm nicht vollkommen overdressed sei gegen die selbstgehäkelten Strickjacken und grobgemusterten Wollblusen. Auch meine frisch gestylte Lockenfrisur erschien mir lächerlich. Hier ließen alle ihre Haare naturbelassen hängen! Außer Herrn Dr. Karl hatte niemand länger als eine Minute für sein Outfit verwendet, das sah man deutlich. Ich überlegte kurz, ob eine von den Naturbelassenen seine Frau sein könnte. Aber er siezte sich mit allen. Na wunderbar. Endlich saßen wir. Stumm schauten wir uns über den Rand unserer Gläser an.

»Also«, sagte ich schließlich. »Ich freue mich und bin schrecklich gespannt.«

»Das sind wir auch«, sagte der dicke Unrasierte mit der Lederjacke.

»Auf gute Zusammenarbeit«, sagte Dr. Karl.

Die anderen sagten nichts. Sie musterten mich nur argwöhnisch, dann musterten sie den Inhalt ihres Glases argwöhnisch, und dann starrten sie mich wieder an.

»Tja«, sagte ich, und dann trank ich schnell. Ach, wenn doch jetzt so ein kleiner, goldiger Willi ein paar Würstchen erbräche! Wie heiter und unkompliziert würde dieser Abend verlaufen!

»Und Sie – Sie wollen also meiner Talkshow zu Glanz und Glorie verhelfen...«, sagte ich mit gespielter Munterkeit. Ich war die einzige, deren Glas bereits leer war. Ich äugte nach der Flasche. Aber die stand zu weit weg. Und ich wollte niemanden bitten, sie mir zu reichen. Mein Gott. Alles, was ich jetzt sagte, konnte nur noch blöder werden.

»Wir verhelfen keiner Talkshow zu Glanz und Glorie«, sagte der Dicke. »Das müssen Sie schon machen. Wir casten die Gäste.«

»Ach so, nee, klar«, sagte ich schnell. Gäste casten. Ganz wichtig.

»Wir casten sie, und wir briefen sie«, sagte eine von den Wollblusen.

»Ach so, nee, ganz klar«, beeilte ich mich zu sagen. Casten und briefen. Wahnsinnig wichtig. Was machten so Gäste, wenn sie nicht gecastet und gebrieft würden! Ich räusperte mich verlegen und wartete auf eine Erklärung. Aber es schien völlig unmöglich zu sein, einfach nicht zu wissen, was casten und briefen war! Ich warf einen unsicheren Blick auf Dr. Karl, aber der schien es mir auch nicht erklären zu wollen.

»Wir haben Ihnen hier mal was mitgebracht«, sagte der Dicke. Er kramte in seiner schmuddeligen Aktentasche herum und fledderte mir eine Mappe neben den Lachs. Darauf stand: »Gästecasting 1. Pilot Franka.« Die Mappe stank entsetzlich nach Rauch. Ich sah den Lachs förmlich ergrauen.

»Ach«, sagte ich interessiert. »Ein erster Pilot spielt auch mit? Und den briefen und casten Sie dann?«

Die Blusen starrten mich an. Der Blatternarbige nestelte nervös nach einer Zigarette. Ich sprang auf und schob ihm einen Aschenbecher vor die Lederweste.

»Der Pilot wäre in diesem Fall ein nicht sendefähiger Sechzig-minüter«, sagte Dr. Karl schnell.

Ich überlegte, was das nun wieder heißen könnte. Soviel ich wußte, waren Piloten allesamt gesund und drahtig und sende-fähig. Wieso war der Pilot nicht sendefähig? Vielleicht war der Pilot schon pensioniert? Oder er flog nur noch Kurzstrecken? Ich konnte mir einfach keinen Reim darauf machen. Außerdem: Wieso mußten wir ausgerechnet mit einem Piloten anfangen?

»Ich wollte auch mal Stewardeß werden, aber ich war immer zu dick...«, sagte ich, doch unter den eisigen Blicken der runden Brillen um mich herum schwieg ich erschrocken.

»Wir machen den Piloten in der Kulisse vom ›Sport-Maga-zin‹«, sagte Dr. Karl. »Die Kulisse ist für einen Piloten ja völlig egal. Es geht nur darum zu sehen, ob Sie rüberkommen.«

»Klar, komm ich gern rüber«, sagte ich schnell. »Wohin auch immer. Nächste Woche ist meine Kinderfrau wieder da.« Ich lächelte verbindlich in die Runde. Keiner lächelte zurück. »Be-dienen Sie sich doch bitte«, fügte ich unsicher hinzu.

Das ließen der Dicke und der Blatternarbige sich nicht zwei-mal sagen. Der kleine Glatzköpfige mit dem Ohrring rauchte lieber eine. Die Frauen wollten sich allerdings grundsätzlich ohne tierische Produkte ernähren, und daran hatte ich nicht ge-dacht. Alles, was auf dem Tisch stand, stammte entweder vom toten Tier oder vom gestohlenen Ei oder von der nicht bestim-mungsgemäß verwendeten Milch. Weit und breit kein Sojapro-dukt und kein Vollwertbratling. Ich merkte schon, ich war bei den Mitarbeiterinnen der Firma gleich unten durch.

»Die Regine und die Viola und die Andschela ernähren sich nur vegan«, sagte der Blatternarbige belustigt. »Das paßt dem Fred und mir natürlich besonders gut in den Kram, weil sie uns nie was wegessen. Der Hoss ißt sowieso nie was.« Hoss war der Kleine mit der Glatze und dem Ohrring. Er rauchte genüßlich Ringe über den Tisch.

»Tja«, sagte ich ratlos. Selbst Maries guter, frischer Salat war mit Joghurt-Dressing angemacht, also ein gestohlenes Kuhaus-beuterprodukt.

»Wie lange brauchen Sie, um sich auf den Piloten vorzubereiten?« fragte der Dicke zwischen zwei Frikadellenspießchen. Er mußte Fred sein. Ich versuchte krampfhaft, mir alle Namen auf Anhieb zu merken.

»Also, wenn es nur ein einzelner Herr ist«, sagte ich verbindlich zu Fred, »dann brauch ich keine zwanzig Minuten.«

»Es sind fünf B- und drei P-Gäste«, mischte sich eine Herbstzeitlose ein. Sie machte den Eindruck einer braven Sekretärin, völlig pep- und witzlos irgendwie. Weit fallende Bluse in Naturtönen mit Herbstblattmotiv und Stehkragen und Schlüpp. Wie alt mochte sie sein? Alles zwischen dreißig und fünfundfünfzig war möglich.

»B?« fragte ich ratlos. »Was bedeutet B und P?«

»Bühnengast und Publikumsgast«, sagte der Schlüpp verärgert.

»Und einer von denen ist Pilot.« Seht ihr, ich hab aufgepaßt.

»Ein Pilot ist eine nicht sendefähige Sendung!« kam es nun aber recht schmallippig aus Richtung des leergebliebenen Tellers. Die Sekretärin warf Dr. Karl einen verächtlichen Blick zu.

Der schien sich über unsere Gespräche köstlich zu amüsieren. Er sog genüßlich an seiner Vanillepfeife und blickte mit seinen verschiedenfarbigen Augen belustigt in die Runde.

»Unsere Moderatorin ist mit unseren Fachtermini noch nicht so recht vertraut«, schmunzelte er. »Das wird sich aber recht bald ändern. Geduld, meine Herrschaften. Ich sagte Ihnen ja schon, daß Frau Zis nicht aus unserer Branche ist. Doch sie ist lernfähig, glauben Sie mir.«

»Aber wenn die Sendung nicht sendefähig ist«, wagte ich einzuwerfen, »warum senden wir sie dann?«

»Wir senden sie ja nicht!«

»Nein?«

»Nein!«

»Warum nicht?«

»Wir senden sie nicht, weil wir sie sowieso nicht senden würden.«

Aha. So wie sich die Herbstzeitlosen meinen kulinarischen Bemühungen gegenüber benahmen: »Wir essen Ihr Essen nicht, weil wir es sowieso nicht essen würden.«

Typisch Dr. Karl. Arrogant bis in die Knochen, dachte ich.

»Und dafür haben Sie sich so eine Mühe gemacht?« versuchte ich zu spötteln. Ich wies auf das Manuskript, das immerhin achtzig Seiten umfaßte.

»Wir machen den Piloten unter den Bedingungen des Ernstfalles«, sagte Dr. Karl. »Sie lesen sich jetzt dieses Manuskript durch...«

»Jetzt?«

»Am liebsten ja. Überfliegen Sie es. Es geht darum, ob Sie mit dieser Art zurechtkommen. Wenn Sie sagen, Sie können damit leben, dann machen wir den Piloten – also die Probesendung – so schnell wie möglich. Und wenn wir sehen, daß Sie gut rüberkommen vor der Kamera, dann gehen wir im September auf Sendung. Mit diesem Team. Alles ist in den Startlöchern. Wir warten nur noch auf Sie.«

»Aha.« Ich schluckte. Das war also noch eine Prüfung, die ich zu bestehen hatte. Wenn ich weiter so dumme Fragen stellte, hatte ich bestimmt verschissen.

Ich blätterte mit zitternden Fingern in dem Manuskript. Achtzig Seiten! Die sollte ich mal eben so lesen, um dann mitzuteilen, ob ich fortan immer mal so eben achtzig Seiten fressen würde. Klar. Nichts leichter als das. Ich werd's euch beweisen, dachte ich entschlossen, während ich mich mit dem Manuskript auf meine Eckbank zurückzog. Schließlich hab ich Abitur.

Es ging um »Ärger mit Handwerkern«, ein völlig belangloses Thema, wie ich fand.

P-Gast eins, Herr Schlüter aus Ingelheim, berichtete von einer Garagenwand, die ein Anstreicher nicht zu seiner Zufriedenheit verputzt hatte. Herr und Frau Schlüter aus Ingelheim genossen nun eine Aussicht auf graue Schlieren und unerfreulich schlecht verputzten Putz, was zu Depressionen und Ehestreitigkeiten führte. Unter »Bemerkungen« stand, daß Herr Schlüter aus Ingelheim zu plötzlichen Wutausbrüchen neige, weshalb auch seine Frau zugegen sein werde, die ihn während der Sendung gegebenenfalls mäßigen könnte. Die beiden sprächen einen unverwechselbaren hessischen Akzent, aber bei aufmerksamem Zuhören könne man sie verstehen. Man müsse Herrn Schlüter, sechsundachtzig, allerdings eng führen, da er sonst gern vom Thema abweiche. Er sei nämlich in den zwanziger Jahren im Frankfurter Stadtwald Rennen gefahren, das sei sein Lieblingsthema, und darüber würde er immer gern berichten, ob man ihn dazu auffordere oder nicht.

Ich blätterte in Panik weiter. P-Gast zwei, Frau Gesecke aus Mövenbroich, klagte über einen Handwerker, der ihr mehrmals den Stecker nicht wieder in den Kühlschrank gesteckt hatte, weshalb der Inhalt desselben wiederholt getaut und stinkig angeschimmelt aufgefunden worden war. Unter »Bemerkungen« stand, Frau Gesecke könne sich gut und deutlich artikulieren. Sie benötige allerdings einen besonders großen Stuhl, da sie übergewichtig sei.

Der dritte P-Gast war Herr Schnittkötter aus Brackwede, zweiter Vorsitzender des Verbraucherschutzbundes »Mit mir nicht«. Er beriet ehrenamtlich in seiner Freizeit frustrierte Menschen, die mit Handwerkern unschöne Erfahrungen gemacht hatten. Er war Mitherausgeber der Verbraucherbroschüre »Mundwerk gegen Handwerk«, die für eine Schutzgebühr von einer Mark direkt bei ihm in Brackwede zu beziehen war.

Mir brach der Schweiß aus. Ich hatte schon längst den Namen des Garagenwandbesitzers mit den Rennen im Stadtwald vergessen – Ingelheim? – und konnte mir nicht im geringsten vorstellen, mit dem Brackweder Kleinbürger, der nichts Besseres zu tun hatte, als sich in seiner Freizeit in die alltäglichen Angelegenheiten fremder Bürger einzumischen, auch nur drei Sätze zu wechseln. Ich fürchtete, ich würde laut gähnen, wenn Herr Schnittkötter aus Brackwede mir gegenüber säße, oder würde versuchen, aus meiner eigenen Talkshow auf eine andere Sendung umzuschalten.

Was hatte ich mir da eingebrockt? Ich warf einen hilfesuchenden Blick auf Dr. Karl, aber der plauderte angeregt mit dem dicken Fred. Einsam blätterte ich weiter.

Frau Schadebühler-Heimstätt aus Würzbach am Lull (B-Gast eins) war mehrfach von einem Handwerker sexuell belästigt worden. Ich las mit Grauen das etwa zehnseitige Interview mit

Frau Schadebühler-Heimstädt, einer fränkischen Hausfrau, die offenbar aus Langeweile mit einem Handwerker ein »errodisches Geplängel« angefangen hatte, bis er dann sämtliche Schäferstündchen knallhart auf die Rechnung setzte. Unter »Bemerkungen« stand, Frau Schadebühler-Heimstätt sei etwas aufgeregt vor der Kamerasituation, sie spräche mit einem oberfränkischen Akzent und brächte außerdem ihren Daggl mit, da dieser sehbehindert sei und nicht allein in der Wohnung verbleiben könne. Der Ehemann wisse von alldem nichts, weshalb Frau Schadebühler-Heimstätt eine Sonnenbrille und Perügge aufzusetzen wünsche.

Ich verspürte augenblicklich den Drang, das Manuskript von mir zu schleudern und die Herrschaften von der Firma zur Tür zu bitten. Einzig der arrogante, selbstzufriedene Blick von Dr. Karl hinderte mich am sofortigen Kapitulieren.

Der zweite Bühnengast war Dr. Rhode aus Esslingen, dem ein Handwerker nach einem Wasserrohrbruch die ganzen ärztlichen Gerätschaften lahmgelegt hatte. Na und, dachte ich genervt. Wen interessiert das?

Während meine Gäste teils genüßlich spachtelten, teils bebrillt auf mich starrten, überflog ich noch hastig den Rest des Manuskripts.

Der dritte Bühnengast war dann natürlich ein Handwerker. Herr Stangenbrech aus St. Gallen beschwerte sich über den Verbraucher an sich. Keiner gäbe sich noch die Mühe, erst mal selbst mit dem Plümper im Klo herumzustochern. Die Kunden heutzutage seien anspruchsvoll und undankbar.

An dieser Stelle flatterten mir einige Fotos entgegen, die zwischen Herrn Stangenbrech und dem nächsten Bühnengast geschlummert hatten.

Das erste Foto zeigte eine dicke rothaarige Frau im Négligée mit fettleibigem Rauhhaardackel und Wellensittich auf einem geschmacklosen Sofa. Vor ihr stand eine Flasche Bier, und neben ihr lehnte – mit dem Rücken zum Betrachter – eine männliche Gestalt im Unterhemd. Im Hintergrund lief der Fernseher. Der Dackel gähnte. Hier konnte es sich nur um Frau Schadebühler-Heimstätt aus Würzbach am Lull handeln!

Ein weiteres Foto zeigte einen trockenen alten Knaben mit Hornbrille und Seitenscheitel in grauer Strickweste und mit Fliege. Es war ein weißumrandetes Paßfoto in Matt in passender Klarsichtfolie. Ganz klar. Der ehrenamtliche Kundenberater aus Brackwede. Wie hieß der noch gleich? Ich konnte mir doch unmöglich diese ganzen nichtssagenden Namen merken!

Dr. Rhode hatte auch ein Foto beigelegt, allerdings nicht von sich, sondern von seiner verwüsteten Praxis.

Ein anderes Foto zeigte eine Familie vor ihrem Wohnwagen am Wörthersee, ich hatte keine Ahnung, wer von den Herrschaften auf meiner Bühne sitzen würde und warum. Ein Wohnwagen kam in meinem Manuskript nicht vor.

Und dann fiel mir noch eine Autogrammkarte von Roderich Meyer entgegen. Ich legte sie vorerst beiseite und blätterte um.

Der vierte Bühnengast war ein Rechtsanwalt, der sich auf unerfreuliche Handwerker- und Verbraucherzwiste spezialisiert hatte. Ich fürchtete mich unendlich vor dem Gespräch mit diesem Langweiler. Wahrscheinlich würde er unverständliches Schriftdeutsch faseln, und ich würde bis zur Zäpfchenstarre gähnen müssen. Und konnte nicht umschalten.

Als fünften Bühnengast hatte man Roderich Meyer gewinnen können, einen Sänger, dessen Song »Für dreihundert blanke Taler bin ich gerne Maler« vor Jahren um die Welt gegangen war. Jetzt war mir auch klar, woher die Autogrammkarte kam.

Für die ganze Sendung waren sechsundfünfzig Minuten dreißig Sekunden vorgesehen.

Frustriert schaute ich von dem Manuskript auf.

Ich mach's nicht. Geht nach Hause, Leute, ich bin für so was nicht geschaffen. Ich bin nicht die Richtige.

»Und wann soll das Ganze stattfinden?« hörte ich mich fragen.

Dr. Karl schaute zweifarbig durch seinen Pfeifendunst.

»Morgen! Hatte ich Ihnen das nicht gesagt?«

»Nicht direkt«, sagte ich entgeistert, und dann hielt ich mich an meinem Glas fest.

»Marie? Sind die Kinder noch bei dir?«

»Ja! Alles bestens! Ich wollte gerade losfahren und sie dir wiederbringen!«

»Kannst du sie bitte noch einen Tag behalten?«

»Nein! Alex kommt gleich auf einen Sprung vorbei! Er hat eben angerufen!«

»Aber ich muß morgen um acht Uhr fünfzehn nach Berlin!«

Marie am anderen Ende der Leitung schwieg. Im Hintergrund hörte man die Kinder toben.

»Warte«, sagte sie schließlich. »Ich packe sie jetzt alle ins Auto und komme zu dir. Ich muß noch was Nettes kochen! Wo soll ich nur so schnell was hernehmen? Die Geschäfte sind doch jetzt alle zu!«

»Du kannst meine Reste haben«, sagte ich kreativ. »Die Mädels von der Firma haben alle nichts gegessen, weil sie vegan leben. Ich packe dir rasch alles ein!«

»O.K.! Morgen früh hole ich die ganze Meute wieder bei dir ab!«

»Ich muß um sieben Uhr aus dem Haus! Ist das für dich zu schaffen? Ach, Marie, ich glaube, ich lasse es sein. Das ist überhaupt nichts für mich!«

»Die wollen testen, wie flexibel du bist«, sagte Marie. »Laß dich jetzt bloß nicht unterkriegen! Ich stehe hinter dir! Punkt sieben hole ich die Kinder.«

»Geht auch Viertel vor?«

»Also halb sieben!«

»Wenn ich dich nicht hätte!« schnaufte ich in den Hörer.

»Wir Frauen müssen zusammenhalten!« sagte Marie. »Sonst können wir gar nichts bewirken!«

»Das würde kein Mann der Welt schaffen. Dieser Herr Programmdirektor, der läßt sich von seiner Frau wecken und liest auf dem Klo die Zeitung, und sie wird ihm das Hemd bügeln und den Koffer packen und ihm noch eine Thermoskanne mit Tee in die Aktentasche tun. Und wenn er abends wiederkommt, hat sie schön lecker gekocht und sitzt im Negligé auf dem Sofa und hört ihm zu und massiert ihm die verspannten Schultern… und er findet das auch noch gerecht!«

162

»Nicht jammern – machen!« sagte Marie. »Vom Jammern werden wir alle nicht emanzipierter.« Dann legte sie auf.

»Bitte halten Sie Ihre Bordkarten bereit, und stellen Sie das Rauchen ein«, sagte die blau kostümierte Dame in ihr Mikrophon. Klar. Beide Gefallen tat ich ihr gern. Ich stand eh mit meiner Bordkarte und ohne Zigarette in der Hand vor ihr und wartete darauf, ins Flugzeug einsteigen zu dürfen. Mir war kalt. Ich hatte nicht gefrühstückt.

Die geschäftsreisenden Herren falteten ihre Zeitungen zusammen und begaben sich zum Ausgang, wo sie noch schnell ihr Handy ausschalteten und den Kaffeebecher entsorgten. Ich reihte mich in die Schlange ein und trabte den dunklen Flur hinab, der zum Flieger führte. Rechts und links an den Wänden des Durchganges waren Sixt-Reklamen angebracht. Verzerrte Gesichter grinsten mich zynisch an. Mädel, was willst du eigentlich hier. Siehst du nicht, daß nur erfolgreiche Geschäftsleute in diesen Flieger steigen? Geh doch nach Hause und setz dich wieder auf den Sandkastenrand, wo du hingehörst. Du bildest dir ein, eine Talkshow moderieren zu können? Nichts kannst du, das wirst du heute schon sehen. Der Rechtsanwalt mit der Verbraucherbroschüre wird dich schon fertigmachen. Und die dicke Tante mit dem Dackel erst. Oder der Alte, der immer vom Thema abweicht und von seinen Rennen im Frankfurter Stadtwald berichtet.

Ich quetschte mich in meine siebzehnte Reihe, schnallte mich an und starrte aus dem Fenster. Der Flieger startete. Neben mir der graue Zweireiher holte seinen Laptop hervor und entnahm ihm irgendwelche Listen. Er wollte kein bißchen mit mir plaudern, das sah ich gleich. Ich kramte umständlich mein Manuskript hervor.

Ob mein Nebenmann ein Auge darauf werfen würde? Ich blätterte noch einmal durch die Handwerkerstorys. Frau Schadebühler-Heimstätt aus Würzbach am Lull. Herr Schnittkötter aus Brackwede. Herr Dr. Rhode aus Esslingen. Herr Stangenbrech aus St. Gallen. Herr Roderich Meyer. Herr und Frau Schlüter aus Ingelheim. Der Rechtsanwalt, der nicht darüber sprechen wollte, daß seine Tochter und seine Frau im gutgehenden Malerbetrieb des Schwiegersohnes ohne Steuerkarte... Moment. Wer von denen brachte jetzt den Dackel mit, und wer wollte unerkannt bleiben, und wo neigte der Mann zu Depressionen und Wutausbrüchen? Verdammt! Welches Foto paßte denn zu welchem Gast? Ich wühlte in Hektik die Seiten hin und her. Die Großfamilie mit dem Wohnwagen fiel zu Boden. Der graue Zweireiher neben mir bückte sich und hob das Foto auf. Ich lächelte ihn dankbar an. Was der jetzt wohl von mir dachte. Dummes Frauchen sortiert Urlaubsfotos im Flieger.

Wer sollte das überhaupt sein, verdammt? Der Herausgeber des Buches »Pinsel, Panne und Penunse«? Ach nein! So hieß gar kein Buch. Es gab nur die Verbraucherbroschüre des Ehrenamtlers. Pleiten, Pech und pralle Plümper!

Und wer war gleich sexuell belästigt worden? Ich würde alles durcheinanderwerfen. Unmöglich, das alles zu behalten. Es interessierte mich auch nicht für fünf Pfennige!

Ich hatte die ganze Nacht kein Auge zugetan. Sechs Kinder im Haus! Kissenschlacht bis Mitternacht. Und ab fünf Uhr die ersten Patschhändchen im Gesicht. Um halb sechs hatte ich bereits mit den Heißwicklern im Haar in der Küche gestanden und Brötchen geschmiert.

Die wollten mich fertigmachen! Die wollten mir beweisen, daß ich intellektuell zu unterbemittelt war! »Wichtiges am Wochenende« würde seine fette Schlagzeile haben!

»Eingebildete Hausfrau brach vor der Kamera zusammen!«

»Blöd-blonde Bestsellerautorin blieb blaß!«

Ich verspürte das heftige Verlangen, jetzt sofort auszusteigen. Hallo, Sie, rutschen Sie mal und lassen mich raus. Ich hab's mir anders überlegt. Ich geh doch nicht zum Fernsehen. Ich geh nach Hause, wo ich hingehöre.

Doch niemand ahnte etwas von meinen selbstzweiflerischen, zerstörerischen Ängsten. Die Stewardeß kam ihres Weges und fragte mich sehr freundlich, ob ich etwas zu trinken gedächte. Ich wählte Tomatensaft mit Salz und Pfeffer. Heute abend, dachte ich, heute abend, wenn ich das alles hinter mir hatte und Herrn Schnittkötter aus Brackwede leibhaftig geschaut haben durfte, wenn ich wieder auf dem Rückflug bin, dann trinke ich Sekt. Und wenn Marie die Kinder wiederbringt, trinken wir noch einen Sekt. Dann können mich alle Handwerkergeschädigten in diesem unserem Lande mal gern haben. Heute abend bin ich wieder bei Marie. Und die hält zu mir, egal ob es geklappt hat mit den hessischen Dackelbesitzern oder nicht.

Und dann stellte ich meinen Tomatensaft auf den Bürgerrechtler aus Brackwede und schaute zum Fenster hinaus.

Am Kofferband in Berlin entdeckte ich ihn. Er war ja nicht zu übersehen, der zwei Meter sechs lange Kerl mit zwei verschiedenfarbigen Augen und abstehenden rötlichen Pumuckl-Haaren, der auch noch rauchte und zynisch grinste. War der etwa im Flieger gewesen? Im selben Flieger? Dann war der natürlich Business-Class geflogen und hatte ganz vorn gesessen und gut gefrühstückt. Nicht wie ich, in den billigen Reihen, wo es den Tomatensaft aus dem Plastikbecher gab und sonst nichts.

»Hal-lo!« sang der Hüne von seinem Kofferwagen her. Ich näherte mich zögerlich.

»Guten Morgen, Herr Dr. Karl«, sagte ich artig. Mir war gar nicht mehr nach Singen und nach Flirten und danach, pfiffige Wortspielchen zu machen. Bestimmt sah ich bleich und übernächtigt aus und hatte Ringe unter den Augen. Talkshow ist blöd und langweilig und überflüssig. Tooksso. »Waren Sie auch in diesem Flieger?« fragte ich überflüssigerweise. Bestimmt hatte er nicht außen auf dem Flügel gesessen. Obwohl seine Haare so aussahen, als hätte er.

»Ja-ha! Ich wollte eigentlich schon gestern abend fliegen, aber da hatte ich noch ein konstruktives Meeting.« Er lächelte froh in Erinnerung an das, was er gestern abend noch erlebt hatte. »Und wie geht es Ihnen? Wie haben Sie denn geschla-fen?!«

»Gar-nicht!« (Eier-loch! Kuck-uck!)

»Warum nicht?«

»Weil ich erstens sechs Kinder im Bett hatte und zweitens die ganze Nacht versucht habe, dieses Manuskript auswendig zu lernen! Aber jetzt hab ich's!« sagte ich stolz. »Herr Schnittkötter aus Brackwede ist der mit der Bürgerselbsthilfegruppe und der

Verbraucherzeitschrift, Herr Dr. Rhode ist der mit der verwüsteten Praxis, von dem gibt es kein Foto, es sei denn, er ist einer von den Typen vor dem Wohnwagen, Frau Busengrapscher-Breitarsch ist die, die mit Perücke auftreten will und einen extra dicken Sessel braucht, ach nein, das ist die, deren Kühlschrankstecker rausgehangen hat. Und welcher von den Herrschaften neigt noch mal zu Depressionen und ehelichen Verweigerungstaktiken, sobald er auf seine Garage blickt? Jedenfalls möchte der Alte gern über die Rennen im Frankfurter Stadtwald berichten, in den zwanziger Jahren, aber ich werde ihn knallhart am Thema entlangführen. Wie hieß er gleich? Wissen Sie's? Nein. Warten Sie. Der einzige, den ich mir merken kann, ist Roderich Meyer! Und da fragen Sie mich, wie ich geschlafen habe!«

Die Koffer kamen aus ihrem Loch hervor und purzelten auf das Fahrband. Normalerweise kletterten meine Kinder immer begeistert auf dem Kofferband herum. Aber jetzt kletterte keiner. Alle standen und starrten und rauchten und tippten auf ihr Handy.

»Aber liebste Frau Zis«, kam es gönnerhaft hinter der Rauchwolke hervor. »Wer hat Ihnen denn gesagt, daß Sie das ganze Zeug auswendig lernen sollen?«

Dr. Karl-hier sprach in dem gleichen Tonfall, in dem ein Verkehrspolizist eine Oma rügt, die bei Rot über die Ampel gegangen ist.

»Na ja, ich kann ja schlecht das Manuskript mit auf die Bühne nehmen.« Ich blickte wieder zu dem Meister auf. »Ich denke, Sie wollen den Ernstfall testen! Und jetzt sollen Sie den Ernstfall haben! Ich habe achtzig Seiten auswendig gelernt. So. Das ist der Ernstfall.«

Herr Dr. Karl schenkte mir ein nachsichtiges Lächeln. »Meine liebe Frau Zis, Sie werden diese Gäste niemals treffen!«

Mir blieb der Kopf im Nacken hängen. Die Koffer hinter uns drehten sich ratlos im Kreise.

»Wie, ich werde diese Gäste niemals treffen?! Ich denke, die sitzen alle schon im Flieger, weil sie heute abend in diesem… Piloten… über ihre Erlebnisse mit Handwerkern berichten werden?!«

»Aber nein! Glauben Sie, für einen Piloten würden wir die ganzen Selbstdarsteller und Salbaderer aus ihren Löchern holen? Was das kosten würde! Außerdem hat es diese Sendung längst gegeben! Und der Alte mit dem Rennen im Frankfurter Stadtwald ist schon lange tot!«

»Diese Sendung hat es längst gegeben?!« Ich versuchte, den Kopf wieder geradezurücken. Aber die Muskelbänder versagten ihren Dienst. Ich starrte auf die abstehenden roten Haare und auf die von innen rötlich behaarten Nasenlöcher und diesen Mund, der so verwunderliche Dinge sagte.

»Bei Camilla am Mittag! Oder war es Steiner am Morgen? Irgend so ein Privater. Kann auch Cordula Brille gewesen sein. Oder Elke-zum-Essen. Jedenfalls vor etwa acht Monaten wurde die Sendung ausgestrahlt. Die Firma hat mir ein Band geschickt. Und mich hat es überzeugt! Gute Recherche. Und was die Moderation anbelangt: Das wollen wir ja nun anders machen. Ohne schmutzige Wäsche und Larmoyanz. Frisch und heiter und humorvoll und taktvoll. Sonst hätten wir Sie nicht gefragt.«

»Ja, aber… warum geben Sie mir denn dann das Manuskript mit all dem kleinbürgerlichen Garagenscheiß und den spießigen Leuten, die sich über Kühlschränke aufregen und über Handwerker ärgern und Verbraucherheftchen herausgeben und Selbsthilfegruppen gründen, mitsamt diesen Fotos von verwüsteten Praxen und Großfamilien vor ihrem Wohnwagen und den völlig überflüssigen Zusatzbemerkungen, wer über was nur mit Perücke und getarntem Dackel sprechen möchte?«

»Wie ich Ihnen schon sagte: Wir wollten wissen, ob Sie mit dieser Art der Vorbereitung leben können. Es geht nicht um den Inhalt. Nur um die Form. Was Sie da auswendig gelernt haben, war nichts weiter als eine Arbeitsprobe. Ein Gesellenstück. Verstehen Sie!«

Wenn er wenigstens gesagt hätte: »Verstehen Sie Spaß?« Aber so: Ich verstand nur Bahnhof und schaute ratlos vor mich hin. Vor mir zogen genau zwei Koffer geduldig ihre Bahnen: meiner und seiner. Ich rappelte mich auf und angelte meinen Koffer vom Band. Ich kam mir vor wie die Bescheuerte aus »My Fair Lady«, die noch nicht mal richtig deutsch spricht und zu blöd ist, um »Es grünt so grün« zu sagen. Ich schämte mich abgrundtief und wollte mich mitsamt dem Koffer in das dunkle Gepäckbandloch stürzen. Mr. Higgins wollte helfend eingreifen, aber ich hätte ihn am liebsten gehauen. Marie sollte mir unbedingt ihren chinesischen Kampfsport beibringen. Hauen, dachte ich. Feste hauen.

Beleidigt zog ich mit meinem Koffer auf Rollen ab.

»Wo wollnsen hin, nach rechts inne Fawaltung oda links richtich inne Studios rin?« Der Taxifahrer unterbrach Herrn Dr. Karls selbstgefälliges Geschwafel. Er ließ sich während der ganzen Fahrt über die Kunst des Pfeiferauchens aus. Ich schwieg beleidigt vor mich hin.

»Links in die Studios«, sagte Dr. Karl.

»Na denn hamse wenigstens wat richtjet voa, wa! In de Studios is imma wat los. Ick hab hier schon den Klaus Dieta Reck herjefaan und die Zwillinge, na, wie heeßense, die mit de langen Beene, die zwee olln Weiba, und die Nikoll, die Kleene, wat singtse imma, een bißchen Friedn, für de Hitparade faa ick se imma. Und die Knoof, die olle Schabracke. Sind aba alle schwea in Ordnung. Den olln Säufa hab ick ooch jefaan. Wie heeßta. Der jetz Reklame für Buttamilch macht. Und diesen Schwiejasohn zum Anfassn. Der imma keen Wässerchen trüben kann. Jooche oda wiea heeßt. Alle fah ick se schon seit Jahrn. Det Frollein da kennick noch jaanich.«

Det Frollein saß verstockt auf dem Rücksitz und ließ die häßliche Gegend auf sich wirken. Links Freijelände beziehungsweise 'n olla stilljeleechta Fluchhafn, rechts Fabriken und am Straßenrand abjestellte Trabbis. Zum Weinen häßlich.

Der Taxifahrer bog links ab auf das Studiogelände. Fiese, alte braunrote Backsteinbauten standen bedrohlich da. Vergitterte Fenster gähnten auf mich herunter. Wenn man mir gesagt hätte, es sei das Zuchthaus von Nowosibirsk, ich hätte es sofort geglaubt. Zögernd stieg ich aus. Ich schnupperte die frühmorgendliche Spätsommerluft. Es roch ganz wunderbar nach frischgebackenen Weihnachtsplätzchen. Die Knackis und Zwangsarbeiter backten wohl Spekulatius?

»Det is die Keksfabrik jejenüba«, sagte der Taxifahrer, während er Dr. Karl eine Quittung ausstellte. »Die riechn manchma zwanzich Meta jejen 'n Wind. Jetz is schon Weihnachtssesong, wa!«

Ich blickte mich bangevoll auf dem Gelände um. Hier bleib ich nicht, dachte ich verstört. Ich will nach Hause. Hier sind alle bescheuert und sprechen kein Deutsch.

Dr. Karl wand sich mühsam aus dem Taxi. »Kommen Sie. Die Maske wartet schon!«

»Aber über was soll ich talken!« jammerte ich, während ich neben ihm herhoppelte.

Dr. Karl hielt mir eine schwere Eisentür auf, die krachend hinter uns zufiel.

»Über was Sie wollen«, sagte Dr. Karl, während er immer drei Treppenstufen auf einmal nahm. »Reden Sie meinetwegen über antiautoritäre Erziehung oder über Urlaub auf dem Bauernhof oder über alternative Geburten oder so was. Hauptsache, Sie reden genau sechsundfünfzig Minuten und dreißig Sekunden. Das heißt, Sie sollen ja nicht reden, sondern die Gäste zum Reden bringen!«

»Nichts leichter als das«, keuchte ich hinter ihm her. »Bis wir oben sind, wird mir schon was einfallen. Und wer sind meine Gäste?«

»Mitarbeiter des Hauses«, sagte Dr. Karl. »Wir wollen ja nur sehen, ob Sie rüberkommen.«

Ich hätte ihm so gern meine Faust in den Hintern gerammt. Oder meine Ferse. Marie wußte bestimmt einen passenden Tritt.

Oben angekommen, hämmerte Dr. Karl an eine der Blechtüren. »Hal-lo!«

Die Herbstzeitlose öffnete. Sie sah noch grauer aus als gestern, noch blasser und noch ungeschminkter. Und strähnig dazu. Auf ihrer Herbstblätterbluse lagerten ein paar ausrangierte Haare.

»Morgen«, sagte sie und reichte mir die schlappe, kalte Pfote.

»Morgen!« keuchte ich. »Waren Sie auch im Flieger?«

»Nee. Wir sind alle heute nacht noch mit dem Auto gekommen.«

Meine Güte. Dieser Streß. Da war zum Schminken natürlich keine Zeit mehr gewesen. Irgendwie hatte ich das Gefühl, an ihrem unausgeschlafenen schlampigen Aussehen schuld zu sein. Warum mußte ich auch unbedingt eine Talkshow machen wollen. Statt mit dem Hintern zu Hause zu bleiben. Wie andere Muttis auch.

»Wie weit seid ihr?« fragte Dr. Karl.

»Studio wird aufgebaut, Maske wartet, Garderobe ist fertig.«

»Garderobe hab ich selbst dabei«, sagte ich und zeigte auf den großen Koffer.

»Schaun wir mal«, sagte die Blasse zweideutig.

»Gut. Wo wollen Sie zuerst hin?« Dr. Karl blickte auf mich herunter.

»Aufs Klo«, entfuhr es mir. Das hier war aufregender, als ich ertragen konnte.

Die Blasse führte mich auf die Damentoilette. Dort konnte ich aber nicht lange verweilen, denn die Blasse wartete draußen am Handwaschbecken.

Sie führte mich in die Maske. Ich hätte ihr gern ein paar Haare von der Bluse gezupft. Aber solche Vertraulichkeiten schienen mir unangemessen.

»Darf ich noch mal um Ihren Namen bitten?« fragte ich. »Gestern waren es so viele, und ich weiß gar nicht genau, wer wer ist.«

»Regine Kaltwasser«, sagte sie, während sie vor mir herging. »Ich hatte allerdings erwartet, daß Sie das inzwischen wüßten.«

»Und Sie sind die Sekretärin?« Mein Gott, so helft mir doch alle mal. Ich versuche doch, euch auseinanderzuhalten. Sieben Leute fallen mir in die Bude und knallen mir ein Exposé hin, das die Welt nicht braucht. Jetzt will ich Fakten, Fakten, Fakten. Trotzdem. In dem Moment, als ich es ausgesprochen hatte, wußte ich, daß ich einen Fehler gemacht hatte. Einen irreparablen Fehler.

»Als Sekretärin hätte ich wohl kaum einen Doktortitel«, sagte Regine Kaltwasser. »Ich bin nicht die Sekretärin, ich bin die

Chefredakteurin. Mir gehört die Firma.« Sie lächelte nicht, als sie stehenblieb und die Tür zur Maske öffnete. »Übrigens«, sagte sie. »Daß Sie es nur wissen. Ich habe schon so manchen Moderator gehen sehen. Einen Redakteur noch nicht.«

Die Maskenbildnerin hieß Friedlinde Bauch und war eine liebe, behäbige Mutti mit harmlos-naivem Gemüt. Sie kleisterte mir als erstes eine brennende Abschminkcreme ins Gesicht, die hysterische Flecken auf meine Wangen zauberte. Glänzend und nackt schaute mich mein Spiegelbild an. Da war ich ja in einem wunderbaren Fettnapf gelandet. Ach, Friedlinde! Willst du mich denn gar nicht an deinen Bauch drücken und trösten? Aber Friedlinde ahnte nichts von meinen Gemütsverwirrungen.

Sie drückte mir mit Hingabe ihre braunen Schwämme ins Gesicht und berlinerte harmloses Zeug in die Gegend. Vorher hatte sie mir gnadenlos alle verfügbaren Heißwickler in die Haare gedreht. Auch wenn ich noch so stammelte, ich hätte das alles heute morgen schon erledigt! Nein, sie ließ meine Stümperei nicht gelten. Ich hoffte, niemand würde mich so sehen. Wenn jetzt Dr. Karl reinkommt, dachte ich, dann werfe ich einen kochendheißen Wickler nach ihm. Oder einen braunen Schwamm.

Über was soll ich talken, dachte ich. Über WAS?!

»Na, det wa ja 'n jemischta Somma!« plauderte Friedlinde Bauch. »Ick waa mit meim Jatten uff Heljoland, det is och nich mehr, wat et ma wa. Dieset Volk, wat da rumläuft! Kreti un Pleti, alle meinense, se müßten jetz ooch noch nach Heljoland! Seit se die Mauer nich mehr ham, müssense übaall ihre Neese reinsteckn! Aba det Essen wa juht. Janz jediegenet deutschet Essen. Mein Mann, der trinkt ja ma 'n Bia oda zweie, aba ick trink lieba 'n jutn Wein. Na, jeenfalls ham wir uns bong amüsiert.«

»Das ist ja fein«, sagte ich höflich. Sie hatte so eine angenehm plätschernde Plauderstimme, daß ich gut dabei nachdenken konnte.

So. Das Kampffeld ist eröffnet. Die Herbstzeitlose mag mich nicht. Böse, böse Falle. Ich hätte so gern hundertmal Scheiße gesagt. Aber Friedlinde ließ mich nicht.

»Jetz machense ma Ihr Mündchen janz weit uff«, sagte Friedlinde sanft.

Wat? Wat soll ick? Maul uffreißen? Eher schmink ick mir nich! Da gab es doch so 'n Spruch: Seefe koofn? Eher wasch ick mir nich!

»Sonst komm ick in den Mundwinkel nich rein.«

Ich riß gehorsam den Mund auf und kam mir bescheuert vor, und sie pinselte peinlich penibel pinkfarbene Paste in die Mundwinkel. Friedlinde Bauch war eine ganz Gründliche. Das merkte man gleich.

»Se ham hier wat mannipuliat«, sagte sie, als sie einen aufgekratzten Panikfleck am Hals übermalte. »Det kann jefäalich wean. Ick puda det mal janz vorsichtich ab.«

Mein Gott, dachte ich. Die hat Sorgen. Mannipuliat! Jekratzt hab ick mir! In Panik und Streß! Aba det weeß die nich, wat det is.

Was talk ich nur gleich! Und mit wem!

Die Tür öffnete sich, ohne daß jemand angeklopft hätte. Ich schämte mich meiner Heißwickler und meiner schweinchenrosa bepasteten Mundwinkel und meiner aufgekratzten hysterischen Flecken am Hals. Bevor ich noch verbindlich lächeln konnte, stand Dr. Regine Kaltwasser zwischen meinem Spiegelbild und mir. Sie hatte einige Karteikarten in der Hand.

»Wir haben uns auf das Thema ›Katzen‹ geeinigt«, sagte sie kühl. »Drei von den Gesprächsteilnehmern haben Katzen, zwei haben keine, und einer davon haßt Katzen. Einem ist mal eine zugelaufen, und einem ist mal eine aus dem Fenster gefallen. Die Zugelaufene hat fünf Junge gekriegt. Der Katzenhasser hat in seiner frühen Kindheit mal eine Katze in einem Tümpel ertränkt und kam daraufhin ins Internat. Der, dem Katzen egal sind, findet nur, sie sollten nicht überall hinkacken. Die Frau, die zwei Katzen hat, leidet unter einer Katzenallergie. Der Mann, dem die Katze aus dem Fenster gefallen ist, war jahrelang in einer Trauerbewältigungstherapie. Er hat es mal mit einem Hund versucht, aber das war kein richtiger Ersatz. Heute hält er Zierfische im Aquarium. Das dürfte also Stoff für sechsundfünfzigdreißig sein.«

»Hall«, lallte ich Zustimmung. Ich wollte eigentlich »Toll« sagen, aber das ging ja nicht. Ich hatte immer noch den Mund offen, und Friedlinde pastete in meinen Mundwinkeln herum.

»Wie lange brauchen Sie hier noch?«

»Halle Ahlung.« Ich schielte zu Friedlindes Busen hinüber, der tatendurstig neben meinem linken Ohrläppchen wogte.

»Juht Ding will Weile ham«, sprach Friedlinde. »Jehmse ma noch 'ne jute halbe Stunde druff.«

»Studio ist soweit, Regie auch, Garderobe wartet«, sagte Frau Dr. Kaltwasser. Sie legte die Karteikarten neben die Pinsel und Schwämme und verließ uns wieder.

Ich warf einen hastigen Blick auf die winzigen Buchstaben. Sieben Namen – leider ähnelte keiner denen, die ich heute nacht mühsam gelernt hatte – und dahinter in knappen Stichworten Informationen, etwa: »Hat Katze, Minka, und Kater, Mikesch, kastriert, zwölf Jahre alt. Beide Katzen leben in Dreizimmerwohnung, keine Freiläufer.« Oder: »Holte Katze Maunz aus dem Tierheim, inzwischen fünf Junge, davon wurden zwei kastriert, eines ist blind, eines verhaltensgestört durch Geburtstrauma, sollen alle Weihnachten ertränkt werden… Was? Ach nee. Verschenkt werden.«

Mir wurde schlecht. Wie sollte ich das jetzt auf die Schnelle entziffern, lernen, im Kleinhirn speichern! Das war Schikane, reine Schikane! Was interessierten mich die Katzenviecher der Mitarbeiter dieses Hauses! Wozu malte und pinselte diese Dickbusige hier mit stoischer Ruhe, wenn ich doch keine Sekunde Zeit übrig hatte! Ich wollte am liebsten die Karteikarten fressen oder mir den Inhalt auf die Handgelenke kritzeln, wie damals in der Abiprüfung oder beim großen Latinum.

»Bitte ma die Äuglein schließen«, sprach Friedlinde sanft.

Na bitte. Aba für imma. Mit geschlossenen Äuglein konnte ich die Karteikarten noch viel besser lesen als vorher.

Friedlinde beugte ihren Busen über meine Nase und begann, leise keuchend und mit heiliger Andacht, meine Augendeckel zu betupfen und akribisch feine Linien auf das Oberlid zu zelebrieren.

»Det macht 'n janz anderet Auge«, sagte sie. »Denn strahlt

det wie 'ne Leuchtrakete, wernse schon sehn.« Sie stellte sich hinter mich und drehte mein Gesicht in Richtung Deckenlampe. »Un jetz mal janz normal jeradeaus die Äuglein! Sehnse! Jetz hamse Katzenaugen! Det paßt doch zum Thema, wa?« Sie lachte selbstgefällig.

Das wird das Katzengespräch unglaublich aufpeppen, dachte ich. Wenn ich nicht vorher vor Panik verendet bin. Vielleicht falle ich aus dem Fenster. Ach nein, geht ja nicht. Sind ja alle vergittert. Jetzt weiß ich auch, warum.

Es klopfte. Diesmal wehte nicht Frau Dr. Kaltwasser herein, sondern ein anderer Mitarbeiter. Ich blinzelte verstohlen unter meinem Lidstrich hervor. Es war der kleine Glatzköpfige mit dem Knopf im Ohr. Meiner Erinnerung nach hieß der Hoss. Aber ich traute mich nicht, ihn zu fragen. Womöglich war er noch nie in meiner Wohnung gewesen und sah dem von gestern nur ähnlich. Vielleicht war er hier nur Häftling oder der Kellner aus der Kantine oder der Sohn von Friedlinde. Vielleicht war er aber auch der Zuchthausdirektor. Ich war völlig verunsichert.

»Ich wollte fragen, wie lange Sie noch brauchen.«

»Junga Mann«, sagte Friedlinde mit wogendem Busen. »Imma mitta Ruhe. Ick mach hier nur meine Arbeit. Entweda ihr wollt ne jeschminkte Moderatorin, dann kriegt ihr se, oda ick schlamp rum, und denn glänztse vor der Kamera. Det happta dann davon.«

Oh, ich würde gern vor der Kamera glänzen, dachte ich. Aber ich hielt lieber den Mund. Jede überflüssige Bemerkung ging auf Kosten des Katzenpiloten. Meine Zeit. Meine kostbare Zeit!

»Brauchen Sie noch was?« fragte der Glatzköpfige.

»Ja«, sagte ich. »Informationen über die Gäste. Das hier ist mir zu wenig.«

»Ich werd's ausrichten.«

Er verschwand.

»Imma diese Eile bei den jungn Leutn«, sagte Friedlinde gelassen. »Det kenn ick schon seit vierzich Jaan. Ick hab hier den Waarmfried jeschminkt und den Tim Wolke, Jott hab ihm seelich, und alle hattense die Ruhe wech und ham jroßartje Sendung jemacht. Und nu kommt dieses Jrünzeuch daher und meint, se hätten det Fernsehn neu erfundn. Ick war vonner ersten Minute an dabei.«

Ich hätte meinen heißwickelgeschmückten Kopf gern an ihren Busen gelehnt und ihr stundenlang zugehört. So eine Seele von Mensch! Bestimmt hatten auch Warmfried und Tim Wolke ihre Köpfe an ihren Busen gelehnt und ihr stundenlang zugehört, bevor sie dann rausgingen und ihre Sendungen moderierten, die damals noch fünfundachtzig Prozent Marktanteil bei fünfundsiebzigtausend Zuschauern hatten. Aber meine Aufregung im Angesicht des Katzenpiloten wuchs.

»Entschuldigung«, preßte ich verzweifelt zwischen meinen angepinselten Lippen hervor, »ich muß noch mal schnell wohin!«

»Aba nich wischen!« rief Friedlinde besorgt hinter mir her.

»Doch!« murmelte ich trotzig. So weit ging die Entmündigung nun doch nicht.

Nervös flatterte ich mit meinen Heißwicklern und meinem wehenden Kittel davon. Zum Glück begegnete mir auf dem Flur niemand. Ich hätte einem erneuten Zusammentreffen mit Dr. Regine Kaltwasser in diesem Moment nicht standgehalten.

Als ich in die Maske zurückkam, prallte ich mit Dr. Karl zusammen. Er stand hinter der Tür und stopfte sich gerade eine Pfeife. Seinen zynisch-mitleidigen Blick auf meine halb geschminkte und heiß gewickelte Wenigkeit werde ich nie vergessen. Versunken die Erinnerung an unseren unvergleichlich romantischen Kinderkotzeabend auf der Terrasse vom Albergo Losone. Damals war ich eine gestandene Frau im mediterranen Paradies, die mit allen Problemen dieser Erde fertig wurde und immer einen heiteren Scherz auf den Lippen hatte. Und alle Programmdirektoren dieser Welt mit weiblichem Charme einwickelte.

Und jetzt war ich ein Häufchen Lockenwickler im Elendskittel im Zuchthaus von Nowosibirsk. Und meiner Sprache nicht mehr mächtig. Und kein bißchen bezaubernd.

»Ich höre, Sie haben ein Problem?«

EIN Problem?! Eine Lebenskrise hab ich, Sie Eierloch!

»Na ja«, stammelte ich, »ich hätte gern ein umfassendes Manuskript über die Katzenthematik, wenn ich gleich sechsundfünfzig Minuten und dreißig Sekunden darüber reden soll. Sehen Sie, ich kann die Namen kaum lesen. Weder die der Gäste noch die der Katzen. Und außerdem ist das reichlich kurzfristig. Finden Sie das fair?!«

»Aber liebste Frau Zis«, sang der hehre Programmgott. »Sie brauchen sich doch keine Namen zu merken! Wie die Katzen heißen oder ihre Besitzer, das ist doch alles völlig unerheblich! Sie können sie in der Sendung ›Herr Schmidt‹ oder ›Frau Meier‹ nennen oder ›Putzi‹ oder ›Miezi‹ oder was auch immer Sie wollen! Und wenn Sie nicht über Katzen reden möchten, dann reden Sie über Ihren letzten Urlaub auf Helgoland!«

»Ich war noch nie auf Helgoland«, flüsterte ich matt.

»Na, denn könnt ick ja wat beisteuan!« mischte sich Frau Friedlinde ein. »Wir ham uns jrade janz ausfüalich üba Heljoland untahaltn und uns dabei bong amüsiert.«

Herr Dr. Karl ignorierte sie. »Wo waren Sie diesen Sommer?« fragte er auf mich bekitteltes, heißwicklerbestücktes, halb angemaltes Aschenputtel herunter.

»In der Schweiz. Am Lago Maggiore. Und später noch in einem Gulliver-Club im Engadin. Sie haben ihn mir selbst empfohlen. Erinnern Sie sich nicht?«

»Ach ja. Klar. Reden Sie mit Ihren Gästen über die Schweiz. Über den Urlaub mit Kindern. Über das Für und Wider im Gulliver-Club. Es ist doch völ-lich un-er-heb-lich, über was Sie reden! Mein Gott, Mädchen! Wir wollen doch nur sehen, ob Sie vor der Kamera RÜBERkommen!«

Das letzte Wort sang er wieder mit seiner beliebten Kukkucksterz. Ich schwor mir, ihm im rechten Moment mal richtig eine reinzuhauen.

Wenig später stand ich im Studio. Mir zitterten die Beine so, daß ich dachte, der Rock müßte mir vom Körper fallen. Der Rock gehörte zu einem scheußlichen grellgemusterten Kostüm, so scheußlich wie alles, was ich am Körper trug. Nie würde ich freiwillig solche Kostüme anziehen. Aber nun hatte Frau Dr. Regine Kaltwasser mich gezwungen.

»Sie ziehen das an, was vor der Kamera am besten rüberkommt. Und dieser Farbton paßt zur Kulisse.«

Leider hatte auch die Garderobiere viel zuviel Angst vor Frau Dr. Kaltwasser gehabt, um mir beizustehen. Man hatte sich auf das grellgemusterte, enge Neureichenkostüm geeinigt. Von Raffaelo Lautenbichler, dem Münchner Modeschöpfer mit der albernen Frisur. Mit vielen glänzenden Perlmuttiknöpfen und einem Gürtel mit Goldschnalle und Borten und Litzen und lauter solchem überflüssigen Firlefanz.

»Das versendet sich«, sagte Frau Dr. Kaltwasser herablassend. »Wir wollen ja nur sehen, ob Sie rüberkommen.«

»Ich weiß«, hauchte ich kraftlos.

»Haben Sie eine Anmod vorbereitet?«

»Eine was?«

»Anmoderation.«

»Eine Anmoderation«, wiederholte ich mechanisch und nickte wie dieser Negerjunge in der Kirche am Opferstock, wo man vorher einen Groschen reinwerfen muß, damit er nickt.

»Wollen Sie mit oder ohne Prompter?«

Weil ich nicht wußte, was ein Prompter war, beschloß ich, auch auf ihn zu verzichten. Ein Prompter war bestimmt so was Ähnliches wie ein Pilot. Meister Prompter. Irgend so ein übler Geselle, der einem nur Ärger machte und einen nur verarschte. Und solche überflüssige Zeitverschwendung wollte ich nicht noch mal.

Wir schoben uns zwischen den Beleuchtern und Kameramännern durch das Studio. Es war das Studio vom Sport-Magazin, ich kannte die Kulisse aus dem Fernsehen. Überall wurde hantiert und »Vorsicht!« gerufen, und die Kameras wurden justiert, und Handlanger standen herum, und aus Lautsprechern kamen Stimmen, und oben an der Decke hingen Tausende von Scheinwerfern. Plötzlich stand ich in grellem Licht. Ich kniff die Augen zusammen.

»Ist die Zis jetzt da?« ertönte eine Stimme aus dem Nichts.

»Ist da!« rief einer von den Männern mit Kopfhörer und Mikrophon vor dem Mund.

»Soll mal vor die eins kommen!«

Jemand schob mich vor eine Kamera. Sofort ging an der Kamera ein grelles Licht an und blendete mich.

Ganz klar. Zuchthaus von Nowosibirsk, erstes Verhör.

»Tag, Frau Zis. Wie geht es Ihnen?« fragte die Stimme aus dem Off. Es war eine nette Stimme. Aber das sollte in dieser Branche nichts heißen.

»Hervorragend«, stammelte ich in die Kamera. Ich wollte noch mehr sagen, aber die Stimme unterbrach mich.

»Können Sie mal ein paar Worte sprechen?«

»Ja, das wollte ich gerade!«

»Sie ist noch nicht verkabelt!« rief jemand.

Bitte nicht auch noch verkabeln, dachte ich. Das Verhör wird immer schlimmer. Gleich gibt's Elektroschocks. Ich muß schon wieder.

Sofort kam ein Flanellhemd angerannt und steckte mir ein kleines Mikro an das Grellbunte, und dann kam noch jemand angerannt und fummelte eine Schnur unter der Jacke durch und bemühte sich krampfhaft, nicht mit den gelben, rauchig-stinkigen Fingern an meinen Busen zu geraten, und befestigte mir ein Kästchen am Rockbund. Ein dritter kam angerannt und klebte das Kabel vom Mikro unter der Jacke auf meinem Busen fest. Die Garderobenfrau kam angerannt und zupfte meine Kette wieder gerade, und zu allem Überfluß kam auch noch Friedlinde Bauch mit ihrem Notfallkoffer angerannt und tupfte mir die Stirn und die Nase mit einem dieser braunen Pastebäuschchen ab.

Ich wollte mir das Leben nehmen. Wenn sie doch alle von mir ablassen wollten!

»Frau Zis?! Können Sie jetzt mal ein paar Worte sagen?!«

»Ja, also ich heiße Franka Zis und habe drei Kinder. Meine Hobbys sind Lesen, Schwimmen und Reiten, und in meiner Freizeit studiere ich gern die Bekanntschaftsanzeigen im Junkersdorfer Wochenblatt.«

»Danke, das reicht.«

Ich stand da und kniepte in das grelle Licht.

Der mit dem Kopfhörer empfing Befehle, er nickte immer und murmelte: »Wat kann ich denn dafür« und »Is ja juht, ich richtet aus.« Der Kopfhörer trollte sich.

»Frau Zis?« kam wieder die freundliche Stimme aus dem Nichts.

»Jaha! Hal-lo!« Ich winkte in die Kamera.

»Wir machen uns gerade Gedanken über Ihre Frisur…«

»Ja, die mache ich mir auch.« Ich wollte mir schon wieder den Angstschweiß abwischen, aber das würde Friedlinde Bauch sofort dazu bringen, mit ihrem Wattebausch an mir rumzutupfen, und das würde die Garderobenfrau dazu bringen, mir die Schuppen vom Kragen zu klauben, und das würde den Tontechniker dazu bringen, wieder am Mikro rumzufummeln, und das würde die Flanellhemd-Kerle dazu bringen, mit dem Tesafilmstreifen unter meiner Kostümjacke zu hantieren. Und das würde mich dazu bringen, augenblicklich aufs Panik-WC entweichen zu wollen. Wenn ich nur wüßte, wo hier das nächste war! Aber keiner half mir. Mir war todschlecht. Ich hatte nichts gegessen. Und diese Gelbfinger stanken alle nach Rauch.

»Tragen Sie die immer so? Ich meine, entspricht sie Ihrem Typ?«

»Nein«, sagte ich betroffen. »Nie.« Ich schämte mich entsetzlich.

Schweigen. Knacken in der Leitung. Die Kerls mit den Kabeln standen unschlüssig da.

»Wir finden, Sie sehen ein bißchen zu… damenhaft aus!« sagte die Stimme. Es war eine wirklich nette, freundliche Männerstimme. Sie berlinerte leicht, aber nur ein wenig. Ich faßte ein bißchen Vertrauen.

»Nichts anderes ist seit Stunden mein Reden!« stammelte ich in das Mikro am Jackenrevers. »Weder die Frisur noch das Kostüm hab ich mir freiwillig ausgesucht.«

»Das Kostüm paßt zur Deko, und das haben wir besprochen, und das lassen Sie jetzt an.« Aha. Frau Dr. Kaltwasser war also auch dort oben in den himmlischen Gefilden. Alle blickten durch dieses Kameraauge auf mich herab.

»Hören Sie?« fragte der Nette.

»Natürlich!« Was denkt ihr denn! Daß ich mir jetzt trotzig die Ohren zuhalte und mich auf die Erde werfe, wie Franz und Willi das immer machen, wenn ihnen was nicht paßt?

»Wir schicken Sie jetzt noch mal in die Maske, und dann erklären Sie bitte mal der Mitarbeiterin, wie Sie sich die Haare sonst immer machen. Zwanzig Minuten Pause!«

Das Licht an der Kamera ging aus. Die Kabelträger und Kameramänner und Beleuchter und Rumsteher trollten sich in Richtung Ausgang.

»Na, det kann ja heita werdn«, sagte einer und warf mir einen bösen Blick zu.

Und das wurde es dann auch.

Friedlinde Bauch war beleidigt.

Immerhin sei sie hier seit vierzich Jaan die Chefmaskenbildnerin, und sie hätte schon den Papst jeschminkt, und der wär mit ihr zufrieden jewesen und der Bundeskanzla auch. Und jetz käm da so 'n neua Reschisöa und hätte sofort wat zu meckan.

»Vielleicht toupieren wir es nicht ganz so doll«, sagte ich schüchtern.

»Ja, wat soll ick denn machn mit so 'm Materjaal?« fragte Frau Bauch. »Se sollten Ihnen ma von hintn sehn! 'n aufjerissenet Sofakissn is nischt jeejen. Nischt für unjuht.« Sie keuchte leise Entrüstung auf mein Haupt.

Ich schwieg betroffen. Sie friemelte lustlos mit ihrem Kämmbesteck an zwei einzelnen Haaren über meiner Stirn herum. Ich sah total bescheuert aus. Am liebsten hätte ich sie weggeschubst und den Kopf in kaltes Wasser getaucht.

Die Tür wurde aufgerissen. Es war Frau Dr. Kaltwasser.

»Sie müssen die Frisur ändern«, sagte sie zu Frau Bauch. »Dieses auftoupierte Madamige macht alt und trutschig.«

Ich liebte sie für ihre feinfühligen Worte.

Nun kam aber Leben in Friedlinde. »Wenn ick det nich toupier, fällt mir det ja zusamm wie faulet Stroh nach 'm Ostafeua. Det is für 'n sechsundfünfzigdreißiger, und solange kann ick ja da nich mit Haarspray ran!«

»Ändern Sie irgendwas«, sagte Frau Dr. Kaltwasser. »Aber beeilen Sie sich.«

Na ja, dachte ich. Frau Dr. Kaltwasser läßt an ihre Haare nur Tofu und Sojamehl. Fragt sich, was weniger trutschig aussieht.

»Ansonsten können wir dann anfangen«, wandte sie sich an mich. »Die Gäste werden gerade verkabelt. Wir haben uns jetzt darauf geeinigt, daß Sie über Kinder reden. Das dürfte ja für Sie kein schwieriges Thema sein. Dr. Karl sagte, sie hätten drei. Von unseren Gästen haben fast alle Kinder, und einer hat auch schon Enkel. Das ist der Parkplatzwächter. Zwei Kinder von unserem Produktionsleiter sind schon erwachsen. Der Sohn von einem hat sich in der Pubertät das Leben genommen, ich glaub, das ist der Kollege vom Ton. Die Tochter von der Aufnahmeleiterin ist nach Amerika ausgewandert, und die Kinder von der Garderobiere gehen alle noch zur Schule. Eins stottert und besucht die Sprachbehindertenschule in Charlottenburg. Dann ist ein zweieiiges Zwillingspaar darunter, das sind die Söhne von Kamera zwei, die haben beide schon Preise bei ›Jugend musiziert‹ gewonnen. Einer in der Kategorie Waldhorn und einer in ich weiß jetzt nicht mehr genau. Und eine Kabelträgerin hat drei ganz kleine Kinder und kämpft gerade um einen Platz in der KiTa Kreuzberg, weil ihr Au-pair-Mädchen sie verlassen hat. Der Mann arbeitet nachts als Taxifahrer, und sie studiert Psychologie und macht gerade Examen. Dann ist da noch eine Mitarbeiterin alleinerziehend. Die arbeitet in der Requisite. Ihr Sohn Sascha ist fünf und lebt bei der Oma, aber sie hat schon zwei Kinder aus erster Ehe, davon ist einer heroinabhängig und wohnt in einer betreuten WG für Erziehungsschwierige, und der andere arbeitet bei der Post. Soll ich Ihnen das aufschreiben?«

»Nein danke«, hauchte ich matt. »Ich behalt's auch so!«

Endlich stand ich wieder im Studio. Meine Frisur war nun platt, peplos und ganz albern in die Stirn gekämmt. Ich hätte gern mal unauffällig gezupft, aber Friedlinde Bauch hatte die Haare mit Spray zu einer Zementkappe verfestigt. Sie rührten sich keinen Millimeter mehr. Ich lächelte freundlich in die Kamera.

»Frau Zis?«

»Ja-ha!« (Hal-lo! Kuckuck!)

»Wie finden Sie sich nun?«

Ich sehe total bescheuert aus, wollte ich sagen. Aber das hätte den Laden hier unnötig weiter aufgehalten.

»Und Sie?« fragte ich deshalb zurück.

»Wir haben durchaus noch Möglichkeiten zu variieren«, sagte die sympathische Stimme. »Jedoch sollten wir uns jetzt nicht weiter damit aufhalten. Wenn Sie mögen, geht's nun los.«

»Also dann! Legen wir los!« Ich räusperte mich und lächelte unternehmungslustig in die Kamera.

Leute, jetzt kommt mein großer Auftritt. Ihr werdet sehen. Auf mich hat die Talkshow-Szene noch gewartet. Ich könnte Bäume ausreißen. Selten habe ich mich so frisch und gut aufgelegt gefühlt! Los jetzt! Bevor ich's mir anders überlege!

»Frau Zis?!«

»Ja – ha!« Ich strahlte, wie es nur Marie konnte.

»Sie haben Lippenstift auf den Zähnen!«

Ich kniff peinlich berührt die Lippen zusammen. Verdammt. Wie unangenehm. Friedlinde! Komma mit der Zahnpasta!

Friedlinde kam auch flugs angewackelt und hielt mir einen kleinen Spiegel vor mein bekleistertes Antlitz. Sie reichte mir ein Kleenex. Ich wischte die Lippenstiftschleifspuren von meinen Zähnen. Wenn der Regisseur jetzt sagen würde, Frau Zis, Ihre Nase ist etwas schief, hätten wir es auf die Schnelle leider nicht ändern können. Doch der Regisseur sagte nichts mehr. Anscheinend wartete man darauf, daß ich begann.

»Is juht«, flüsterte Friedlinde Bauch, indem sie sich mit dem Spiegel entfernte. Ich wollte mich aufschluchzend an ihren Busen werfen, doch der Aufnahmeleiter mit dem Pferdeschwanz und dem Kopfhörer faßte mich am Arm und schleifte mich in eine Nische. Dort stellte er mich ab wie ein Gepäckstück. Es war die Rückwand der Kulisse. Ziemlich viele Kaugummis klebten dort. Ein Kulissenschieberknecht friemelte sich gerade am Hosenlatz herum, weil er sich unbeobachtet fühlte.

»Hier kommse denn raus«, sagte der Aufnahmeleiter. »Der Kolleje schiebt die Wand hinta Ihn zu. Denn loofnse vor de Kamera, sagen Ihr Sprüchlein auf, und denn fangse an.«

»Alles klar«, antwortete ich. Nichts war klar. Was für ein Sprüchlein? Wohin sollte ich laufen? Womit sollte ich anfangen? Wann sollte ich wieder aufhören? Wie lang waren sechsundfünfzig Minuten dreißig Sekunden? Sollte ich lustig sein oder ernst?

Mit wem sollte ich zuerst sprechen? Von hier aus konnte ich die fünf Gäste sehen, die es sich auf den Stühlen im Studio bequem gemacht hatten. Es waren wirklich janz normale Mitarbeeta, eine dicke Frau, die sich noch schnell ein Toffifee in den Mund stopfte, ein glatzköpfiger Mann, der gelangweilt seine Zeitung zusammenfaltete, zwei junge Mädels, die sich kichernd miteinander unterhielten, und ein ganz alter mit Schirmmütze. Das war der Parkplatzwächter, den hatte ich schon gesehen.

Friedlinde tupfte und pinselte noch flugs an ihnen herum.

»Also bitte, Achtung im Studio für einen Piloten!« rief die nette Stimme von der Decke. Alle Tupfer und Fummler und Wasserglasverteiler und Rumsteher verzogen sich. Ich war plötzlich ganz allein. Der Kulissenschieber bohrte in der Nase. Ich wendete mich ab.

Dann erklang plötzlich die Musik vom »Sport-Studio« – dadaa! dadadadadudeldaa! –, und dann klatschte der Aufnahmeleiter mit dem Pferdeschwanz aus dem Hintergrund heftig Beifall, und die drei Kabelträger und die Maskenbildnerin und die Kostümberaterin hinter den Zuchthaussäulen klatschten auch, und ich trabte freudig erregt aus meiner kaugummibeklebten Kulisse und grüßte froh mein imaginäres Publikum und schluckte schnell noch einen Kloß runter und grinste dann freundlich in die Kamera, deren Licht mich sofort blendete, und sprach, während mein Herz mir vor Rhythmusstörungen schier aus dem Mund fallen wollte, einige frohe Begrüßungsworte.

»Heute sprechen wir über Katzen«, sagte ich mit einem warmen Lächeln, »Kratzbäume, Klettersofas und Katzenklos. Katzen, die aus dem Fenster blicken oder aus selbigem fallen, sind ebenso spannende Inhalte der kommenden Sendung wie das Katzenadoptionsproblem und die sich daraus ergebende Katzenallergie. Wir können aber auch gern über Handwerker sprechen und über die Handwerkerallergie und die dazugehörigen Selbsthilfegruppen und Bürgerinitiativen. Gern thematisieren wir auch die sexuelle Belästigung im begehbaren Kleiderschrank, den sehbehinderten Dackel, der Angst im Dunkeln hat, wir können uns auch über Autorennen in den zwanziger Jahren im Frankfurter Stadtwald unterhalten oder über den Sinn und Zweck eines Urlaubs mit Kindern im Gulliver-Club auf Helgoland. Überhaupt – Kinder sind ein wunderbares Thema, sie sind so leicht gemacht und so schwer zu kriegen! Noch viel schwerer jedoch über Jahre zu halten! Worüber wir sprechen, überlasse ich nun ganz spontan meinen Gästen. Und hier sind sie! Ich bitte um einen herzlichen Applaus!«

Der Aufnahmeleiter klatschte, und die Kabelträger klatschten auch, und ich ging frohen Schrittes auf die Sitzgruppe zu, wo die Mitarbeiter des Hauses saßen. Die Kamera folgte mir auf dem Fuß, und die zweite Kamera kam auch herbeigefahren, und der Kerl mit der Handkamera pirschte sich von hinten an die Sitzgruppe an.

So, dachte ich. Das wäre geschafft. Nun können wir plaudern. Glaubt ja nicht, daß ich nicht flexibel bin.

Marie breitete beide Arme aus, als ich mit meinem schweren Koffer aus dem Taxi stieg. Ich fühlte mich wie der verlorene Sohn, der zu seinem Vater heimkehrt. Die Luft roch nach Spätsommerabend und Kartoffelfeuer und danach, wie wunderbar dieser sonnige Tag gewesen sein mußte. Ich sank Marie an die schmale Taille. »Ach, Marie!«

Sie hielt mich auf eine Armeslänge von sich ab. »Wie siehst du denn aus! Sag! Was haben sie mit dir gemacht?«

Die aufgetakelte Alte mit den angeklebten, aufgetürmten Haaren und den künstlichen Wimpern taumelte ins Haus. Marie hatte die Kerzen auf dem Tisch angezündet und ein Süppchen warmgemacht. Es roch nach aufgebackenen Brötchen. Eine Schüssel mit frischem Salat stand auf dem Tisch, eine Flasche Weißwein und zwei Gedecke.

»Deine Kinder sind im Bett.«

»Und Maxie?«

»Ich habe ihn zu meiner Schwester gebracht.«

»Du hast eine Schwester?«

»Na ja, keine, die ich besonders liebe. Aber ich wußte mir keinen anderen Rat.«

Erst jetzt fiel mir auf, wie ernst Marie mich ansah! Sie hatte schreckliche Sorgen, und ich hatte das nicht bemerkt!

»Marie! Was ist los? Mein Gott, ich bin den ganzen Tag nur um mich selbst gekreist! Wie war es gestern abend mit Alex?«

»Erzähl erst du«, sagte Marie.

»Nein, du.«

Ich schnappte mir den Weißwein und zog Marie mit auf das Sofa. »Was ist passiert? Sag schon: Wie war es mit Alex?«

»Er kam gestern abend gegen zehn und war heute morgen sehr früh wieder weg«, sagte Marie.

»Aha. Er hat also bei dir übernachtet.«

Marie errötete. Sie druckste ein bißchen herum. Ihre kurzen dunklen Haare standen rührend zu Berge. »Zuerst hat er mir eine Szene gemacht«, sagte sie schließlich. Es war ihr sichtbar unangenehm, mich mit ihrem privaten Kram zu belästigen. »Er findet es lächerlich, daß ich in meinem Alter wieder anfangen will zu arbeiten. Er sagt, ich hätte doch alles, das Haus und die Kinder, und ich solle doch zufrieden sein.«

»Männer«, sagte ich. »Null Einfühlungspotential.«

»Er selbst will nur noch ab und zu vorbeikommen, denn er hat seinen Zweitwohnsitz in Berlin. Er will mir aber die Töchter aus zweiter Ehe dalassen, denn der Kontakt zu seiner zweiten Frau ist abgebrochen. Er hat auch noch einen Sohn aus erster Ehe, aber der lebt in Amerika.«

Aha, dachte ich. Das speichere ich jetzt alles sofort im Kleinhirn ab und mache eine Talkshow draus.

»Es ist alles etwas verzwickt.« Marie schien meine Gedanken zu lesen. »Mir geht's um Maxie und darum, daß ich endlich was anderes machen kann, als zu Hause auf Alex zu warten, Blumen zu ordnen und im Kindergarten die Bastelnachmittage mitzugestalten. Ich hab soviel Power! Ich will meine Kampfschule aufmachen und mein Modeatelier. Ich glaube ganz fest daran, daß ich es schaffen werde! Doch Alex meint, ich würde damit keine Frau hinter dem Ofen hervorlocken. Alles sei nur Spinnerei.«

»Aber dein Alex selbstverwirklicht sich ungehindert, ja?« Ich drückte Marie ein Weinglas in die Hand.

Sie nahm es, streichelte es gedankenverloren und fuhr fort: »Wir haben nicht nur gestritten. Es war zwischendrin auch sehr schön…«

Sie errötete schon wieder. Ach, Marie, dachte ich. Was bist du süß.

»Aber ich will mich nicht wieder auf die Wartebank schieben lassen. Bei Alex sitze ich im goldenen Käfig. Ich soll dasein, wenn er mich braucht. Und wenn er mich nicht braucht, bin ich ihm egal. Dabei findet er es so wichtig, Frauen zu fördern. Nur seine eigene nicht. Nein«, sagte sie plötzlich entschlossen. »Ich lasse mich scheiden.«

»Es gibt keine Zufälle!« antwortete ich. »Du hast mich getroffen, und du wirst Enno kennenlernen. Mach dir überhaupt keine Sorgen!«

»Und wo soll ich hin mit all meiner Power?« fragte Marie.

»Ins Weibernest!« Ich setzte mich aufrecht. »Marie! Du ziehst natürlich zu mir!«

»Aber hast du denn genug Platz?«

»Laß uns gleich morgen früh mit Alma mater sprechen. Sie weiß immer einen Rat. Und außerdem kommt morgen Paula zurück. Wenn wir vier Frauen zusammenhalten, werden wir es irgendwie schaffen. Wir brauchen keinen Alex und überhaupt keinen Mann. Jedenfalls nicht zum Leben.«

»Höchstens ab und zu zum Lieben!« sagte Marie.

»Das ist was anderes«, räumte ich ein. »Da hat ja keiner was dagegen.«

Und dann holten wir uns eine Flasche Champagner aus dem Kühlschrank.

»Auf unser Weibernest!« sagte Marie. Sie lachte schon wieder.

Alma mater fegte gerade Blätter, als wir am nächsten Tag bei ihr vorbeischauten. Wir erzählten ihr, daß Marie mit ihrem Maxie dringend eine Bleibe suche.

Ich fragte beiläufig, ob Alma in letzter Zeit etwas von Enno gehört habe.

»Ja, die Männer«, antwortete sie, während sie sich bückte und die Blätter in den Eimer tat. »Was die sich immer so in den Kopf setzen! Jetzt will er doch tatsächlich zu dieser Mandantin ziehen.« Alma mater konnte nie mal stillsitzen oder -stehen, auch nicht, wenn es um so grundlegende Dinge wie die psychischen

Verirrungen ihres Sohnes ging. »Der Junge wird endlich mal verwöhnt«, lachte sie, und das war schon das Persönlichste, was sie zu einem solch privaten Thema je von sich gegeben hatte. »Diese Mandantin hat ja so viel Zeit!«

»Ja, kennen Sie die?« Ich konnte vor Spannung kaum stehen.

»Ich hab sie zweimal gesehen. Gestern war sie zum Kaffee hier...«

Sie brachte den Eimer zur Biotonne und erinnerte sich dabei an das gestrige Kaffeetrinken. Marie und ich standen gespannt da und warteten, daß sie wiederkäme.

»Es klappt«, flüsterte ich Marie verheißungsvoll zu. »Sollst sehen, Enno zieht aus, und du kriegst die Wohnung!«

»Sie ist ein sehr nettes Mädchen«, sagte Alma, während sie neue Blätter an sich raffte. »Aber sie ist natürlich ganz anders als Sie!« Sie richtete sich auf und lachte.

»Wie alt?« fragte ich abschätzend.

Marie trat mir auf den Fuß. Wo doch Alter überhaupt kein Thema sein sollte bei uns erfolgreichen Powerfrauen. Und doch. Für die Mandantin galt das nicht. Die hatte nicht jünger zu sein als ich. Oder gar knackiger.

»Och, die wird Anfang Fünfzig sein«, sagte Alma. »Und sie liest Enno jeden Wunsch von den Augen ab!«

»Aha.« Ich schluckte. So haben gute Frauchen zu sein.

»Frau Gabernak heißt sie. Und sie hat ein großes Haus ganz für sich allein!« Alma mater lachte. »Das hat sie natürlich Enno zu verdanken. Ihr Mann zahlt auch noch reichlich Unterhalt, weil sie nie berufstätig war. Und jetzt mag sie nicht mehr anfangen zu arbeiten. Enno und sie machen sich ein nettes Leben!«

»Interessant«, sagte ich. »Und was wird jetzt aus diesem Haus?«

»Sie können gern bei mir wohnen!« sagte Alma mater übergangslos zu Marie. »Ich bin ja froh, wenn ich junges Leben um mich habe! Die Kinder sind mein ganzes Glück, es ist immer was los, und es macht ja so viel Freude, sie zu beobachten und mit ihnen zu spielen! Da habe ich gar keine Zeit zum Altwerden!«

»Sie sind großartig«, stammelte ich.

»Aber nein!« lachte Alma mater. »Man darf sich selbst nur nicht so wichtig nehmen!« Sie nahm das Blätterfegen wieder auf. »Ich habe sogar darüber nachgedacht, Ihnen das Haus zum Kauf anzubieten! Sie haben doch Kinder, Sie sind noch jung, und Sie brauchen etwas für die Zukunft!«

»Sie würden es ... verkaufen?« Ich warf Marie einen triumphierenden Blick zu.

»Enno wird das alles regeln«, sagte Alma mater, während sie erneut den Eimer füllte. »Hauptsache, Sie lassen mir auch noch ein Fleckchen übrig! Ich habe doch den Garten so gern. Ich muß mich immer bewegen. Wenn ich mich nicht mehr bewegen kann, dann werde ich alt!« Damit war der Hausverkauf für sie erledigt. Sie lachte uns noch einmal herzlich zu. Dann schritt sie zum zweiten Mal mit dem vollen Eimer zur Biotonne. Wir standen sprachlos auf dem Rasen und starrten uns an.

Ein paar Tage später meldete sich Enno am Telefon.

Es war das erste Mal, daß wir nach drei Monaten Sendepause wieder miteinander sprachen. Und nicht nur bei mir war viel passiert.

»Ich würde dir gern meine neue Bekannte vorstellen«, sagte Enno.

»Und ich dir meine«, gab ich zurück.

»Und? Wie geht's dir sonst? Ich höre, du machst eine Talkshow?«

»Na, ich versuch's jedenfalls. Toll ist das alles nicht gelaufen.«

»Du hast auf meine Beratung verzichtet.«

»Ja. Ich weiß. Ich mußte auch mal wieder einen Schritt ohne dich machen. Du hast mir die Luft zum Atmen genommen, Enno.«

»Bitte. Du mußt deine schmerzlichen Erfahrungen selbst machen. Als dein Berater stehe ich dir aber nach wie vor zur Verfügung.«

»Das ist nett von dir, Enno. Übrigens braucht meine Freundin Marie dringend einen guten Scheidungsanwalt. Sie möchte nämlich ein Haus kaufen. Und ihr Alex rückt die Knete nicht raus.«

»Kein Problem«, sagte Enno. »Solche Fälle machen mir Spaß.«

»Ich weiß. Nur, daß es sich in diesem Fall um DEIN Haus handelt. Macht es dir was aus, Marie beim Kauf zu beraten?«

»Solange ihr Alter zahlt, macht es mir sogar besonderes Vergnügen. Ich wohne jetzt sowieso bei meiner Bekannten.«

»Aha. Hat deine… Bekannte… auch einen Namen?«

»Frau Gabernak.«

»Du nennst deine eigene Bekannte FRAU Gabernak?«

»Nein. Ich natürlich nicht. Ich nenne sie Sybille.« Enno war hörbar stolz.

»Aha.« Ich schluckte. Sybille Gabernak.

»Also, wann paßt es dir?« fragte Enno.

»Jederzeit. Komm vorbei, wann immer du magst.«

»Ich spreche mit Sybille und rufe dich dann zurück.«

Armer Enno, dachte ich. Sie hat ihn ja schon voll im Griff.

Die sechs Manuskripte kamen mit Ups. Sechs dicke, pralle braune Umschläge mit dem Vermerk »urgent« lagen vor mir auf dem Tisch. Das waren meine ersten sechs Sendungen. Diesmal in echt. Diesmal mußte ich mir wirklich alle Namen merken, alle Geschichten, alle Daten und Zusammenhänge. Diesmal wurde es ernst. Sechs mal achtzig Seiten.

Und keine Schmuddelthemen. Keine schmutzige Wäsche. Keine widerlichen Privatangelegenheiten. Sondern seriöser Infotalk. Darauf hatte Dr. Karl extra noch mal telefonisch hingewiesen. Auch auf die Gefahr hin, daß wir keine reißerischen Quoten haben würden: Wir würden »die erfrischend andere Talkshow« sein. Und uns das Publikum verdienen, das uns verdiente. Das würde dauern. Aber wir waren dazu bereit.

Es war ein Freitagnachmittag. Paula war ins Wochenende gefahren. Marie stritt sich zu Hause mit ihrem Alex rum. Alma mater machte ihren Mittagsschlaf. Die Kinder hockten im Sandkasten und matschten sich mit Hilfe des Gartenschlauches voll. Na wunderbar. Montag sollte es für mich in Berlin losgehen. Sechs dicke Manuskripte. In drei Tagen. Mit drei Kindern.

»Menschen bei Franka Zis.« So sollte meine Sendung heißen.

Die Gäste standen im Vordergrund. Nicht die Moderatorin. Ich fand das begrüßenswert. Aber sonst war alles offen, alles ungewiß. Ich würde Neuland betreten. Ein Land, von dem ich gar nicht wußte, ob es überhaupt Land war. Vielleicht war es Eis. Dünnes Eis. Wenn es dem Esel zu gutgeht, begibt er sich aufs Eis. Ich mußte das ja nicht tun. Aus finanziellen Gründen nicht. Und zur Aufbesserung meines Selbstbewußtseins auch nicht. Doch da war diese Neugier. Auf das Unbekannte, das Neue, das Spannende. Diese unbändige Neugier auf die Höhen und Tiefen menschlicher Geschichten. Die Eselin wollte sich aufs Eis begeben. Auch wenn es dafür mit Sicherheit Haue gab.

Ich nahm mir das erste Manuskript mit auf das Gartenmäuerchen und versuchte, mich zu konzentrieren. Die Jungen schrien und spritzten und hielten den Gartenschlauch auf ihr kleines Schwesterchen, und das Schwesterchen lachte und hatte eine Menge Spaß. Ich dachte an die Lok im Albergo Losone und an den Abend, an dem ich mir die Kinder weggewünscht hatte. Jetzt hätte ich gern wieder so eine Lok.

»Kinderlein!« rief ich froh. »Bitte nicht ganz so doll! Sonst dreh ich den Wasserhahn ab!«

»Nein, Mama, das macht so 'n Spaß!«

»Aber nicht auf die Fanny, ja? Nur auf den Rasen!«

»Die Fanny will das, Mama! Guck mal, wie die lacht!«

Die erste Sendung, die gleich Montag losgehen sollte, behandelte das spannende Thema »Schwiegermütter«.

»Kinder, nicht so laut, bitte. Vorsicht, hier liegen wertvolle Papiere.«

Oder sollte ich mir erst mal die zweite Sendung mit dem viel naheliegenderen Thema »Pechvögel« zu Gemüte führen?

Ich blätterte in den »Pechvögeln«. Da war ein Mann, dem siebenmal hintereinander der Computer abgestürzt war, immer gerade dann, wenn er Immobilien erworben oder Homebanking gemacht oder gerade die Frau seines Lebens im Internet gefunden hatte. All seine Freunde und Geschäftspartner hatten den Versager daraufhin verlassen.

Dann war da eine Frau, die sieben Autos nacheinander zu Schrott gefahren hatte. Und jedesmal war sie nicht schuld. Immer die anderen. So ein Pech. Außerdem hatte sie das Bügeleisen nicht ausgestellt, weshalb ihr auch noch das Wohnzimmer abgebrannt war. Auch nicht ihre Schuld. Alles Pech. Natürlich zahlte die Versicherung nicht. Und durch einen Wasserrohrbruch hatte sie auch noch die Nachbarwohnungen überschwemmt. Kein Nachbar grüßte sie mehr. Wirklich Pech für sie. Die Frau sei etwas schlicht, stand unter »Bemerkungen«, und man müsse das Gespräch »eng führen«. Pech für mich. Mir brach der Schweiß aus.

Der dritte Pechvogel war eine Frau, die fünfmal den falschen Mann geheiratet hatte. Fünfmal Pech gevögelt. Wie schlicht mußte die erst gestrickt sein!!

Ich blätterte weiter zu dem Mann, der fünfunddreißig Jahre ohne Führerschein gefahren war, immer unfallfrei, und dann parkte er EINMAL im Halteverbot, und zwar ausgerechnet vor dem Blumenladen, in dem er für seine Frau zum diamantenen Hochzeitstag einen Strauß kaufen wollte, und da flog alles auf und er mußte für zwei Jahre in den Knast. So ein Pech.

»MAMA! Der Franz zielt mir immer ins Gesicht!«

»Stimmt nicht! Der hat da einen Rotz, den will ich ihm nur wegspritzen!«

»Putz dir die Nase, Kind, und laß das Geschrei!«

Der fünfte Pechvogel hatte auf einer Party eine abfällige Bemerkung über eine Frau gemacht. »Was ist denn das für 'ne Bohnenstange«, hatte er fröhlich gesagt, nicht ahnend, daß es sich um die neue Frau seines Chefs handelte. Der fand die Bemerkung unangebracht und feuerte den Mitarbeiter auf der Stelle.

»Mama! Jetzt will ICH den Schlauch halten! Los, gib her, du Wichser!«

Im Vergleich zu dem Wortschatz meiner Kinder fand ich die Bemerkung des Mitarbeiters völlig harmlos. Den hätte man doch wirklich nicht gleich feuern müssen!

»So, liebe Kinder«, sagte ich freundlich, aber bestimmt. »Die Mama muß jetzt mal ein bißchen arbeiten.«

»Du sollst aber mit uns spielen!«

»Heute nicht. Ich muß ganz viel lesen. Seht mal, das muß ich alles lesen, und zwar noch dieses Wochenende!«

»IMMER mußt du lesen, wenn wir mit dir spielen wollen!«

»Nein. Nur heute. Aber heute ist es wirklich wichtig.«

»Das ist uns egal! Du sollst mit uns spielen! Sonst hören wir nicht auf zu spritzen!« Ich stellte den Schlauch ab. Alle drei Kinder brüllten.

Dies war einer der Momente, in denen ich die Eltern verstand, die ihre Kinder in den Keller sperren oder in die Garage oder in die Speisekammer. Aber ich hatte zum Glück noch eine Möglichkeit, die jene Eltern nicht haben. Wir klopften bescheiden an Alma maters Wohnzimmerfenster, und siehe da, die Tür öffnete sich, und Alma mater freute sich sehr, daß die vollbematschten Kinder jetzt zwei Stunden von ihrem Schreibtisch auf den Teppich springen würden. Außerdem hatte sie für den Notfall noch zwei Sendungen mit der Maus aufgezeichnet, und einen Pflaumenkuchen hatte sie auch gerade aus dem Ofen gezogen.

»Aber erst steck ich sie alle in die Badewanne«, sagte ich streng.

»Ach, das ist ja nur Sand!« lachte Alma mater. »Das trocknet schnell, und dann nehmen wir den Staubsauger! Gehen Sie mal. Sie müssen ja arbeiten. Hat Enno sich gemeldet?«

»Er wollte seine Sybille fragen, wann es ihr paßt!«

»Oh, die hat immer Zeit.«

Nein, dachte ich. Hoffentlich nicht. Ich sehe strähnig aus und blaß und gestreßt, und ich muß jetzt sechs Manuskripte auswendig lernen.

Alma mater schloß die Terrassentür hinter den dreckigen Kindern. Von Worten und Gesten wie Dankesblumen, Umarmungen und Gestammel, wie einmalig sie sei, hielt sie nichts.

Ich schnappte mir die Schwiegermütter und zog mich in mein Arbeitszimmer zurück.

Ich lernte und paukte, ich versuchte, mir Namen zu merken und Zusammenhänge, wer wessen Schwiegermutter war und seit wann, wann welcher Konflikt begonnen hatte und warum. Frauke Schnelle beispielsweise hatte es mit einer chronisch eifersüchtigen Schwiegermutter zu tun. Schon in ihrer Hochzeitsnacht mochte die Böse nicht von ihrem Sohne weichen und saß noch nachts um zwei händchenhaltend mit ihm im Garten, während Frauke freudlos im Schlafzimmer auf der Bettkante hockte und ihres Gatten harrte. Der eheliche Vollzug konnte nicht stattfinden, da die Schwiegermutter über Migräne klagte und der Sohn sie schließlich in sein Bett brachte, wo sie dann in einem von der jungen Ehefrau geliehenen Nachthemd ihren Gram über den Verlust des Sohnes verschlief. Die Braut mußte auf dem Sofa übernachten. Interessanter Fall. Nicht zu verwechseln mit den Pechvögeln, dachte ich nervös. Die einen kommen Montag, die anderen Dienstag. Ich blätterte weiter.

Eine andere Schwiegermutter gar hatte ihrer Schwiegertochter nicht nur die Kinder entfremdet, sondern ihr auch noch ein Alkoholproblem angehängt und im Dorf herumerzählt, daß sie mit ihrem Haushalt nicht mehr zu Rande käme. Diese harmonische Familie hatte den schönen Namen Engelhaar.

Eine dritte geschädigte Schwiegertochter hatte eine Selbsthilfegruppe gegründet und eine Broschüre herausgegeben: »Gute Schwiegermütter sind im Himmel, böse überall.« Diese Dame hieß Pfeil und beriet in ihrer Freizeit ehrenamtlich geschädigte Schwiegertöchter. Sie wohnte leider nicht in Brackwede, was ich mir gut hätte merken können, weil sie sicherlich fabelhaft zu dem bläßlichen Handwerkeropfer-Selbsthilfegruppengründer mit dem Seitenscheitel und der Brille gepaßt hätte.

Der nächste Bühnengast war ein Professor von der Universität Singen. Dr. Jurek Dimoff, ein Sudetendeutscher russischer Abstammung, hatte das Phänomen der Schwiegermütter an sich untersucht und sich damit habilitiert. Er neige zu weitschweifigen und unsachlichen Äußerungen, stand unter »Bemerkungen«, und müsse »eng geführt« werden. Sein Lieblingsthema sei doch immer noch Sudetendeutschland, und man müsse ihn ständig auf die »Schwiegermütter« zurückverweisen. Ich schluckte.

Der fünfte Bühnengast war noch nicht gefunden worden, das Interwiew würde aber im Laufe des Wochenendes nachgereicht werden.

Als Publikumsgäste sollte ich noch eine Frau Kleist vorfinden, die aus Liebe zu ihrer Schwiegermutter gleich bei dieser eingezogen war, eine Soziologin, die drei Schwiegertöchter hatte und »Balanceakt des Loslassens« predigte, und einen Herrn namens Lindemann, der, siebenundzwanzig Jahre jung, eine Familienberatungsstelle in Osterode am Harz betrieb, wo er oft mit dem Schwiegermutterproblem konfrontiert wurde.

Am Ende des Manuskripts lag wieder ein Stapel Fotos. Ich konnte mir zusammenreimen, wer wer sein sollte. Auch hier gab es Gruppenfotos von Kegelabenden und Familientreffen. Eine Frau telefonierte in einer bräunlichen Einbauküche und starrte mißmutig dem Betrachter entgegen. Das war bestimmt die allein gelassene Frauke. Die machte einen völlig frustrierten Eindruck.

Ich starrte auf alle Fotos und auf alle Manuskriptseiten, und draußen im Garten lärmten und stritten die Kinder, und Alma mater lachte glockenhell und rief »Nicht schlagen, Kinder, nicht schlagen!«, und dann heulte Willi und haute mit dem Hockeyschläger auf seinen großen Bruder ein, und dann klingelte es an der Haustür und der Eilbote brachte noch ein einzelnes Paßfoto von einem Menschen, der in die »Kopfschmerzen«-Sendung gehörte. Und dann weinte Fannychen und wollte auf meinen Schoß, und dann rief »Das blätterne Gold« an und fragte, wie ich das immer alles so schaffte, Schreiben und Fernsehen und drei Kinder, und dabei immer so relaxed und fröhlich zu sein, und dann kam ein Fax von einem Wohltätigkeitsverein, der wollte, daß ich ein Kleidungsstück oder ein altes Schulbuch von mir zur Versteigerung für einen guten Zweck an ihn schicke, am besten heute noch, und dann wollten Willi und Franz auf Eurosport die Sendung sehen, wo sich immer die dicken Chinesen mit den Hochsteckfrisuren raufen, und Fanny wollte die Fernbedienung haben und lieber durch dreiundzwanzig Kanäle zappen und auf »lauter« drücken, und Franz knallte mir seine Schultasche vor die Füße und sagte, er habe da noch einen Elternbrief, wegen der Vier minus in Mathe, und ich fragte entgeistert »Welche Vier minus?!«, und Willi schrie, sein Eierloch von Bruder habe ihm wieder mal den letzten Fruchtzwerg weggegessen, und dann klingelte das Telefon, und Herr Dr. Karl sang »Hal-lo!« in den Hörer. »Wie geht es Ih-nen!?«

Ich versicherte, daß es mir wunderbar gehe. Ob noch irgendwas wäre. Ich sei ein bißchen in Eile, aber nur ein bißchen.

»Wann würden Sie gern das Briefing machen?« fragte Herr Dr. Karl.

»Was heißt das – Briefing?« Ich winkte die Kinder aus dem Arbeitszimmer und machte ihnen ein Zeichen, daß sie die dicken Chinesen gucken dürften. Sie stoben davon. Nur Fanny hockte noch auf meinem Schoß und hantierte mit meinen Heftzwecken und Büroklammern und meinem Tesafilm herum.

»Na, unsere Redaktion möchte Sie gern über den Ablauf der Sendung und über die Gäste informieren.«

»Aber das steht doch alles schon hier! Schwarz auf weiß hab ich's! Was wollen Sie mir denn noch erklären?« Ich dachte mit Schrecken an die klitzeklein beschrifteten Karteikarten von Dr. Kaltwasser und ihre engstehenden Augen und die unerfreuliche Arbeitsatmosphäre im Zuchthaus von Nowosibirsk. Nein. Diesmal wollte ich alles in Ruhe zu Hause vorbereiten. Und mir von der gar nicht reinreden lassen.

»Und wie soll der Ablauf der Sendung sein?« fragte Dr. Karl.

»Na, wir plaudern ein knappes Stündchen. Schließlich sind die Gäste gebrieft und gecastet!«

»Und wo ist Ihr roter Faden?«

»Roter Faden! Das wird ein spontanes, frisches Gespräch. Aus dem Bauch heraus. Lassen Sie mich mal machen.«

»Nein. Laß ich nicht.«

»Warum nicht? Ich bin doch im Piloten rübergekommen!«

»Diesmal kommt es nicht aufs Rüberkommen an.«

»Sondern?!« Fanny hatte ein altes Rosinenbrötchen in der Schreibtischschublade gefunden. Sie biß hinein und steckte mir auch eine Rosine in den Mund.

»Diesmal wird von Ihnen professionelle Arbeit erwartet! Frau Dr. Kaltwasser hat so ihre Bedenken.«

»Das dacht ich mir. Warum macht sie die Talkshow nicht selbst?«

»Nun werden Sie nicht unsachlich, Frau Zis. Sie brauchen ein Briefing. Wir helfen Ihnen alle. Die Sendung muß gut werden! Also! Montag früh um acht Uhr in Berlin.«

»Liebster Herr Programmdirektor, warum sagen Sie mir das immer so kurzfristig! Ich komme ja gern, aber das Wegorganisieren von drei Kindern ist anscheinend etwas, mit dem Sie sich niemals beschäftigt haben… Moment, es hat an der Tür geklingelt. FRANZ, machst du mal AUF?!«

»NEE! Ich kann gerade nicht. Diese dicken Chinesen sind voll geil!«

»Dann mach du auf, Willi!«

»Wieso immer ich? Boh, Mama! Jetzt hat der den an den SACK gepackt!«

»Sack gepackt«, sagte Fanny auf meinem Schoß. Sie hantierte mit der Schere und schnitt die Rosinen aus dem Rosinenbrötchen. Die Rosinen fielen auf die Pechvögel.

Es klingelte erneut. »Moment«, sagte ich in den Hörer. »Ich springe nur schnell zur Tür. Bleiben Sie dran. Das wird wieder ein einzelnes Foto von einem Gast sein. Oder die fehlende Schwiegertochter.«

Ich versuchte, Fannylein mit etwas Sinnvollem zu beschäftigen, damit ich ungestraft zur Tür gehen konnte. Fanny wand sich von meinem Schoß und nahm meinen Uhu-Alleskleber vom Schreibtisch. Ich beobachtete besorgt, wie sie innerhalb von Sekunden mit ihren beiden Patschhändchen die Rosinen und die losen Fotos in einen klebrigen Haufen verwandelte. Alle Schwiegertöchter und Pechvögel und Kopfschmerzpatienten hatten nun Rosinen im Kopf. Aber sie hielten zusammen. Wie Pech und Schwefel.

Es klingelte zum dritten Mal.

»Mo-me-hent!« sang ich in Richtung Haustür. »Ich komme!«

Aus dem Augenwinkel konnte ich noch sehen, wie Fanny sorgfältig den Hörer mit Tesafilm zuklebte. Armer Dr. Karl. Der wollte bestimmt noch was sagen. Doch mein Goldkind garnierte den armen Programmdirektor liebevoll mit Schwiegermüttern, Pechvögeln und Rosinen. Ich beschloß, ihn bei passender Gelegenheit zurückzurufen. Außerdem war ja alles gesagt.

Es war diesmal nicht der Eilbote. Es war Enno. Enno mit seiner Neuen.

Gott, sah die bieder aus. Dunkelblaues Kostüm mit Goldknöpfen, fliederfarbene Bluse mit Rüschen, streng gescheitelte Fönwelle in Rötlich. »Oh«, sagte ich. »Das ist aber eine Überraschung.« Die Überraschung bezog sich vor allem auf das Outfit von Ennos Flamme.

»Tja«, sagte Enno. »Wir kamen gerade so vorbei.« Einen kleinen, fiesen, knurrenden Köter hatten sie auch noch bei sich.

»Das ist Ajax«, sagte die Biedere.

»Hallo, Ajax«, sagte ich. Die Bestie knurrte.

»Schön. Tja, dann... kommt doch rein!« Der Köter schnüffelte an meinen Waden. Ich streckte der Biederen die Hand entgegen. Sie schüttelte sie.

»Ich bin Frau Gabernak«, sagte die Biedere. Ich wußte nicht, ob sie mich erheitern wollte. Hahaha, ich bin Frau Schabernack. Aber nein. Die meinte das ernst.

»Und ich bin Frau Zis«, sagte ich grämlich. Das konnte doch nicht Ennos neue Flamme sein! Eine, die sich selbst als »Frau« vorstellte.

»Ich dachte, ihr lernt euch mal kennen«, sagte Enno verlegen. Er merkte gleich, daß wir voneinander nicht begeistert waren.

»Wunderbare Idee«, sagte ich und biß mir auf die Lippen. »Kinderlein! Schaut mal, wer da ist! Der Enno! Und die Frau...«

»Frau Gabernak«, sagte Frau Gabernak.

»Frau Gabernak!« rief ich ins Wohnzimmer hinüber.

Keines der Kinder antwortete. Nur Fannylein kam angerannt. Sie hatte Mühe, die Fotos und die Rosinen und den Tesafilm wieder von den Händchen zu streifen. Sie schmierte alles an die Flurtapete.

»Und das ist meine Tochter«, sagte Enno triumphierend zu Frau Schabernack.

»Na, du kleiner Racker?« sagte sie.

Der Köter knurrte mit hochgezogenen Lefzen.

Fannylein warf sich ängstlich an meine Beine. Ich hob sie rasch hoch.

»Der beißt nicht«, versicherte Frau Gabernak. »Der will nur spielen.«

Das sagen sie alle, dachte ich. Der spielt nicht. Der will nur beißen.

»Da! Mimeise, Eichhorn, Maus!« rief Fanny in Panik aus.

»Kommt doch rein!« Ich versuchte, trotz des schnüffelnden, knurrenden Köters in mein Wohnzimmer zu gelangen.

Die Jungens lümmelten mit klebrigen Dauerlutschern vor dem Fernseher.

»Nun sagt wenigstens mal guten Tag!«

»Tach!«

»Hallo, Enno.«

Der Köter knurrte.

»Was kann ich euch anbieten?«

»Och, wir trinken schon ganz gern einen Kaffee. Nicht, Schatz?« meinte Frau Gabernak und sah sich neugierig in meinem verlotterten Wohnzimmer um. »Wenn's keine Mühe macht.«

»Aber nein«, strahlte ich. »Ich wußte sowieso nicht, was ich gerade tun sollte. Kaffee machen ist immer gut, wenn man sich langweilt.«

Frau Gabernak hatte keinen Sinn für meinen Humor. Sie betrachtete mit Argusaugen meinen verkratzten und angemalten Wohnzimmertisch. Die Kinder benutzten ihn immer als Sprungbrett, wenn sie sich auf die Sofapolster fallen ließen. Bei Frau Gabernak wurden mit Sicherheit immer Untersetzer auf den Glastisch gestellt. Selbst wenn die von ihrem Tisch auf das Sofa sprang, tat die vorher noch Untersetzer drunter.

Ich trollte mich mit Fanny in die Küche. Erst mal durchatmen. Das konnte doch nicht wahr sein. Ausgerechnet jetzt. Und dann so eine Salatgurke. Ihr hättet ja mal anrufen können, dachte ich erbost. Der knurrende Köter kam mir nach. Er sah so lächerlich aus, als er seine vielen kleinen, ungeputzten Zähne entblößte, um mir Furcht einzujagen. Ich hätte ihm gern meinen löchrigen Filzpantoffel ins Maul gestopft. Statt dessen holte ich friedfertig eine alte Frikadelle aus dem Kühlschrank und warf sie der Töle zum Fraß vor. Ganz ohne Glasuntersetzer. Die Frikadelle war sowieso von letzter Woche. Vielleicht würde die Ratte daran verenden. Dann hatte Frau Gabernak wenigstens auch mal was zu tun.

Der große, alte, klobige Schreibtisch von Tim Wolke stand noch genauso da, wie der große, alte, klobige Showmaster ihn verlassen hatte. Nun war er meiner. Ich saß fröstelnd in dem herbstlich kühlen Keksfabrikgebäude mit Blick auf zugewachsene S-Bahn-Schienen und versuchte in Panik, all die Bemerkungen und vorformulierten Fragen aufzuschreiben, die Frau Dr. Kaltwassers Leute von der Firma durcheinander brainstormten. An der Wand stand ein Garderobenständer mit etwa dreißig Kostümen Marke Neureich und in Schrill. Von Raffaelo Lautenbichler, dem beknackten Designer mit der albernen Frisur. Der hatte sich als einziger Sponsor für unsere Sendung zur Verfügung gestellt. Leider.

Die nette Garderobenfrau bügelte unverdrossen die geschmacklosen Oberteile, während Friedlinde Bauch in stoischer Ruhe ihr gesamtes Lippenstiftsortiment mit den zahlreichen Rot- und Rosatönen der Blazer verglich. An der Wand bruzzelten gnadenlos die hundert Heißwickler vor sich hin. Friedlinde würde sie mir bei passender Gelegenheit in die Haare winden. Auch die braunen Teigtöpfchen harrten schon meines »Tengs«, wie Friedlinde sich auszudrücken beliebte.

Die Stimmung war zum Zerreißen gespannt. Ich mochte überhaupt keine Störung in meiner Tim-Wolke-Garderobe ertragen, aber andauernd kam einer rein und ging einer raus, und alle redeten auf mich ein und rauften sich die strähnigen Haare und rauchten und tranken Kaffee aus labberigen Pappbechern und kritzelten winzige Buchstaben auf Karteikarten. Draußen preschte mit entsetzlichen Quietschgeräuschen eine S-Bahn vorbei. Als die vergitterten Fensterscheiben aufgehört hatten zu wackeln, fragte Hoss-mit-dem-Ohrring:

»Wie viele Schwiegertöchter kommen in Ihre Familienberatungsstelle?« Er kratzte sich kreativ an der Glatze.

»Blöde Frage«, sagte ich kalt. »Die Antwort wird lauten: Dienstag waren es zwei und letzten Donnerstag vier, und mittwochs nachmittags haben wir zu.«

»Gute Frage«, konterte Dr. Regine Kaltwasser vom Sofa her. »Dann gibt er einen kurzen Abriß über die Klientel, und dann kreisen wir ihn ein und fragen ihn nach seinem schwierigsten Fall.«

»Meinetwegen«, gab ich mich geschlagen. Mit Dr. Kaltwasser mochte ich mich vorerst nicht mehr anlegen. Ich schrieb mir die Frage auf meine Karteikarte. Draußen quietschte die nächste alte S-Bahn über die zugewachsenen Schienen. Als sie vorüber war, sagte Viola, die Blasse, Rundbebrillte, die niemals tierausbeutende Produkte zu sich nahm:

»Ich finde, wir sollten ihn engmaschiger abholen. Warum verweisen wir ihn nicht konkret auf Frau Engelhaar und fragen ihn, wie typisch der Fall von Frau Engelhaar für die Schwiegermutterproblematik im allgemeinen ist?«

Jetzt stand gerade die Frage von eben da! Verdammt!

»Streichen Sie das wieder«, sagte Frau Dr. Kaltwasser. »Davor kommt auf jeden Fall noch die Frage nach Frau Engelhaar. Los, streichen Sie das!« Sie wollte mir die Karteikarte aus der Hand reißen. Ich hielt sie bockig fest. Was ich geschrieben habe, das habe ich geschrieben!

»Frau Engelhaar?« fragte ich nervös und durchsuchte hektisch meine Fotos. »Ist das die Blonde hier?« Zu der Langmähnigen hätte der Name gut gepaßt. Doch sie war es leider nicht.

»Die Blonde hier ist Frau Schnell«, sagte Regine Kaltwasser kalt. »Frau Zis, Sie hätten sich aber wirklich besser auf Ihre Sendung vorbereiten können! Schließlich haben alle Mitarbeiter der Firma Tag und Nacht gearbeitet, damit Sie rechtzeitig das Material haben. Sie hatten drei volle Tage Zeit. Andere Moderatoren kriegen das Material eine Stunde vor der Sendung.«

Ja, nachdem sie tausend Sendungen moderiert haben, dachte ich. Wie dieser selbstherrliche Schnodderige, der jeden Nachmittag mal eben drei Sendungen aus dem Ärmel schüttelt. Da stellt sich eine gewisse Routine ein. Der schreit seine Mitarbeiter an und tritt Klotüren ein, wenn ihm einer widerspricht. Vielleicht sollte ich das auch mal versuchen.

»Tut mir leid«, murmelte ich zerknirscht. »Ich hatte keinen Sitter am Wochenende, und dann kam noch überraschend Besuch, der nicht wieder ging, und dann erbrach sich noch der Hund des Besuchs auf Fannys Schmusedecke, und dann mußte ich noch ein Haus für meine Freundin kaufen, weil mein Anwalt gerade das Formular dabeihatte, und dann mußten wir noch den Notar aufsuchen, und der las uns hundertfünfzig Seiten vor, ohne Punkt und Komma, über Verkäufer und Planquadrate und Gemarkungen und so 'n Zeuch, da hab ich die etwa fünfzig Namen der sechs Manuskripte noch nicht so ganz in den Kopf gekriegt.«

»Frau Zis, Sie wollten unbedingt diese Sendung machen«, sagte Frau Dr. Kaltwasser hart. »Sie haben sich das zugetraut. Keiner hat Sie gezwungen. Und Ihre private Situation interessiert hier keinen.«

Mein Gott, dachte ich, was ist diese Frau kalt. Wer hat die nur zu früh vom Topf geholt?

»Frau Engelhaar ist die mit dem Alkoholproblem«, sagte Fred, der dicke Unrasierte, gutmütig. Er wuchtete sich aus seinem Sessel und wühlte mit seinen dicken, gelblich-verrauchten Fingern in meinen Fotos herum. Seine Lederjacke und sein Dreitagebart und sein Flanellhemd – alles roch nach kaltem Rauch. Ich atmete tapfer in Richtung S-Bahn-Schienen ein und aus. Setz dich wieder in deine Ecke, Dicker, dachte ich. Auch wenn du es gut mit mir meinst.

»Diese hier«, sagte Fred und zeigte auf die telefonierende Hausfrau in der braunen Einbauküche. »Das ist Frau Engelhaar.«

Frau Engelhaar hatte kurze braune Haare, die man vor der braunen Einbauküche sowieso nicht so gut sehen konnte. Draußen schepperte quietschend und jammernd eine S-Bahn vorüber.

»Die Haare spielen bei diesem Thema überhaupt keine Rolle«, sagte Frau Dr. Kaltwasser. »Frau Zis, ich mache Sie darauf aufmerksam, daß Sie heute eine Sendung über Schwiegermütter moderieren.«

Die Tür ging auf. »Will jemand Kaffee?«

Alle wollten Kaffee. Nur ich wollte keinen Kaffee. Den hätte ich augenblicklich und panikartik wieder wegbringen müssen.

Und das hätte uns wertvolle Minuten gekostet. Ich wollte meine Ruhe haben und diese Sendung vorbereiten. Vielleicht mit einem oder zwei netten Menschen, die mich gütig berieten. Aber nur, wenn ich sie vorher um Rat gefragt hatte.

»Also ich finde, wir sollten jetzt mal konzentriert weiterarbeiten«, sagte Viola, die Rundbrillige. »Wo holen wir den Herrn Lindemann denn jetzt ab?«

Mein Gott, dachte ich. Kann der nicht selbst anreisen. Mich hat auch keiner abgeholt.

»Linnemann«, sagte der Dicke.

»Lindemann«, beharrte Viola.

»Lindemeier«, blätterte Hoss glatzekratzend in seinem Manuskript.

»Lindmann«, schlug ich heiter vor. »Das kann ich mir merken.«

Friedlinde Bauch mit ihren Lippenstiften, die sie mit den Rocksaumfarben verglich, lachte. »Ick kenn ooch so 'n ähnlichn. LinDWURM heeßt der. Isn janz netta. Hat nur Probleme mit seim Teng. Machense doch ma 'ne Sendung üba Teng! Da könnt ick 'ne Menge zu beisteuan! Wat et für fürchtaliche Akne jibt!« Sie freute sich über ihren Wortbeitrag.

Frau Dr. Kaltwasser guckte böse.

»Machen Sie Ihre Arbeit, und wir machen unsere. Der Mann heißt Lindemann, und ich erwarte von Ihnen, daß Sie die Namen Ihrer Gäste beherrschen, Frau Zis.«

»Also, wo holen wir ihn denn jetzt ab?« fragte Viola.

»Kann das nicht ein Fahrer machen?« fragte ich humorlos. »Wir haben doch hier Wichtigeres zu tun.« Böse Blicke trafen mich.

»Wir holen ihn bei Frau Engelhaar ab«, schlug Fred, der Dicke, vor. »Sie hat ein Alkoholproblem, und das nehmen wir zu Herrn Linde…«, der Rest ging im Lärm eines donnernden S-Bahnzugs unter, »zu dem Familienberater mit rüber.«

Diese Insider-Sprache machte mich wahnsinnig. Wenn ich die Herrschaften recht verstand, holte man jetzt den einen bei dem anderen zu Hause ab. Vielleicht waren die in einer anonymen Trinkergruppe und kannten sich.

Edgar, der Blatternarbige, kam herein. »Die Schwiegermutter-Selbsthilfegruppe aus Potsdam ist jetzt da. Die wollen, daß wir ihre Kontonummer einblenden.« Er reichte Regine Kaltwasser einen Zettel.

»Natürlich blenden wir keinerlei Kontonummer ein«, sagte Regine schmallippig. »Wir sind kein Wohltätigkeitsverein, und wir geben niemandem ein Forum für seine Privatangelegenheiten. Halten Sie die Leute ruhig. Ist der Warm-Upper schon da?«

Der wer? dachte ich verstört. Der stand gar nicht in meinem Manuskript!

»Ich werde nachsehen«, versprach Edgar und zog sich zurück.

»Und schicken Sie die gecasteten P-Gäste in die Maske«, schrie Frau Dr. Kaltwasser hinter ihm her.

Edgar steckte noch mal sein blatternarbiges Antlitz in die Tür: »Wird die Frau Theis verkabelt?«

»Wer ist Frau Theis?«

Aha. Selbst Frau Dr. Kaltwasser kannte nicht alle unsere Gäste.

»Ach so, das ist die, die für Frau Burbach einspringt. Frau Burbach kommt nun doch nicht, aus Angst vor ihrer Schwiegermutter, aber Frau Theis hat auch eine Schwiegermutter, und die…«

Der Rest wurde von einer besonders hysterischen S-Bahn verschluckt.

»Wollen Sie etwa behaupten, Sie kämen mir jetzt noch mit neuen Gästen?« schrie ich gegen den Lärm an. Mama kann auch schreien! Hände waschen, hinsetzen, Schnauze halten, und es wird jetzt gegessen, was auf den Tisch kommt! So! Ich kann auch anders!

»Ja, die Seiten vierundzwanzig bis achtunddreißig in Ihrem Manuskript sind jetzt hinfällig«, sagte Edgar und zog sich schnell zurück.

»Tut mir leid, aber das ist Moderatoren-Pech«, tröstete Fred aus seiner Ecke. Er rollte sich gerade eine Zigarette. »Sollte nicht gerade in Ihrer ersten Sendung passieren.«

»Das sind ganz normale Vorfälle, die jeder Moderator zu bewältigen hat«, sagte Frau Dr. Kaltwasser streng. »Sie haben selbst gesagt, daß Sie flexibel sind.«

Ich riß mit zitternden Fingern die besagten Seiten heraus und pfefferte sie Tim Wolke in den Abfalleimer. »Und welches Foto darf ich hinterherschmeißen?« giftete ich Frau Dr. Kaltwasser an.

»Dies hier!« giftete Frau Dr. Kaltwasser zurück und zerrte mit zitternden Fingern die Familie im Schrebergarten aus dem Stapel. Auf der Rückseite klebte noch Fannys Tesafilm mit Rosinenaroma.

»Wir können Herrn Lindemann natürlich auch bei der Angst abholen«, ereiferte sich Viola. »Und dann nehmen wir die Theis mit zur Angst und kreisen sie damit engmaschig ein.«

»Hier sind alle bescheuert, und keiner spricht deutsch«, murmelte ich vor mich hin.

»Bitte?« fragte Frau Dr. Kaltwasser streng.

»Nix«, sagte ich. Aber ich wollte weinen vor Angst.

Aus dem Gästeraum quollen mir Rauch und Lampenfieber entgegen. Etwa vierzig Menschen hockten dort mit bangen Mienen und starrten mich argwöhnisch an. Ich war geschminkt und aufgedonnert bis zum Gehtnichtmehr, und ich konnte keinem verübeln, daß er mich furchtsam anstarrte. Ein paar Hunde und Kinder waren auch dabei. Die starrten mich am ängstlichsten an. Aber sie waren die einzigen, die nicht rauchten.

»Hal-lo!« sang ich froh. »Ich bin die Moderatorin, Franka Zis, und Sie sind heute meine Gäste! Herzlich willkommen!«

Einsilbiges Gemurmel war die Antwort. Fast jeder Glimmstengel zitterte.

»Tja, dann wollen wir doch mal sehen, ob ich Sie alle erkenne!« frohlockte ich. Ich zwängte meinen Hintern an Aschenbechern, Papptellern mit Schnittchenresten, Gläsern und Illustrierten vorbei und tauchte ein in die Rauchwolke.

»Sie sind bestimmt Frau Engelhaar«, sagte ich aufgekratzt zu einer grauhaarigen Mutti in braunen Cordhosen, die mich aus unsicheren Augen ängstlich fixierte.

»Nee. Ick bin bloß so mitjekomm.«

Aha. Bloß so mitjekomm. Nee, ist klar.

»Na, dann herzlich willkommen. Und Sie sind Familie…?«

»Meyer«, sagte der Mann im Jogginganzug.

Meyer? zuckte es mir in Panik durch den Kopf. Wer ist Meyer? Vielleicht ist er ein Pechvogel und hat sich im Termin geirrt? Oder Roderich, der Sänger? Der sah doch ganz anders aus, und außerdem gehörte er nicht in die »Schwiegermütter«, sondern in die »Handwerker«.

»Wir sind ooch bloß so mitjekomm.« Herr Meyer machte eine weite Armbewegung um sich und seine Kinderschar und die zwei Hunde, die mich argwöhnisch beäugten.

»Na, dann viel Spaß«, frohlockte ich und drückte mich am Tisch zwischen den vollbesetzten Stühlen vorbei, einen Pappbecher weiter. Hoffentlich klebte jetzt kein Meerrettichschnittchen an meinem Hintern. Ich fühlte bänglich an meinen Po. Ja, da klebte was. Alma mater hätte jetzt gelacht und gesagt, das trocknet wieder, und nachher nehmen wir den Staubsauger. Ach, Alma! Warum gab es nicht überall so warmzige, unkomplizierte Frauen! Ich wühlte mich weiter durch.

Der nächste, auf den ich stieß, war ein junger Kerl, der angestrengt Zeitung las. »Hier erkenne ich aber eindeutig Herrn Lindemann! Sie sind der Herr mit der Selbsthilfegruppe aus Osterode am Harz!« Ich streckte ihm die Hand hin, an der weiße Schleifspuren klebten.

»Ick bin der Fahrer«, sagte der Jüngling und vertiefte sich wieder in seine Zeitung. Die anderen starrten mich an.

Also verdammt noch mal! Wieso saßen lauter Leute im Gästeraum, die nichts mit meiner Sendung zu tun hatten? Wie sollte ich zwischen all den verrauchten Gestalten meine Gäste erkennen, von denen ich nur schlechte Fotos hatte?

Mir war todschlecht vor Angst. Nichts klappte, aber auch nichts. Ich erkannte meine Gäste nicht. Ich wußte die Namen nicht. Keiner war der, für den ich ihn hielt. Ich vermasselte alles.

Frau Dr. Kaltwasser beobachtete diese peinliche Szene von der Tür her.

»Sie haben ein Schnittchen am Po«, sagte sie kalt. Ich wollte im Boden versinken. Meine ganze gespielte Fröhlichkeit hinter der kleisterdicken Schminke brach in sich zusammen. Ich fühlte mich so lächerlich wie eine dick geschminkte Raupe, die versucht, ein Schmetterling zu sein, leicht und bunt, aber in Wirklichkeit hatte ich Wackersteine an den Füßen und Meerrettich am Hintern, und keiner half mir, keiner stand mir bei. Ich schlängelte mich aus dem engen, verrauchten Gästeraum hinaus.

»Können Sie nicht veranlassen, daß jetzt nur diejenigen im Gästeraum bleiben, die nachher in der Sendung sind?« bat ich flehend.

»Edgar, schmeiß die Leute raus, die da drin nichts zu suchen haben. Frau Zis schafft das sonst nicht!«

»Geht klar!« Edgar stürzte sich ins Getümmel und warf die Tür hinter sich zu. Ich atmete tief durch. Gleich würde ich noch mal reingehen, Franka Zis die Zweite, und dann würde ich sie alle erkennen und freundlich begrüßen. Das wäre doch gelacht. Ich versuchte ein Lächeln.

»So können Sie nicht ins Studio«, sagte Frau Dr. Kaltwasser streng. »Gehen Sie in die Garderobe, und ziehen Sie sich um. Achten Sie aber darauf, daß Sie schon geschminkt sind. Schmieren Sie nicht auch noch das Oberteil voll. Das sind alles nur Leihgaben von Lautenbichler.«

Mir saßen die Tränen ganz oben. Wenn ich jetzt losheulte, war alles zu spät. Frau Dr. Kaltwasser würde ihren inneren Reichsparteitag haben, Herr Dr. Karl würde mich auslachen, und Friedlinde Bauch würde kopfschüttelnd anfangen, mit ihrem Wattebäuschchen auf mir rumzutupfen. Und die Gäste würden sich durch den Hinterausgang davonmachen. Und »Wichtiges am Wochenende« würde seine fette Schlagzeile haben:

»Franka Zis vertrieb ihre Gäste!«

So fühlt man sich also, wenn man Fernsehen macht, dachte ich, als ich vor den Adleraugen von Frau Dr. Kaltwasser mit meinem Meerrettichhintern davonstöckelte.

In Tim Wolkes Garderobe war alles tot und leer – nur überquellende Aschenbecher und Kaffeetassen mit kalten Resten drin zeugten davon, daß wir hier seit acht Uhr morgens gearbeitet hatten. Jetzt war es sechs Uhr abends. Mir war kalt und schlecht vor Hunger, aber ich hätte beim besten Willen keines dieser Schnittchen verdrücken können. Auch nicht das, das mir auf dem Hintern klebte. Zumal mir Friedlinde Bauch verboten hatte, ihr Lippenstiftkunstwerk zu zerstören. Ich stand da im kalten Raum und starrte gegen die Gitterstäbe und hörte die hundertste S-Bahn vorbeiquietschen und versuchte, meine Knie dazu zu bringen, daß sie aufhörten zu zittern. Ich sah in den Spiegel neben den fünfundzwanzig Kostümjacken, die noch meiner harrten. Das also hatte ich erreicht. Etwas, worum mich viele beneideten. Ich war eine Fernsehmoderatorin geworden. Eine steife Puppe mit aufgetufften Haaren und einem albernen Designerkostüm, die nichts mehr sagen konnte, was aus ihrem eigenen Kopf kam. Nur aufgeschriebene Fragen, die sich andere überlegt hatten. Ich war eine Marionette. Und hatte zu tun, was eine Redakteurin mir sagte. Das Spiegelbild dieser fremden, aufgedonnerten Alten verschwamm. Mir saßen die Tränen ganz locker. Wenn ich jetzt einmal mit den Augendeckeln klapperte, würden sie durch die Schminke rollen. Mir kamen Bilder von meinen Kindern vor Augen. Was sie jetzt wohl gerade machten? Achtzehn Uhr, das war im Herbst die Zeit, wo sie sich am Eßzimmertisch versammelten, um mit ihren Legos zu spielen. Oder ein Bilderbuch anzuschauen. Vielleicht saßen sie auch schon in der Badewanne und spritzten und platschten? Und auf dem Badewannenrand saß Paula. Mit Handtuch und Pantoffeln und drei frischgewaschenen Schlafanzügen auf dem Schoß, und unten auf dem Herd brutzelte irgendwas, das gut roch, und dann würden sie alle vor lauter Niveacreme glänzen und am Tisch sitzen und »Widdewiddewitt – guten Appetit!« machen, und nach dem Essen würden sie noch das Sandmännchen gucken und dabei auf dem Sofa kuscheln…

Frau Zis, Sie wollten diese Sendung unbedingt machen. Keiner hat Sie gezwungen. Sie können gern nach Hause fahren und das Sandmännchen gucken. Das würde zu Ihrem geistigen Niveau sowieso besser passen.

O nein, Frau Dr. Kaltwasser. Noch gebe ich mich nicht geschlagen.

Ich riß mir den blöden beschmierten Rock vom Körper. Und das alberne Jackett dazu. Es war wahrscheinlich eigenmächtig von mir, ein anderes Kostüm anzuziehen. Dazu bedurfte es der Kostümberaterin. Und die mußte erst gerufen werden.

Fünf Minuten, nur für mich.

Ich beschloß, ganz schnell mal zu Hause anzurufen. In Body und Strumpfhosen griff ich zum Telefon auf Tim Wolkes Schreibtisch. Ich hob den Hörer ab und wählte.

»Hallo?« unterbrach mich bereits nach der zweiten Ziffer eine Männerstimme.

Ich räusperte mich. »Entschuldigung, ich war noch mitten im Wählvorgang. Mit wem spreche ich?« Meine Stimme klang zum Heulen zittrig. Jetzt auch noch ein fremder Kerl in der Leitung! Ja wollte denn gar nichts mehr klappen!

»Sie sind hier in der Regie!« sagte die Männerstimme. »Kann ich Ihnen weiterhelfen?«

»Nein. Tschuldigung.« Ich wollte auflegen.

»Frau Zis? Sind Sie's?«

»Ja. Schon gut. Ich wollte ein Privatgespräch führen.«

»Das geht hier nicht. Wir haben alle kein Amt. Sie können nur innerhalb des Hauses sprechen.«

»Ist gut, danke.« Nun schwankte meine Stimme endgültig. Klar, daß man aus diesem Knast nicht telefonieren konnte. Und mit dem Handy hatte man keinen Empfang. Funkloch. Ich sank auf das Sofa und betrachtete meine braungeschminkten Hände, auf die nun dicke Tränen tropften.

Nich wischen! hörte ich Friedlinde Bauch schnaufen.

Wie sollte ich nur jetzt wieder Fassung gewinnen? Ich wühlte nach einem Taschentuch, um mir so vorsichtig wie möglich die Nase zu tupfen.

Da wurde die Tür aufgerissen. Frau Dr. Kaltwasser beliebte niemals zu klopfen. Sie hielt etwas in den Händen, das wie ein Hörgerät aussah.

»Ach, hier stecken Sie! Ich denke, Sie sind längst umgezogen! Wo ist die Kostümberaterin?«

Ich sprang auf. »Ich weiß nicht.« Ich stand da im Body und

mit Strumpfhosen und heulte und kam mir so nackt und ge-
demütigt vor wie noch nie im Leben.

Ja, hatte diese Frau denn gar kein Taktgefühl?!

Ich griff nach meinen Jeans und schlüpfte hinein.

Frau Dr. Kaltwasser beobachtete mich dabei ohne Regung.

»Die lassen Sie aber nicht an.«

»Nein. Schon gut.« Ich zog unauffällig die Nase hoch.

»Hier, schauen Sie mal, ob Sie damit leben können.«

»Was ist das?« Ich schneuzte mich in das Taschentuch.

»Das ist der Knopf im Ohr. Den haben alle Moderatoren.«
Sie hielt mir das hautfarbene Plastik-Ohropax an einer durch-
sichtigen Schnur unter die Nase.

»Wie, und den soll ich mir jetzt ins Ohr stecken?«

»Allerdings ins Ohr«, sagte Frau Dr. Kaltwasser. »Woanders
würde er Ihnen nicht viel nützen!«

»Und wozu ist der gut?«

»Ich souffliere Ihnen natürlich«, sagte Frau Dr. Kaltwasser.
»Ich sitze in der Regie und habe den besseren Überblick. Ich
sage Ihnen, wenn Sie den Faden verloren haben, oder wenn Sie
in der Zeit falsch liegen oder wenn Sie sich inhaltlich verfranst
haben, was ja bei der chaotischen Vorbereitung nicht anders zu
erwarten ist. Ich sage Ihnen dann die nächste Frage. Ich kann Sie
auch darauf aufmerksam machen, wenn Sie wieder Lippenstift
am Zahn haben oder Meerrettich am Kostüm.«

»Für solche Fälle hätte ich lieber einen Monitor«, sagte ich
schüchtern. »Dann kann ich selbst kontrollieren, wie ich aus-
sehe.«

»Kommt nicht in Frage«, antwortete Frau Dr. Kaltwasser
streng. »Dann sehen Sie die ganze Zeit in den Monitor, anstatt sich auf Ihre Sendung zu konzentrieren. Sie kriegen weder
einen Monitor noch eine Uhr. ICH sage Ihnen, was Sie wissen
müssen. Hier. Nehmen Sie den Knopf. Mehr brauchen Sie
nicht.«

Ich starrte ratlos auf den Plastikknopf. Fanny hätte jetzt gesagt »Lieba niß« und ihn von sich geschleudert. Aber hier
wurde getan, was Frau Dr. Kaltwasser anordnete. Ich schickte
mich an, mir das Ding gehorsam ins Ohr zu stecken. Argwöh-

nisch untersuchte ich es nach Spuren von anderleuts Ohren-
schmalz.

»Keine Sorge, das haben wir vorher extra für Sie gereinigt«,
sagte Frau Dr. Kaltwasser. »Und Sie sollten wirklich froh sein,
daß es solche technische Hilfe gibt. Sie können unmöglich allein
diese Sendung moderieren, Frau Zis.«

Es klopfte. In Erwartung der Kostümberaterin riß Frau Dr.
Kaltwasser ungehalten die Tür auf. Aber es war nicht die Kostümberaterin.

Es war ein großer gelber Blumenstrauß auf Beinen.

»Entschuldigung, ich störe hoffentlich nicht?« Der Mann
hinter dem Blumenstrauß war mir fremd.

»Doch, du störst, Johannes«, sagte Frau Dr. Kaltwasser knallhart.

»Mich stören Sie überhaupt nicht«, rief ich dazwischen.
»Kommen Sie rein! Was verschafft mir die Ehre?« Ich war zwar
immer noch halbnackt, aber immerhin hatte ich eine Hose an.
Und eine Strumpfhose. Und ein Hörgerät. Und alles, was mich
jetzt von der peinlichen Zweisamkeit mit Frau Dr. Kaltwasser
abhielt, war willkommen.

»Johannes Wohlscheitel«, stellte sich der freundliche Herr
vor. »Wir haben uns schon häufiger unterhalten.«

»Daran würde ich mich erinnern«, sagte ich erstaunt.

»Ich geb euch fünf Minuten«, sagte Frau Dr. Kaltwasser. »Ich
hole derweil die Kostümberaterin. Und dann müssen Sie wirklich mal in die Gänge kommen, Frau Zis!«

Sie rauschte hinaus.

»Sie ist immer so engagiert«, sagte Johannes Wohlscheitel
milde lächelnd. »Dabei vergreift sie sich manchmal im Ton. Sie
meint es nicht so.«

O doch, wollte ich schnauben. Sie meint es so. Sie ist kalt wie
ein Fisch und hat die Herzenswärme einer Tiefkühltruhe. Aber
ich schwöre Ihnen, Mann: Was mich nicht umhaut, macht mich
stark. Ich bin schon mit anderen Leuten im Leben fertig geworden.

»Also?« fragte ich schulterzuckend. »Was kann ich für Sie
tun?« Vielleicht war das der Mann mit der Schwiegermutter-

selbsthilfegruppe, der mich bitten wollte, seine Kontonummer einzublenden?

»Ich bin der Regisseur«, sagte Johannes Wohlscheitel. »Wir haben gerade noch miteinander telefoniert.«

»Ach SIE sind das!« entfuhr es mir. Der mit der angenehmen Stimme. »Wie schön, Sie endlich kennenzulernen!« Wir schüttelten uns lange und herzlich die Hand. Ich nahm ihm die Blumen ab und legte sie auf Tim Wolkes Schreibtisch. Wir betrachteten einander wohlwollend. Er sah wirklich nett aus. Sehr jung und sehr korrekt, ja, fast brav gekleidet. Dunkler Anzug, blauweiß gestreiftes Hemd. Ein zu groß geratener Konfirmand. Diesen Regisseur hatte ich mir ganz anders vorgestellt! Ich dachte, der müßte genauso unrasiert und rauchig und lederspeckig aussehen wie all die anderen Mitarbeiter hier!

»Ja, es ist eine ganz unverzeihliche Unhöflichkeit von mir, mich erst jetzt bei Ihnen vorzustellen«, sagte Johannes Wohlscheitel liebenswürdig. Mein Gott, hatte der Konfirmand gute Manieren. Der war der einzige hier, der sich benehmen konnte. Ich entspannte mich augenblicklich.

»Sie hatten ja soviel um die Ohren«, sagte Wohlscheitel, während er sich interessiert im Raum umsah. »Hier haben Sie also nun den ganzen Tag verbracht. Und draußen war ein herrlicher Herbsttag. Haben Sie das bunte Laub gesehen? Ich war bis vorhin noch im Tiergarten spazieren. Das sollten Sie sich auch mal gönnen!«

Ich war völlig gerührt von soviel menschlicher Teilnahme.

Er hatte immer noch das Zeitungspapier von den Blumen in der Hand.

»Wie fühlen Sie sich denn jetzt?« fragte er. »Wird's denn gehen?«

»Danke, ich krieg's irgendwie hin«, sagte ich tapfer. Jetzt nicht wieder losheulen! Nehmen Sie sich nicht so wichtig, hörte ich Alma mater sagen.

»Eben am Telefon«, sagte Wohlscheitel, »hatte ich den Eindruck, daß Sie sich nicht ganz so glücklich fühlen. Und das ist nicht gut vor der ersten Sendung. Andere Moderatoren werden gehegt und gepflegt und gestreichelt... pampern nennen wir das in der Branche. Jedenfalls hab ich sofort die Blumen hier aus irgendeiner Vase gerissen und hab mich zu Ihnen auf den Weg gemacht.«

»Um mich zu… pampern?« Ich biß mir auf die Lippen, weil sie so zitterten. »Lieb von Ihnen«, preßte ich heraus. Ach, Konfirmandenjunge! Wenn ich weinen muß, bist du schuld!

»Was halten Sie davon, wenn wir beide nach der Sendung richtig nett essen gehen?« fragte der Regisseur.

»Viel«, hauchte ich matt. Obwohl ich mir nicht vorstellen konnte, jemals wieder etwas zu essen. Oder mit einem dieser fremden Menschen hier ein privates, vertrauensvolles Wort zu sprechen.

»Na prima«, sagte er und drückte ein wenig unbeholfen meinen Oberarm. Ich wollte seine Hand festhalten, doch das ging natürlich nicht.

»Lassen Sie sich nicht unterkriegen«, sagte Wohlscheitel. »Sie machen das schon!« Er drückte mir das nasse Zeitungspapier in die Hand. »Und denken Sie daran: Ich bin die ganze Zeit über bei Ihnen!«

Damit verschwand er genauso freundlich und bescheiden, wie er gekommen war.

Frau Dr. Kaltwasser hatte sich mit der Kostümberaterin beraten, und die hatte sich wiederum mit der Maske beraten, und anscheinend paßte kein einziges von diesen albernen Kostümen zum Make-up, das in stundenlanger Arbeit aufgetragen worden war. Es wurde in Eile hin und her überlegt, was ich denn nun anziehen könnte, ohne daß Friedlinde für weitere zwei Stunden mit mir in der Maske verschwand. Schließlich saßen die Leute unten im Studio seit einer Stunde auf ihren lehnenlosen Bänken. Frau Dr. Kaltwasser entschied, daß die Strickjacke der Kostümberaterin farblich gut zu meinem Make-up passen würde. Und ihr Rollkragenpullover auch. Die Kostümberaterin – sie hieß Inge und war eine herzensgute Frau – zog sofort ihren Pullover und ihre Strickjacke aus, und Frau Dr. Kaltwasser befahl mir, das anzuziehen. Meine Toleranzgrenze war jedoch erreicht, ich weigerte mich wie ein kleines Kind – nein, das zieh ich nicht an, das kratzt und hat Knöpfe, und außerdem werd ich mich im Scheinwerferlicht darin totschwitzen! –, und der lieben Inge war das Ganze furchtbar peinlich, sie habe es erst heute morgen frisch angezogen, versicherte sie, und wir wollten beide im Boden versinken. Schließlich gestattete man mir, die Kostümjacke von vorhin mit meinen eigenen Jeans anzuziehen. Das sähe dann auch nicht so trutschig und madamig aus, sagte Frau Dr. Kaltwasser verächtlich. Dann hasteten wir die Treppe hinunter. Die Gäste konnte ich nun nicht mehr begrüßen. Ich hoffte, sie auf der Bühne zu erkennen.

Da stand ich nun in einem kaltgetünchten Raum, wo einige Gestalten in Latzhosen und Flanellhemden gelangweilt herumhingen und kaugummikauend meiner harrten. Ich wußte nicht, wer sie waren. Irgend jemand hatte mich verkabelt, ein anderer zitternder Gelbfinger hatte mir den Knopf ins Ohr gedrückt, die Schnur wurde unter der strengen Aufsicht von Friedlinde Bauch durch die hochtoupierten Haare in den Nacken gefriemelt, wo jemand sie mit einem Streifen Kleber befestigte. Den Sender pappten sie mir an die rechte Pobacke, den Empfänger für die Befehle von Frau Dr. Kaltwasser an die linke. Die Kostümberaterin zupfte mit spitzen Fingern an meiner Jacke herum, eine zweite wedelte mit der Flusenbürste über den albernen Samtkragen, dann drehte mich Friedlinde in Richtung Licht und befahl mir, meine Lippen noch mal anzuspannen. Sie pinselte dick Lippenstift darauf, hielt mir dann ein Kleenex vor das Gesicht und befahl mir, das Ganze wieder abzudrücken – mein Gott, dachte ich, hat die Sorgen! –, dann knackte es in meinem Ohr, und Frau Dr. Kaltwasser fragte, ob ich sie hören könne. Ich nickte. Friedlinde Bauch zischte nervös »Stillhalten«, und die süße Kostümberaterin Inge zupfte erneut an meinem Kragen, ging dann vor mir in die Knie und zerrte mit einem energischen Ruck meine Jeansbeine gerade und putzte mit einem Kleenex über meine Schuhe. Dann stellte sie sich direkt vor mein Gesicht und begann, mit Liebe und Sorgfalt die Perlen meiner Halskette zu sortieren. Die zitternden rauchstinkigen Gelbfinger mit den Sendern und Kabeln und Schnüren fummelten ebenfalls unverdrossen weiter. Ich wünschte nichts sehnlicher, als jetzt unauffällig zu sterben. Jemand reichte mir ein Glas Wasser. Ich schüttelte dankend den Kopf.

»Solange du puderst, kann ich nicht arbeiten«, sagte Inge zu Friedlinde.

»Und solange die nich fertig sind mit dem Knopf im Oa, kann ick nich nachschminken«, sagte Friedlinde Bauch. »Also warten wa ab. Eins nachem andan. Juht Ding will Weile ham.«

Ich sah auf dem Monitor den Warm-Upper seine Faxen machen. Die dreihundert Leute im Publikum schienen sich bong zu amüsieren. Ich wünschte, der Warm-Upper würde die ganze Sendung übernehmen, denn augenscheinlich war er viel besser dafür geeignet als ich.

Dann endlich ließen sie alle von mir ab.

Der Aufnahmeleiter mit dem Pferdeschwanz zog mich in die Gasse.

»Allet klaa?«

Ich nickte tapfer. Nichts war klar. Ich mußte schon wieder weinen. Aber ich traute mich nicht, mitsamt dem Aufnahmegerät und dem Knopf im Ohr geräuschvoll schluchzend auf irgendeiner Klobrille zu verharren. Frau Dr. Kaltwasser würde das nicht so kommentarlos hinnehmen. Und nachher würden sie alle wieder anfangen zu ziehen und zu zupfen und zu tupfen und zu wischen und meine Jeans geradezuzerren und meine Halskette zu ordnen und meine Augen neu zu schminken. Und dann würde ich schon wieder weinen müssen.

Außerdem saß mein Freund Wohlscheitel am Monitor und blickte wohlwollend auf mich. Für ihn würde ich mich jetzt zusammenreißen.

»Wennse det Sprüchlein inne Eins jesaacht ham, denn kommt der Ton und jibt Ihnen det Handmikro, wennse nich im Bild sind, is det O.K.?«

Ich nickte. Allet O.K. Gebt mir in die Hand, was ihr wollt. Nur laßt diesen Elch an mir vorübergehen.

Es knackte in meinem Ohr. »Frau Zis?« Das war Wohlscheitel!

»Ja?«

»Wir drücken Ihnen hier oben alle ganz doll die Daumen!«

»Danke!«

»Stellen Sie sich alle in Unterhosen vor!«

»Wie? Sie auch?!« Det nenn ick Jaljenhumor, wa?! Ich biß mir auf die Lippen.

Das fand Friedlinde gar nicht nett. Sofort zerrte sie mich unter die Lampe, trug mir neuen Lippenstift auf und hielt mir wieder das Kleenex zum Abbeißen hin.

Wohlscheitel lachte. Frau Dr. Kaltwassers Stimme unterbrach unser Geplänkel: »Frau Zis? Kann ich davon ausgehen, daß Sie jetzt mit Ernst bei der Sache sind?!«

Ich lugte durch die Gasse. Hinter den Zuschauern standen die Mitarbeiter der Firma. Fred, der dicke Gutmütige, sprach die ganze Zeit in ein Mikrophon. Hoss, der Kleine mit der Glatze, zupfte sich nervös am Ohrring.

Der Aufnahmeleiter mit dem Pferdeschwanz – er hieß Axel – kam in die Gasse, wo außer dem Kulissenschieber mit dem Hosenlatz und mir niemand mehr stand. Der Kulissenschieber machte gerade wichtig sein Handy aus.

»Allet klaa?«

»Allet klaa«, sagte ich. Das Nasse unter der Zunge war völlig weg. Jetzt wußte ich, warum hier so viele Kaugummis klebten. Mein Herz raste irgendwo unterhalb der Schläfen, und atmen konnte ich überhaupt nicht mehr. Jeder Todesseufzer, dachte ich, kommt jetzt bei denen oben in der Regie an. Nich wischen, nich atmen, nich sterben.

»So, bitte, Achtung im Studio für die Aufzeichnung«, kam Wohlscheitels Stimme von der Decke. Und dann ertönte die eigens für mich komponierte Sendungsmelodie.

Jemand schubste mich von hinten, dann fuhr die Wand hinter mir zu, es gab kein Zurück. Axel, der Aufnahmeleiter, klatschte ganz doll, woraufhin die dreihundert Leute auch anfingen zu klatschen, und ich schritt in dem albernen Outfit zu dem Punkt, den sie mir auf der Erde mit Tesastreifen markiert hatten, und schaute freundlich in die Kamera, die mich am meisten blendete, und dann las ich von dem Prompter Wort für Wort ab, was Frau Dr. Kaltwasser dort hatte hinschreiben lassen. Und nahm keine einzige Silbe davon wahr. Mein einziger Gedanke war, daß ich jetzt vielleicht Lippenstift auf den Zähnen hatte. Oder Meerrettichschaum auf dem Po.

Als erstes sollte ich mich im Publikum ein bißchen umhören, so hatten Frau Dr. Kaltwasser und die Leute von der Firma das beschlossen. Wer hat alles eine Schwiegermutter? Na los, Freunde! Jetzt kommt euer großer Fernsehauftritt! Ihr könnt jetzt ganz frei sprechen!

Ein paar wortkarge Typen in der ersten Reihe hatten keine oder wollten es mir jedenfalls nicht sagen. Ich stand verlegen mit dem Rücken zur Kamera und fuchtelte mit meinem Mikrophon vor den verschlossenen Gesichtern herum. »Also was?!« herrschte ich den dritten an, der unsere kostbare Sendezeit durch dämliches Schulterzucken strapazierte. »Seien Sie doch nicht so einsilbig, Mann! Dies hier ist eine Talkshow!«

»Frau Zis!« kam es durch den Knopf im Ohr. »So können Sie doch nicht mit den Gästen reden!«

Aber hier sind alle bescheuert und keiner spricht deutsch! wollte ich aufbegehren, als mir gerade noch einfiel, daß ich um Himmels willen keine Widerworte geben durfte. Die Zuschauer ahnten ja nichts von Frau Dr. Kaltwasser in meinem Ohr!

»Gehen Sie jetzt zur Bühne«, sagte Frau Dr. Kaltwasser. »Verlieren Sie keine Zeit mehr mit diesen Leuten!«

Nein, dachte ich. Mach ich nicht. Dies hier ist meine Talkshow, und ich mache, was ich will. Ihr habt gesagt, ich soll mich im Publikum umhören. Und das tu ich jetzt, solange ich will. Ich laß mich nicht länger von dir fernsteuern. So. Mama kann auch anders.

Ich hockte mich vor einen zehnjährigen Knaben.

»Hast du auch schon eine Schwiegermutter?«

»Frau Zis! Sie verlieren Zeit mit Albernheiten!«

»Nö«, sagte beinebaumelnd der Bengel.

»Aber du wirst irgendwann eine haben!« munterte ich den Knaben auf.

»Kann sein«, zuckte der peinlich berührt mit den Schultern.

»Hast du denn schon eine Freundin?«

»FRAU ZIS!«

Schnauze. »Also! Hast du schon eine Freundin?«

»Nö.«

»Aber wenn du mal eine hast, mußt du dir ihre Mutter genau ansehen!« Die Leute im Studio lachten. Na bitte, dachte ich. Mein unschlagbarer Mutterwitz. Schwiegermutterwitz, in diesem Falle. Ich denke, ich soll ganz natürlich und fröhlich sein. Und das bin ich ab sofort.

»GEHEN SIE JETZT AUF DIE BÜHNE!!!«

Und jetzt gerade nicht. Spring doch aus meinem Ohr, wenn du kannst.

Ich wendete mich betont lässig an seinen kaugummikauenden Nebenmann, einen Spanier, wie es schien, und hielt ihm das Mikro forsch unter die Nase. Er zuckte zurück, vielleicht aus Angst, er müsse es essen.

»Frau Zis, Sie stehen die ganze Zeit mit dem Rücken zur Kamera!«

Ich drehte mich abrupt um und verrenkte mir den Arm rückwärts in Richtung Kaugummikauer. »Und Sie? Ist Ihre Schwiegermutter nett?«

»Was das? Schwiegamutta?«

»Schwiegermutter! Davon handelt heute abend unsere ganze Sendung!«

»Keine Zeitbezüge, Frau Zis! Wir senden sonntags mittags um zwei!«

»Also ich meine, heute mittag. Es ist ja erst kurz nach zwei, hahaha!«

Der Spanier schaute auf die Uhr. »Is gleich acht. Was is los? Willst du mich verarschen? Was willst du, Frau? Schwiegamutta? Nix verstehn!«

»GEHEN SIE JETZT AUF DIE BÜHNE!«

Ich setzte mich freundlich neben den ausländischen Zuschauer. Den konnte ich doch jetzt nicht einfach ignorieren! Dem wollte ich das erst mal in Ruhe erklären. »Schwie-ger-mut-ter. Die Mutter Ihrer Frau. Falls Sie eine haben.«

»Frau Zis, wir schneiden das raus! Sie sind sechs Minuten über der Zeit!«

»Ach so!« sagte der Mann und mümmelte seinen Kaugummi.
»Nee, hab kein. Ich nix verheiratet. In Deutschland kein gutt
Frau.«

»Sie sind aber auch ein armer Kerl«, sagte ich mitleidig.
»Morgen machen wir eine Sendung über Pechvögel, da können
Sie gleich wiederkommen.«

»Frau Zis, ich sagte, KEINE ZEITBEZÜGE! Wir senden
einmal in der Woche, und wir wissen noch nicht, welche Sendung wir zuerst senden!«

»Haben Sie denn abends gar keine Zeit, auszugehen?« fragte
ich teilnahmsvoll.

»Nix Geld! Un deutsche Frau nix tanze wolle.«

»Vielleicht tanze ich mal mit Ihnen«, sagte ich. »Heute abend
bin ich schon verabredet, aber morgen, nach den Pechvögeln, da
gehen wir zwei mal so richtig nett tanzen. Was halten Sie davon?«

»Morge Nachtschicht!«

»Na, dann ein andermal«, schlug ich vor.

»Frau ZIS!! Wir schneiden das alles raus! Lassen Sie den
Mann in Ruhe!«

Suchend schaute ich mich um. Wer könnte denn hier noch
eine Schwiegermutter haben! Warum hatten sich denn alle gegen mich verschworen!

»Frau Zis, wenn Sie jetzt nicht auf die Bühne gehen, brechen
wir die Sendung ab!«

Nein, dachte ich. Den Triumph gönne ich dir nicht. Was
»Wichtiges am Wochenende« dann schreiben würde! Das hier
wird durchgezogen.

Ich drehte mich ein paarmal ratlos im Kreise. Der Kameramann folgte mir schweißgebadet, und der Kabelträger folgte
dem Kameramann. Fast gab es einen Zusammenstoß zwischen
zwei Kameramännern, weil sie alle so wirr und ziellos um mich
herumfuhren. Der dicke Fred am Studiorande sprach verzweifelt in sein Mikrophon. Hoss rieb sich die rotfleckige Glatze.
Die Leute im Publikum starrten mich schweigend an. Ich sah
die Gesichter verschwimmen. Dies ist ein Traum, dachte ich.
Ein böser, böser Traum. Gleich wache ich auf.

»Tja«, sagte ich schließlich. »Dann wollen wir mal auf die Bühne gehen und Frau Pfeil etwas fragen. Schließlich hat Frau Pfeil ein Buch herausgegeben und kann mir bestimmt was zu dem Thema sagen. Deswegen haben wir sie ja auch in die Sendung eingeladen.«

»Sie brauchen nicht zu kommentieren, was Sie tun«, sagte Frau Dr. Kaltwasser in mein Ohr. »Gehen Sie einfach auf die Bühne, und kommen Sie endlich zur Sache!«

Mein Gott, wenn die noch ein Wort in mein Ohr sagt, reiße ich den Knopf raus und biete ihn dem Spanier zum Verzehr an. Der kann dann zur Abwechslung darauf rumkauen.

Ich ließ mich neben Frau Pfeil auf den freien Stuhl fallen und sah sie hilfesuchend an.

»Welche Erfahrungen haben Sie mit Ihrer Schwiegermutter gemacht?« fragte Frau Dr. Kaltwasser in meinem Ohr. »Frau Zis, diese Frage steht auf Ihrer Karteikarte!«

Ich starrte auf die Karteikarten. Welche war denn die von Frau Pfeil?

»Welche Erfahrungen haben Sie mit Ihrer Schwiegermutter gemacht?« schrie Frau Dr. Kaltwasser in mein Ohr.

»Welche Erfah…«

»Danke, ich hab schon mitgehört«, sagte Frau Pfeil. »Stellen Sie das Ding mal leiser. Also, als meine Schwiegermutter neunzehnhundertvierundsechzig…«

Ich hörte nicht zu. Ich hörte kein bißchen zu. Ich saß kraftlos im Sessel und äugte auf die Kameras und nahm wahr, daß Frau Pfeil ihre Hände nervös verkrampfte, und neben mir Frau Engelhaar räusperte sich unentwegt und strich sich den Rock glatt, und ich nahm wahr, daß Friedlinde Bauch mir Zeichen machte, ich solle mir das Kinn putzen. Ich versuchte, unauffällig in meinem Gesicht rumzuwischen. Aber Friedlinde geriet in Panik, und so kratzte ich mich nur kreativ an der Stirn. Dann versuchte ich, unauffällig meine Karten zu sortieren. Die Schrift verschwamm vor meinen Augen. Ich saß da wie ein Kaninchen im Feld, das sich tot stellt und ab sofort ein brauner Ackerklumpen ist. Frau Pfeil redete monoton vor sich hin.

»Gehen Sie jetzt weiter«, schaltete sich Frau Dr. Kaltwasser ein. »Die schweift völlig ab, bei der können wir Zeit einsparen!«

»Bei Ihnen können wir Zeit einsparen«, teilte ich Frau Pfeil freundlich mit. »Sie schweifen völlig ab, und ich gehe jetzt weiter.«

Der Knopf in meinem Ohr fing an zu vibrieren.

Frau Pfeil stutzte und lauschte, was Frau Dr. Kaltwasser in mein Ohr keifte.

»FRAU ZIS! Sie sollen das nicht SAGEN! Nehmen Sie die nächste Karteikarte! Da steht Frau Engelhaar drauf. Fragen Sie Frau Engelhaar, welche Probleme sie mit ihrer Schwiegermutter hatte! Frau Engelhaar ist die mit dem Alkoholproblem. Sie sitzt links neben Ihnen.«

Ich reagierte nicht. Links neben mir saß Frau Pfeil, wahrscheinlich meinte Frau Dr. Kaltwasser von sich aus gesehen links, von mir aus gesehen war das aber rechts, und links redete wenigstens jemand tapfer weiter.

»Schneiden Sie der Frau das WORT AB!« schnaubte Frau Dr. Kaltwasser in mein Ohr. »Oder lenken Sie sie irgendwie ab!«

Wat soll ick, dachte ich. Seefe koofn? Eher wasch ick mir nich.

Totstellen. Wenn einer schießt, bin ich nur ein Ackerklumpen. Die Zeit verging ganz von selbst. Bei sechsundfünfzigdreißig würde die Sendung zu Ende sein.

»Fragen Sie jetzt Frau Engelhaar nach ihren Erfahrungen mit ihrer Schwiegermutter!«

Frau Pfeil redete. Wer war Frau Engelhaar? Nein. Ich fragte nichts. Ich war ja ein totes Karnickel. Die fragen nichts mehr. Ich nahm wahr, daß die Kameralichter an und aus gingen. Wann bin ich im Bild? Wann ist das tote Karnickel im Bild? Ob ich mal wissend nicken soll? Vielleicht aufmunternd lächeln? Jedenfalls nicht in den Karten blättern. Das geht nicht. Tote Karnickel blättern nicht in Karten. Die anderen räusperten sich nervös. Im Publikum fing man Privatgespräche an. Zwei Jugendliche kicherten und boxten sich in die Rippen. Fred, der dicke Unrasierte, machte mir Zeichen, ich solle ins Publikum gehen.

Friedlinde rieb sich ohn Unterlaß heftig am Kinn und wedelte mit einem Kleenex. Vielleicht sollte ich mal zu ihr hingehen?

Inge, die Kostümdame, winkte auch und faßte sich an den Hals.

Vielleicht rutschten die Perlen gerade einzeln in den Busenritz? Oder die Kostümjacke war geplatzt? Was hatten sie nur alle? Warum ließen sie nicht von mir ab?

»Sagen Sie jetzt irgendwas!« herrschte Frau Dr. Kaltwasser mich in meinem Ohr an. »Fragen Sie Herrn Lindemann, was die häufigsten Fehler bei der Erwartungshaltung sind, wenn man eine Schwiegermutter zum ersten Mal kennenlernt, und wie man diese Fehler vermeiden kann! Los! Diese Frage steht auf der Karte fünf!«

Wer war Herr Lindemann? War das nicht der Bleichling aus Brackwede mit der Handwerkerselbsthilfegruppe? Oder der Pechvogel, der immer seinen Computer abstürzen ließ? Was hatte der mit Schwiegermüttern zu tun?

»Frau Pfeil«, sagte ich plötzlich, »lebt Ihre Schwiegermutter eigentlich noch?« Frau Pfeil zuckte erschrocken zusammen. »Darüber wollte ich nicht reden«, sagte sie entschlossen. »Das war so mit Ihrem Redakteur abgemacht.«

»Kann ich jetzt auch mal was sagen?« fragte die Frau neben ihr.

Ob das Frau Engelhaar war?

»Nur zu!« sagte ich. »Dies hier ist eine Talkshow!«

»Ich finde, es wird hier viel zu wenig auf die Tatsache eingegangen, daß eine Schwiegermutter PER SE...«

»Genau«, sagte ich. »Das finde ich auch.«

»Herr Lindemann sitzt im Publikum und trägt ein rotes Hemd«, sagte Frau Dr. Kaltwasser.

Ich stand auf und sah mich suchend um.

Frau Engelhaar stutzte. Oder wer auch immer sie war. Schade. Sie hatte gerade so gut zu reden angefangen. Ich ging suchend von der Bühne. Die Kameramänner rangierten entsetzt rückwärts. Friedlinde wedelte mit einem Kleenex. Die Kameramänner scheuchten sie weg.

»Herr Lindemann trägt ein rotes Hemd«, sagte ich nach rückwärts. »Aber reden Sie ruhig weiter. Bis ich den gefunden habe.«

Wie sollte ich hinter den fünf großen, dicken Kameras ein rotes Hemd ausmachen? Außerdem blendeten sie mich alle so!

»Gehen Sie mal ein Stück beiseite«, sagte ich zu dem einen Kameramann. »Wo ist hier ein rotes Hemd?«

Der Kameramann fuhr erschrocken um mich herum. Weit und breit kein rotes Hemd.

»Herr Lindemann sitzt rechts«, sagte Frau Dr. Kaltwasser in mein Ohr. »Sie gehen aber gerade nach links!«

Ich gehe doch nach rechts! dachte ich bockig. Aber dann wurde mir klar: Von ihr aus gesehen ging ich natürlich nach links.

Ich schwenkte sofort herum und marschierte in die Gegenrichtung.

Die Kameras stießen zusammen. Es krachte. »Totale!« hörte ich Frau Dr. Kaltwasser schreien. »Schneiden Sie in die Totale!«

»Wo ist hier ein rotes Hemd!« schrie ich entnervt in die Runde. Langsam versteht Mama keinen Spaß mehr! Wenn Schluß ist, ist Schluß!

Frau Engelhaar hörte auf zu sprechen, stand auf und suchte nun auch nach einem roten Hemd.

»Sagen Sie der Frau, sie soll sich SETZEN!« brüllte Frau Dr. Kaltwasser in mein Ohr.

Ph. Dachte ich. Sagen Sie es ihr doch selbst, wenn Sie können. Da hatte ich das rote Hemd gesehen! Ein Schwarzer! Ich stürzte auf ihn zu. »Sagen Sie bloß, Sie sind Herr Lindemann! Ich hab Sie mir ganz anders vorgestellt!«

»Der nicht!« schrie Frau Dr. Kaltwasser. »Der versteht kein Deutsch!«

Ich auch nicht, dachte ich. Hier sind alle bescheuert, und keiner versteht Deutsch. Und ich will nach Hause. Fanny, sag mal Tooksso.

Irgend jemand versuchte, mich am Arm aus dem Studio zu führen. Ich glaube, es war der Parkplatzwächter, der Alte mit der Schirmkappe. Das Publikum hatte sich aber wütend um mich geschart und schimpfte auf mich ein.

»Hören Sie mal, Frau Zis!« sagte ein Graugekleideter, der nach Selbsthilfegruppe und Bürgerinitiative und selbstbestimmter Schwiegermutterwahl aussah. »Das war die schlechteste Talkshow, die ich je gesehen habe.«

»Es war die schlechteste Talkshow, die ich je moderiert habe«, sagte ich, kalten Schweiß auf der Oberlippe.

»Ja, aber so was wie Sie kann man doch nicht vor die Kamera lassen!« schimpfte der Bürger böse.

»Jetz lassense det Meechen ma in Ruhe!« besänftigte der Alte mit der Schirmmütze. »Sehnse nich, dat se janz daneben is?«

»Keiner hat erwähnt, daß es haufenweise Selbstmorde bei Schwiegertöchtern gibt«, keifte eine Frau. »Sie haben das alles völlig verharmlost!«

»Bei Elke-zum-Essen, da hat sich wenigstens eine Schwiegertochter de Pulsadern uffjeschnitten! Aber hier! Nischt bei rumjekomm!«

»Ich werde bei den Öffentlich-Rechtlichen Beschwerde gegen Sie einlegen«, sagte der betroffene Bürger mit dem grauen Anzug. »Sie sind hier völlig fehlbesetzt. Millionen von Schwiegertöchtern haben ein Anrecht auf die kompetente Diskussion ihres Themas, und Sie verschwenden teure Sendezeit und unsere Fernsehgebühren!«

»Frau Zis, ich möchte ein Autogramm!« Eine Frau hielt mich am Arm fest. »Schreiben Sie bitte: Für Else, die beste Schwiegermutter der Welt. Wissense, die macht mir de Wäsche und tut mir schon mal den Hund hüten, wenn ick aufe Aabeit muß…« Ich schrieb mit kraftlosen Fingern ein Autogramm in ihr Poesiealbum. Für Else. Da, bitte.

»Ich will auch ein Autogramm!« keiften gleich ein paar Mitglieder aus dem Schwiegermutter-Kegelclub Potsdam. Sie hatten alle schon ordentlich Schnaps getrunken und waren bester Stimmung. »Wir sind alle juhte Schwiejamütta! Un det waa 'ne lustige Sendung! Wir jehn ja oft in Talkshows, aba noch nie sind so viele Kameras zusammjestoßn!«

»Die psychischen Konsequenzen einer so oberflächlichen Behandlung dieses Themas müssen Sie allein verantworten!« drängelte sich wieder der Oberlehrer in Grau dazwischen. »Meine

Frau hat sich wegen meiner Mutter aus dem achtundzwanzigsten Stock gestürzt. Was das für eine Problematik ist, wurde mit keiner Silbe heute erwähnt! Ich werde einen Leserbrief an eine große deutsche Zeitschrift verfassen. Damit man Leuten wie Ihnen das Handwerk legt!«

»Jetz isset aba juht«, sagte der Alte mit der Schirmmütze. Er packte mich am Arm und bugsierte mich durch einen Hinterausgang ins Treppenhaus.

Dort standen schon Inge, die Kostümberaterin, und Friedlinde Bauch mit ihrem Bauchladen.

Oh, laßt mich bloß in Ruhe, betete ich leise weinend in mich hinein. Jetzt nicht auch noch wischen und zupfen und irgend etwas sagen.

»Waa doch juht«, sagte Friedlinde. »Lippenstift hat keen Blauschimma jehabt, un de Neese hat nich jeglänzt. Nur 'n bißken Schattn uffm Kinn. Se hättn sich nur anders drehen müssen. Hamse meine Zeichen nich jemerkt? «

»Doch«, sagte ich mit letzter Kraft. »Ich dachte, ich hätte eine Nudel am Unterkiefer oder Schleim auf der Backe.«

»Ich fand es auch gut«, sagte die nette Inge. »Die Kostümjacke hat ganz hervorragend zu den engen Jeans gepaßt. Und die Kette sah doch sehr geschmackvoll aus. Nur der Verschluß war nach vorn gerutscht. Ist aber nicht so schlimm, denn der Verschluß ist genauso türkis wie die Knöpfe von der Jacke. Und die Naht von den Jeans war nicht gebügelt. Aber sonst war die Sendung wirklich gut.«

»Nee, det Türkis paßt wirklich juht zum Teng«, sagte Friedlinde, während sie leise keuchend mit ihrem Bauchladen hinter mir die Treppe hinaufstieg. »Se ham auch die janzen sechsundfünfzichdreißich nich jeschwitzt. Janz professionell.«

Nicht zu fassen, dachte ich. Danach beurteilen die natürlich die Sendung. Ob ich schwitze oder glänze oder mir aufs Kinn spucke oder ob mir die Kette nach vorn rutscht. Und ich winde mich in Selbstzweifeln und schäme mich abgrundtief, weil ich alles falsch gemacht habe.

»Wollnse jetz abjeschminkt werdn oda nich?« fragte Friedlinde, als ich an ihrer Maske vorbeiwankte.

»Lassen Sie mal, danke!«

Ich wollte ums Verrecken nicht wieder in dieser Maske sitzen und von Heljoland hören.

»Na denn nich«, schmollte Friedlinde.

»Ich helfe Ihnen beim Umziehen!« sagte die nette Inge. »Wenn ich noch eine kleine Kritik anmelden darf...«

Jetzt kommt's, dachte ich. Jetzt macht die mich auch noch fertig. Ich bin eine Schlampe und setze mich immer in Meerrettichschnittchen.

Aber Inge war die Goldherzigkeit in Person.

»Wenn Sie beim nächsten Mal daran denken, daß Sie, wenn Sie die Beine übereinander schlagen, darauf achten, daß auf dem Schoß keine Falten entstehen. Sonst bin ich aber sehr zufrieden mit Ihnen.«

»Mach ich alles«, sagte ich. Es würde kein nächstes Mal geben. Dessen war ich sicher.

Der Alte mit der Schirmmütze geleitete mich über den Parkplatz hinüber zu meiner Garderobe und hielt die lästigen Massen von mir fern.

»Nehmse det allet nich so schwer«, sagte er gutmütig. »Jeda hat ma anjefangn. Un det waa für'n Anfang schon janz manierlich. Se ham nich abjebrochen, Se ham nich anjefang zu wein, und det Mikro in Ihrer Hand hat jaanich jezittat. Wat meense, wat ick hier schon erlebt hab. Ick schieb hier seitm Ersten Weltkrieg Dienst und habse alle schon vor de Apotheke kotzen sehn. Wennse verstehn, wat ick meene. Un jetz jehnse mal schön mitn olln Johannes essen, der freut sich schon janz doll da druff! Det is 'n janz feina Kerl. Un morgen is wieda 'n neua Tach, un denn jehnse's wieda frisch an. Un lassense Ihnen von diesa Pißnelke nich untakriegn, wa.«

Ich mußte lachen. Ausdrücke hatte der!

»Wie darf ich Sie nennen?« fragte ich mit plötzlich aufwallender Herzlichkeit.

»Na ick bin doch der olle Pauel«, lachte er, und eine liebliche Wolke von Schnaps kam mir entgegen. »Und Se könn mir ruhich du sagen. Det machense hier alle.«

»Is juht«, sagte ich, während ich ihn aus der Garderobe

schob. »Aber Pauel: Du bist hier der einzige, den ich duze! Das muß unser Geheimnis bleiben!«

Gerade als ich mich der Kostümjacke entledigt hatte, kam Frau Dr. Kaltwasser, ohne anzuklopfen, herein. Immerhin stand die liebe Inge gerade da und friemelte an der Kette, die sich nicht öffnen lassen wollte. Ich wollte so schnell wie möglich mit Johannes Wohlscheitel verschwinden.

Frau Dr. Kaltwasser lehnte sich an die Wand und betrachtete mich gnadenlos beim Zufriemeln meiner Bodyknöpfe.

»Sie haben sich Ihre Sendung kaputtgemacht, Frau Zis.«

»Ja. Ich weiß.«

»Und Sie haben die wochenlange Arbeit meiner Mitarbeiter kaputtgemacht.«

Ich friemelte gebückten Hauptes weiter. Kommt, ihr Knöpfchen zwischen meinen Beinen. Geht jetzt zu. Bitte. Ich will mir endlich die Hosen hochziehen.

»Es tut mir leid. Es war meine erste Sendung.«

»Herr Dr. Karl möchte Sie sprechen.«

Ich richtete mich abrupt auf. Die Schamesröte schoß mir ins Geschicht.

»Ist der etwa hier?«

»Natürlich. Er saß in der Regie.«

»So ein Mist«, sagte ich. »Daß er ausgerechnet heute alles gesehen hat.«

»Frau Zis, Sie müssen davon ausgehen, daß zwei Millionen Menschen Ihre Sendung sehen! Das ist hier kein Privatvergnügen! Wir werden die ganze Nacht schneiden müssen, um noch halbwegs etwas zu retten.«

»Ich bitte darum«, sagte ich und bückte mich wieder in Richtung Schambein.

»Wir haben eine Sondersitzung einberufen«, sagte Frau Dr. Kaltwasser. »Zwanzig Mitarbeiter können jetzt nicht Feierabend machen. Herr Dr. Karl wird mit Ihnen essen gehen.«

Mir zitterten die Knie und die Hände und alles, was einen daran hindert, Bodyknöpfe zu schließen. »Das geht nicht«, sagte ich. »Ich bin verabredet.« Ach, Inge, laß doch mal ab! Laßt doch alle mal von mir ab! Wenigstens jetzt, nach der Sendung!

»Herr Wohlscheitel wird auch die ganze Nacht schneiden«, sagte Frau Dr. Kaltwasser böse. »Für private Verabredungen haben Sie jetzt beide keine Zeit.«

Sie drehte sich um und rauschte hinaus.

»Wer dich als Schwiegermutter kriegt«, murmelte ich fassungslos hinter ihr her, »der wäre besser nie geboren.«

Inge friemelte weiter an meiner Kette herum. Sie sagte nichts.

»Wo sollen wir reden?« Dr. Karl lehnte am Taxi und rauchte seine Vanillepfeife.

»Ist mir völlig egal«, sagte ich. »Mir wäre es lieb, Sie machten es kurz.«

Wahrscheinlich wollte er mich feuern, und das konnte er auch auf dem Parkplatz erledigen.

»Sie müssen was essen«, sagte Dr. Karl.

»Wenn heute noch einer ›Sie müssen‹ zu mir sagt, fange ich an zu schreien«, sagte ich und ließ mich auf den Rücksitz fallen.

Dr. Karl zwängte sich neben mich. »Nun flippen Sie mal nicht gleich aus. Il Calice«, sagte er zum Taxifahrer.

Der Taxifahrer fuhr über den dunklen Parkplatz. An der Schranke stand mein einziger Duzfreund Pauel und tippte sich an die Mütze.

Es hatte leicht zu regnen begonnen. Die Scheibenwischer quietschten vor sich hin. Dr. Karl rauchte süßlichen Vanillequalm. Mir war todschlecht. Vor Hunger, vor Gram, vor Versagerfrust. Ich beschloß, nicht das erste Wort zu sagen. Wenn er schweigen wollte, würden wir schweigen. Meinetwegen, bis die Nacht vorüber war.

»Wie fanden Sie es eigentlich im Gulliver-Club?« fragte Dr. Karl, nachdem wir bereits auf der Stadtautobahn waren.

»Sehr erholsam«, sagte ich.

»Nette Leute getroffen?«

»Sehr nette Leute.«

»Viel unternommen? Man kann da ja sehr aktiv sein, wenn man will.«

»Ja. War toll. Danke für den Tip.«

Was soll das denn jetzt, Karl? Die kostbare Sendezeit läuft, und du solltest mal zur Sache kommen! Sag, daß meine Sendung Scheiße war und daß du enttäuscht von mir bist. Sag, daß du es bereust, mir diese Chance gegeben zu haben. Sag, daß du mir die Sendung wieder wegnimmst. Nur fasel jetzt nicht von Urlaub und Gulliver-Club.

»Wir haben ja jahrelang im Gulliver-Club Urlaub gemacht, meine Frau und ich«, sagte Dr. Karl. »Schon mit meiner zweiten Frau war ich dort immer in den Ferien. Bei meiner ersten Frau gab's den Gulliver-Club noch nicht. Aber meine dritte Frau ist ganz begeistert. Und mein kleiner Sohn auch. Die Töchter fahren immer mit meiner dritten Frau mit, obwohl sie aus meiner zweiten Ehe sind. Nur der Sohn aus erster Ehe, der fährt nicht mehr in den Gulliver-Club.«

»Wir können ja mal eine Sendung über Vielweiberei machen«, murmelte ich verdrossen vor mich hin.

»Bitte?«

»Nix.«

Deine Frauen und Kinder interessieren mich alle nicht für fünf Pfennige, dachte ich sauer. Komm zur Sache, Mann!

»Für die Kinder ist das ja ideal. Die frühstücken morgens schon am Kindertisch, und dann sind sie für den Rest des Tages verschwunden. Wie gefällt Ihnen dieses Urlaubskonzept?«

»Toll«, sagte ich einsilbig.

»Warum so übellaunig, Frau Moderatorin?«

Ich hätte ihm jetzt gern seine verdammte Vanillepfeife aus dem Mund gerammt. Oder ihn sonstwie gehauen. Ich hätte richtig gern auf dem Rücksitz vom Taxi eine Schlägerei angefangen. Wie die dicken Chinesen mit den Hochsteckfrisuren.

Der Taxifahrer schien das zu spüren. »Wollen Sie immer noch ins Calice?«

»Nein«, schnaubte ich. »Fahren Sie mich in mein Hotel. Schweizer Hof!«

»Wir fahren selbstverständlich ins Calice«, sagte Dr. Karl und sog an seiner Pfeife. »Die haben die besten Vorspeisen und die besten Weine in ganz Berlin. Und Sie müssen was essen.«

»Das ist mir scheißegal«, murrte ich beleidigt.

»Für eine Moderatorin im Öffentlich-Rechtlichen sagen Sie mir ein bißchen viel Scheiße«, rügte Dr. Karl. »Das müssen Sie sich abgewöhnen.«

»Ich sage Scheiße, wann ich will!« maulte ich im Franz-und-Willi-Ton zurück.

»Also wat is nuh? Calice oda Schweizer Hof?«

»Calice!«

»Schweizer Hof.«

»Ich habe mit Ihnen zu reden.«

»Dann reden Sie endlich!« zischte ich. »Ich bin jetzt sechzehn Stunden auf den Beinen. Irgendwann ist Schluß mit lustig.«

Der Taxifahrer latschte auf die Bremse und fuhr auf die Standspur. »Ick waate jetz mal ab, wie die Herrschaften sich entscheiden«, teilte er uns mit.

»Fahren Sie in den Schweizer Hof!« herrschte ich ihn an.

»Wir fahren ins Calice«, sagte Dr. Karl. »Ich habe nur versucht, ein bißchen zu Ihrer Entspannung beizutragen«, wandte er sich pfeifequalmend an mich. »Ich konnte nicht wissen, daß Sie gleich aus dem Hemd fahren.«

Aus dem Body, dachte ich. Dessen verdammte Ösen immer noch nicht richtig zu sind. Weil dein Wachhund mich bei allen Handgriffen argwöhnisch beobachtet. In mir staute sich neue Wut.

»Sie wissen genau, daß es mir beschissen geht nach dieser Sendung, und Sie haben Spaß daran, mich mit nichtigem Small talk zu quälen. Was soll das Gerede um Gulliver-Club und Urlaubsscheiß?«

»Sie haben schon wieder Scheiße gesagt!«

»Warum sagen SIE nicht, daß Sie die Sendung Scheiße fanden?«

»Die Sendung WAR Scheiße«, sagte Dr. Karl fröhlich. »Es war die schlechteste Sendung, die ich je mit ansehen mußte. Geht es Ihnen jetzt besser?«

»Ja«, maulte ich und ärgerte mich, daß ich lachen mußte.

»Na, sehen Sie, Frau Moderatorin. Jetzt lachen Sie schon wieder. So gefallen Sie mir.«

»Scheiße«, sagte ich sauer.

Der Taxifahrer gab Gas.

»Also Calice«, sagte er.

Die Holztische waren so einfach und spartanisch wie die harten Stühle, auf denen wir uns kampfeslustig gegenübersaßen. Diese Kneipe hatte den Charme einer Wartehalle dritter Klasse in einem Vorstadtbahnhof. Und trotzdem. Sie hatte was. Ich liebte sie auf Anhieb. Zwei, drei junge Kerls in Lederschürze korksten umständlich mit Weinflaschen herum oder servierten Köstlichkeiten auf Holzbrettern.

Dr. Karl bestellte einen sehr alten, sehr trockenen Weißwein und zweimal die Antipasti vom Vorspeisenbüfett. Der Lederbeschürzte mit dem Pferdeschwanz öffnete die Weinflasche, roch interessiert an dem Korken, drehte ihn dann gekonnt auf den äußeren Flaschenhals. Dr. Karl sog genüßlich an seiner Pfeife. Ich beobachtete den Pferdeknecht. Dieser kaute mit heiligem Ernst das erste Weinschlückchen, das er sich anstandshalber selbst genehmigt hatte, und schenkte dann Dr. Karl ein.

»Ist gut«, sagte der, ohne zu probieren. Er winkte den Pferdeknecht mit der Pfeife davon. Der Lederbeschürzte trollte sich.

Ich nahm mein Glas und trank es mit einem Zug leer. Das war das erste, was ich seit dem Tomatensaft auf dem Hinflug vor sechzehn Stunden zu mir nahm. Es schmeckte göttlich. Ich winkte dem Pferdeknecht, auf daß er mir nachschenke. Jetzt war alles geschafft.

»Oh, Frau Moderatorin hat keinen schlechten Zug.« Dr. Karl saugte vanillig an seiner Pfeife.

»Frau Moderatorin hat mal eine ganz private Frage« sagte ich, indem ich mich vertrauensvoll über die Holztischplatte beugte. »Wie schaffen Sie es, Frauen wie Dr. Kaltwasser zu Ihren Dominas zu machen?« Ich kippte das zweite Glas in mich hinein.

»He, der Wein ist zu teuer, um ihn in sich reinzuschütten!«

»Ich schütte in mich rein, was ich will! Und bezahlen kann ich ihn auch! Also? Weichen Sie nicht aus!«

»Frau Dr. Kaltwasser ist mit Abstand die hervorragendste Redakteurin, die ich je gewinnen konnte. Was dagegen?«

»Schade, daß es ihr an Liebreiz mangelt.«

»Das ist Ihre subjektive Meinung. Sie kann bezaubernd sein.«

»Wann?«

»Wenn man sie näher kennengelernt hat.«

Oh, warte, Mann. ICH kann erst mal bezaubernd sein. Wenn man MICH näher kennengelernt hat. Wetten um Hunderte dieser verstaubten Weinflaschen samt Pferdeknechten, daß ich die bezauberndere von uns beiden bin?!

»Und? Haben Sie?«

»Wir arbeiten sehr erfolgreich zusammen. Das sollte Ihnen als Information reichen.«

»Und was zahlen Sie der Domina dafür, daß sie mich so peitscht und knechtet?«

»Sie handelt nach bestem Wissen und Gewissen. Sie will der Sache dienen. Ich habe sie von Camilla am Mittag weggekauft, mit ihrem gesamten Team. Sie ist die beste Firma, die man in Deutschland kriegen kann. Viele andere Sender haben sie auch haben wollen.«

»Weil sie so liebenswürdig und warmherzig ist.«

»Weil sie so kompetent ist. Liebenswürdig und warmherzig sind viele, aber die können nichts.«

»Nee. Siehe ich.« Ich trank mein drittes Glas Wein leer.

Der Pferdeknecht mit der Lederschürze lächelte froh. »Is gutter Wein?!«

»Sehr gut«, sagte ich. »Sie können gleich noch eine Flasche bringen.«

Dann beugte ich meinen Busen wieder vertrauensselig über die blankgescheuerte Tischplatte. »Bevor wir uns weiter mit Nichtigkeiten aufhalten: Wenn dieses Treffen dazu dienen soll, daß wir uns in gegenseitigem Einvernehmen trennen, dann können wir das auch sofort tun. Ich bin müde und will ins Bett.«

Herr Dr. Karl rauchte genüßlich.

»Warum? Ist bei Ihnen der Eindruck entstanden?«

»Ich war schlecht, und Sie haben das bei Ihrem Sender zu verantworten.« Ich hielt mich an meinem Glas fest. »Wahrscheinlich sitzen längst irgendwelche anderen Moderatoren in den Startlöchern. Sagen Sie es gleich, wenn unsere Zusammenarbeit beendet ist. Ich kann auch ein Modeatelier eröffnen oder eine Wing-Tsun-Schule aufmachen oder etwas Ähnliches.«

Herr Dr. Karl zog seine linke Augenbraue hoch.

»Wie kommen Sie gerade auf diese merkwürdige Kombination?«

»Ist gar nicht von mir. Meine Freundin macht sich gerade selbständig. Und es ist eine geniale Idee.«

»Finden Sie?«

»Zwei hundertprozentige Marktlücken! Ich würde ihr liebend gern helfen. Wenn ich hier nicht weitermache, stürze ich mich auf ihr Projekt.«

»Na, dann werden Sie nicht auf der Straße sitzen.«

»Nein. Werd ich nicht. Meine Kinder kann ich noch ernähren.«

Und diesen Chardonnay kann ich mir auch noch leisten, dachte ich trotzig. Wenn der jetzt nicht sofort zur Sache kommt, schütte ich ihm den Rest ins Gesicht und mache einen filmreifen Abgang.

»Hat die keinen Mann?« fragte Dr. Karl.

Was geht dich das an? dachte ich.

»Ob Sie es glauben oder nicht«, sagte ich. »Manche Dinge gehen auch ohne Mann. Nicht alle, aber fast alle.«

»Hören Sie zu«, sagte Dr. Karl plötzlich. »Sie waren schlecht. Sie waren so schlecht wie niemand vor Ihnen. Aber wir wollen Sie.«

»Wer ist wir?«

»In diesem Falle ich.«

»Aha.«

»Sie brauchen ein Coaching.«

Ein was? dachte ich trotzig. Schon wieder so ein Begriff, mit dem ich nichts anfangen kann. Aber ich unterbrach ihn wohlweislich nicht. Er hatte mich also noch nicht aufgegeben.

Der Pferdeknecht kam mit zwei Holzplatten, auf denen Salamischeiben, verschiedene Gemüsehäppchen und Käsespießchen an Birne drapiert waren. Dazu gab es einen Korb mit frischem, dampfendem Brot. Ich fiel heißhungrig darüber her. Sollte er doch reden. Jetzt war Essenszeit.

»Ich werde Ihnen jemanden an die Seite stellen«, sagte Dr. Karl. »Eine phantastische Frau, die schon andere Moderatoren gecoacht hat. Sie wird mit Ihnen üben, wie man sich vor der Kamera bewegt. Sie wird mit Ihnen Sprachübungen machen. Sie formuliert für Sie die An- und Abmoderationen. Sie berät Sie kostümtechnisch, und sie zeigt Ihnen, wie Sie vor der Kamera die Beine übereinanderschlagen. Das ist ein umfassendes Training, und der Sender übernimmt die Kosten. Glauben Sie mir, diesen Luxus leisten sich andere Moderatoren auch.«

Prima, dachte ich. Noch so 'ne Domina, die mich peitschen wird. Damit ich endgültig aufhöre, mich zu benehmen, wie ich bin. Wenn ihr mich zur Marionette machen wollt, habt ihr euch geschnitten. Mama sagt nein.

Leidenschaftlich hieb ich auf die Pferdesalami ein.

»Warum wollten Sie eigentlich mich für die Talkshow?«

»Weil Sie eine natürliche Ausstrahlung haben, weil Sie schlagfertig und humorvoll sind, über eine gewisse Intelligenz verfügen und…«

»Na also«, unterbrach ich ihn mit vollem Mund. »Und so soll das auch bleiben.« Ich steckte mir genüßlich ein riesiges Stück Ziegenkäse in den Mund. Es schmeckte nach Brüderli. Nach Sommerabend in der Schweiz und nach glutvollen braunen Brüderli-Augen und nach Tessiner Dorfchorkehlen, die von Herzeleid und Seelenschmerz blökten. Und nach Fröschen, die dazu quakten, und nach prallem Brüderli-Hügel an großer Zehe und nach ungeheurer Lust auf Fendant-Küsse in vollmondiger Sommernacht.

Wahrscheinlich veränderten sich meine trotzigen Gesichtszüge.

Jedenfalls veränderte sich der Blick von Dr. Karl. Er nahm ebenfalls ein Stück Käse und steckte es sich zwischen die Lippen.

»Sie wollen also nicht?«

»Nein. Ich will nicht.« So, Bursche. Jetzt bringen wir dich mal ein bißchen heraus aus deinem selbstzufriedenen Vanillegequatsche. Ich spiele wieder Vorhand.

»Sie wollen also kein… Coaching?«

»Nein. Es sind schon viel zu viele Menschen um mich herum, die mich verwirren und verunsichern und beschimpfen und an mir rumfummeln und mir verbieten zu wischen und mir Knöpfe ins Ohr stecken und mich fernsteuern und zu allem, was ich tue oder sage, eine Meinung haben. Meine Antwort ist: NEIN.«

Ich ließ diesen Satz unerbittlich im Raume stehen. So, Herr Direktor. Jetzt bist du am Zug. Ganz ohne Vanillequalm. Ich sah ihn einfach nur an.

»Wir müssen nur eine bessere Art der Vorbereitung finden«, sagte Dr. Karl, um Sachlichkeit bemüht. »So wie heute geht das nicht. Sie werden ja völlig zugequatscht von den Leuten.«

»Was Sie nicht sagen.«

Ach, dachte ich. Daß ausgerechnet du so zartfühlend empfindest. Im Vollquatschen bist du doch der Größte. Aber solche Nüsse knacke ich am liebsten. Ich vernaschte genüßlich eine reife Birnenscheibe mit einer halben Walnuß und einem Klecks Blauschimmelkäse. Welch sinnliche, wollüstige Gaumenfreude. Komm, Karl. Aufschlag. Du bist dran.

»Deswegen wollte ich Ihnen jemand zur Seite stellen, der das alles filtert. Ich weiß da wirklich eine sehr gute Frau mit langjähriger Erfahrung.«

»Mein Vertrauen in Ihren Frauengeschmack ist leider erschüttert«, sagte ich grausam.

Und da hatte ich ihn. Das verletzte seine Mannesehre. Hurra. Er ließ sich zu einer Bemerkung herab, die er mir ganz sicher nicht umsonst hatte spendieren wollen: »Frau Dr. Kaltwasser ist natürlich überhaupt nicht mein Frauengeschmack. Sie hat den Charme einer Rasierklinge und den Sex-Appeal einer Zitrone!«

»Was Sie nicht sagen.« Ich leckte lustvoll am Ziegenkäse.

War es der Wein oder der sinnlich machende Käse oder die Anspannung, die nach und nach von uns beiden abfiel, oder alles zusammen? Jedenfalls war augenblicklich ein Knistern im Raum, das mit der angespannten Arbeitsatmosphäre der vergangenen Stunden nichts mehr gemein hatte.

»Sie machen mich fertig«, sagte Dr. Karl.

»Wie Sie wünschen.« Na bitte, dachte ich. Das ging ja schnell.

Ach, Ziegenkäse. Ich liebe dich. Dein würzig-trotziger Geschmack auf der Zunge, dazu ein wunderbarer, trockener alter Chardonnay und dann noch der Anblick eines sich windenden Herrn... das Leben kann so schön sein. Ich werde nie wieder ohne Ziegenkäse und Chardonnay einen wichtigen Abend verbringen.

»Eigentlich wollte ich morgen früh um zehn schon in Köln sein«, sagte Dr. Karl. »Aber ich fürchte, ich werde hier gebraucht.«

»Ja. Das werden Sie.« Der Wein war leer. Ich winkte dem Pferdeknecht und reichte ihm wortlos die alte Flasche.

»Ich werde morgen bei dem Briefing dabei sein«, beschloß Dr. Karl.

»Gute Idee«, lobte ich. Das warme, zähe, frische Brot schmeckte ausgezeichnet. Ich seufzte zufrieden auf.

Dr. Karl versuchte einen seiner überheblichen Blicke. Aber es gelang ihm nicht. Sein Blick war so offen und ehrlich und ohne Arroganz, wie ich es noch nie erlebt hatte. Seine verschiedenfarbigen Augen drückten nur Zuneigung aus. Zuneigung und Verständnis. Sonst nichts.

Ich mochte auch nicht mehr spielen.

Der Wein kam. Der Knecht absolvierte seinen Schnüffel- und Schmeck- und Einschenkritus. Wir beachteten ihn nicht. Wir sahen uns nur an.

»Geht es Ihnen jetzt besser?« fragte Dr. Karl.

»Viel besser«, sagte ich. Und sah ihm in sein braunes Auge. Das blaue würde ich mir später vornehmen.

Die Gedächtniskirche war hell angestrahlt. Ich saugte ihren Anblick in mich auf. So, dachte ich. Berlin. Du forderst mich heraus. Du streckst mir die Hand hin. Ich werde sie nehmen. Ich werde nicht als Verliererin aus dieser Stadt abreisen. Sicher. Hier werd ich meinen Koffer hinstellen und erst dann wieder mitnehmen, wenn ich es geschafft habe. Ich schwöre es.

Das Taxi bog in die Budapester Straße ab. Wir redeten nicht mehr. Wir hatten so viel geredet. Und auch so viel geschwiegen. Wir wußten eines: Dieses Kapitel schreiben wir gemeinsam.

Da lag der Schweizer Hof. Ruhig und nächtlich. Willkommen, dachte ich. Hier wird mein zweites Zuhause sein. Ich werde nicht aufgeben.

Dr. Karl zahlte und wand sich aus dem Taxi. Oh, diese abstehenden roten Pumuckl-Haare! Er wirkte so menschlich und angreifbar!

»Also?« Sagen wir jetzt gute Nacht oder was? Oder hauen wir uns noch ein bißchen? Ich stand abwartend im Nieselregen. Todmüde zwar, aber zu allen Schandtaten aufgelegt. Du kannst dem Leben nicht mehr Tage geben. Aber dem Tag mehr Leben.

»Wann ist morgen früh das Briefing? Bitte, bitte nicht um acht.«

»Nein. Ich würde sagen, elf Uhr reicht. Die schneiden ja die halbe Nacht. Und ich brauche noch das Exposé. Worum geht es morgen?«

»Pechvögel.« Ich schenkte ihm ein Lächeln.

Dr. Karl nahm meinen kleinen Koffer in Empfang. »Wie komme ich jetzt an ein Exposé…«

Wir standen an der Rezeption. Der Nachtportier gab mir den Zimmerschlüssel. Nö, dachte ich. Den Ball mußt du schon aufheben. Ich hab mich heute schon genug bewegt. Ich zuckte die Schultern.

»Würden Sie mir Ihr Exposé zur Verfügung stellen?«

»Mein Exposé? Natürlich. Wenn Sie jetzt noch arbeiten wollen?«

»Vielleicht lese ich es vor dem Einschlafen noch mal durch.«

Wetten nicht? dachte ich. Wetten, daß du vor dem Einschlafen was Besseres zu tun hast, als Deutschlands dämlichste Pechvögel mit ins Bett zu nehmen?

Wir betraten gemeinsam den Fahrstuhl.

Ich betrachtete unsere Gesichter im Spiegel.

Da war ein leicht zerraufter Dr. Karl. Ein ganz privater. Ein liebenswerter. Einer, der ein bißchen zuviel Chardonnay getrunken hatte. Und eine aufgedonnerte Fremde, die immer noch fernsehgerecht geschminkt und frisiert war. Deutschlands allerdämlichster Pechvogel. Aber mit einem sehr privaten Blick.

»Wohin?«

»Sechs.«

Wir fuhren rauf. Wir betrachteten uns gegenseitig im Spiegel.

»Sie sehen müde aus.«

»Sie auch.«

»Es war trotzdem ein schöner Abend mit Ihnen.«

»Ja. Mit Ihnen auch.«

Die Fahrstuhltür öffnete sich. Wir trabten über den langen, dunklen Flur.

»Hier wären wir.«

Ich schloß die Tür auf, gespannt, wie er reagieren würde.

Er stand unschlüssig im Flur herum.

Mein Gott, dachte ich. Wie damals mit Brüderli. Ziegenkäse, Chardonnay, ein wunderbares Gespräch und eine Tür, die ich aufschließe.

Nur, daß dahinter jetzt nicht fünf Kleinkinder schlafen. Und keiner uns heimlich fotografiert. Wir sind allein. Du kannst dem Leben nicht mehr Tage geben. Aber dem Tag mehr Leben.

Ein riesiges, leeres, luxuriöses Hotelzimmer.

Die Pechvögel lagen auf dem Bett. Sonst niemand.

»Kommen Sie rein«, sagte ich. Es knisterte. Er hätte ja draußen stehenbleiben können. Aber er folgte mir. Auf dem Tisch stand eine Schale mit Obst. Und eine Flasche Rotwein mit zwei Gläsern. Er nahm die Flasche und betrachtete sie. Sollte ich Licht machen? Nö. Wiesodn.

»Hier.« Ich hielt ihm den Korkenzieher hin.

Er sah mich an. Fragend. Ratlos. Unschlüssig. Er sah auf die Uhr. Flusn? (Wieviel Uhr ist es denn?)

Tja, dachte ich. Kandidat eins. Nun mußt du dich entscheiden.

Ich hielt in der einen Hand den Korkenzieher. Und in der anderen das Exposé. Friß oder stirb. Noch kannst du gehen. Wir sahen uns in die Augen. Vielleicht eine halbe Sekunde zu lang. Er hätte ja auch das Manuskript nehmen und verschwinden können. Aber mein Blick verbot es ihm. Er nahm es nicht. Ich ließ es auf das Bett fallen.

Mein Herz klopfte. Ich sah sein blaues Auge an. Das blaue Auge sah mich an. Wenn du jetzt weiterguckst, dachte ich, bist du selbst schuld. Er war nicht mehr der arrogante Programm-direktor mit seinem Vanillepfeifengetue und seinem selbstherr-lichen Gequatsche. Er war nur noch er. Karl. Wie hieß er eigent-lich mit Vornamen? Ich hatte es vergessen.

»Ich mag Sie sehr«, entfuhr es mir.

»Ich Sie auch«, sagte Dr. Karl.

Ich nahm ihm seine Pfeife weg und legte sie auf den Tisch.

Wie in Trance schwebte ich am nächsten Morgen in den Früh-stücksraum.

Unrhythmisches Herzrasen, unerträgliche Leichtigkeit, Glückshormone, die durcheinanderpurzelten, tiefes traurig-glückliches Ziehen im Magenbereich, der unbändige Wunsch, zu tanzen und es allen zu erzählen, und dann wieder dieses »Wie konntest du nur, und wohin soll das noch führen?«.

Vorsichtig schaute ich mich um. Wo saß er?

Da. Bei der Kaltwasser und den anderen am Tisch.

Hinschweben? Ihn anschauen? Unverbindlich guten Morgen wünschen? Natürlich. Ich konnte mich unmöglich in eine an-dere Ecke setzen. Eingebrockt. Also auslöffeln.

»Guten Morgen. Ist hier noch ein Plätzchen frei?«

Muffig-besorgte Gesichter schauten unwillig von ihren Kaf-feetassen auf.

Mein Gott. Was war los? Was hatte Karl gesagt? Leute, es tut mir leid, aber jetzt hab ich mit der Alten auch noch gepennt. Das erschwert die Sache womöglich. Aber sie hat mich einfach in ihr Zimmer gelockt. Und dann sind wir auf die Pechvögel ge-sunken.

Ich streifte ihn mit einem flüchtigen Blick. Nein. Kein Zei-chen. Nichts. Unpersönliches Lächeln. Na bitte. Kannst du ha-ben, die Nummer. Meine Glücksgefühle im Bauch kannst du mir nicht wieder nehmen. Heute haut mich gar nichts um. Das eine ist Show, und das andere ist Leben. Ich nehm mich jetzt einfach nicht so wichtig und setze mich hierhin.

Der dicke unrasierte Fred klaubte immerhin bereitwillig seine nach Rauch stinkende Lederjacke vom Stuhl und schmiß sie auf die Eckbank.

Ich rutschte mit einer Pobacke neben ihn.

»Danke. Gut geschlafen allerseits?«

Die anderen hörten betroffen auf, an ihren Brötchen rumzufriemeln.

Der Aschenbecher quoll bereits über.

»Wir haben überhaupt nicht geschlafen«, sagte Viola schließlich.

Sie sah so strähnig und blaß aus, als wäre sie drei Wochen im Wald umhergeirrt. Ach, Gott, was fühlte ich mich schuldig.

Dr. Regine Kaltwasser hatte auch bewußt darauf verzichtet, sich zu kämmen oder gar zu schminken. Ihre Herbstblattmotivbluse war labberig und grau und ungebügelt. Wahrscheinlich hatte sie sich damit grübelnd auf dem Bett gewälzt. Sie sah aus wie der lebende Vorwurf. Und ich war an allem schuld. Na wunderbar. Welch schöne Voraussetzung für eine weitere Zusammenarbeit.

Ich warf Dr. Karl einen hilfesuchenden Blick zu. Er zog nur ganz kurz die linke Augenbraue hoch. Sonst nichts. Die Frühstücksdame kam herbei und fragte mich, ob ich Kaffee zu trinken gedächte. Bildete ich mir das ein, oder war auch sie kühl und distanziert?

»Ja, Kaffee«, sagte ich. »Und bitte ein Croissant.«

»Das Croissant müssen Sie sich schon selbst holen«, antwortete sie. »Da hinten.«

Also doch. Sie wußte es auch schon. Daß ich eine Versagerin war. Und daß diese jungen engagierten Menschen meinetwegen nicht geschlafen hatten.

Ich schlich betrübt zum Büfett. Hinter mir breitete sich wieder besorgte Muffigkeit aus. Ich versuchte, den Kopf ganz oben zu lassen. Ganz oben auf gestrafften Schultern. Noch einmal an heute nacht denken, beschwor ich mich, als ich appetitlos an dem überladenen Frühstücksbüfett entlangging. Oder hat er ihnen das etwa doch erzählt? Sind sie deshalb alle so betroffen und werfen mir so beleidigte Seitenblicke zu?

Ich nahm mir ein einzelnes trockenes Croissant und begab mich wieder zu dem Tisch. Kopf oben lassen! Lächeln! Strahlen! So wie Marie das jetzt täte!

Fred rutschte zur Seite. Oder rutschte er von mir ab? Er rauchte schon wieder. Mein Gott, war der unrasiert! Auch meine Schuld.

»Also?« fragte ich aufmunternd in die Runde. »Wie sieht's aus? Haben Sie viel weggeschnitten?«

»Alles«, sagte Frau Dr. Kaltwasser. »Wir werden die Sendung nicht senden.«

Mir blieb das Croissant im Halse stecken.

»Sie werden sie nicht senden?«

»Nein. Sie ist zu schlecht.« Eisesblick aus blassem, spitzem Gesicht.

Mein Magen krampfte sich. Karl! Hilf mir! Sag, daß ich eine natürliche Ausstrahlung habe und einen intelligenten Humor und daß die Talkshow sicherlich ein paar Längen oder Schwächen hatte, aber daß man sie mit etwas gutem Willen zu einer heiteren, netten, unterhaltsamen Sendung zusammenschneiden kann…

Dr. Karl sagte nichts. Er stopfte sich die Pfeife.

»Das kostet den Sender Unsummen«, sagte Frau Dr. Kaltwasser.

»Und die Firma natürlich auch«, sagte Fred.

»Wir müssen die Gäste abfinden«, fügte Viola hinzu.

Hoss, der Kleine mit der Glatze, streifte mich mit einem verlegenen Blick. Dann zündete er sich schnell eine Zigarette an. »Hoffentlich klagt niemand auf das Recht an der vertraglich zugesicherten Ausstrahlung des eigenen Bildes.«

»Dann wird das Ganze noch fünfmal so teuer«, stellte Fred klar.

Ich legte mein Croissant auf den Teller zurück. Schon der erste Bissen lag mir wie ein Stein im Magen.

»Das ist nicht das Schlimmste«, sagte Frau Dr. Kaltwasser. »Wirklich schlimm ist, daß wir mit zwanzig Mann versucht haben, die Sendung zu retten. Wir haben bis heute morgen um sechs im Schneideraum gesessen. Und diese Leute haben zum Teil Familie!«

Ich blickte auf meinen Teller. Was sollte ich sagen? Ich habe auch Familie? Und die lasse ich jetzt im Stich, um etwas zu tun, was andere viel besser können? Entschuldigung und tausendmal Entschuldigung?! Sollte ich ihnen allen die Füße küssen?

Mein Gott, ja! Es war mir passiert! Ich hatte meine erste Sendung in den Sand gesetzt! Und jetzt?! Asche auf mein Haupt?! Selbstgeißelung!? Ja, ich war schlecht! Ja, ich bin einfach eine Zumutung! Ja, ihr seid wegen mir nicht gekämmt und wegen mir nicht rasiert, und wegen mir ist eure Bluse ungebügelt. Ja, ja, ja! Was soll ich denn machen, daß ihr mir noch einmal verzeiht?

Ich habe es doch nicht mit Absicht gemacht, um euch um eure Nachtruhe zu bringen! Mein Gott, ich war aufgeregt, verwirrt, überdreht, ferngesteuert, reizüberflutet, übermüdet und aufgezogen wie eine Puppe! Alles auf einmal! Stellt ihr euch doch mal unter solchen Voraussetzungen vor eine Kamera, wollte ich sagen. Aber ich wußte, wie Frau Dr. Kaltwassers eisige Antwort lauten würde: Frau Zis, Sie haben es so gewollt.

Dr. Karl erhob sich. »Ich muß mit dem Sender telefonieren.«

»Und seine Frau versetzt er auch«, sagte Andschela vorwurfsvoll.

Ich zuckte zusammen. Sie wußten es. Sie wußten es alle. Daß ich ein durch und durch schlechter Mensch war. Wie kann ein einzelner Mensch nur innerhalb von vierundzwanzig Stunden soviel anrichten, dachte ich erschüttert. Arbeitsplätze vernichten, Ehen zerstören, Familien zerrütten. Ich fühlte meine Beine nicht mehr. Ich wollte die Kaffeetasse zum Mund führen, aber ich hatte nicht genug Kraft in den Fingern. Sollte ich Dr. Karl nachlaufen? Was würden die anderen denken? Warum hielt er nicht ein kleines, kleines bißchen zu mir? Dr. Karl entfernte sich, ohne mir noch einen Blick zu schenken.

Eisiges Schweigen herrschte am Tisch.

Ich beschloß, ihn nie wieder privat anzusprechen. Nie wieder. Wenn ich da an heute nacht dachte! War er das wirklich gewesen? Oder hatte ich alles nur geträumt?! Was sollte ich tun? Koffer packen? Abhauen? Das Handtuch werfen?

Da näherten sich Schritte von hinten.

»Guten Morgen! Ist hier noch frei?«

Wohlscheitel! Jetzt auch noch der! Bitte. Der nächste zum Draufdreschen. Es paßt gerade so gut.

Immerhin war Wohlscheitel perfekt gekleidet, im dunklen Anzug mit blau-weiß gestreiftem Hemd, passender Krawatte und glänzend geputzten Schuhen.

Er schenkte mir ein Lächeln und setzte sich auf Karls freigewordenen Platz.

Er schenkte mir ein Lächeln!?!

»Das war eine unterhaltsame Nacht!« sagte er fröhlich. »Ich mußte mich erst mal ein bißchen frisch machen.«

»Ja, haben Sie denn auch die ganze Nacht im Schneideraum gesessen?« fragte ich schuldbewußt.

»Herr Wohlscheitel ist der Regisseur«, belehrte mich Frau Dr. Kaltwasser. »Es ist allerdings seine Aufgabe, eine Sendung abzunehmen.«

Johannes Wohlscheitel sah sich kurz im Kreise um.

»Hab ich euch schon erzählt, daß Cordula Brille zweiundzwanzig Piloten in den Sand gesetzt hat, bevor wir eine einzige Sendung über den Kanal jagen konnten?« Er lächelte froh in die Runde. »Zweiundzwanzig!! Und die Camilla am Mittag! Die hatte auch um die dreißig Fehlschüsse! Oder Elke-zum-Essen! Die wollten wir schon absetzen. Ach, Gott, was haben wir schon Sendungen geschnitten und dann doch in den Eimer geworfen!« Er winkte nach der Frühstücksdame und ließ sich Kaffee einschenken. »Was haben wir schon gelacht«, sagte Johannes Wohlscheitel. »Und die besten Fehler haben wir zusammengeschnitten und uns damit einen netten Abend gemacht.«

»Die Privaten haben Geld wie Heu und können sich das Lachen über fünfzig versaute Piloten eher leisten«, sagte Frau Dr. Kaltwasser.

»Humor und Menschlichkeit haben doch nichts mit Geld zu tun«, sagte Wohlscheitel verwundert. »Frau Zis versiebt bestimmt noch die eine oder andere Sendung. Aber wir sind ihr Team, und wir stehen hinter ihr.«

Er schmierte sich Marmelade auf sein Brötchen und biß hinein.

Hundert Anschnallgurte klickten. Die Flugreisenden schälten sich aus ihren Sitzen und reckten sich nach ihrem Handgepäck.

Ich war so müde, daß ich mich einfach im Strom der Aussteigenden mitschleifen ließ.

Der Gang durch das nächtliche Kölner Flughafengebäude verlief wie in Trance. Zu Hause, dachte ich. Ich bin wieder zu Hause.

Am Kofferband nur abgespannte Gesichter. Mit jedem Koffer rollten neue Bilder vor meine Augen. Wirre Bilder. Talkshowgäste, Friedlinde in der Maske, Rauch im Gästeraum, Beifall im Studio, fluchtartiges Verschwinden am Arm von Pauel durch lange, dunkle Flure, gelbe Rosen in der Garderobe, die zwei verschiedenfarbigen Augen von Dr. Karl, die engen Augen von Dr. Kaltwasser, dann wieder das liebe, offene Lächeln von Johannes Wohlscheitel. Chardonnay und Ziegenkäse im Il Calice, zerwühlte, abstehende rote Haare, eine Dose Haarspray über meiner Betonfrisur. Enge und Hetze in der Garderobe, Manuskripte, Fotos, Karteikarten. Das Studio im gleißenden Licht. Die Sessel auf der Bühne. Mit immer neuen Leuten drin. Und dazwischen ich, die Puppe, wie aufgezogen. Franka Zis. Eine fremde, steife Marionette, die nichts mit mir gemein hatte.

Die Reisenden griffen nach ihren Koffern. Meiner kam noch nicht.

Ich stand da und starrte vor mich hin.

Wohlscheitel abends auf dem Parkplatz. Er wartete jeden Abend nach der Sendung auf mich, wenn ich aus dem Backsteingebäude trat und die frische Luft in mich einsog, die mir an diesem Herbsttag vorenthalten worden war. Dann schaltete er plötzlich die ovalen Lichter-Augen an seinem schwarzen Mercedes ein, es war wie ein kleiner Sonnenaufgang, ich stieg zu ihm ein, und wir fuhren ins Calice und redeten. Er übte liebevolle und konstruktive Kritik, fand aber immer aufbauende Worte. Er war der einzige, der mich anlächelte und als Menschen wahrnahm. Wir aßen Ziegenkäse mit Birnenscheiben und tranken Chardonnay, und ich erfuhr viel aus der Branche. Über die Gepflogenheiten und Riten, über die gröbsten Fehler, die man besser nicht machen sollte. Eine besonders böse Geschichte saß mir noch in den Knochen. Ich fröstelte, wenn ich daran dachte. Ich hatte es nämlich versäumt, mich bei jedem einzelnen Kameramann und jeder Kamerafrau vorzustellen. Das sind Dinge, auf die man nicht kommt, wenn man selbst auf unelegante Weise im Mittelpunkt steht und alle anderen einen stundenlang begaffen. Die Kameraleute waren für mich Beine, die hinter der Kameras standen. Und gegebenenfalls nach rückwärts auswichen, wenn ich mal wieder einen meiner chaotischen Gänge quer durch das Studio antrat.

Es war eine Probe gewesen, nachmittags mit den Anglerinnen.

Die Anglerinnen waren goldige, pfiffige Mädels, die sich ein paar Mark nebenbei verdienten, indem sie während der Talkshow die Publikumsmikros an einer »Angel« hielten. Nachmittags »gaben« sie mir die Gäste, damit ich den Durchlauf einmal proben konnte. Das war oft bühnenreif, viel besser als so manches Stegreifkabarett. Wir hatten dabei sehr viel Spaß. Die Anglerinnen waren typische Berliner Mädels mit Herz und Schnauze. Die Stimmung wurde während der Proben immer übermütiger, und die Antworten, die sie gaben, waren oft wesentlich besser als die der Originale, die dann abends mit Lampenfieber unter ihrer Schminke schwitzend dasaßen und gerade mal mit »ja« und »nein« antworteten.

Kamera eins hatte den Riesenvorbau, den Prompter, von dem ich immer meine An- und Abmoderation ablesen mußte. Wer hinter dieser Kamera stand, war mir herzlich egal. Beine halt. Ich hatte doch ganz andere Sorgen. Tausend Dinge, die ich versuchte, nicht falsch zu machen. Fünfzig Menschen im Studio, von denen ich nicht wußte, welchen Rang und Namen sie hatten. Alle standen da herum und hatten irgendeine Funktion. Auch das war mir egal. Wenigstens bis jetzt.

Hauptsache, ich schaffte es, ohne Tränenausbrüche dieses Studio wieder zu verlassen. Hauptsache, die Probe verlief zur Zufriedenheit von Frau Dr. Kaltwasser. Hauptsache, sie kam nicht nachher, ohne anzuklopfen, in die Maske und kritzelte mir irgend etwas Kleinschriftiges auf immer wieder neue Karteikarten und riß mir die alten aus der Hand.

Und gestern war dieser unerfreuliche Vorfall gewesen. Während eines Interviews mit einer Anglerin hörte ich die Kamerafrau hinter dem Prompter laut und anhaltend sprechen. Mit wem, war mir nicht ersichtlich, denn ich sah sie ja nicht. Anscheinend führte sie eine private Unterhaltung mit ihrem Kabelträger oder mit wem auch immer. Jedenfalls störte sie mich, zumal sie gar nicht wieder aufhörte, laut und schrill zu diskutieren. Ich verstand mein eigenes Wort nicht mehr. Schließlich brach ich die Probe ab und sagte: »Kamera eins, würden Sie sich bitte etwas leiser unterhalten?«

Das war ein fast so schlimmer Fehler wie der, Frau Dr. Kaltwasser für eine Sekretärin zu halten. Irreparabel. Einfach in ein Wespennest gepackt. Ich Trampel aber auch.

Ein roter Haarschopf mit Kopfhörer kam hinter der Kamera hervor, und das dazugehörige Mädel mit zornesroten Wangen starrte mich aus wasserblauen Augen böse an:

»Ich heiße nicht Kamera eins, ich habe einen Namen!« Welchen, verriet sie allerdings nicht.

Mir blieb die Spucke weg. Woher sollte ich das denn jetzt wissen! Für mich war sie Kamera eins, und sie störte die Probe.

»Ich möchte Sie nur bitten, sich nicht so laut zu unterhalten. Wir führen hier ein Interview.« Ich wollte mit der Probe fortfahren. Doch die Kamerawespe dachte nicht daran, ihren Stachel wieder einzufahren.

»Ich unterhalte mich nicht, ich empfange Anweisungen von der Regie!«

»Ah«, sagte ich. »Das wußte ich nicht. Dann können wir jetzt vielleicht weitermachen.« Ich wendete mich wieder meiner Anglerin zu. »Frau Müller, was ging in Ihnen vor, als Sie erfuhren, daß Sie ein Adoptivkind sind und Ihre leibliche Mutter…«

»Im übrigen«, giftete die Kamerawespe, »ist es mir noch nie untergekommen, daß sich ein Moderator oder eine Moderatorin bei mir nicht vorgestellt hat.«

»Entschuldigung«, entfuhr es mir. »Ich dachte, Sie wüßten, wer ich bin.«

Die Wespe umschwirrte böse ihre Kamera. Wahrscheinlich hatte Wohlscheitel sie zur Ordnung gerufen.

»Ich bin Franka Zis«, sagte ich versöhnlich, »und ich bin die Moderatorin dieser Sendung.« Es sollte ein Scherz sein. Ich hoffte, die Wespe würde lachen oder auch Entschuldigung sagen oder mir die Hand geben und sagen: »Ich heiße Sabine, und ich hab heute meine Tage und deshalb schlechte Laune, tut mir leid.«

Aber die Wespe dachte nicht daran, einzulenken. Sie spuckte mir nur ein Wort ins Gesicht, und dieses Wort blieb unerbittlich im Raume stehen:

»Bitte.«

Bitte. Zack. Sonst nichts.

Entschuldigung. Bitte. Wie eine Ohrfeige. Peng.

Und ich stand da wie ein dummes Gör, das von einer Respektsperson abgefertigt worden war. Vor versammelter Mannschaft. Von einer Kamerafrau, die ich vorher noch nie gesehen hatte. Und die mindestens zehn Jahre jünger war als ich.

Dieser Vorfall warf mich so aus der Bahn, daß ich mich auf die gesamte Probe nicht mehr konzentrieren konnte. Was war das für eine dreiste Person! Wer hatte der Manieren beigebracht? Wie konnte ich eine Sendung moderieren, wenn hinter der Kamera, in die ich freundlich sprechen sollte, so eine aggressive Schnepfe stand?

Als ich später unter meinen Heißwicklern und mit Abschminkfett im Gesicht in der Maske saß, platzte Frau Dr. Kaltwasser mit ihren eng beschrifteten Karteikarten herein. Bevor sie mir noch irgend etwas sagen konnte, fragte ich: »Haben Sie den Vorfall eben beobachtet?«

»Welchen Vorfall?«

»Na, den mit der Kamerafrau.«

Frau Dr. Kaltwasser zuckte mit den Schultern. »Und?«

»Ja, soll ich mir das gefallen lassen?«

»Das ist Ihr Problem. Nicht meins.«

»Ja, ist es denn üblich, daß Moderatoren sich bei Kameraleuten vorstellen? Soll ich vor jeder Probe hinter die Kameras lugen und schauen, wer da diesmal steht? Und jedem die Hand geben und sagen, ich heiße Franka Zis, und wer sind Sie?«

»Das interessiert mich nicht«, sagte Frau Dr. Kaltwasser. »Können wir uns jetzt mit Wichtigerem beschäftigen?«

Bei Frau Dr. Kaltwasser würde ich keine Hilfe finden. Das war mir klar.

Ich mußte da ganz allein durch.

Es kostete mich unendlich viel Überwindung, an jenem Abend aus meiner Kulisse zu schreiten, in jene Kamera zu lächeln und mein Sprüchlein zu sagen. Eine ganze Stunde lang mußte ich dieser Frau ins Fenster lächeln. Die ganze Zeit schwelte in mir das ungute Gefühl, das die Wespe in mir zurückgelassen hatte. Ich wartete auf eine Entschuldigung, auf ein einlenkendes Wort, auf ein winziges Lächeln. Aber das kam nicht.

Abends im Calice heulte ich mich bei Wohlscheitel aus.

»Ja darf dat dat denn? Eine Moderatorin kurz vor der Sendung hauen? Ich denke, man soll Moderatoren vor der Sendung pampern? Hast du selbst gesagt!«

»Na ja, nicht alle Menschen verfügen über dieses Einfühlungsvermögen«, schmunzelte Wohlscheitel. »Aber du hättest tatsächlich vor der Sendestaffel mal allen die Hand geben sollen. Das erwarten die!«

Ich schämte mich. »Alles mache ich falsch, aber auch alles!«

»Kein Mensch kann von dir erwarten, daß du auf Anhieb alles richtig machst«, sagte Wohlscheitel und legte seine feine, gepflegte Hand auf meine. »Aber beim nächsten Mal hast du draus gelernt. Geh zu jedem einzelnen Mitarbeiter hin und gib ihm die Hand. Sonst denken die, du seiest arrogant.«

»Ich bin dumm, plump, naiv, unerfahren und konfliktscheu, alles, was du willst. Aber nicht arrogant«, schnaufte ich.

Er lächelte mich an und hob sein Glas. »Komm. Über so was stehst du doch.«

»Klar«, sagte ich und schluckte. Kein bißchen stand ich da drüber. Aber ich wollte den goldigen Mann nicht belasten. Zumal er so harmoniebedürftig war. Und das war es, was uns auf so herzliche Weise verband.

Endlich kam mein Koffer. Ich drängelte mich unfein zwischen die Leute.

»Tschuldigung. Darf ich mal?«

Oh, wie ich das haßte, mich zwischen die stinkenden Glimmstengel quetschen zu müssen. Wie unsozial und gemein, am

Kofferband zu rauchen! Man sollte einfach mal mit fünfzig Mann am Kofferband pupsen. Langanhaltendes, schrecklich stinkendes Um-die-Wette-Furzen aus fünfzig Geschäftsmänner-Ärschen. Ganz selbstverständlich. Und dabei telefonieren. Als wenn nichts wäre.

So sah also die Freitagabendladung aus. Kaputte Gespenster kehrten heim. Und ich war das allerkaputteste Gespenst. Aufgemotzt, angemalt, hochtoupiert, verkleidet. Aber ich hatte durchgehalten. Ich hatte drei sendefähige Talkshows abgeliefert. Sie waren nicht toll. Sie waren noch nicht mal mittelmäßig. Die Presse würde, wenn überhaupt, nur mitleidigen Spott für mich übrig haben. Doch der Anfang war gemacht. Meine ersten drei Sendungen waren im Kasten. Und würden irgendwann ausgestrahlt werden. Ich würde nicht den Mut haben, sie mir anzusehen.

Mit letzter Kraft hievte ich meinen Koffer auf den Kofferwagen und schlängelte mich an den Glimmstengeln vorbei zum Ausgang.

Und da standen sie!!! Mit roten Luftballons, auf denen »Herzlich willkommen« geschrieben war! Mit einem riesigen Blumenstrauß!! Mit strahlenden Gesichtern! Meine Menschen! Meine geliebten privaten Menschen!!!

Als ich in die Knie sank, um mein pausbackiges kleines Fannychen zu umarmen, als ich ihre babyweiche Haut an meiner Wange spürte, die zerrenden Händchen ihrer Brüder, die mich auch umarmen wollten, als ich fast umgeworfen wurde vor kindlicher Wiedersehensfreude, da war es um mich geschehen. Mir schossen die Tränen aus den Augen. Ich verlor vollständig die Fassung. Ich vergrub mein Gesicht an den kleinen Körperchen und wollte gar nicht wieder aufhören zu heulen.

Blumen, Luftballons, viele zärtliche, feuchte Küsse, ein Drücken und Knutschen. Streichelnde Hände auf meiner klebrigen Betonfrisur.

Endlich konnte ich mich aufrichten und meinen drei Freundinnen um den Hals fallen. Paula. Die warme, weiche, runde, vollbusige. Sie roch wieder so gut. Dann Marie. Sie war so schmalgliedrig und zart. Und wie sie strahlte! Und zum Schluß beugte ich mich noch zu Alma mater runter, die sich wie immer bescheiden im Hintergrund gehalten hatte.

»Sie sehen abgespannt aus«, sagte sie liebevoll.

Paulas Augen waren auch feucht. »Geh uns nicht vor die Hunde! So ausgekotzt hab ich dich ja noch nie gesehen! Was machen die denn in Nowosibirsk mit dir!«

»Vierteilen, teeren und federn«, versuchte ich unter Tränen zu scherzen. Die blöde Wimperntusche und die lächerlichen falschen Wimpern, die Friedlinde Bauch mir mit Geduld und Spucke angeheftet hatte, flossen mit den Tränen zu einem unansehnlichen schwarzen Geschmier zusammen.

Paula reichte mir ein Taschentuch. Ich wischte und lachte und weinte und schnupfte, und die Kinder starrten mich an und wußten nicht, ob sie die hysterische Alte kannten, die da vor ihnen auf den Knien hockte, und Paula nahm beherzt den Kofferwagen und schob ihn auf den Parkplatz hinaus.

»Diese Show hier ist wahrscheinlich viel unterhaltsamer als das, was du in Berlin gemacht hast«, sagte sie. »Aber das kriegen die Leute nicht umsonst!«

Erst jetzt merkte ich, wie sehr wir angestarrt wurden. Auch das noch. Paula schritt energisch mit meinem Kofferwagen voran. Wir trippelten hinter ihr her.

»Wir haben alle einen Mittagsschlaf gemacht!« rief Willi, der nicht von meinem Arm lassen wollte. »Jetzt dürfen wir die ganze Nacht aufbleiben!«

Ich schleppte das weiche runde Fanny-Kind. Sie klammerte sich an mich wie ein Äffchen. Alma mater hatte Franz an die Hand genommen. Marie lief leichtfüßig vor uns her: »Wir haben einfach einen Bus aus Alex' Betrieb entwendet!« rief sie heiter. »Damit wir dich alle abholen konnten!«

Tatsächlich. Da stand ein sehr nett anzusehender Kleinbus mit neun Sitzen. Marie setzte sich ans Steuer. »Ich liebe es, in großen Autos zu fahren!« Sie rangierte geschickt aus der engen Parklücke und ließ uns alle einsteigen.

»Mama, das ist ein total geiles Auto, und Marie sagt, wir kriegen das geschenkt!«

»Wieso kriegen wir das geschenkt?!«

»Weil der Alex es nicht mehr braucht.«

»Marie zieht zu uns und die Kinder auch, und das Auto braucht sie für ihren Umzug, und dann geben wir es einfach nicht wieder ab!«

»Ja, und, Mama, hör mir zu!!« Willi zerrte an meinem Arm. »Die Marie kriegt auch noch Möbel und Betten von ihrem Mann, und dann ist Schluß mit dem, und der muß ihr Geld bezahlen, und dann wohnen die bei uns!«

»Maxie mit!« rief Fanny in den allgemeinen Tumult hinein.

Alma mater auf ihrer Rückbank lachte. »Ja, der Enno! Der war mal wieder in seinem Element!«

Paula drehte sich von vorn zu mir um: »Du glaubst ja nicht etwa, wir hätten uns gelangweilt, während du in Berlin warst!«

»Wieso! Was ist passiert! Schießt los!«

»Tun wir doch! Alle durcheinander!«

»Die Marie hat das Haus von der Alma mater geschenkt gekriegt...«

»Quatsch! Gekauft!! Für FÜNFZIG Mark!«

»Jetzt rede ICH!! Und Alma mater wäscht sich jetzt im Gästeklo!«

»Nein, Quatsch! Die kriegt da 'ne Dusche rein!«

»Und der Gartenzaun ist weg, Mama! Den haben die mit einem Kran einfach abgerissen!«

»Ja, Mama, und wir ziehen auf den Dachboden! Alma mater hat schon alles ausgeräumt, und nächste Woche kommt der Maler, und dann haben wir da oben unsere Jungs-Etage!«

Mein Gott, dachte ich. Wie nichtig und klein und blöd ist doch der ganze Krampf, den ich da in Berlin erlebt habe. Hier spielt die Musik! Hier ist das pralle Leben!!

»Marie!« schrie ich nach vorn. »Wenn es Neuigkeiten gibt, ist das jetzt der richtige Zeitpunkt, sie mir mitzuteilen!«

»Das glaub ich nicht!« lachte Marie. »Wir sollten erst die Kinder ins Bett bringen!«

»In welches Bett?« schrie Willi wieder dazwischen. »Wir schlafen auf Matratzen!«

»Fanny auch Tatze läft!« Eifrig haute mein Töchterlein mich an die Backe.

»Kinderzimmer werden alle renoviert«, meldete Paula nach hinten.

»Und ich übernachte im Keller!« ließ sich Alma mater von der Rückbank vernehmen. »Ich wußte gar nicht, wie angenehm kühl es da unten ist! Da kommt mein neues Schlafzimmer hin! Der Mann von Marie hat mir dazu geraten. DAS ist ja ein netter Mann!«

Ich stutzte. Maries Mann war ein netter Mann? Alex? War der etwa in MEINEM Haus gewesen? Was hatte ich alles verpaßt!

»Alex hat sich das alles mal angesehen«, sagte Marie. »Dein Enno hat mit dem stundenlang verhandelt. Aber sie haben sich blendend verstanden!«

»Ich würde sagen, das wird wieder eine friedliche Scheidung!« lachte Alma mater hinter mir. »Diesmal hat der Enno ja über sein eigenes Haus verhandelt. Das hat ihm besonders viel Spaß gemacht!«

»Und mir auch!« rief Marie. »Der Champagner steht schon kalt. Wir sind ab sofort gemeinsame Hausbesitzerinnen!« Marie fuhr Schlangenlinien vor lauter Glück.

»Und der Enno HEIRATET!« freute sich Alma mater von ihrer Rückbank. »Stellen Sie sich DAS mal vor!«

»WEN? Die Mandantin? Die FRAU Schabernack?!«

»Genau!« schrie Willi. »Und ihren bissigen Köter auch!! MAMA!!! Der hat mich GEBISSEN!!«

»Wohin?«

»In den Zeh!! Als ich ihm eins in die Schnauze treten wollte, da hat er mich gebissen! Und da mußte ich ins Krankenhaus und hab eine Tetanusspritze gekriegt! Und dann durfte ich zwei Tage im Rollstuhl fahren!«

Ach, Gott. Und ich dachte, ich hätte irgendwas Erwähnenswertes erlebt in Berlin.

Paula drehte sich um: »Ich sag doch, wir haben uns inzwischen nicht gelangweilt!«

»Mama, erinnerst du dich an den Mann, der uns im Albergo Losone besucht hat?« Franz zupfte an meinem Ärmel.

»Klar erinnere ich mich an den. Und nicht ungern!« Ich dachte zwei Sekunden an unsere Nacht auf den »Pechvögeln«.

»MAMA?!« schrie Willi wieder dazwischen. »Ich bin Rallye gefahren mit dem Rollstuhl!! Immer die Garagenauffahrt runter! Und die Fanny haben wir auf das Rollbrett gesetzt und festgebunden, und dann war die schneller als ICH!«

»Mama, der Mann mit den roten Haaren und der Pfeife…«

»Ja. Der. Ich weiß genau, wen du meinst. Wie kommst du jetzt auf den?«

»Nur einmal ist die gegen das Handwerkerklo gesaust! Ist aber nix passiert!«

»Doch! Eine Beule hat sie gehabt, die war groß wie eine Tasse, aber Alma mater hat sofort Eis draufgelegt…«

»Zeig mal her, mein Schatz! Du hast ein Beule?! Laß mich mal pusten!«

»Der Mann, der bei uns im Albergo Losone war…«

»AUA! Niss pusten! Nur gucken!!«

»O ja, Entschuldigung. Ich gucke nur. Habt ihr aber toll hingekriegt. Man sieht fast nichts mehr.«

»Alles ist in bester Ordnung«, wendete sich Paula nach hinten. »Die Kinder haben Laternen gebastelt und Weckmänner gebacken und waren jeden Abend um halb acht im Bett.«

»Ach, wie ich euch alle liebe!« Ich war zu Hause. Das Karussell des Alltags drehte sich wieder. Berlin war schon fast vergessen.

Marie fuhr schnittig-spritzig vor unserem Haus vor. Und siehe da: ein Baugerüst! Ein blaues Maurerklo auf der Straße! Und Bretter und Mörtel und Schutt! Und ein Container mit Sperrmüll und ollem Plunder!

Beeindruckt ließ ich mich aus dem Kleintransporter rutschen. Fanny klebte immer noch an mir. Ihre Härchen standen verschwitzt in die Höhe. Ich überreichte sie Paula, weil die Jungens an mir zerrten.

Die beiden nahmen mich rechts und links an die Hand. »Mama, wir haben dir ein Schild gemalt!«

»Was für ein Schild? Wo ist es denn?«

Marie lachte. »Ach so! Das Schild!! Ja, das fanden wir allerdings angebracht!«

»Und da HABEN wir es angebracht«, rief Paula.

Und da sah ich es. Im Schein der Haustürlaterne. Auf Pappe und mit unendlich viel Liebe und Geduld und Spucke gemalt. Unter unserer Hausnummer. Sehr krakelig und sehr bunt. Und darauf stand »DAS WEIBERNEST«.

Ich stieß Marie in die Rippen.

»Na bitte«, grinste ich sie an. »Haben wir doch hingekriegt!«

Die nächsten Wochen verbrachten wir damit, unser neues Haus umzugestalten. Enno hatte uns einen pfiffigen Architekten geschickt, einen ganz unkomplizierten jungen Kerl, der stets fröhlich pfeifend im Porsche vorfuhr und innerhalb kürzester Zeit unseren Laden in eine Großbaustelle verwandelte. Er hatte ein Händchen für das, was wir wollten: eine kindgerechte, gemütliche und fröhliche Bude ohne großen Schnickschnack, jedoch nicht in alt-verstaubter Wohngemeinschafts-Miefigkeit, sondern mit drei abgeschlossenen Wohnungen. Zwei große für Marie und mich und eine kleine für Alma mater. Und alles mußte schnell gehen und durfte nicht zu teuer sein.

Sogar ein eigenes Zimmer für Paula war noch drin. Die beiden Garagen am je äußeren Häuserzipfel verwandelte der pfiffige Architekt in je ein Atelier. Marie brauchte einen sehr hellen Raum für ihre Modeentwürfe, und ich bekam die etwas dunklere Garage für meine Arbeiten am Schreibtisch. In jeder Haushälfte gab es Telefon und Fax, dazu ISDN-Anschluß und alles, was eine Geschäftsfrau so braucht.

Alma mater betrachtete das Ganze mit interessierter Freude. Das hatte sie sich auch nicht träumen lassen, daß aus ihrem alten Anwesen noch mal ein florierender Mehrzweckbetrieb werden würde. Sie plauderte angeregt mit den Handwerkern, servierte Kaffee und belegte Brötchen und spielte ansonsten mit den Kindern das beliebte Spiel: Wir springen vom Baugerüst in einen Blätterhaufen. Alma mater lachte dabei immer am lautesten. Sie wurde mit jedem Tag ein bißchen jünger.

Marie war auch aufgeblüht. Seit ihr Alex sich nicht mehr querstellte und sogar noch Geld dazu beisteuerte, daß sie sich beruflich entfalten konnte, sah ich sie nur noch strahlen. Sie war zwar sehr dünn geworden, aber sie hatte eine ungeheure Energie. Sie schien beide Pläne verwirklichen zu können: in der Garage die Mode, im Keller das Wing-Tsun-Studio. Da müssen die Kinder wenigstens nie mehr im Fernsehen diese dicken Chinesen anschauen, die sich immer den Lendenschurz von den Fettpolstern zu reißen versuchen, dachte ich. Wir müssen überhaupt nicht mehr fernsehen. Dazu tut sich in unserem Leben viel zuviel.

»Marie! Ich werde eine deiner ersten Schülerinnen sein! Ich brauche dringend Anleitung zum Kampfsport! Wenn ich da an meinen Programmdirektor denke! Und an meine Redakteurin! Die könnte ich pausenlos hauen!«

»Das sollten Sie wirklich tun!« rief Alma mater begeistert. »Dann wäre ich nicht die einzige, die sich anmeldet! Ich muß doch in meinem Alter unbedingt was für meine alten Knochen tun! Sonst kann ich es nicht mehr mit den Kindern aufnehmen, wenn wir vom Baugerüst springen!«

»Was wird der Spaß euch kosten?« fragte Paula schließlich.

»Geld«, seufzte Marie. »Aber das werden wir uns verdienen.«

»Mit mir habt ihr im Moment keine Ausgaben«, sagte Paula. »Ich unterstütze euer Vorhaben auf meine Weise.« Sie legte ihre Hand auf den Tisch. »Auf mich könnt ihr zählen. Wenn ihr aus dem Gröbsten raus seid, schreibe ich euch eine meterlange Rechnung.«

Ich schlug ein. »Paula, du bist eine wunderbare Freundin. Laß dir sagen, wie sehr ich dich liebe.«

Maries schmale Hand legte sich auf unsere. »Gewährt mir eine Bitte…«

»Wie ging das noch?« fragte ich.

»Ist doch egal«, sagte Paula. »Du bist in unserem Bunde die Dritte!«

Wir sahen Alma mater an. »Und ich bin die Alte im Bunde«, sagte sie, als sie ihre faltige braunfleckige Hand auf unsere legte. »Aber eins können Sie mir glauben: Ich habe an der Sache den meisten Spaß!«

»Hallo?«

»Ja, guten Tag, ›Münchner Meinungs-Mache‹ hier. Frau Zis?«

»Ja?«

»Wir machen eine Umfrage unter Prominenten.«

»Worum geht's?«

Täglich rief irgendein Blatt bei mir an und wollte meine Meinung zu irgendwas wissen. Welchen Fußballer ich am erotischsten fände, und welches Fitneßstudio ich bevorzugte, und was ich zur Scheidung von irgendeinem Talkmaster sagte, und mit welchem Kochrezept die Ministerpräsidentengattin aus Illmensen ihren Mann hätte halten können, und warum Frau Schmachtenbergs Quote sinkt, und wieso Sigrid Feger nur Dackel lieben kann. Alles wahnsinnig interessante Umfragen.

Wir saßen gerade alle an unserem Küchentisch. Franz und ich machten Hausaufgaben. Fannylein kritzelte mit einem schwarzen Filzstift in Franzens Mathebuch herum. Willy trickste Alma mater mit seinem getürkten Autoquartettspiel aus, was Alma mater zu Lachsalven hinriß. Paula und Marie brüteten über den Plänen für das Modeatelier Weibernest. Kurz und gut: Wir hatten es so richtig gemütlich.

»Vielleicht haben Sie gelesen, daß der beliebte Entertainer Wolfram Kiefert gestern in einem Baumarkt eine Zange hat mitgehen lassen.«

»Nein. Hab ich nicht gelesen.«

Was mir da wieder entgangen war. Wahrscheinlich hatte seit gestern auch wieder irgendwo ein Schauspieler seinen Intendanten geoutet oder ein Schlagersänger seine Geliebte gehauen oder ein Politiker seine Krawatte bekleckert oder ein höherer Abgeordneter der Grünen seine Fahrradklingel verloren.

»Nun wollen wir von Ihnen wissen, Frau Zis: Ist Ihnen das auch schon mal passiert?«

»Was? Daß ich im Baumarkt eine Zange mitgehen lasse? Nein. Ich betrete Baumärkte nur höchst widerwillig, und Zangen klaue ich schon gar nicht. Auch Lichtschalter, Steckdosen und Gartenschlauchaufrollgeräte interessieren mich nicht wirklich.«

»Es kann auch ein Lippenstift in der Parfümerie sein oder ein

Kilo Hackfleisch im Supermarkt. Irgendwas. Was haben Sie schon mal mitgehen lassen?«

Früher hätte ich sofort launig geantwortet: Aber ja, ich habe schon ganze Bettgestelle an der Kassiererin vorbeigeschmuggelt. Oder: Ich mache mir einen Sport draus, immer Fernseher und Waschmaschinen zu stehlen. Erst letztens habe ich wieder einen Strandkorb geklaut. Der steht jetzt bei uns im Garten, und das Preisschild hängt noch dran.

Aber heute war ich gewappnet. Enno-in-mir legte sein Veto ein und wedelte theatralisch mit den Armen. »Keine Zugeständnisse!!«

»Nix«, sagte ich störrisch.

»Aber Frau Zis! Das ist doch ganz und gar menschlich! So geben Sie es doch zu! Jeder läßt aus Versehen mal was mitgehen!«

»Nein«, bockte ich. »Ich gebe nichts zu. Ich lasse nie was mitgehen. Und aus Versehen schon erst recht nicht.«

»Aber Ihre Kinder vielleicht?!« hakte die Frau von »Münchner Meinungs-Mache« nach. »Ist es Ihnen noch nie passiert, daß Sie an der Kasse stehen, und kaum haben Sie bezahlt, da fällt Ihnen auf, daß Ihr Kind einen Schokoriegel in der Hand hält, den Sie nicht bezahlt haben?«

»NEIN.«

Im Mund hatten sie schon öfter einen, dachte ich, aber da konnte man den Preis nicht mehr lesen. Außerdem wollen die mich hier ganz klar aufs Glatteis führen. Störrisch schwieg ich in die Muschel.

»Also meine Kollegin hat vorige Woche beim Aufprobieren von Sonnenbrillen versehentlich die letzte auf der Nase gelassen, und erst zwei Tage später beim Duschen hat sie bemerkt, daß sie… natürlich nur aus Versehen…«

»NEIN!« brüllte ich genervt. »Ist mir noch nie passiert!«

»Oder ein Verwandter von mir. Geht sich Verlobungsringe anschauen, probiert sie alle an, und dann vergißt er, sie wieder vom Finger zu nehmen… über zwanzig Verlobungsringe, stellen Sie sich das vor!«

»Hören Sie«, schnaufte ich ungeduldig. »Was wollen Sie von mir?«

»Vielleicht war es nur mal ein Salzstreuer im Hotel?« bettelte die Frau aus München. »Oder ein klitzekleiner Waschlappen? Oder ein Kleiderbügel? Ein entfernter Cousin von mir, der hat aus Versehen den Duschvorhang in den Koffer gepackt…«

Ich pflege grundsätzlich alle Bilder von den Wänden zu nehmen und die Wasserhähne abzuschrauben und die Betten abzuziehen und alle Einlegeböden aus den Schränken zu nehmen, bevor ich ein Hotelzimmer verlasse, hätte ich gern gesagt. Und dann schleiche ich mich mit einem Wäschesack an der Rezeption vorbei, wenn es das ist, was Sie meinen. Und habe dabei fünf Bademäntel übereinander an. Und mit den Gürteln der Bademäntel schnalle ich mir immer den Fernseher auf den Bauch. Hat noch nie jemand was bemerkt.

»NEIN!« schrie ich entnervt. »NIX! NIEMALS!« Ich knallte den Hörer auf. Verdammte Journaille. Versuchten es aber auch wirklich mit allen Mitteln. Und morgen würde fett in der Zeitung stehen, daß Franka Zis eine Kleptomanin sei.

Franz blickte von seinem Kugelschreiber auf. »Mami, wo sind eigentlich die anderen Stifte, die du uns aus Berlin mitgebracht hast? Diese ›Schweizer Hof‹s schreiben wirklich gut.«

»Frau Zis?«

»Nein. Ich klaue nichts. Lassen Sie mich in Ruhe.«

»Frau Zis?! Ich weiß nicht, ob Sie mich kennen. Dorabella Andreas ist mein Name.«

»Von welcher Zeitung?!«

»Von Radio Zwei!«

»Welche Umfrage?!«

»Keine Umfrage. Ich rufe Sie ganz privat an.«

»Wie war Ihr Name? Dorabella Andreas?! Natürlich kenne ich Sie, Frau Andreas! Schließlich höre ich Ihre Sendungen regelmäßig im Radio! Was verschafft mir die Ehre?« Ich machte den anderen Zeichen, daß sie ruhig sein sollten. Dorabella Andreas!! Welch Glanz in unserer Telefonleitung!

»Hätten Sie Lust, auf meinem fünfzigsten Geburtstag mein Gast zu sein?« Ich starrte in den Hörer. Das war bestimmt ein Irrtum. Die hatte sich verwählt.

»SIE wollen MICH auf Ihren Geburtstag einladen?«

Paula und Marie und Alma mater nickten beeindruckt. Dorabella Andreas! Das war DIE Radiomoderatorin schlechthin!

»Ich habe ehrlich gesagt gehofft, Sie würden eine Rede halten!«

»Ich...? Eine Rede halten? Sie müssen mich verwechseln!«

Frau Andreas lachte. »Wenn Sie so reden, wie Sie schreiben, komme ich um diese betulichen Geburtstagsreden herum!«

»Ach, Frau Andreas«, sagte ich. »Ich kann gar keine Reden halten! Ich habe im Leben noch keine Rede gehalten!«

»Aber ich denke, Sie sind jetzt zum Fernsehen gegangen! In der Zeitung hat gestanden, daß Sie so reden, wie Sie schreiben! Also frisch von der Leber weg, locker, flockig, lustig und leicht.«

»Ach, Papier ist geduldig!« Ich schluckte. »Alles gelogen. Mein Fernsehdebüt war alles andere als brillant. Ich habe einen Knopf im Ohr und werde ferngesteuert. Für Ihren Geburtstag bin ich wirklich nicht...«

»Sie haben einen Knopf im Ohr? WÄHREND der Sendung? Sie moderieren gar nicht selbst?!«

»Nicht wirklich. Ich bin völlig desillusioniert. Aber ich will Sie damit nicht aufhalten...«

»Wo wohnen Sie?«

Ich sagte ihr die Adresse.

»Passen Sie auf. Steigen Sie ins Taxi, und kommen Sie zu mir. Ich wohne in der Meister-Ritter-Straße, gegenüber der Bäckerei am alten Turm. Klingeln Sie hinter der Kneipe ›Zum dicken Klavierspieler‹.«

»DA wohnen Sie? Das ist ja ganz in meiner Nähe!«

»Also, ich warte auf Sie. Bringen Sie etwas Zeit mit.«

Frau Andreas legte auf.

Ich sah ratlos auf meine Freundinnen.

»Habt ihr was dagegen, wenn ich abhaue?«

»Nö«, sagte Paula. »Wir regeln das hier schon für dich. Sauna kommt in dein Schlafzimmer, Weinkeller in die Badewanne, und die Kinder sperren wir in den Kampfsportkeller. Und Alma mater hängen wir ans Reck.«

»Ich liebe euch«, sagte ich, schnappte mir meine Jacke und setzte mich ins Auto.

Dorabella Andreas öffnete mir freundlich die Tür. Tatsächlich. Sie wohnte hinter dem »Dicken Klavierspieler«. Ihr Haus hatte ich tatsächlich schon oft gesehen: Immer wenn man beim »Dicken Klavierspieler« über den Hof zur Toilette ging, dann lief man auf ihre Hauswand zu. Sie geleitete mich in einen nüchtern eingerichteten Raum, in dessen Mitte ein runder Tisch stand. Die Flügeltüren hinten öffneten sich zu einem verwilderten Garten.

»Frau Andreas, ich kann Ihnen gar nicht sagen, wie sehr ich mich freue, Sie kennenzulernen. Ich habe jahrelang donnerstags beim Bügeln Ihre Sendung gehört.«

»Setzen Sie sich. Möchten Sie Tee?«

Frau Andreas brachte eine gemütliche bauchige Kanne und ein Tablett mit zwei Tassen und Kandiszucker. Ein paar Stückchen Kuchen lagen appetitlich parat. Ich schielte vorsichtig in die Kanne, ob es auch wirklich Tee war. Bei Frau Andreas konnte man nie wissen.

Nach kurzer Zeit hatte ich ihr alles erzählt. Ich stopfte mir dabei den guten Vollkornkuchen in den Mund und schlürfte den heißen, süßen Trunk und fühlte mich ernstgenommen und mütterlich gewiegt am Busen der Erfahrung und Weisheit. Nur die Nacht mit dem Programmdirektor auf den »Pechvögeln« erwähnte ich nicht. Ich fand, die ging niemanden etwas an. Und würde auch nicht zur besseren Qualität der Sendung beitragen.

Einzig der Regisseur, schloß ich meine Erzählung ab, ein feiner Mensch mit Manieren und Charakter, einzig der sei auf unerklärliche Weise auf meiner Seite und habe immer einen gelben Rosenstrauß und ein paar aufmunternde Worte für mich übrig. Er gehe fast jeden Abend mit mir im Calice essen und baue mich mit unermüdlicher Fürsorge wieder auf.

»Ach, der Wohlscheitel«, sagte Frau Andreas. »Das ist ein sehr anständiger Kerl. Und ein guter Regisseur dazu. Sieht aus wie ein Oberprimaner. Aber vierzig dürfte der sein. Ja, solche Männer müßte es mehr geben.«

»Sie kennen ihn?«

»Ich kenne alle Leute aus der Branche.«

»Auch Frau Dr. Kaltwasser?«

»Wer ist Frau Dr. Kaltwasser?«

»Na, die Redakteurin, die Chefin von der Casting-Firma, die die Verantwortung für die Sendung hat.«

»Die Verantwortung für die Sendung haben nur zwei Leute«, sagte Frau Andreas. »Der Programmdirektor und Sie.«

»Nein, nein«, widersprach ich. »Frau Dr. Kaltwasser ist die wichtigste Person im ganzen Sender! Die steht noch weit über dem Regisseur!«

Frau Andreas streifte mich mit einem Seitenblick. Dann steckte sie sich eine Zigarette an.

»Ich habe Ihre letzte Sendung gesehen.«

Ich wollte im Boden versinken. »Und das sagen Sie erst jetzt? Stimmt's, Sie haben mich nicht wegen Ihres Geburtstages angerufen?«

»Doch. Auch. Aber ich habe das Gefühl, hier brennt eine Baustelle. Und das tut mir leid für Sie.«

»Ich tu mir auch leid«, murmelte ich zwischen Kuchenkrümeln.

»Sie haben Ihren Gästen überhaupt nicht zugehört.«

»Nein. Ging ja nicht.«

»Natürlich geht das. Das ist Ihre verdammte Aufgabe.«

»Ja, aber wie…«

»Indem Sie sich den verdammten Knopf nicht mehr ins Ohr stecken.«

»Nicht mehr ins Ohr…?«

»Nirgendwohin«, sagte Frau Andreas bestimmt. »Die Kaltwasser will Sie klein machen. Solche Leute brauchen Sie nicht.«

»Ich fürchte doch«, seufzte ich. »Sie ist die Chefin der Casting-Firma, sie hat langjährige Erfahrung, und sie hat…«

»Wie alt ist die?«

»Keine Ahnung. Zwischen fünfundzwanzig und fünfzig. Sie kleidet sich gern zeitlos.«

»Schicken Sie sie in die Wüste.«

»Aber das kann ich nicht! Ich bin doch nur die kleine, bescheidene Moderatorin! Sie hat schon viele Moderatoren gehen sehen, hat sie gesagt. Redakteure noch nicht.«

»Sie will Sie kleinmachen. Solche Mitarbeiter brauchen Sie nicht.«

»Ich will ihr keine böse Absicht unterstellen.«

»Sie behindert Sie, anstatt Ihnen zu helfen.«

Tja. Wenn Dorabella Andreas das sagte, dann stimmte das sicher.

»Und was soll ich jetzt machen?« Ich sah ratlos in meine Teetasse hinein. Der Tee war lauwarm und ziemlich gelb. Interessante Marke.

Nebenan fing der dicke Klavierspieler an zu spielen. Ich sah auf die Uhr. Kurz nach acht.

»Möchten Sie noch?« Frau Andreas schwenkte einladend die Kanne.

»Ich sollte nach Hause gehen. Sie haben bestimmt noch was vor.«

»Ich habe nichts mehr vor. Außer Ihnen zu helfen.«

»Warum tun Sie das?«

»Weil Sie mir gefallen. Ich kenne Ihre Bücher. Ich habe Sie im Fernsehen gesehen. Sie sind keine von diesen gecasteten Puppen mit der üblichen Fernsehfassade, blond, sachlich und kühl. Sie sind ein natürlicher Mensch, und das ist im Fernsehen ganz selten. Dr. Karl kann sich selbst gratulieren.«

»Ich werd's ihm ausrichten«, murmelte ich verlegen. Keine Ahnung, ob und wozu sich Dr. Karl selbst gratulieren wollte.

»Wie findet bei Ihnen das Sendungs-Feedback statt?«

»Das was?«

»Die Kritik.«

»Auf dem Gang des Zuchthauses, beim Ausziehen in meiner Zelle, ganz wie es kommt. Und dann noch mal am nächsten Morgen im Hotel.«

»Auf nüchternen Magen?«

»Ja. Ich habe schon erfreulich viel abgenommen.«

»Sie frühstücken ab sofort auf dem Zimmer.«

»Ja.« Ich nickte brav. Dorabella Andreas hatte mir der liebe Himmel geschickt. Ich würde alles tun, was sie sagte. Alles.

»Kritik ist am Morgen nach der Sendung. Eine halbe Stunde. Dazu sage ich Ihnen gleich noch was.«

»Ja. Ich bitte darum.«

»Wann briefen Sie? Und wo? Und wie lange?«

»Jeden Morgen. In der Garderobe. Hinter vergitterten Fenstern. Und draußen scheppert alle zwei Minuten eine S-Bahn vorbei. Und ständig kommt einer rein und geht einer raus. Das heizt die Stimmung an. Bis die Sendung losgeht, sind wir alle supernervös und gereizt. Warum?«

»Scheußliche Voraussetzungen. So kann Ihre Sendung ja nichts werden. Sie briefen ab sofort im Hotel. Dort, wo Sie Hausherrin sind. Lassen Sie sich einen ruhigen Raum zur Verfügung stellen. Am besten, Sie nehmen eine Suite. Schlaf- und Arbeitszimmer. Dann können Sie das Briefing beenden, wenn Sie es für richtig halten.«

»Das würde Frau Dr. Kaltwasser niemals zulassen.«

»Folgt Sie Ihnen in Ihr Schlafzimmer?!«

»Es ist ihr zuzutrauen. Sie klopft niemals an, wenn sie in meine Garderobe kommt.«

»Das ist das erste, was Sie ihr beibringen werden. Fordern Sie sie auf, anzuklopfen, wenn sie Ihre Garderobe betritt.«

»Ja.« Mir sank das Herz in die Hose. In meiner schrecklichen Harmoniesucht hatte ich noch nie im Leben jemanden zu irgend etwas aufgefordert. Höchstens nett gebeten. So war ich erzogen. Nett und freundlich zu bitten. Und ansonsten einem Konflikt aus dem Weg zu gehen. Hach, daß mir das aber auch noch auf meine alten Tage passieren mußte!

»Sollen wir das üben?«

»Was?«

»Das Auffordern zum Anklopfen. Wir können das üben. Ich bin jetzt die Kaltwasser und komme rein…« Dorabella Andreas erhob sich und öffnete die Tür. Melancholische Klänge vom dicken Klavierspieler quollen uns entgegen.

Ich saß auf meinem Stuhl und fühlte mich genauso klein und elend wie in Berlin in meiner vergitterten Zelle in den Filmstudios.

Frau Andreas riß die Tür auf und kam herein.

»Würden Sie bitte anklopfen«, sagte ich freundlich.

»Wieso!« sagte Frau Andreas. »Ich HABE angeklopft.«

»Und? Habe ich ›Herein‹ gesagt?«

Frau Andreas lachte breit. »Sehen Sie. Sie können doch. Genauso machen Sie es. Respektvoll im Umgang, hart in der Sache.«

Ich kniff die Lippen zusammen und seufzte auf. »O.K. Nächste Lektion?«

»Die Kritik. Sie sind jetzt die Kaltwasser, und ich bin Franka Zis.«

Au ja, dachte ich. Das Spielchen beginnt, mir Spaß zu machen.

»Frau Zis«, sagte ich und versuchte genau den schneidenden Ton von Frau Dr. Kaltwasser zu treffen. »Sie haben sich Ihre Sendung kaputtgemacht.«

»Und Sie machen sich Ihre Moderatorin kaputt«, sagte Frau Andreas freundlich.

Ich schluckte. Buff. Was sollte ich jetzt noch für Geschütze auffahren?

»Sie waren schlecht und haben außerdem sechs Minuten überzogen. Sie haben die wochenlange Arbeit der Rechercheure zunichte gemacht. Sie haben sich nicht an unsere Vereinbarungen gehalten. Wir hatten ganz andere Fragen und einen anderen Ablauf vereinbart. Sie sind quer durch die Kameras gelaufen, Sie sind den Gästen ins Wort gefallen. Die Sendung kann nicht ausgestrahlt werden.«

»Sie sind MIR ins Wort gefallen«, sagte Frau Andreas alias mutige Franka. »Sie haben mir während der Sendung ununterbrochen Anweisungen gegeben.«

»Frau Zis, ich muß Ihnen Anweisungen geben, weil Sie nicht in der Lage sind, eine einstündige Sendung allein zu moderieren. Sie sind unprofessionell und unerfahren.«

»Ich bin unprofessionell und unerfahren. Und es ist Ihre Aufgabe, mich besser vorzubereiten. Sie sollen mich nicht verunsichern, Sie sollen mir den Rücken stärken. Während der Sendung übernehme ich die Verantwortung für Ablauf und Inhalt.«

»Das kostet den Sender viele tausend Mark. Sie sind zu riskant für den Sender.«

»Der Sender wollte mich. Wenn er Sie gewollt hätte, hätte er Sie gefragt.«

»Nein, halt, Stopp«, sagte ich erschöpft. Ich sank auf die Stuhlkante zurück. »So will ich nicht streiten. Ich kann nicht.«

»Dann seien Sie feige und weiter schlecht.«

»Soll ich mit knapp vierzig anfangen, streitsüchtig zu sein?«

»Nicht streitsüchtig. Selbstbewußt. O.K., wir kriegen das auch anders hin.« Frau Andreas holte einen dicken Ordner hervor und schlug die erste Seite auf. Da standen nur vier Worte in großer Schrift untereinander:

WICHTIG

OFFEN

STÖREND

ERFREULICH

Sie hielt mir die Mappe unter die Nase. »So, Frau Dr. Kaltwasser. Sie sagen mir jetzt bitte, was Sie an dieser Sendung wichtig fanden.«

»Welche Sendung?«

»Nehmen wir die letzte. Die ich gesehen habe. Worum ging's da? Kaufrausch. Was war Ihnen an dieser Sendung wichtig?«

»Wichtig wäre mir eine gute Moderatorin gewesen«, sagte ich. »Aber sie war leider schlecht.«

»Was ist Ihrer Ansicht nach offen geblieben?«

»Offen geblieben? Alles. Viele der verabredeten Themen sind nicht zur Sprache gekommen.«

»Danke. Was fanden Sie störend?«

»Alles. Die Moderatorin sah trutschig aus. Aufgetakelt und hochtoupiert und angemalt. Sie bewegte sich wie eine Marionette. Sie unterbrach die Gäste und hörte ihnen nicht zu. Die ganze Moderatorin war störend.«

»Danke. Was fanden Sie erfreulich?«

»Nichts. Da war wirklich nichts Erfreuliches. Höchstens, daß es die letzte Sendung der ersten Staffel war. Daß ich mit der Abendmaschine nach Hause fliegen konnte.«

»Danke.« Frau Andreas klappte das Buch zu. Sie lächelte mich freundlich an. »So hat eine Kritik auszusehen. Wie lange haben wir dafür gebraucht?«

»Eine Minute«, sagte ich. »Höchstens.«

»Warum fiel sie so kurz aus?«

»Weil Sie nicht darauf reagiert haben«, ging mir ein Licht auf.

»Sehen Sie«, sagte Frau Andreas. »Kritik ist wichtig. Gezielt und knapp. Ohne Ihren Kommentar. Geben Sie diese Mappe jedem Ihrer Mitarbeiter der Reihe nach in die Hand. Am Schluß sagen Sie freundlich, aber bestimmt ›Danke‹ und klappen die Mappe zu. Dann gehen Sie zur Tagesordnung über.«

Ich starrte sie an. »Und das ist alles?!«

»Nehmen Sie Kritik niemals persönlich«, sagte Frau Andreas. »Wer die Sendung kritisiert, kritisiert nicht automatisch SIE. Die meisten verwechseln das. Mit diesen vier Punkten hier kann das nicht mehr passieren.«

»Danke«, sagte ich. Fast hätte ich Frau Andreas umarmt. Wie abgeklärt die war! Und wie überlegen!

»Sonst noch Fragen?«

»Ja! Wie kann ich vermeiden, daß sie mich in Sachen zwängen, die nicht zu mir passen? Daß sie mir die Haare so grauenhaft machen? Daß sie mich zwingen, mich so albern zu bewegen?«

»Da kann ich Ihnen nichts raten«, lächelte Frau Andreas vielsagend. »Ich bin seit zwanzig Jahren beim Radio. Und ich weiß schon, warum ich so gerne beim Hörfunk bin.«

Nach dieser Lektion bei der großen, weisen Dame fühlte ich mich wie einmal über den Atlantik gesegelt. So, Leute. Jetzt kann mir keiner mehr was. Ich erzählte Marie, Paula und Alma mater begeistert davon.

»Die ist eine ganz tolle Frau«, schwärmte Paula. »Früher habe ich immer ihre Sendungen gehört. Als es dich und deine Kinder noch nicht gab.«

»Daß sie mir dermaßen selbstlos hilft...«, sagte ich fassungslos.

»So was macht man doch unter Frauen aus lauter Solidarität!« entrüstete sich Alma mater. »Wir damals nach dem Krieg... wenn wir nicht so zusammengehalten hätten...«

»Nicht nur nach dem Krieg«, lachte Marie. »Frauen sollten

IMMER zusammenhalten! Was da für eine POWER frei wird! Die muß nur in die richtigen Bahnen gelenkt werden!«

Und das taten wir dann auch.

Wir räumten in unserem Haus herum, wir schleppten Kisten und rollten Teppiche, und Alma mater arbeitete froh im Garten und wußte immer, welche Kiste wohin gehörte, wenn ich mal wieder überhaupt keinen Durchblick hatte.

Der Sender schickte mir die ersten Kritiken. Sie waren vernichtend, genau, wie ich es erwartet hatte. »Jetzt talkt sie auch noch«, stand da. »Warum macht sie das? Sie sollte bei ihren Kindern zu Hause bleiben wie andere dreifache Mütter auch!« – »Trutschig, farblos, blaß und brav«, metzelte man mich nieder. Und ich konnte das noch nicht mal ungerecht finden.

Es waren Zeitschriften, die Alma mater seit Jahren abonniert hatte. Ich liebte sie dafür, daß sie mir keinen dieser Artikel gezeigt hatte. Sie konnte schweigen, wenn sie es für angebracht hielt. Und sie hielt es oft für angebracht.

Marie ging jeden Abend trainieren und kam absolut glücklich nach Hause. Diese Sportart war genau das richtige für ihr jahrelang unterdrücktes Power-Potential. Über ihren Alex sprach sie nicht oft. Ich mochte an ihr, daß sie nicht ständig schimpfte und lamentierte.

Ich erzählte ihr aus irgendwelchen Gründen auch nicht von Dr. Karl. Sie hätte mich ausgelacht und gesagt, was gibst du dich mit so einem Macho ab. Dafür erzählte ich ihr gern und ausführlich von meinem Freund Wohlscheitel.

»Und da läuft gar nichts?« fragte Marie interessiert.

»Nö«, sagte ich. »Dazu ist er viel zu wohlerzogen.« Und das stimmte ja auch.

Eines Tages absolvierte Marie mit Bravour ihre Wing-Tsun-Prüfung. Sie konnte hauen und stechen und treten, sie nahm es mit zwei Kerlen gleichzeitig auf, sie schlug ihre Widersacher mit den Köpfen zusammen, sie schleuderte Messer und Pistolen mit der Handkante weg, sie trat die Kerle gezielt zwischen die Beine und stach ihnen in die Augen, sie konnte sogar gewisse Teile abbeißen, wenn es drauf ankam.

Ich war vor Ehrfurcht erstarrt. Jetzt war sie staatlich geprüfte Wing-Tsun-Lehrerin. Manchmal zeigte sie den Kindern ein paar Griffe, aber die wollten im Grunde nur boxen und treten und »Du Eierloch« schreien und mit Dreck werfen, und Alma mater fand, das sei ganz normal in dem Alter.

Nachdem Marie ihre »Lizenz zum Hauen« und auch noch die »Lizenz zum Hauen-Lehren« erworben hatte, meldete sie ihren Laden beim Gewerbeamt an. Ich telefonierte mit allen möglichen Journalisten, die ich kannte, und regte an, doch eine große Bildreportage über Marie in die Frauenpresse zu bringen, damit sich auch bundesweit interessierte Frauen anmelden konnten.

Das war praktisch, denn bei dieser Gelegenheit schlugen wir gleich noch die zweite Fliege mit derselben Klappe: Wir begannen sehr gezielt, Maries Modekollektion »Forty-Fun« zu bewerben. Wenn Marie nicht schlug und trat, stand sie in ihrem geschmackvollen, hellen Atelier und entwarf Schnitte. Ich fand ihre Modelle wunderschön, und Marie versprach, daß ich während der nächsten Talkshow-Staffel ihre »Forty-Fun«-Modelle tragen durfte. Falls Frau Dr. Kaltwasser mich ließ. Wahrscheinlich bestand sie auf Lautenbichler, nur um mich zu ärgern.

Mehrere Reporterinnen kamen zu uns in das »Weibernest«, fotografierten uns im Trainingsstudio und im Modeatelier. Sie zeigten sich sehr beeindruckt von Marie, und ich war stolz auf sie. Allerdings war keine einzige Reporterin bereit, Marie mal allein zu fotografieren oder zu interviewen. Immer hieß es »Die Freundin von Franka Zis«. Ich mußte mit auf sämtliche Fotos, in »Forty-Fun«-Moden gekleidet, und sogar auf die Wing-Tsun-Fotos mußte ich, obwohl ich nicht das geringste davon verstand. Marie zeigte mir auf die Schnelle, wie man eine flache Hand an die Kehle des Gegners haut, aber ich war schrecklich plump und unfotogen, und außerdem konnten wir kaum stehen vor Lachen. Paula und Alma mater hielten derweil die Kinder in Schach und amüsierten sich königlich.

Auch meldeten sich mehrere Agenten und Manager, die Marie und mich unter Vertrag nehmen wollten. Jeder hatte ein noch besseres Konzept ausgearbeitet, mit dem er uns promoten wollte: mit Fernsehauftritten in Talkshows, mit Autogramm-touren in deutschen Einkaufscentern, mit Radio-Promotion-Touren und mit Galaauftritten bei großen Unternehmern und reichen Juweliersgattinnen und Benefizkonzerten. Fotoagenturen wollten uns exklusiv und beschimpften die jeweiligen Konkurrenten als Stümper und Halsabschneider.

Ich war ziemlich sicher, daß wir vier Frauen uns selbst promoten könnten, wenn die Zeit reif wäre. Paula hatte die allerbesten Qualifikationen, wenn es darum ging, geschäftliche Kontakte zu knüpfen und gierige Interessenten freundlich, aber bestimmt verbal in ihre Schranken zu verweisen.

»Gut Ding will Weile haben«, sagte auch Alma mater. »Lassen Sie sich von diesen Halsabschneidern nicht bevormunden! Wir brauchen hier keinen Mann!«

Und dann sprang sie wieder mit Anlauf vom Baugerüst in die Sandhaufen.

»Hast du schon die Zeitung gelesen?« Marie klopfte an die Badezimmertür.

»Nein. Komm rein.« Ich war gerade wieder mit meinen blöden Heißwicklern zugange, weil wir nachmittags noch einen Fototermin haben würden. Immerhin gelang mir selbst eine wesentlich jugendlichere Frisur als Friedlinde Bauch. Bei der alterte man innerhalb einer Stunde um Jahre.

Marie hatte im Moment keinen Sinn für mein Haarproblem. Sie sah immer klasse aus, ob sie nun schwitzte oder gerade geduscht hatte oder aus dem Bett kam oder aus dem Wing-Tsun-Studio. Sie war eine Schönheit.

»Hier. DU machst ein Modeatelier auf, DU eröffnest eine Kampfsportschule, DU machst dich gerade selbständig. Von mir ist überhaupt keine Rede.«

»Gib her!« Ich riß ihr die Blätter aus der Hand. Tatsächlich. Kein einziger Journalist hatte sich die Mühe gemacht, Marie überhaupt zu erwähnen.

»JETZT MACHT SIE AUCH NOCH MODE!« lautete die Überschrift im »Rheinischen Stadtmerkur«. Und dann ein Bild von mir in Maries tollstem Hosenanzug. Marie hatten sie einfach weggeschnitten und mit keiner Silbe erwähnt. Auch der »Kölnische Anzeiger« äußerte sich ähnlich beleidigt: »KÖLNS NEUE PLAUDERTASCHE IST SICH FÜR NICHTS ZU SCHADE!« Auf dem Foto waren Marie und ich in Kampfstellung zu sehen, allerdings in Abendkleidern. Marie sah man nur von hinten. »Um ihre neue Modekollektion zu bewerben, tut Franka Zis alles«, stand unter dem Bild. »Ihr ist keine Stellung zu gewagt.«

Ich sank auf den geschlossenen Klodeckel.

»Das darf nicht wahr sein.«

Marie hielt mir noch ein paar Frauenzeitschriften unter die Nase. Nicht vorwurfsvoll, nicht giftig, aber traurig und niedergeschlagen war sie. Und das konnte ich nur zu gut verstehen. Überall war ich zu sehen, in Abendmode, in Kampfkleidung, überall nur ich, ich, ich. Von Marie sah man nur Schatten. Wenn überhaupt.

»DIE PERFEKTE FRAU KANN EINFACH ALLES!« schrieb »Frauenpower«. »Nach dem Bestseller und der Talkshow eröffnet sie nun auch noch eine Modeatelier. Und wehe, Sie kommen der Powerfrau zu nahe! Gerade hat sie auch noch eine Kampfsportschule für Frauen gegründet. Wie sie das alles schafft, verrät sie uns auf Seite sieben…«

»NUN TRITT SIE AUCH NOCH UM SICH!…«, schrieb »Wichtiges am Wochenende«. »Deutschlands karrieregeilste Mutti macht sich fit für den großen Kampf gegen die Konkurrenz und für die Einschaltquoten…«

Und der »Alster-Star« schrieb, verpackt in ein getürktes Kurzinterview: »FRAU ZIS, KRIEGEN SIE DEN HALS NICHT VOLL?« Aber das schlimmste war: Sie setzten meine Freundschaft mit Marie aufs Spiel. Für eine dämliche, fette, reißerische Überschrift.

»Marie!« stammelte ich. »Das habe ich nicht gewollt!«

»Ich weiß«, sagte Marie.

»Du bist mir nicht böse?«

»Natürlich nicht! Du hast alles versucht, um mich zu promoten. Sie wollen DICH. DU bist der Star.«

»Ich bin kein Star. Ich bin ein armer Wurm! Und sie versuchen, gegen mich Wind zu machen. Das alles hier ist hämisch und gemein.«

»Aber du bist berühmt. Und ich interessiere keinen.«

»Was sollen wir nur machen?!«

»Hauen«, sagte Marie.

Sie ließ mich mit meinen Lockenwicklern auf dem Klodeckel sitzen und verließ bitter lachend das Bad. Ich griff zum Telefon neben der Klospülung und rief Enno an.

Die Zeit war wie im Flug vergangen, und dann war plötzlich wieder Tooksso-Time. Ich wand mich unwillig bei dem Gedanken daran, daß ich wieder eine Woche in Nowosibirsk verbringen sollte, angepupst von Frau Dr. Kaltwasser, deren Umgangston so gar nichts mit dem gemein hatte, was ich nun von zu Hause gewöhnt war. Bei uns wurde gescherzt und gelacht und auch mal gepiekst und gestritten, aber wir waren alle herzlich, freundschaftlich und voller Lebensfreude und Schaffensdrang. Warum konnte das nicht in anderen Frauenteams so sein? Ich wurde immer unruhiger und schlief schlecht.

Von Dr. Karl war nichts zu hören. Kein »Hal-lo«, kein »Wie geht es Ih-nen!«. Dachte er noch manchmal an mich? Warum rührte er sich nicht? Warum rief er nicht an? Am Mittwoch vor der nächsten Sendestaffel hatte ich noch kein einziges Lebenszeichen von meiner Redaktion. Kein Anruf, kein Exposé, kein Fax. Diesmal war ich gewappnet: Paula und Alma mater hatten sich darauf eingestellt, am Wochenende die Kinder aus dem Verkehr zu ziehen, damit ich gegebenenfalls Tag und Nacht die Sendungen vorbereiten könnte. Paula wollte bei uns schlafen, um mich zu entlasten, damit ich nicht wieder vollkommen kaputt war, wenn ich in Berlin ankam.

Marie fuhr tapfer nach Hamburg auf eine Modemesse. Sie ließ sich nicht unterkriegen. Kein einziges Mal mehr erwähnte sie die verpatzte Presseaktion. Ihren goldigen Maxie ließ sie bei uns. Paula hatte ihn sofort als neues Kind im Hause angenommen. Ihm ging es bei uns gut.

Am Donnerstag hatte ich immer noch nichts von der Redaktion gehört.

Es war schon aufregend: In den Fernsehzeitungen war meine nächste Sendung angekündigt, mit Bild und Thema, aber ich, ich war noch nicht im mindesten vorbereitet.

Die Marionette in mir begann sich schon unwillig auf der Stelle zu drehen.

Am Freitag trudelte das erste Manuskript ein. Es bestand aus vierzig losen Seiten, drei losen Fotos und einem von Frau Dr. Kaltwasser vorgefertigten Sendeablauf. Sie hatte sämtliche Fragen, die ich stellen sollte, bis auf die Sekunde genau geplant und mir im wahrsten Sinne des Worte vor-geschrieben.

Ich sollte das Ganze jetzt nur noch auswendig lernen. Dann würde man die Puppe wieder verkleiden, anmalen, hochtoupieren und aufziehen, und der Aufnahmeleiter würde sie wieder in die Gasse mit den Kaugummis stellen und so lange festhalten, bis die Sendemelodie erklingen würde. Dann würde der Aufnahmeleiter der Puppe einen Stoß geben, und sie würde auf ihren dämlichen Stöckelschuhen bis zu dem Tesafilm-Punkt staksen, den man ihr markiert hatte, und dann würde die Puppe mit den künstlichen Wimpern klappern, ihren grellgeschminkten Mund aufmachen und freundlich in die Kamera eins blicken, hinter der eine aufgestachelte Wespe stand, aber die Puppe würde keinerlei Gefühle zeigen und vom Teleprompter ablesen, was man ihr da hingeschrieben hatte, und dann würde die Puppe mit dem Knopf im Ohr sich umdrehen und genau das tun und sagen, was Frau Dr. Kaltwasser vorher schriftlich und minutiös festgelegt hatte.

Was hatte Dorabella gesagt: »Sie sind keines dieser austauschbaren blond-kühlen Fernsehgesichter. Sie haben Ausstrahlung und Natürlichkeit.«

Ich saß an meinem Schreibtisch und sah in den Garten hinaus, wo Alma mater gerade die letzten Sträucher winterfest machte. Fannylein taperte in ihren Gummistiefelchen mit einem Spaten über das Beet und stocherte in den Büschen herum. Paula saß mit Willi in der Küche und übte »Mutti liebt Lino« und »Loni lügt leider«. Franz hämmerte lustlos seinen fröhlichen Landmann auf dem Klavier. Er erinnerte mich an den traurigen, dikken Klavierspieler, der bei Dorabella Andreas wohnte.

»Nein«, hörte ich mich sagen. Ganz laut. »Nein. Nicht mit mir. Nicht ein zweites Mal.«

Ich griff zum Telefon. Frau Andreas meldete sich sofort.

Sie führte mich wie schon beim letzten Mal zu dem runden Tisch in dem leeren Raum, holte das undefinierbare Heißgetränk und den grobkörnigen Biokuchen von der Anrichte an der Wand, steckte sich eine Zigarette an und sah mich abwartend an.

Ich hielt ihr das lose Manuskript unter die Nase, die drei unterschiedlich scharfen Fotos, den von Frau Dr. Kaltwasser bestimmten Ablauf.

»Seit wann haben Sie das?«

»Seit gerade eben.«

»Wo sind die anderen Manuskripte?«

Ich zuckte die Schultern. »Heute ist ja erst Freitag.«

Frau Andreas stand auf und ging ans Fenster. Draußen verwilderte herbstlich ihr Garten.

»So geht das nicht«, fuhr sie herum. »Sie bringen jetzt entweder Ordnung in den Laden, oder Sie geben's auf.«

»Ich gebe es nicht auf. Eine Freundin von mir sagt immer, ich solle mich nicht so wichtig nehmen. Ich versuche gerade, mich daran zu halten.«

»Sie nehmen sich ab sofort sehr wichtig!« sagte Dorabella. »Sie SIND wichtig! Sich und anderen! Sie sind Millionen von Zuschauern wichtig! Ist das klar?«

»O.K.«, sagte ich. »Ich bin wichtig.«

»Dann nehmen Sie ab sofort das Ruder in die Hand«, sagte Frau Andreas und rauchte heftig gegen die Verandascheibe. »Berufen Sie am Montag morgen als erstes eine Sondersitzung ein.«

»Ich…? Berufe eine… Sondersitzung ein?«

»Hier. Sie brauchen was zum Festhalten.« Dorabella Andreas kramte ihre Mappe hervor und drückte sie mir in die Hand. Da standen die vertrauten Worte, an denen man sich so gut entlanghangeln konnte.

WICHTIG

OFFEN

STÖREND
ERFREULICH

Ich sah sie fragend an. »Un getz?«

»Schreiben Sie. Wichtig. Los. Was ist Ihnen wichtig?!«

»Ähm… wichtig ist mir ein guter Umgangston. Humor. Herzlichkeit. Menschliche Wärme. Daß wir alle am gleichen Strang ziehen. Miteinander arbeiten. Nicht gegeneinander. Wichtig ist mir Zuverlässigkeit. Daß ich die Manuskripte rechtzeitig bekomme. Und am allerwichtigsten ist mir, daß ich ich sein darf. Nicht diese geklonte Barbiepuppe.«

»Gut. In der Reihenfolge der Wichtigkeit. Hier. Nehmen Sie Zettel. Schreiben Sie's auf, und kleben Sie's untereinander.«

Ich war eifrig und willig wie ein Schulkind. »Mutti mahlt Mehl«-mäßig schrieb ich mit heiliger Andacht alle meine Anliegen auf und klebte sie unter »Wichtig.« »Loni ist wichtig.«

»Na bitte.« Dorabella rauchte an die Scheibe. »Jetzt: Offen. Was ist offen geblieben? Welche Unklarheiten bestehen?«

»Offen bleibt mir nach wie vor, wie ich moderieren soll. Lustig, spontan, schlagfertig? Oder geplant, getimet, ferngesteuert? Offen bleibt mir auch, wie ich die Gäste erkennen soll, wenn ich so schlampige Fotos bekomme. Offen bleibt mir der Umgang mit den Gästen. Wo bleiben die nach der Sendung? Warum gibt es kein Nachgespräch? Ich will wissen, wie es den Gästen nach der Sendung geht!«

»Sehr gut. Schreiben Sie es auf, und kleben Sie es hin.«

»Außerdem ist mir völlig offen, wer wer ist im Team. Ich kenne die Mitarbeiter nicht. Eine Kamerafrau war deshalb so beleidigt, daß sie mir vor versammelter Mannschaft und eine Stunde vor der Sendung eine Szene gemacht hat.«

»Und das hat Ihre Redakteurin zugelassen?«

»Sie hat gesagt, das sei nicht ihr Problem.«

»Vergessen Sie diese Frau ein für allemal. Solche Mitarbeiter brauchen Sie nicht.«

»Ich weiß allerdings grundsätzlich nicht, wer für welche Aufgabe zuständig ist und an wen ich mich mit welchem Anliegen wenden kann. Niemand hat mir die Mitarbeiter vorgestellt.«

»Schreiben Sie's!! Unter ›offen‹. Jemand soll Sie herumführen und mit allen bekannt machen. Das ist ja wohl das mindeste. So.« Ihre Rauchschwaden gegen die Fensterscheiben wurden immer heftiger.

»Offen ist auch«, nahm ich den Faden begeistert wieder auf, »wie ich auf die Sekunde sechsundfünfzigdreißig moderieren soll, wenn ich nicht auf die Uhr schauen kann.«

»Schreiben Sie's hin«, forderte mich Frau Andreas auf. »Fordern Sie eine Uhr. Eine große. Besser zwei. Mit Leuchtziffern. Und Sekundenzeigern. DAS sind die Aufgaben dieser Frau Kaltwasser. Nicht, Sie kleinzumachen!«

»Aber sie will mich nicht kleinmachen... sie will mir helfen!«

»Dann helfen Sie ihr dabei! Indem Sie Ihre Wünsche formulieren!«

»Ja«, sagte ich artig. »Mach ich.«

»Los, jetzt: ›Störend‹. Schreiben Sie auf. Hier. Nehmen Sie die grünen Zettel. Was finden Sie störend?«

Ich schrieb mit rausgestreckter Zungenspitze, was mich störte. Wahrscheinlich hatte ich ganz rote Backen. Toll! Schönes Spiel! Macht Spaß!!

Es mußte eine Stunde vergangen sein. Frau Andreas unterbrach mich nicht. »So«, sagte sie, als sie sich eine neue Zigarette angesteckt hatte. Sie warf einen Blick auf die vollgekritzelte Mappe. Ich fühlte mich wie ein Kind, das seine Schularbeiten vorzeigt.

»Wo ist der Knopf?«

»Welcher Knopf?«

»Der Knopf im Ohr. Warum steht der nicht unter ›Störend‹?«

»Frau Andreas, ich habe mir überlegt, daß ich mich doch sicherer fühle, wenn ich den Knopf im Ohr lasse. Ich meine, Frau Dr. Kaltwasser ist eine erfahrene Redakteurin...«

»Wenn Sie sich jetzt nicht trauen, sich zu befreien, trauen Sie sich nie mehr.«

»Vielleicht noch eine Sendestaffel...«

»Jetzt oder nie.«

»Frau Dr. Kaltwasser wird sehr böse sein...«

»Das ist nicht Ihr Problem.«

»Doch! Das IST mein Problem! Ich kann nicht arbeiten,

274

wenn jemand auf mich böse ist, ich bin harmoniesüchtig, nennen Sie es meinetwegen feige, aber ich habe nie gelernt zu kämpfen, und wenn ich jetzt noch den Knopf verweigere…«

Frau Andreas riß einen ganz besonders großen Zettel vom grünen Stapel und schrieb darauf: »Knopf im Ohr.« Dann pappte sie ihn als oberstes unter ›störend‹. »So«, sagte sie. »Und da bleibt er!«

»Wir haben Besuch«, raunte Paula, als ich mit geröteten Ohren nach Hause kam.

»Und?« fragte ich zurück. Wenigstens Dr. Karl, der mir unter vielen Entschuldigungen die restlichen Manuskripte bringt? Ich bekam Herzklopfen.

»Enno und FRAU Gabernak. Und der Hund. Ajax.«

»Was wollen die denn schon wieder? Immer wenn ich Streß mit der Sendung hab, tauchen die hier unangemeldet auf!«

Mit Enno allein hätte ich mich allzu gern unterhalten. Er wollte mir ja in bezug auf Marie promotionmäßig auf die Sprünge helfen. Aber die Biedere mit der Fönwelle und der fliederfarbenen Rüschenbluse? MUSSTE das sein?«

»Es ist Wochenende«, zuckte Paula die Schultern. »Da hat die Frau Mandantin Langeweile.«

Tatsächlich. Da saßen sie. Herr und Frau Gabernak. Sie sahen spießiger aus als Loriot und Evelyn Hamann in ihrer Nummer mit der Nudel. Ernsten Gesichtes saßen sie auf meinem roten speckigen Sofa. Im dunkelblauen Blazer mit Goldknöpfen. Und tranken Kaffee. Der Köter sprang auf mich zu und knurrte.

»Hallo, Enno!«, sagte ich in gespielter Munterkeit. »Hallo, FRAU Gaberniak! Hallo, Ajax!«

»Frau GaberNAK!« sagte Frau Gabernak.

»Hab ich doch gesagt«, wunderte ich mich. »Frau Gabernak.«

»Sie haben Frau GaberNIak gesagt«, beharrte Frau Gabernak. »Ich heiße aber Frau GaberNAK.« Wenn sie noch einmal sagt, daß sie Frau heißt, dachte ich, dann haue ich sie.

Enno fing meinen Blick auf. Er tat mir so leid! Wie konnte das nur passiert sein, daß er in die Fänge dieser schlichtgestrickten, engsichtigen Frau geraten war! Daß sie kochen und putzen konnte, war zwar toll, aber so was konnte er sich doch auf elegantere Weise leisten!

»Oh, das tut mir leid. Ich hab mich nur versprochen. Ich bin gerade mitten in der Vorbereitung für meine nächsten Talkshows, und da sind so viele Namen zu lernen...« Ich hörte schon wieder Frau Andreas schimpfen. Wollen Sie sich wohl durchsetzen! Das ist IHR Haus! Schmeißen Sie sie raus! Solche Leute brauchen Sie nicht! Sie müssen arbeiten!

Aber ich schaffte es einfach nicht. Ich stand verlegen da und schämte mich.

»Den Namen meiner... Bekannten«, Enno räusperte sich, »könntest du dir aber schon merken.«

»Nun hast du dich wieder so geräuspert«, sagte Frau Gabernak besorgt. »Schatz. Du wirst dir doch nichts gefangen haben?« Sie strich ihm durch das Gesicht wie einem Schuljungen. Daß sie nicht mit Spucke auf seiner Backe herumwischte, war alles.

»Wo sind die Kinder?«

»Spielen mit Alma mater im Dreck«, sagte Enno ungehalten.

»Zustände sind das hier«, sagte FRAU Gabernak. »Ich denke, dafür haben Sie dieses Kindermädchen, wie heißt sie gleich, Paula.«

»Dieses Kindermädchen«, sagte ich, »heißt FRAU Rhöndorf.« So. Das zum Thema »Wichtig«. »Und Frau Rhöndorf hat gerade eine Besprechung mit dem Architekten.«

»Frau Gabernak hat sich übrigens auch Gedanken über deinen Umbau gemacht«, sagte Enno. »Deshalb sind wir extra hergekommen.«

Was hätte jetzt Dorabella Andreas gesagt? Nein danke. Wenn ich Sie brauche, werde ich Sie fragen.

Aber ich sagte nichts. Ich blickte die beiden abwartend an. Vielleicht würden sie merken, daß sie ungelegen kamen, und einfach wieder gehen?

»Frau Gabernak möchte dich beraten.«

Auch das noch. Wie sollte ich mich da bloß einigermaßen höflich rauswinden? Ich blickte abwartend vor mich hin.

»Ihr ganzes Mobiliar hat keinen Designeranspruch«, hob

Frau Gabernak an. »Das fällt alles auf Sie zurück. Deswegen habe ich mir überlegt, wie wir mit ein bißchen flottem Schick das Mobiliar etwas aufbessern können. Auch brauchen Sie unbedingt Gardinen und passende Velours. Geld haben Sie ja jetzt.«

»Dieses Kindermädchen« erschien in der Tür. Paula hatte vier dicke braune Umschläge in der Hand. Das waren die Manuskripte! Endlich!

»Die sind gerade mit UPS gekommen«, sagte Paula diskret.

»Ich fange SOFORT an zu arbeiten«, rief ich mit Nachdruck.

»Bei Ihnen tut es wohl die normale Post nicht mehr«, sagte Frau Gabernak. »Jetzt muß es auch noch per Eilpost gehen! Klar, daß Sie überhaupt keine Zeit für Ihre Einrichtung haben. Aber ich werde Ihnen ab sofort mit Rat und Tat zur Seite stehen.«

»Soll ich sie dir auf deinen Schreibtisch legen?« Paula wollte mir Hilfestellung geben, die Gute.

»Ja bitte. Dann kann ich GLEICH anfangen!«

Frau Gabernak ignorierte sie. »Also Enno und ich, wir finden, Sie sollten eine Eckbank in der Eßecke einrichten lassen. Eine Eckbank ist immer was Gediegenes. Außerdem denke ich für Sie an einen Wintergarten. Ein Wintergarten macht wahnsinnig was her.«

»Ich will gar nichts hermachen«, sagte ich.

»Dann hab ich mir überlegt, daß Sie einen Partykeller einrichten sollten«, sagte Frau Gabernak.

Ich wollte Luft holen und ihr erklären, daß Marie sich bereits ein chinesiches Kampfkunststudio eingerichtet hatte. Und daß ich Partykeller spießig finde. Aber Frau Gabernak war noch nicht fertig.

»Den kann man wunderbar dekorieren. Ich mache Ihnen da mal einen Plan. Mit einer soliden Bar und mit sechs Barhockern. Und eine gediegene Eckbank, falls es gemütlich werden sollte. Und eine Panoramatapete. Und dann können Sie Fischernetze anbringen lassen und Muscheln und Fische und Angelruten und so weiter. Sehr stilvoll wirkt das. Da kann man die Gäste bewirten, die man im Wohnzimmer nicht haben möchte.«

Also so was wie dich, ging es mir durch den Kopf. Dich und deine knurrende Ratte.

»Bald kommt die Zeit, da schleppen die Kinder hier ja noch jede Menge andere Halbwüchsige an«, sagte Frau Gabernak. »Und die bringen dann Dreck ins Haus. Dann kann man sie am besten gleich in den Partykeller führen.«

»Du siehst«, sagte Enno, »Frau Gabernak hat alles durchdacht.«

»Was ist mit Marie? Hast du dir darüber mal Gedanken gemacht? Wie können wir ihre Projekte promoten? Ehrlich gesagt, Enno, das finde ich jetzt viel wichtiger…«

»Ein Partykeller macht immer was her«, sagte Frau Gabernak, indem sie die Kaffeetasse zum Munde führte. »Wer macht Ihnen eigentlich immer die Haare?«

»Eine Maskenbildnerin«, sagte ich genervt. »Enno. Was ist mit Marie? Sie braucht jetzt Öffentlichkeitsarbeit, sonst wird ihr ganzer Laden nichts! Du sitzt doch an der Quelle!«

»In Ihren Sendungen, da sehen Sie gut aus. Sehr gediegen und sehr damenhaft. Aber hier zu Hause, da sollten Sie so nicht rumlaufen.«

»Wie? So?« Ich faßte mir ratlos in die Haare. Die hatte ich mir bei Dorabella allerdings stundenlang gerauft.

»Na, mit diesen Sauerkrauthaaren. Sie sind jetzt eine Person des öffentlichen Lebens. Da können Sie so nicht mehr in die Öffentlichkeit. Auch nicht privat. Das fällt auf Ihre Kinder zurück. Die Leute reden über Sie.«

»Lassen Sie sie reden«, maulte ich sauer. Ich warf Enno einen wütenden Blick zu.

»Also, meine Friseuse hat gesagt…«

»ENNO!! Wie können wir Maries sensationelle Marketingideen an die Öffentlichkeit bringen? Ich meine es ernst, Enno! Das Modeatelier für die Dame über Vierzig schreit nach Verwirklichung!« Ich warf der biederen Bluse von der Gabernak einen vernichtenden Blick zu. »Und die Selbstverteidigung erst! Avci-Wing-Tsun für Frauen, die sich zu behaupten wissen! Das ist genial! Es muß doch Mittel und Wege geben, Maries Ideen öffentlichkeitswirksam zu vermarkten!!«

»Laß dich überraschen«, sagte Enno. »Wir haben da schon einen Plan.«

»Und dann – noch was…« Frau Gabernak schien nach den taktvollsten Worten zu suchen. »Diese… Gläser, die Sie uns hier vorsetzen, die haben aber keinen Designeranspruch.«

»Sicher«, sagte ich. »Solche Oberflächlichkeiten sind mir aber auch nicht wichtig. Ich verbringe meine Zeit lieber mit sinnvolleren Dingen.«

Ich wurde rot. Verdammt. Nun hatte ich mich doch aus der Reserve locken lassen. Dabei hatte ich GERADE bei Dorabella gelernt, daß man respektvoll im Umgang, aber hart in der Sache sein sollte! Nichts hatte ich geschnallt, aber auch gar nichts!

»Sie sind doch jetzt eine öffentliche Person«, redete Frau Gabernak weiter. »Da kommen doch immer mal Journalisten oder so… nicht? Haben Sie doch gerade erlebt! Das ganze Haus voll von Journalisten! Sie sehen ja, was dabei herausgekommen ist. Stimmt doch, nicht, daß die nicht gerade freundlich über Sie schreiben? Ich hab da ein Gespür für. Wie du kommst gegangen, so wirst du empfangen. Das gilt auch für Ihren Wohnzimmerschrank. Sie können sich doch jetzt mal was Neues leisten. Oder diese Eßecke. Wie gesagt. Eckbank ist immer was Gediegenes. Meine ich. Eckbank macht immer was her. Ich gehe gern mal mit Ihnen nach Eckbänken gucken.«

»Vielen Dank«, sagte ich und erhob mich. »Aber zerbrechen Sie sich bitte nicht meinen Kopf.«

Enno und Frau Gabernak standen auch auf. Na endlich. Ich schielte nach meinem Arbeitszimmer. Die Manuskripte warteten!

»Also nicht daß ICH was damit anfangen könnte«, sagte Frau Gabernak, während sie ihren Dackel unter dem Tisch hervorklaubte. »Aber meine Bekannten, die fragen schon manchmal nach Autogrammkarten von Ihnen.«

»Wieso fragen IHRE Bekannten nach MEINEN Autogrammkarten?«

Anscheinend hatte Frau Gabernak nichts Besseres zu tun, als ständig damit zu protzen, daß sie mich kannte.

»Ich erwarte von dir, daß du Frau Gabernak ein Autogramm

gibst!« knurrte Enno böse. Die Ratte knurrte auch. Vielleicht wollte sie auch ein Autogramm.

»Ich hab die Autogrammkarten im Arbeitszimmer«, knurrte ich zurück.

Frau Gabernak folgte mir unaufgefordert in mein heiliges Reich. Im Arbeitszimmer hingen viele sehr private Fotos. Von den Kindern und von Menschen, die mir wichtig waren. Von Frau Gabernak hing kein Foto da. Das hatte mir gerade noch gefehlt, daß die hier noch ihre Nase reinsteckte.

»Hier«, sagte Frau Gabernak, indem sie sich interessiert umsah. »Hier haben Sie die Haare nett. Wer hat Ihnen da die Haare gemacht?«

»Weiß ich nicht mehr.«

»Da sehen Sie sehr gepflegt aus. Nettes Kleid. Wer hat Ihnen das angezogen?«

»ICH WEISS ES NICHT MEHR.«

»Rot steht Ihnen überhaupt gut. Schwarz sollten Sie gar nicht tragen. Schwarz macht Sie alt. Wie alt sind Sie?«

»Neununddreißigdreiviertel!«

»Sie sollten in Ihrem Alter überhaupt nicht mehr über Ihr Alter sprechen. Aber sich demgemäß kleiden.«

Klar, dachte ich. Lila Rüschen. Dunkelblauer Faltenrock. Das putzt.

»Ich bin ja auch Typberaterin, also wenn Sie mich fragen…«

»Für WEN soll das Autogramm sein?«

»Für Chlothilde. Schreiben Sie, ›Für Chlothilde‹. Das ist meine Friseuse, wissen Sie. Die würde Ihnen wirklich gern mal die Haare machen. Mit ein paar kleinen, pfiffigen Tricks, da sehen Sie gleich ganz anders aus.«

»Sonst noch einen Wunsch?« Ich behielt nur mühsam die Beherrschung.

»Oh, ich seh mich hier mal so um!«

Ich drehte mich wütend zu Enno um. Der las aber mit Interesse die Bedienungsanleitung zu meinem neuen ISDN-Anschluß.

»Sie waren aber auch mal dicker!« ließ sich Frau Gabernak von der Wand her vernehmen. »Hier sehen Sie ja richtig matronig aus! Wann war das denn? Bestimmt nach einer Geburt, oder? Steht Ihnen aber gut, ein bißchen was Rundes im Gesicht! Im Fernsehen wirken Sie ziemlich faltig! Ist wohl das Licht? Hm? Werden Sie von oben beleuchtet oder von unten? Von unten ist immer unvorteilhaft.«

»Ich möchte jetzt arbeiten!« zischte ich Enno wütend an.

»Sie meint es doch nur GUT!« zischte Enno zurück. »Sie will dir helfen!«

»Danke NEIN!!«

»Welches Make-up benutzt denn Ihre Maskenbildnerin? Und welche Firma kleidet Sie ein? Vor der Kamera wirken Sie viel dicker! Für wen hatten Sie eben das Autogramm geschrieben?«

»Für Chlothilde!« preßte ich zwischen den Lippen hervor.

»Dann unterschreiben Sie mir einfach noch fünfzig Karten. Für meine ganzen Bekannten. Die machen sich alle Gedanken um Ihr Aussehen. Alles Damen, die was davon verstehen.«

Ich hockte mich an meinen Schreibtisch und unterschrieb fünfzig Karten. Sie stand mit aufgestützten Armen davor und diktierte mir die Namen.

Und die Töle knurrte an meinen Waden.

An diesem Montagmorgen im kalten, bewölkten Berlin fühlte ich mich so schlecht wie noch nie. Dabei hatte ich mir so sehr vorgenommen, diesmal die Sache ganz anders anzugehen! Aber es hatte alles schon falsch angefangen. Ich war erst nach einem Wutspaziergang um den Adenauer-Weiher dazu in der Lage gewesen, die restlichen Manuskripte zu lesen. Und die waren unvollständig, und es fehlten Fotos. Frau Dr. Kaltwasser hatte sämtlichen Manuskripten Sendeabläufe beigefügt, die auf die SEKUNDE ausgearbeitet waren. »Gang zu Bühnengast drei: Minute 26'30«, stand da beispielsweise. Verschärfter Grad der totalen Bevormundung und Entmündigung! Der Strafvollzug in Nowosibirsk nahm ungeahnte Formen an! Tiefe Verzweiflung und das Gefühl, es nie, nie, niemals zu schaffen, nahmen von mir Besitz. Ich wollte sofort am Flughafen wieder umkehren. Heim zu meinen Kindern und heim zu meinen Freundinnen. Heim zu den Menschen, die es gut mit mir meinten.

Dabei hatte ich noch den ganzen Sonntag bei Frau Andreas verbracht. Wir hatten Interviews geübt. Bis zum Abwinken.

»Los. Interviewen Sie mich. Fünf Minuten.«

»Frau Andreas, Sie sind Radio-Moderatorin.«

»Ja.«

»Sie moderieren seit zwanzig Jahren jeden Donnerstag eine beliebte und viel gehörte Live-Sendung.«

»Ja.«

»Toll. Das ist bestimmt interessant.«

»Ja.«

Frau Andreas ließ mich auflaufen. »Sehen Sie, daß es ein Eigentor ist, dem Gast seine Antworten vorzugeben? Formulieren Sie die Fragen anders. Mit ›W‹.«

»Kann ich nicht.«

»Natürlich können Sie das.«

»Frau Andreas, wie viele Talkshows haben Sie schon moderiert?«

»Tausende«, sagte Frau Andreas. »Deswegen weiß ich auch, daß man nur aus Erfahrung lernt. Wir haben jetzt genau einen Sonntag Zeit, das zu lernen, was andere innerhalb von Jahren lernen. Also. Stellen Sie eine Frage mit ›W‹.«

»Jetzt fällt mir keine Frage mit ›W‹ mehr ein«, sagte ich unkreativ.

Frau Andreas packte mich an der Schulter.

»Seit wann machen Sie das? Warum? Wer hat Sie darauf gebracht? Wie fing alles an? Was gibt Ihnen das persönlich? Was war Ihr interessantestes Erlebnis? Wer war Ihr spannendster Gast? Welches Thema hat Sie am meisten bewegt? Was war Ihr schwierigstes Thema? Was haben Sie aus dieser Tätigkeit gelernt? Wie bereiten Sie sich vor? Wer sucht Ihre Gäste aus? Wie finden Sie Ihre Themen? Warum machen Sie Radio und nicht Fernsehen? Was halten Sie von Talkshows im deutschen Fernsehen? Was raten Sie Moderatoren, die gerade anfangen? Welche Fehler sind typisch? Wie kann man sie umgehen?«

»Boh«, sagte ich. »Alles Fragen mit ›W‹!«

»Sie fragen nie wieder eine Frage ohne ›W‹«, sagte Frau Andreas. »Wenn gar nichts mehr geht, nehmen Sie ›inwiefern‹.«

»Ja. Inwiefern kann ich Ihnen eigentlich danken?«
Frau Andreas steckte sich ihre hundertste Zigarette an:
»Indem Sie sich ab sofort nichts mehr gefallen lassen. Und indem Sie ein paar vernünftige Sendungen moderieren.«

Um Mitternacht war ich ins Bett gesunken.

Um halb eins klingelte zum letzten Mal der Eilbote und brachte ein einzelnes zerknittertes Foto von einem Gast. Da wachte Fanny auf und weinte und wollte einfach nicht mehr einschlafen, und ich saß bis zehn nach drei an ihrem Bett und dachte über meine verfahrene Situation nach. Es war einfach nur chaotisch. Ich haßte diesen Job. Ich haßte mich dafür, daß ich so heiß darauf gewesen war. Warum blieb ich nicht mit dem Hintern zu Hause wie andere brave Muttis auch? Warum mußte ich als alleinerziehende Mutter von drei Kindern so karrieregeil sein, unbedingt eine Talkshow moderieren zu wollen? Wo es doch schon fünfundzwanzig überflüssige Talkshows gab? Wem wollte ich was beweisen? Die Presse schrieb ja bereits, daß ich den Hals nicht voll kriegte!

Aber das sollte mich nicht davon abhalten, diese verdammte Chance zu ergreifen!! Wenn MÄNNER vielseitig waren, dann war das O.K. FRAUEN kriegten den Hals nicht voll und gehörten als Hexe verbrannt und wurden von der Presse verhöhnt. Ich WOLLTE mich nicht unterkriegen lassen. Dieses Kapitel würde eines der spannendsten meines Lebens werden. Auch wenn ich Federn lassen mußte.

Und jetzt gerade, dachte ich, als ich mich zum hundertsten Mal auf meinem Kopfkissen herumdrehte. Ihr sollt mich alle kennenlernen. Und ich mich auch.

Paula, die goldige, brachte mich am Montag früh um sechs mitsamt allen drei verschlafenen Kindern mit dem Kleinbus zum Flughafen. Wir redeten nicht viel. Als ich ausstieg und meine Koffer auf dem feuchten Gehsteig stapelte, drückte sie mich an ihren weichen Busen:
»Du bist jetzt da, wo du immer hinwolltest. Jetzt mach was draus. Du schaffst es.«

Nein, dachte ich. Ich bin noch lange nicht da, wo ich hinwollte. Aber ich bin auf dem Weg. Und ich lasse mich nicht wegschubsen.

Paula hatte sich eine Träne aus dem Augenwinkel gewischt, und ich hatte durch die Scheibe noch mal alle Kinder geküßt – sie wendeten sich beleidigt ab –, und dann hatte ich eingecheckt. Mit der ersten Montagmorgenmaschine. Die Geschäftsmänner waren so grau und blaß wie die, die Freitag abends mit der letzten Maschine wiederkamen.

Nur kein Selbstmitleid, dachte ich. Paula hat recht. Ich hab es gewollt. Und wenn ich jetzt einen Schritt zurückgehe, falle ich hundert Stufen runter. Nein. Ich weiche nicht. Keinen Millimeter. Auch wenn ich vor Sehnsucht nach den Kindern heulen könnte. Und vor schlechtem Gewissen erst recht. Und wenn die Presse mit Steinen nach mir wirft: Ich tue das Ganze nicht für die Öffentlichkeit. Ich tue es für mich. Es ist mein Leben. Und das lebe ich.

Mit diesen Gedanken saß ich in Berlin im Taxi. Wieder ging es auf der verregneten Stadtautobahn an den häßlichen Industriegebäuden vorbei, am stillgelegten Flughafen, an der Keksfabrik. Dann stand ich wieder im Hof der Justizvollzugsanstalt. Es war zehn vor acht und noch nicht hell. Ich ließ mir meine Koffer geben und schleppte sie über den blauen Linoleumfußboden nach oben. Dort, im dritten Stock hinter den vergitterten Fenstern, würden gleich die Würfel fallen. Ich mußte, mußte, mußte die Oberhand gewinnen. Ich wollte wieder Vorhand spielen. Das hatte ich doch mein ganzes Leben getan!

Ich atmete tief durch und betrat meine Garderobe.

»Ich höre, Sie wollen mit uns sprechen?«

Frau Dr. Kaltwasser war blasser, strähniger und ungeschminkter denn je. Klar. Ich Schuldige. Sie so einfach Montag früh in die Studios zu bestellen. Da war keine Zeit mehr zum Nettmachen gewesen.

Fred, der dicke Unrasierte, Hoss, der Glatzköpfige mit dem Ring im Ohr, Edgar, der Blatternarbige, Viola, die rundbebrillte Tierproduktverweigerin, Andschela mit den schwarzen Ringen unter den Augen und noch eine, die ich bisher nicht gesehen hatte, die aber optisch hervorragend zu den anderen paßte, eine schwarzhaarige ungekämmte Schlaftablette auf Beinen, alle waren sie erschienen und setzten sich mit ihren nach Rauch stinkenden Lederjacken auf das Sofa von Tim Wolke.

Jemand brachte Kaffee und Pappbecher. Ich wartete, bis keiner mehr mit Papiertütchen raschelte und rührte und Milchpäckchen aufriß und murmelte und die Kanne weiterreichte. Das hatte ich ja von Frau Andreas gelernt. Schweigen, blicken und warten.

Es knisterte vor Spannung.

»Ich habe nicht vor, auf diese Weise mit Ihnen weiterzuarbeiten«, sagte ich schließlich. Meine Stimme wackelte noch etwas. Ich räusperte mich. Frau Kaltwasser schien mich bereits unterbrechen zu wollen. Ich sah, wie sie Luft holte und ihre Halsader schwoll. Sie haben diese Show unbedingt haben wollen, Frau Zis! Und alles andere ist Ihr Problem!

Jetzt nicht den Ball aus der Hand geben. Nicht die Offensive verlassen.

»Ich habe darüber nachgedacht, wie wir unsere Zusammenarbeit verbessern können.« Bitte jetzt keine roten Flecke im Gesicht. Keine zuckende Unterlippe. Nicht die Augen senken. Ich hielt mich an Dorabellas Mappe fest.

Abwartende Blicke. Lethargisches Rühren in den Kaffeebechern. Völliges Erstaunen bei Frau Dr. Kaltwasser. Sie vergaß sogar, mich darauf hinzuweisen, daß ICH unbedingt diese Sendung haben wollte.

»Ich habe hier etwas vorbereitet, das Ihnen meine Gedanken nahebringen soll«, sagte ich. »Ich bitte Sie, mich während meiner Ausführungen nicht zu unterbrechen. Sie können nachher einzeln dazu Stellung nehmen.« Ich fixierte sie alle mit einem freundlichen, aber bestimmten Blick.

Und dann schlug ich langsam die Mappe auf.

»Hal-lo!«

»Hallo, Herr Dr. Karl.«

»Wie geht es Ih-nen?« (Kuckuck! Eierloch! Warum haben Sie wochenlang nicht angerufen?)

»Danke.« Punkt. PUNKT!!

Abwartendes Knacken in der Leitung. Das war Herr Dr. Karl von mir nicht gewöhnt. Daß die plauderwütige, mitteilungsfreudige Diva so gar nicht scherzen mochte am Telefon.

»Ich höre, Sie haben der Crew Saures gegeben?!«

»Haben Sie das gehört.« Punkt. PUNKT! Kein »Aber nein, das stimmt doch gar nicht, ich habe lediglich… ich habe doch nur versucht… wissen Sie, ich habe mich nächtens schlaflos gewälzt und bin um Jahre gealtert, und da habe ich mir gedacht, ich müßte vielleicht mal…« Nein. Nichts. Punkt. Ich spiele Vorhand. Der Ball ist schon wieder drüben.

»Frau Dr. Kaltwasser ist befremdet darüber, daß Sie Ihre weitere Hilfe ablehnen.«

Aha, dachte ich. Sie hat gepetzt.

Ich lehne ihre Hilfe doch gar nicht ab, wollte ich antworten. Ich weiß doch, daß sie die viel Bessere ist. Ich brauch sie doch, aber ich kann ihre kalte und dominante Art nicht ertragen! Wenn sie wenigstens nett und herzlich zu mir wäre, da wären wir ein Team…

Nein. Einfach mal gar nichts antworten. Mal sehen, wie der Fisch an der Angel zuckt. Nur freundlich ins Telefon gucken. Und mein Herzrasen geht den gar nichts an. Jedenfalls nicht im Moment.

»Sind Sie noch dran?«

»Natürlich.«

»Sind Sie allein? Können Sie sprechen?«

Aha. Die große rothaarige Verunsicherung.

»Natürlich.« Ich KANN sprechen, ich WILL aber nicht. Ach, Frau Andreas! Einfach freundlich gucken und die Schnauze halten und den anderen kommen lassen. Toll! Klappt! Reden ist Silber, Schweigen ist Gold! Was HATTE ich mich früher immer in überflüssige Erklärungen verstrickt! Schnauze halten! Das sollte eine Fernsehmoderatorin als erstes lernen!

Die Waffe wirkte. Mein scherz- und plauderfreundlicher Dr. Karl war verwirrt. Wunderbar. Vielleicht raufte er sich gerade die Haare, die roten.

»Wie wollen Sie nun weitermachen?«

Aha. Eine Frage mit »W«: Die kann man nicht einsilbig beantworten.

»Auf meine Weise. Die Talkshow trägt meinen Namen.«

»Aber wir wollen Ihnen doch alle nur helfen!«

»Ja. Vielen Dank.« PUNKT.

»Sind Sie sicher, daß Sie sich trauen, die Sendung allein zu moderieren?«

»Ja.« PUNKT.

Nein! Hilfe! Ich mache mir in die Hose! Ich nehme alles zurück, ich werde mich jetzt sofort bei Frau Dr. Kaltwasser entschuldigen und sie anflehen, mir heute abend den Knopf wiederzugeben! Ich werde nie wieder ohne Knopf im Ohr einen Schritt tun!

»Frau Zis?«

»Herr Dr. Karl?«

»Kann sein, daß ich komme.«

»Wie Sie meinen.« Und? Bist DU allein? Kannst DU sprechen? Natürlich siezen wir uns. Kannst du alles haben. WIR sind Profis.

»Frau Zis?«

»Herr Dr. Karl?!«

»Sie können den Doktor weglassen.«

»Bei passender Gelegenheit.«

»Vielleicht ist es wirklich besser für Sie, wenn Sie keinen Knopf im Ohr haben.«

»Wir werden sehen.«

»Na dann... ich wünsche Ihnen eine gute Sendung.«

»Danke. Die wünsche ich mir auch.«

Ich legte auf.

Dann ging ich in die Maske.

»Wie, Sie HABEN es geschafft? OHNE Knopf?«

»OHNE Knopf!«

»Und – wie ist es gelaufen?«

»Es ist, als könnte ich plötzlich schwimmen!! Freiohrig moderieren!! Ein sensationelles Gefühl!«

Sie hatten mir das Telefon freigeschaltet! Ich hatte eine Leitung nach draußen! Es hatte funktioniert! Es hatte alles, alles funktioniert!

»Was war heute Ihr Thema?«

»Die beste Freundin.«

»Na, das kam Ihnen doch entgegen.«

»Moment mal eben!«

Ich ging mit dem Telefonhörer in der Hand zur Tür und drehte den Schlüssel herum. Man weiß ja nie, wer da gleich so reinstürmt. Die beste Freundin jedenfalls nicht.

»Und wie verlief die Sondersitzung heute morgen?«

»Wie geplant!«

»Und Sie HABEN Ihre Kritikpunkte alle an den Mann gebracht?!«

»Ja! Alle! Ich kriege eine neue Garderobe! Im Studio haben Sie eine große Uhr für mich angebracht! Und einen Monitor! Und ich kann vorher mit den Gästen sprechen! Und mit dem Publikum auch! Und es gibt ein Nachgespräch! Mit Schnittchen und Sekt!«

»Das wurde auch Zeit. Was ist mit dem Briefing?«

»Es findet ab der nächsten Staffel in meinem Hotelzimmer statt! Sie buchen mir eine Suite!« Ich senkte die Stimme. Stand da jemand draußen und lauschte?

»Phantastisch. Was ist mit dem Sendungs-Feedback?«

»Morgens von zehn bis halb elf ist WOSE angesagt. ›Wichtig – Offen – Störend – Erfreulich –‹.«

Frau Andreas lachte »WOSE. Das ist gut. Und Sie rechtfertigen sich nicht mehr? Und stammeln keine Entschuldigungen? Und nehmen nichts mehr persönlich?«

»Nö.« Ich lümmelte mich entspannt auf meine Knast-Pritsche und betrachtete die gelben Rosen von Johannes Wohlscheitel. Es war so wunderbar, daß es hier in diesen dicken kalten

Mauern einen Menschen gab, der zu mir hielt. Wohlscheitel hatte mir einen Sektkübel mit einem eisgekühlten Pikkolo in meine Zelle bringen lassen. Den genoß ich, während ich mit Dorabella telefonierte. Mir ging es richtig gut! Der Sekt belebte meine angestrengten grauen Zellen, die den ganzen Tag noch nichts Vernünftiges zu trinken gekriegt hatten.

Amüsiert registrierte ich, wie die Türklinke ruckartig runtergedrückt wurde. Tja, Pech gehabt. Jetzt ist die Diva privat.

»Was hat denn die... wie heißt sie...«

»Dr. Kaltwasser.« Ich senkte die Stimme.

»Was hat die Kaltwasser denn zu ›erfreulich‹ gesagt?«

»Daß sie nicht mehr sechs Stunden schneiden müssen, sondern nur noch drei. Ich habe vier Minuten überzogen.«

»Das ist ihr gottverdammter Job. Andere Moderatoren überziehen vierzig Minuten. Sie soll ihre Arbeit machen und Sie nicht mit Lappalien belästigen.«

»Ich werd's ihr ausrichten.« Ich grinste und nahm einen großen Schluck Sekt.

»Frau Andreas, wie kann ich das wiedergutmachen?«

»Ich habe Ihnen doch schon gesagt, daß wir Weiber zusammenhalten sollten. Gerade in dieser Branche!«

»Ja«, sagte ich. »Wenn doch alle so dächten.«

»Lassen Sie mal. Moderieren Sie morgen gut. Ich denk an Sie.«

»Und ich an Sie.«

Ich legte auf und kippte den restlichen Sekt. Tat das gut!

Es klopfte.

»Ja?« Die Kaltwasser KLOPFTE?!

»Ich bin's, Inge. Ich wollte Ihnen beim Ausziehen helfen!«

»Ja, gern.« Leutselig öffnete ich die Tür.

Inge begann, mir meine Knöpfchen und Ösen und Reißverschlüsse und Goldketten und Gürtelschnallen zu öffnen.

»Entschuldigung, aber ich habe kalte Hände.«

»Das macht doch nichts, Inge. Dafür rieche ich nach Schweiß.«

Inge lächelte fein. »Das tun sie alle, wenn sie aus der Sendung kommen.«

Gerade als ich in Höschen und BH dastand und nach meinem Deoroller kramte, wurde die Tür aufgerissen.

Frau Dr. Kaltwasser. Sie hatte irgendwelche Unterlagen in der Hand und begann übergangslos zu sprechen.

»Unser morgiger Experte, Sie wissen schon, dieser Doktor...«

»Frau Dr. Kaltwasser, ich hatte Sie gebeten, anzuklopfen.« Es war ein ungleiches Spiel. Wenn eine halbnackt ist und nach Schweiß stinkt, während die andere im hochgeschlossenen Rollkragenkostüm in den Ring tritt, ist es immer ungerecht. Trotzdem. Genau diese Situation hatte ich mit Dorabella durchgespielt. Jetzt keinen Millimeter mehr zurück.

Frau Dr. Kaltwasser reagierte genauso, wie Dorabella es vorhergesehen hatte.

»Ich HABE angeklopft.«

Ich richtete mich auf und sah ihr ins Gesicht.

»Und? Habe ich ›Herein‹ gesagt?!«

»Natürlich«, sagte Frau Dr. Kaltwasser. »Sonst wäre ich ja nicht reingekommen. Also dieser Doktor mit der Abhandlung zum Thema...«

»Entschuldigung«, sagte Inge plötzlich hinter meinem Reißverschluß. »Frau Zis hat NICHT ›Herein‹ gesagt. Und Sie haben auch nicht geklopft.«

Der Gästeraum war voll und verraucht. Doch diesmal starrte man mich nicht angsterfüllt an, als ich kam. Jeder der Gäste hatte ein Glas Sekt in der Hand. Man plauderte entspannt, man scherzte und lachte. Als ich eintrat, spendeten sie spontan Applaus.

Ich spürte, daß ich rot wurde vor lauter Glück. Ach, Paula, Marie und Alma mater! Und Dorabella! Wenn ich das in meinem Club erzähle!

»Nicht doch, ist ja schon gut!« Mein Gott, war das wunderbar. Anerkennung nach einer Sendung. Lächelnde Gesichter. Beifall!!

Die Mädels von der Gästebetreuung schenkten mir sofort ein Glas Sekt ein. Man rückte zusammen und machte mir in der

Runde Platz. Die »einfach nur Mitjekommnen« verschwanden diskret. Genauso hatte ich mir das gewünscht. Endlich funktionierte mein Laden so, wie ich das wollte. Endlich hatte ich die Zügel in der Hand. Die Gäste waren mir doch während der Vorbereitung und während der Sendung ans Herz gewachsen. Sie interessierten mich wirklich. Ich wollte wissen, wie es ihnen ging.

»Seelischen Auftrittskater streicheln«, nannte Frau Andreas das.

Ich kramte die Mappe von Dorabella hervor.

»Wichtig – offen – störend – erfreulich. Wenn bitte jede von Ihnen zu diesen vier Punkten was sagen würde.«

Und siehe da: Sie sagten alle gern etwas zu diesen vier Punkten. Sie fühlten sich ernstgenommen. Sie legten los. Frisch von der Leber weg.

Und ich lernte eine Menge. Ich lernte, wie ich auf sie wirkte. Ich lernte, was meine Gäste störte. Und ich erfuhr, daß sie sich ernstgenommen fühlten. Nicht vorgeführt. Nicht benutzt und wieder in die Ecke gestellt. Es war ein harmonisches, sehr konstruktives Nachgespräch. Fast jeder endete mit dem Satz:

»Und erfreulich war Ihre Moderation. Sie haben zugehört und uns ausreden lassen. Am allererfreulichsten ist dieses Nachgespräch. Das gibt es in keiner anderen Talkshow.«

Irgendwann kam Frau Dr. Kaltwasser herein. Sie setzte sich mit einer Pobacke auf die Tischkante. Auch sie trank ein Glas Sekt. Ich reichte ihr die Dorabella-Mappe und stellte sie als die verantwortliche Redakteurin vor.

»Bitte. Sie sollten auch was sagen.«

So. Nun war der Ball bei ihr. Würde sie vor den Gästen genauso gnadenlos über mich herfallen wie sonst?

Doch Frau Dr. Kaltwasser war ein Profi. Sie fand es wichtig, so interessante Gäste gefunden zu haben, sie fand, daß bei diesem spannenden Thema natürlich eine Menge offen geblieben war, sie sagte, störend sei eigentlich immer nur die böse Uhr und erfreulich sei doch, daß es Sekt und Schnittchen gebe. Keine Silbe über mich.

Aber das machte nichts. Sie war für mich nicht mehr der Nabel der Welt. Es gab andere, deren Urteil mir wichtig war.

Gerade als ich mich so richtig entspannt und gelöst in mein drittes Glas Sekt versenkte und meiner Nebenfrau ein bezauberndes Lächeln schenkte, sagte Frau Dr. Kaltwasser in meinem Nacken:

»Frau Zis, ich muß Sie sprechen.«

»Ja. Bitte morgen früh um zehn.«

»Nein. Jetzt. Es eilt. Sie müssen sofort was unternehmen.«

»Bitte?«

»Frau Zis, Sie müssen was an Ihren Zähnen machen.«

Ich schreckte zusammen.

»Wieso? Hab ich schon wieder Lippenstift…?«

»Das wäre reparabel. Aber Ihre Zähne stehen schief. Sie werfen Schatten. Wir haben versucht, das wegzuleuchten. Es ist aber nichts zu machen.«

Ich preßte die Lippen aufeinander. Den Ball hatte ich verspielt. Bevor ich mich danach bücken konnte, holte Frau Dr. Kaltwasser zum nächsten Schmetterball aus: »Wir haben deswegen sogar schon Zuschauerpost erhalten.«

»Sie haben – was?« Das glaubte ich nicht. Das wollte ich einfach nicht glauben.

»Ja. Ein Zahnarzt aus Esslingen schrieb uns, daß Sie für den Bildschirm eine Zumutung seien. Und nicht nur der. Es sind viele, die sich über Ihre Zähne beschwert haben.« Sie zuckte die Schultern. »Tja. Die Zuschauer sind so. Die achten auf alles.«

»Und was soll ich jetzt machen?«

»Das ist Ihr Problem. SIE wollten die Sendung unbedingt haben, Frau Zis. Nun müssen Sie die Konsequenzen tragen.«

Ich kniff die Lippen zusammen und sagte nichts.

»Hier«, sagte Frau Dr. Kaltwasser. »Wir haben Autogrammkarten drucken lassen, auf denen wir Ihre Zähne weiß retouchiert haben. Auf dem Foto geht das, aber vor der Kamera geht das nicht.«

»Nein. Natürlich nicht.« Ich Häßliche aber auch. Ich Zumutung für den Zuschauer. Gegen dieses Argument hatte ich auch Dorabella-Andreas-mäßig nichts in der Hinterhand. Die würde wieder sagen, wie gern sie beim Radio arbeitete. Nein, das hatten wir nicht geübt.

»Sie haben ja drei Wochen Zeit bis zur nächsten Sendestaffel. Rufen Sie morgen früh als erstes Ihren Zahnarzt an und machen Sie einen Termin.«

Ich hatte keinen Zahnarzt! Jedenfalls keinen, den ich mal eben morgens um acht anrufen konnte.

»Aber wie soll ich bis zur nächsten Sendestaffel…«

»Das ist IHR Problem. Lassen Sie sich Ihre Zähne weißen oder geradebiegen oder überkronen oder was auch immer. Hauptsache, Ihre Zähne werfen keine Schatten mehr. Tja, das wär's. Schönen Abend noch.«

Frau Dr. Kaltwasser schenkte mir ein schmallippiges Lächeln. Zum ersten Mal fiel mir auf, daß sie gleichmäßige, kleine, spitze Zähne hatte. Wahrscheinlich warfen die keine Schatten. Aber das war ja nicht der Punkt. ICH wollte ja vor die Kamera. Nicht sie.

Frau Dr. Kaltwasser verabschiedete sich von den Gästen mit den Worten, daß sie natürlich auch diesmal wieder die halbe Nacht schneiden müsse, da die Moderatorin zweieinhalb Minuten überzogen habe.

Die Gäste winkten freundlich hinter ihr her. »Frohes Schaffen!«

»Ist die immer so miesepetrig?« fragte eine.

»Zweieinhalb Minuten«, schnaufte ein anderer. »Das sind doch peanuts!«

Ich zuckte die Schultern.

Dann schoben sie mir die Autogrammkarten zu.

»O bitte, Frau Zis! Für mich und meine Freundin Anita…«

Ich schrieb wie in Trance. Für diesmal hatte die Kaltwasser wieder gewonnen.

Völlig frustriert kippte ich noch zwei Gläser Sekt. Meine Verzweiflung ging im allgemeinen Gekicher und Gequatsche unter. Immer mehr Hände griffen nach einer Autogrammkarte. Plötzlich wollten sie alle noch eine für ihre Mutter und ihre Nachbarin und ihre Tante in Übersee. Oh, bitte, dachte ich, laßt mich doch jetzt alle in Ruhe. Ich will eine Runde heulen gehen. Heute traue ich mich noch nicht mal mit Wohlscheitel ins Calice. Wie könnte ich ihn anlächeln? Und erzählen kann ich es ihm auch nicht. Viel zu peinlich, die Angelegenheit. Ich haue durch den

Hinterausgang ab, verkrieche mich ins Hotel, zieh mir aus der Minibar ein bis drei »Joachimstaler Rötzchen« rein und suche im Alkohol seliges Vergessen.

Ich wollte mich gerade erheben und unauffällig dem Ausgang zustreben. Da lag plötzlich eine sehr große, sehr langfingrige Hand auf den Karten. Und auf meiner Hand. Eine Männerhand. Eine mit roten Härchen auf dem Handrücken. Und neben der Hand lag eine Pfeife.

»Sie haben gewonnen«, sagte Dr. Karl.

Ich lächelte ein verkniffenes Lächeln.

»Noch nicht«, sagte ich schmallippig. »Aber ich arbeite daran.«

»Hast du Lust, dir nächste Woche mit mir Eckbänke anzusehen?« Marie war gerade mit der Einrichtung ihres Kampfkunststudios fertig geworden. Es sah sehr beeindruckend aus. Ich hatte gute Lust, sofort auf die Sandsäcke zu hauen, die da von der Decke hingen.

»Eckbänke? Jetzt fang du nicht auch noch damit an!«

»Ich finde Eckbänke gar nicht so schlecht«, sagte Marie.

»Sag bloß, Frau Gabernak hat dich von ihrem exquisiten Geschmack überzeugt!«

»Ach, Franziska! Die ist völlig harmlos!«

»Ich beneide dich um deine Toleranz. Ich kann sie nicht ausstehen!«

»Wenn man selbst stark und glücklich ist, kann man andere auch tolerieren«, sagte Marie. »Sieh sie als Herausforderung an! Du bist ihr haushoch überlegen!«

»Ich weiß«, seufzte ich. »Deswegen kann ich sie noch nicht mal hauen.«

»Die Schläge würd ich mir für deine Frau Dr. Kaltschnauze aufheben«, sagte Marie.

Ich hatte ihr die Zahngeschichte erzählt. Marie hatte sich kaputtgelacht. Sie hatte gut Lachen. Bei ihrem Menta-Dex-Strahle-Gebiß.

»Was für ein Verteidigungsschlag bietet sich bei so einer Gelegenheit an?« fragte ich. »Wenn sie mir das nächste Mal ans Bein pinkelt, haue ich sie. Ich hab die Faxen dicke. Noch nie im Leben hab ich mir so viel bieten lassen.«

»Ich empfehle den Fuck-Sau.«

»Den WAS? Dieses Vokabular benutzen wir nun auch wieder nicht!«

»Fak-Sao« sagte Marie. »Das ist ein Handkantenschlag zum Kehlkopf beispielsweise! So etwa!« Und dann drehte sie sich mit gazellenartiger Geschwindigkeit einmal um sich selbst und rammte mir das Knie zwischen die Beine und hieb mir gleichzeitig ihre rechte Handkante an den Hals. In letzter Sekunde hielt sie inne.

»Nicht schlecht«, sagte ich anerkennend. »Aber das dürfte doch wohl etwas übertrieben sein.«

»Oder der Fingerstich in die Augen«, sagte Marie mit glühenden Wangen. Sie schleuderte herum und hielt mir zwei Fingernägel vor die Pupillen.

»Und wie haut ihr Zähne aus?«

»So!« lachte Marie. Sie wirbelte herum und trat mir mit der Hacke in Richtung Oberkiefer.

»Falls ich keinen Zahnarzt finde«, sagte ich. »Dann könntest du das ja auf die Schnelle erledigen.«

»Nur zusammenflicken mußt du es dann allein!«

Marie zeigte mir noch ein paar Schläge, und ich fiel plump auf einen Sandsack und bestaunte sie.

»Wo hast du das nur gelernt? Wie lange dauert so was?«

Marie lachte. »Ein paar Jahre muß man trainieren. Ich gehe schon lange zu einem ganz tollen Kampfkunstlehrer in Düren.«

»Und woher kennst du den?«

»Das ist einer der bekanntesten und renommiertesten Kampfkünstler in der Wing-Tsun-Szene!« klärte Marie mich auf. »Er hat mir nicht nur Supertechniken, sondern auch das Kämpfen beigebracht!«

»Und du meinst, ich könnte das auf meine alten Tage auch noch lernen?«

»Natürlich! Jede Frau sollte das lernen! Man freut sich richtig drauf, nachts um zwei allein ins Parkhaus zu gehen! Alma mater hat schon viele Grundübungen bei mir absolviert!«

»Haust du sie? Oder sie dich? Oder wie lernt man das?«

»Man übt am Anfang die Fauststöße und Tritte am Sandsack oder gegen die Pratzen! Aber später hat man einen oder mehrere Partner. Komm doch mal mit! Mein Trainer läßt dich gern zugucken!«

»Und mit dem schlägst du dich?«

»Ja, klar.« Marie strahlte mich begeistert an.

Ich schluckte. Was es aber auch für interessante Tätigkeiten gibt.

»Und sonst? Wie viele Schülerinnen haben sich schon angemeldet?«

»Ach, Franziska«, seufzte Marie. »Es läuft noch nicht so ganz toll. Ich müßte halt eine richtig gute Promotion haben.« Sie sank auf eine ihrer Matten und umschlang den Sandsack mit beiden Armen. Sie sah bezaubernd aus in ihrem Kampfanzug mit den Dreiecks-Abzeichen. Ihre Haare standen kurz und pfiffig zu Berge.

Ich hätte ihr so gern den Weg geebnet. Aber der Schuß ging nach hinten los. Das hatten wir ja erlebt. Die Presse schrieb, daß ich nun auch noch zu allem Überfluß ein Wing-Tsun-Studio eröffnete und den Hals nicht vollkriegte und auch noch in Mode machte, um meine Einschaltquoten zu steigern.

»Tut mir leid, Marie«, sagte ich. »Aber ich kann dir nicht helfen. So gern ich es täte. Das ist einfach dein Ding. Das sollten wir nicht vermischen.«

»Enno sagt, es gäbe vielleicht doch eine Möglichkeit…«

»Welche?«

»Ich kann es dir im Moment noch nicht sagen.«

»Warum nicht?«

»Enno verhandelt noch.«

»Ich würde alles für dich tun, Marie.«

»Wirklich alles?«

»Ja. Wirklich alles. Wenn es dir hilft, mit deinem Avci-Wing-Tsun an die Öffentlichkeit zu kommen, lasse ich mich auch von dir vor laufender Kamera zusammenschlagen. Mußt ja nicht so doll draufhauen.«

Marie rappelte sich ganz unvermittelt hoch.

»Also? Gehst du am nächsten Samstag mit mir eine Eckbank kaufen?«

»Auch das«, sagte ich verwundert. »Wenn es unbedingt sein muß...«

Paula machte wie immer keine halben Sachen. Dr. Heiko Brunngarten hatte schon Menschen wie Tina Turner und Michael Jackson zu einem Meister-Proper-Lächeln verholfen. Das wußte Paula aus der SCHWARZWEISSEN. Da waren Deutschlands Prominenten-Zahnärzte drin. Paula suchte sich den teuersten aus und rief bei ihm an.

»Frau Zis ist ein Star mit ständiger Medienpräsenz!« gab Paula seiner Telefondame zu verstehen. Ich krümmte mich vor Verlegenheit und machte Paula Zeichen, sie solle nicht so dick auftragen. Aber Paula ließ sich nicht beirren. Sie war die geborene Managerin.

»Es eilt wahnsinnig. Sie muß in zwei Wochen schon wieder vor die Kamera. Wenn Sie keine Zeit haben, gehen wir zu Dr. Best.«

Alma mater und Marie lachten sich kaputt.

Der Zahnarzt war daraufhin erfreulich flexibel. Mein erster Termin war Freitag nacht um halb zwölf. Dr. Brunngarten kam direkt vom Zahnärzteball herbeigeeilt. Er zog sich seine Smokingjacke aus, streifte sich einen weißen Kittel über und befahl mir, den Mund zu öffnen. Nachdem er sich die schiefe Zahnstellung bei Licht betrachtet hatte, sagte er: »Die Zähne werfen Schatten.«

Dr. Brunngarten entfernte seinen Spiegel aus meinem Mund und machte mir einen sachlichen Vorschlag: »Entweder wir versuchen die Zähne geradezubiegen, oder wir hauen die zwei vorderen raus.«

»Aha«, sagte ich. »Zu welcher Alternative raten Sie mir?«

»Schneller geht raushauen«, sagte Dr. Brunngarten. Er sah auf die Uhr. Der Zahnärzteball wartete. Seine Mädels lächelten milde.

»Aber Herr Doktor...«, stammelte ich. »Meine Zähne sind gesund!«

»Klar sind die gesund«, sagte der Doktor und klopfte kräftig mit seinem Eisenspiegel dagegen. »Gesund und kräftig wie bei einem Hamster.«

»Aber sie werfen Schatten«, murmelte ich frustriert.

»Wenn wir sie geradebiegen, greifen wir sie erstens stark an, zweitens dauert das vermutlich Jahre, und drittens laufen Sie ab sofort mit einem Drahtgestänge im Mund rum. Das ist das Risiko.«

»Wie förderlich für meine Fernsehkarriere!« spöttelte ich.

»Also raushauen«, sagte der Doktor und griff nach seinem Besteck. »Haben Sie heute oder am Wochenende noch was vor?«

»Nichts Wichtiges«, sagte ich tapfer.

Die Mädels faßten rechts und links nach meiner Hand.

Der Doktor zog eine Spritze auf und machte sich ans Werk.

Von der benachbarten Kirchturmuhr schlug es Mitternacht.

Am Samstag früh ging es mir hundsmiserabel. Mein Mund war eine einzige Großbaustelle. Die beiden Vorderzähne waren weg. Abgesehen davon, daß ich aussah wie Dracula, hatte ich einfach nur höllische Schmerzen. Der Doktor hatte gestemmt und gemeißelt – die Zähne wollten einfach nicht ihren angestammten Platz verlassen. Dr. Brunngarten hatte vor Kraftanstrengung geschwitzt und geflucht. Und als ich schließlich von seinem schweißnassen Stuhl kletterte, schlug es zwei Uhr früh. Herr Dr. Brunngarten eilte erschöpft zu seinem Zahnärzteball zurück. Und ich fuhr mit dröhnendem Kopf nach Hause, wo Alma mater bei den Kindern wachte.

Trotz der Schmerztabletten konnte ich die restliche Nacht nicht schlafen.

Welch ein horrender Preis, ging es mir immer wieder durch den Kopf.

Frau Zis, Sie haben diese Show unbedingt gewollt.

Nun bist du da, wo du hinwolltest. Mach was draus. Du schaffst es.

Fanny, sag mal Tooksso. Tooksso, Tooksso, Tooksso…

Und die riesige blutende Wunde pochte dazu im Takt.

Ich hatte ein scheußliches Plastikprovisorium im Mund. Herr

Dr. Brunngarten mußte mir noch etwas von meinem Zahn-fleisch wegbrennen, so leid es ihm tat. Den Mädels tat ich auch leid. Am allermeisten tat ich mir selbst leid. Aber, wie lächelten die beiden Helferinnen so nett? »Wer schön sein will, muß leiden.« Nächste Woche sollten die zwei neuen Zähne fertig sein. Man legte im Labor extra Überstunden für mich ein.

Das Provisorium schmeckte widerlich, nach Gummi, Blut und verbranntem Fleisch. Ich fühlte mich wie durch den Wolf gedreht, als ich morgens mit den Kindern meinen gewohnten Einkaufsgang verrichtete. Es war Samstag, und Paula hatte frei.

»Mami, wir wollen ein Rosinenbrötchen ohne Rosinen!«

»Nadürlisch. Wir gehen schum Bägga.«

Ich packte meine Bagage und schleuste sie über den Zebra-streifen.

»Viel Blödchen bitte«, lallte ich. Ich sah bestimmt aus, als käme ich direkt aus dem Haus für geschlagene Frauen.

»Rosinenbrötchen OHNE Rosinen!« Willi riß an meinem Arm.

»Viel Losinenblödchen ohne Losinen.«

»O Gott, was ist mit Ihnen passiert?«

»Tahn getogen. Iß nich ßlimm.«

»Mama aua«, sagte Fanny.

»Meine Mutter hat sich die Zähne raushauen lassen«, sagte Franz verächtlich. »Obwohl sie gesund waren. Total bescheu-ert!«

»Mit einem BEIL!!« fügte Willi noch dazu. »Und dann ist der Kerl noch tanzen gegangen!«

Ich mußte mich festhalten, so hundsmiserabel ging es mir.

Schmerzen, Müdigkeit, Kreislaufbeschwerden, Hunger. Aber ich konnte beim besten Willen kein Blödchen essen.

Die Bäckerin wollte uns ablenken und zeigte aus dem Fenster. »Guckt mal, Kinder«, sagte sie. »Da hinten drehen sie einen Film!«

Tatsächlich. Auf dem Parkplatz von dem Möbelgeschäft schräg gegenüber schleppten sie Kameras und Schnüre und Ka-bel und all das Zeugs, das ich ja nun zu sehen gewohnt war, aus mehreren großen Lastern.

»Los Mama, wir wollen mal gucken!« Die Kinder zerrten an meinem Arm. Mein Trommelfell flatterte. Eigentlich gehörte ich ins Bett. Mit fünf dicken Schmerz- und Schlaftabletten. Aber wenn man drei Kinder hat, interessiert das keinen. Ich riß mich zusammen.

Wir gingen schräg über die Straße und betrachteten das rege Treiben der Filmleute.

»Scheht ihr, dasch isch eine Filmkamera«, versuchte ich zu erklären.

»Weiß ich doch, Mama!«

»Und hier schind die Mikrophone, und dasch hier…«

»MAMA! Du SOLLST uns das nicht erklären!«

Den Kindern war die bescheuerte Alte mit der geschwollenen Vorderfront ausgesprochen peinlich. Ich hielt die Klappe.

Einige Schauspieler krochen verschlafen aus dem LKW und reckten ihre Glieder. Manche waren verkleidet, manche nicht. Eine komische Tunte war auch dabei. Gleiches Kostüm, gleiche Frisur, gleiche Strümpfe und Schuhe wie die Frau, die da weiter vorn stand.

Die Kinder starrten diese undefinierbare Gestalt an.

»Und dasch hier ischt ein Transveschtitsch«, versuchte ich zu erklären. Man konnte nicht früh genug damit anfangen, den Kindern die wahren Dinge des Lebens nahezubringen.

»Alles bescheuert und langweilig«, maulte Willi. »Ich will nach Hause!«

Die Kinder zogen an meinem Arm. Ich hätte gern noch ein bißchen zugeschaut. Ein Regieassistent verteilte Anweisungen. Alle Rumstehenden fröstelten in der Morgenkühle. Es war wirklich nichts Spannendes zu sehen.

Ein Polizist, der das Revier absicherte, kam auf uns zu.

»Was haben Sie hier zu suchen?« herrschte er mich barsch an.

»Wiescho?« lallte ich. »Wir wollen blosch guckn!«

»Hier gibt's nichts zu gucken! Gehen Sie weiter, verdammt noch mal!«

Wir schwankten mit unserem Buggy und unseren Einkaufstüten nach Hause.

Mittags blutete es wenigstens nicht mehr. Ich sah in den Spiegel. Gräßlich. Bleich, mager, übernächtigt. Ringe unter den Augen. Strähnige Haare. Na ja, für den Eckbankkauf war das Outfit nicht so wichtig. Ich friemelte mir einen Gummiring ins Haar. Frau Gabernak hätte das nackte Grauen überkommen. »So können Sie doch nicht in ein Möbelzentrum gehen! Das fällt auf Sie zurück! Und mit so einer scheußlichen Plastikschiene im Mund. Das hat aber keinen Designeranspruch!«

Frau Zis, Sie haben die Show gewollt.

Als Marie an die Tür klopfte, wollte ich mich verkriechen. Sie strahlte noch mehr als sonst, sie war wie immer tipptopp geschminkt und gekleidet und sah zum Anbeißen aus.

»Hal-lo!« sang sie voller Unternehmungslust. »Bist du fertig?!«

»Ich schehe total bescheuert ausch«, nuschelte ich selbstmitleidig.

Marie tuffte ein bißchen an meinen Haaren herum und schmierte mir etwas Rouge auf die Backen. »So ist es schon viel besser! Du siehst toll aus!«

»Ach, Marie! Du willcht mich tröschten!« Marie zog mich zur Haustür.

»Sieh mal, was ich für einen Superwagen habe!«

Vor der Tür stand ein knallgelbes Kabriolett.

»Ein Z drei!« jubelte Marie.

Das hörte sich schon wieder nach Zahnarzt an. »Z drei oben links wirft Schatten.«

»Wo hascht du dasch schon wieder her?!«

»Von einem Geschäftsfreund vom Alex! Er hat es mir übers Wochenende geliehen! Soll ich dir sagen, was das kostet? Hunderttausend Mark!«

Oh, wie egal mir doch war, was so ein kleiner gelber Pups-Flitzer kostete! Ich hätte ein Königreich für ein Bett gegeben. Und dafür, drei Tage und Nächte schlafen zu dürfen.

Die Kinder tanzten auf der Straße herum.

»Mama, ich will auch Kabrio fahren!«

Marie schnappte sie sich. »Ihr wißt doch, daß ihr nicht mitfahren könnt! Paula wartet schon auf euch!«

Ich wunderte mich ein bißchen. Wieso sollten die Kinder

nicht mit? Und warum wartete Paula? Die hatte doch heute frei! Aber im Moment war ich ganz froh, wenn ich ein bißchen meine Ruhe hatte. Eckbänke-Gucken war das Zweitbeste für die gestreßte zahn- und schlaflose unterernährte Mama. Wenn schon Schlafen nicht ging.

Marie und ich bestiegen das Kabriolett, und plötzlich standen da auch noch Alma mater und Enno und Frau Gabernak am Gartenzaun und winkten hinter uns her, als Marie mit hundert Sachen davonbrauste.

Komisch, dachte ich. Was machen die denn alle hier! Egal. Dann war für die Kinder auf jeden Fall gesorgt. Ich wollte mich zurücklehnen. Aber das Kabrio war nicht besonders bequem. Es war immerhin November. Und es nieselte. Das Kabrio schien mir unangebracht.

»Wohin fahren wir?«

»Zum Möbelgeschäft! Hab ich dir doch gesagt! Wegen der Eckbank!« Marie gab Gas. Meine Zahnwunde schmerzte wie unter Messern. Jeder Lufthauch eine Folter.

»Kannst du das Fenster zumachen?«

»Das ist ein KABRIO!!« Marie lachte und fuhr noch ein bißchen schneller. Dann waren wir schon da. Es war das Möbelgeschäft, an dem wir heute morgen schon vorbeigekommen waren.

Marie sprang raus. »Ich schaue nur schnell, ob die das Richtige haben! Bleib einfach sitzen und entspann dich!«

Ich drehte am Rückspiegel und schaute mir das scheußliche Provisorium in meinem Mund noch einmal an. O Gott, wie sah ich furchtbar aus. Hoffentlich begegnete mir keiner, den ich kannte.

Da kam eine Frau um die Ecke. Sie war schrecklich beladen mit Apfelsinen und Pampelmusen und Kohlköpfen. Komisch, dachte ich, als ich sie aus den Augenwinkeln wahrnahm. Hier gibt es doch gar keinen Wochenmarkt. Und wo die herkommt, ist nur der Stadtwald und sonst nichts.

Ich wollte gerade wieder meine Zahnstummel betrachten, da fiel die Frau auf den Asphalt. Sie fiel nicht, sie sank. Mein Gott, dachte ich. Die Arme. Was schleppt die auch so schwere Sachen.

Ich sprang sofort aus dem Auto und beugte mich über sie. »Kann ich Ihnen helfen?!«

»Au, mein Bein!« jammerte die Frau und klammerte sich an mir fest.

Irgendwie sah die seltsam aus, die Frau. So gar nicht wie eine, die vom Einkaufen kommt. So gewollt overdressed irgendwie. Aber völlig daneben. Ihre komische tantenhafte Handtasche lag neben ihr.

Ich versuchte, ihr auf die Beine zu helfen. Die Apfelsinen und Pampelmusen rollten auf die Straße.

Marie kam herbeigeeilt. »Franziska! Was ist passiert?!«

»Ist es der Kreislauf?« fragte ich die Frau. »Oder ist es das Bein?«

Sie zog mich so zu sich herab, daß ich fürchtete, ich würde auf sie fallen. Meine Zahnwunde pulsierte. So eine Scheißidee, dachte ich, ausgerechnet heute eine Eckbank zu kaufen.

Die Frau fing an zu weinen. »Immer dieses verdammte Bein! Das ist mir letztes Jahr schon mal passiert! Es tut so weh!«

Ich strich der Frau über den Kopf. »Ist ja schon gut! Wir lassen Sie nicht allein! Ganz ruhig, wir sind bei Ihnen! Kann ich jemanden für Sie anrufen?«

In dem Moment kam ein junger Kerl des Weges. »Kann ich helfen? Ich bin Zivi und versteh was von Erster Hilfe!«

»NEIN!« schrie die Frau. »Nicht anfassen! Es tut so weh!!«

»Sie können die Apfelsinen aufsammeln«, sagte ich. »Ansonsten braucht die Frau hier einen Arzt.«

In dem Moment bückte sich der Zivi, schnappte sich die Handtasche der armen Frau und raste davon.

»Franziska, den krieg ich!« schrie Marie und rannte hinterher. Endlich hatte sie mal Gelegenheit, ihr Wing-Tsun anzuwenden.

Mein Herz raste. Ich hatte so was noch nie erlebt! Noch nie hatte auch nur einer mir eine Mark geklaut! Und jetzt das! Ausgerechnet heute!

Nun hockte ich da mit der Frau. Sie weinte noch lauter. O Gott, was tat die mir leid. Ich streichelte ihr beruhigend über das Haar.

»Bleiben Sie ganz ruhig«, sagte ich. »Ich ruf Ihnen einen

Krankenwagen.« Ich fummelte nach meinem Handy. Doch es stellte sich tot. »Bitte Karte einlegen«, sagte das Handy zu mir. Das hatte es noch nie gesagt. Was für eine Karte?

Ich richtete mich auf. Wo konnte man hier schnell mal telefonieren? Die Frau stöhnte und schrie und weinte. Sie schien schreckliche Schmerzen zu haben. Mein Trommelfell flatterte, wie immer wenn ich Streß hatte. Was jetzt? Ich konnte doch die Frau nicht so einfach hier allein lassen!

Aus dem Möbelgeschäft machte man mir Zeichen, ich solle hereinkommen.

»Kann ich hier mal telefonieren?«

Die Verkäuferin reichte mir den Hörer. »Polizei ist schon dran.«

Na also, dachte ich. Vielleicht geht inzwischen eine von den Verkäuferinnen raus und kümmert sich um die Frau.

Doch keine ging raus. Im Gegenteil. Sie zogen sich alle zurück.

»Hallo? Mit wem spreche ich?«

»Polizeidienststelle Köln-Weiden. Wat is passiert?«

Ich schilderte dem Polizisten, so gut es ging, den Vorfall.

Die Frau saß immer noch auf dem Bürgersteig und rieb sich schmerzverzerrt das Bein. Die Apfelsinen und Pampelmusen und der Kohlkopf lagen auf der Straße. Warum hilft ihr denn keiner, dachte ich. Die Verkäuferinnen standen untätig herum. Jetzt kamen auch noch zwei Bauarbeiter und trugen ein großes Brett. Der eine, der rückwärts ging, trat fast auf die verletzte Frau. Keiner nahm Notiz von ihr.

»Vorschischt!« schrie ich, den Hörer immer noch an der Backe. »Scheht ihr denn nicht! Da liegt 'ne Frau!!«

Eine schreckliche Erinnerung überkam mich. Einmal hatte Enno auf Fanny getreten, als ich sie auf einer Krabbeldecke auf den Teppich gelegt hatte. Enno war auch rückwärts gegangen und hatte etwas Schweres getragen und war mit vollem Gewicht auf das Händchen von Fanny getreten.

»Scho bleiben Schie doch schtehen! Da liegt eine Frau!«

»Nun bleiben Sie mal sachlich«, mahnte der Beamte an meinem Ohr. »Sie sind ja völlig hysterisch!«

Die Kerle schwankten haarscharf an der verletzten Frau vorbei.

Ich versuchte ein zweites Mal, dem Polizisten den Vorfall zu schildern.

»Meine Freundin ist dem Dieb hinterhergerannt«, rief ich aufgeregt. »Sie kann zwar Wing-Tsun, aber ich fürchte, sie überschätzt sich! Da hinten ist nur noch der Stadtwald!«

»Standortbestimmung bitte mal!«

Ich nannte ihm die Adresse. »Sie sollten schnell vorbeikommen. Und einen Krankenwagen brauchen wir auch… Aber denken Sie an meine Freundin! Die legt sich glatt mit dem Verbrecher an!«

»Junge Frau, wenn Sie so aufgeregt rumschreien, kann ich Ihre Aussage nicht zu Protokoll nehmen«, sagte der Beamte an meinem Ohr.

Ich versuchte, mich zu beruhigen, und fing noch mal von vorn an.

Die Frau erhob sich. Na bitte, dachte ich. Sie hat sich berappelt.

»Wie viele verletzte Personen sind am Tatort?« fragte der Polizist.

»Bis jetzt niemand. Falls der nicht längst meine Freundin um die Ecke gebracht hat… so beeilen Sie sich doch!« Ich machte mir schreckliche Sorgen um Marie.

Der Frau stakste ein paar Schritte. Komisch, wie die ging. So steif. Als wäre sie noch nie auf hohen Schuhen gegangen. Sie sah sich zu mir um. Befremdlich sah die aus. Anders als eben. Unheimlich.

»Hallo! Sind Sie noch dran! Wie viele Personen sind zu Schaden gekommen?!«

»Ich weiß nicht… es war nur diese eine Frau… aber sie läuft schon wieder…« Ich traute meinen Augen nicht. Die Frau öffnete die Tür unseres Kabrioletts und ließ sich auf den Fahrersitz fallen. Ja, was MACHTE die denn da!?

Mit hämischem Lachen riß sie sich plötzlich eine Perücke vom Kopf, schmiß sie in die Gosse, wo schon die Pampelmusen und Apfelsinen lagen, gab Gas und brauste weg.

Es war keine Frau! Es war ein Kerl!

»Es ist ein MANN!« schrie ich in höchster Panik in den Hörer.

Ja waren denn hier alle verrückt? Warum reagierten die Verkäuferinnen nicht? Warum standen sie nur alle da und starrten mich an?

»Seien Sie nicht so hysterisch«, sagte der Polizist. »Bleiben Sie sachlich. Geben Sie mir eine Täterbeschreibung ab!«

»Ein KERL!!« schrie ich. Ich hatte einen Kerl angefaßt. Getröstet hatte ich ihn und über den Kopf gestreichelt... Da lag die Perücke und flatterte im Novemberwind.

Mir knickten die Beine weg.

Mafia. Bei uns im Viertel. Was, wenn meine geliebte Fanny im Wagen gesessen hätte?! Wie oft ließ ich mein Fannykind mal eben angeschnallt im Kindersitz? Wenn ich einen Brief einwarf oder nur mal schnell das Altpapier wegbrachte? Sie hätten sie mitgenommen. Sie hätten sie einfach mitgenommen!! Vielleicht hatten sie es sogar auf eines meiner Kinder abgesehen? Wie viele Kinder waren schon auf diese Weise entführt worden? Ich tastete rückwärts nach einer Eckbank. Meine Knie versagten ihren Dienst.

Da kam Marie. Sie strahlte wie immer. Sie sah einfach umwerfend klasse aus. »Ich hab ihn nicht mehr gekriegt!«

»Marie, dein Auto ist weg.«

»Wie – mein Auto ist weg?«

Marie strahlte immer noch. Ihre pfiffigen kurzen Haare standen zu Berge. Ihr Wangen waren vom Rennen gerötet.

»Ich habe mir dein Auto unter dem Hintern wegklauen lassen«, stammelte ich verzweifelt.

»Och! Mach keine Witze!«

»Das war ein abgekartetes Spiel. Die Frau war ein Kerl! Der Unfall war getürkt. Und der Handtaschendieb gehörte auch dazu. Die wollten dich nur weglocken. Die haben das inszeniert, Marie!«

»Ach was!« rief Marie. »Komm, hör auf mit dem Spaß! Wo ist der Wagen?« Sie lachte und sah sich suchend um.

»Zum Glück war kein Kind im Wagen! Stell dir vor, sie wollten doch alle mit!« Ich sank zurück auf die Eckbank. Mein Kreislauf spielte verrückt. Mein Mund blutete wieder. Ich konnte mich auf nichts mehr konzentrieren.

In dem Moment erschien die Polizei. Es war derselbe Polizist von heute morgen. Der mich so rüde weitergeschickt hatte. Klar, daß dem nicht nach Zuschauern zumute war. Die hatten einen schweren Fall von Mafia! In MEINEM Wohnviertel! Bei MEI-NEN Kindern, in MEINER heilen Welt! Wahrscheinlich war heute morgen schon so etwas Ähnliches passiert! Diese Kerle versuchten den Trick bestimmt öfter! Und in unserer Gegend fuhren durchaus häufiger teure Wagen herum. Gerade vor diesem Möbelgeschäft. Da parkten samstags mittags die Gut-verdienenden. Und ließen mal eben ihr Autoverdeck offen-stehen.

Ich schilderte dem Polizisten mit letzter Kraft zum dritten Mal die Geschichte. Marie stand dabei und strahlte. Täuschte ich mich, oder schob sie den Polizisten ein ganz kleines bißchen beiseite? Sie war mir plötzlich unheimlich. Meine eigene beste Freundin! Unheimlich! Ich hatte Angst vor ihr! Alles, was sie heute tat, war so unberechenbar! Wieso faßte sie den Polizisten an? Kannte sie den?

»Marie!« stammelte ich. »Schwöre mir, daß das hier alles nicht ›Versteckte Kamera‹ ist oder so was! Mir ist heute nicht nach ›Verstehen Sie Spaß‹!«

Marie schaute mich verwundert an. »Aber nein! Mein Auto ist weg! Was wird Alex sagen?!« Und in dem Moment fing sie an zu weinen. Richtige, echte Tränen. Die hatte ich noch nie an ihr gesehen.

»O Marie!! Entschuldige. Ich Idiot! Wie konnte ich nur so was glauben!«

»Wir haben es hier mit ganz ausgebufften Profis zu tun«, sagte der Polizist. »Deswegen war ich heute morgen schon da.«

Aha. Er erkannte mich also wieder. Keiner sagte was.

Ein winziger, klitzekleiner Rest Hoffnung war noch da, irgendein Spaßvogel vom deutschen Fernsehen würde jetzt mit einem Blumenstrauß aus einem der antiken Schränke kommen und »April April« rufen, und alles wäre gut. Aber es kam keiner. Minuten verstrichen. Der Polizist schrieb ein Protokoll. Die Verkäuferinnen starrten mich blaß und schweigend an. Ich wischte mir den Schweiß ab und tupfte das Blut von meinem Mund und hielt Maries Hand. Ich suchte nach einem Taschentuch, das noch sauber war. Doch ich fand keins. Meine Hände zitterten so, daß ich den Reißverschluß von meinem Rucksack nicht mehr schließen konnte.

»Brauchen Sie uns noch?« fragte Marie.

»Sie können jetzt nach Hause gehen«, sagte der Polizist. »Wenn wir noch Angaben von Ihnen benötigen, rufen wir an.«

Doch ich konnte beim besten Willen nicht mehr gehen. Keinen Schritt.

Alma mater und Enno und Frau Gabernak und sogar Paula standen alle zufällig am Gartenzaun, als wir aus dem Polizeiauto stiegen. Die Kinder platschten in Pfützen herum. Ein Hubschrauber knatterte über uns.

»Da ist schon der Suchhubschrauber«, sagte der Polizist mit besorger Miene. »Ich hab jetzt dringend zu tun.« Er tippte an seine Dienstmütze und fuhr davon.

»Na, habt ihr eine schöne Eckbank gefunden?« fragte Frau Gabernak arglos. Täuschte ich mich, oder klang die Stimme heute noch dämlicher als sonst?

Ich fiel Enno um den Hals. Zum ersten Mal hatte ich das Bedürfnis, mich an eines Mannes Hals zu werfen. Mir war egal, was Frau Gabernak dachte.

»Sie haben Maries Kabrio geklaut! Du mußt was tun, Enno! Die Mafia ist im Ort! Wir müssen die Kinder schützen!«

Und dann rannte ich zu den Kindern und zerrte sie aus den Pfützen und zog sie allesamt ins Haus. »Ihr dürft fürs erste nicht mehr draußen spielen, habt ihr gehört?!«

Atemlos erzählte ich, was passiert war.

»Und mein Handy funktionierte nicht!« sagte ich zu Enno. »Es war alles wie ein entsetzlicher Alptraum!« Enno nahm sich mein Handy und fummelte daran herum.

»Es ist doch in Ordnung«, sagte er und warf es mir zu.

»Aber das schlimmste war, daß ich diesen Kerl gestreichelt

habe«, brachte ich fast tonlos hervor. »Ich war ganz sicher, daß es eine Frau war. Sie hat doch geweint…« Eine Gänsehaut überzog mich. Die Mafia. Die arbeitete mit den übelsten Tricks. Ich fror. Mir war todschlecht. Gleich würde ich einfach in Ohnmacht fallen. Frauen dürfen das. Besonders Fernseh-Diven. Aber keine dreifachen Mütter. Die dürfen niemals in Ohnmacht fallen.

Alma mater zuckte die Schultern und ging durch den Garten in ihre Wohnung. Nehmen Sie sich nicht so wichtig, hörte ich sie sagen. Ich befahl mir, mich zusammenzureißen, und zwang mich zu einem Lächeln.

Marie fing plötzlich an zu lachen. Es war ein hysterisches Lachen, ein unsicheres, ein wirres Lachen. Nicht so ein fröhliches und lebensfrohes Lachen wie sonst.

»Marie! Was hast du?!«

»Nichts! Ich denke nur an diese Perücke! Wie die da in der Gosse lag und vor sich hin flatterte!« Sie wollte sich ausschütten vor Lachen.

»Was sagen wir nur deinem Alex?!«

»Ich weiß es nicht!« Aus dem Lachen wurde wieder ein Weinen. Arme Marie. Arme, arme Marie. Nun hatte sie sich gerade freigestrampelt und sich finanziell ein bißchen abgesichert. Und da passierte das. MIR passierte das. Ich Trampel. Ich Idiot. Steig aus dem Auto, lasse den Schlüssel stecken und renne zum Telefonieren in einen Laden. Falle auf den simpelsten Trick rein. Naiv, wie ich bin.

»Ich gehe jetzt in die gesamte Nachbarschaft und warne alle Eltern«, sagte ich entschlossen.

Marie wollte mir nachlaufen. Aber Enno hielt sie fest.

Die nächsten Tage verbrachte ich entweder hinter geschlossenen Türen und Fenstern mit den Kindern zu Hause, oder ich fuhr mit allen dreien zum Zahnlabor. Ich ließ sie keine Sekunde mehr aus den Augen. Sogar ins Badezimmer nahm ich sie mit. Nachts konnte ich nicht schlafen. Bei jedem Geräusch zuckte ich zusammen. Mein Herz raste oft minutenlang, bis ich mich wieder beruhigt hatte. Ununterbrochen malte ich mir aus, was hätte passieren können, wenn mein heißgeliebtes Fannylein oder einer der Jungen oder womöglich alle drei im Auto gewesen wären. Ich wollte sie nie wieder eine Sekunde aus den Augen lassen. Deswegen schleppte ich sie auch täglich mit zum Zahnarzt.

Dr. Brunngarten mußte noch mehrere Gipsabdrücke anfertigen und noch mehr vom Zahnfleisch wegbrennen und noch ein neues Provisorium anfertigen und noch zwei Zähne abschleifen. Es war alles viel komplizierter als gedacht. Wegen der Eile mußte ich mitsamt den Kindern und mitsamt meinen falschen Zähnen in der Plastiktüte mehrmals quer durch die Stadt fahren und die Sachen selbst ins Labor bringen. Dort hockte ich stundenlang mit Blick auf riesige scheußliche gelbe Menschengebisse auf Wandgemälden und wartete darauf, daß der Meister für mich Zeit hatte. Die Kinder tobten derweil im Treppenhaus herum. Ich erlaubte ihnen nicht, auf den nahegelegenen Spielplatz zu gehen. Mehrmals rannte ich zahnlos hinter ihnen her, weil sie nicht mehr in Rufweite waren. Endlich kam der große Meister. »Es wird leider nichts mit nächster Woche«, sagte er. »Und danach fahre ich erst mal in Urlaub.«

Meine Güte, dachte ich schuldbewußt. Wie bringe ich das nur Frau Dr. Kaltwasser bei! Wie erkläre ich ihr das, ohne daß sie mir den Kopf abreißt! Frau Zis, das ist Ihr Problem. Sie hätten sich einen anderen Zahnarzt aussuchen können. Unmöglich, Sie so vor die Kamera zu lassen.

»Wann kommen Sie wieder?«fragte ich den Doktor.

»In drei Wochen.«

»Heißt das, ich muß mit dem Provisorium moderieren?«

»Tja. Deswegen mache ich Ihnen ja auch ein neues. Das schmeckt nicht mehr so nach Plastik und sieht auch besser aus. Kommen Sie morgen abend nach zweiundzwanzig Uhr wieder. Wenn es geht ohne die Kinderschar.«

Der Doktor verschrieb mir noch eine Megapackung Schmerzmittel. Und eine Haftcreme, wie sie die zahnlosen Opas benutzen, wenn sie ihre dritten in Kukident gebadet haben. Außerdem, riet er mir, solle ich mich im Moment flüssig ernähren, damit das Provisorium nicht kaputtginge.

Tja, Frau Zis. Sie wollten die Show unbedingt haben.
Ich packte meine Bagage und schlich davon.

»Franziska? Hast du mal einen Moment Zeit?«

Marie war gar nicht mehr so strahlend. Unter ihrer perfekten
Schminke war sie blaß. Und wie dünn sie geworden war! Wir
beide waren schon klasse Models für die Dame über Vierzig.

Ich folgte Marie in den Keller. Die Kinder wollten natürlich
sofort mit. Sandsäcke hauen und sich über die gelben Matten
wälzen und prügeln.

»Zauberbärchen«, sagte Marie. Sie sagte immer Zauberbärchen zu den Kindern. Ich hatte sie noch nie schreien oder
schimpfen gehört. »Jetzt bitte nicht. Ich muß die Mama mal
ganz allein sprechen. Geht bitte mal rüber zu Alma mater. Sie
weiß schon Bescheid und wartet auf euch.«

Wir nahmen nur Fanny mit, die nicht von meinem Arm lassen wollte.

»Na«, sagte ich. »Spuck's in die Tüte. Was gibt's denn so
Wichtiges?! Eckbank koofn? Eher setz ick mir nich!«

Es sollte ein Scherz sein, aber Marie war nicht zu Scherzen
aufgelegt. Sie wußte gar nicht, wie sie anfangen sollte.

»Ich muß dir jetzt zwei Sachen sagen, die dich vermutlich
sehr betroffen machen. Es fällt mir schwer, und vielleicht ist das
auch das Ende unserer Freundschaft, aber ich werde es dir jetzt
sagen.«

Ich erschrak. Das Ende unserer Freundschaft? Das sollte nie,
nie sein.

Maries Stimme zitterte. Ich setzte mich abwartend auf die
gelbe Matte. Fanny krabbelte unternehmungslustig davon.

»Du kannst auch weinen oder um dich schlagen«, sagte Marie
zerknirscht. »Aber wenn ich es dir jetzt nicht sage, werde ich
verrückt.«

»Ja, aber was denn? Nun sag es schon! Hast du mit Enno geschlafen? Ich würde es Frau Gabernak von Herzen gönnen!«

»Es WAR Versteckte Kamera«, sagte Marie.

»WAS war Versteckte Kamera? Daß sie mir die Zähne gezogen haben?«

Das wär doch mal ein netter Gag. »Sie sollten sich Ihre Zähne ziehen lassen« zu einem Prominenten sagen, und wenn sie alle raus sind, kommt der einäugige Moderator mit dem Toupet und ruft »April, April!«.

»Die Sache vor dem Möbelgeschäft«, sagte Marie.

»Nein. Nein, ich hab dich gefragt. Ich hab gesagt, schwöre mir, daß es keine Versteckte Kamera ist!«

»Ich habe nichts geschworen«, sagte Marie.

Ich starrte in den Wandspiegel und sah nichts darin.

»Wenn du mir jetzt die Freundschaft kündigst, dann habe ich es nicht besser verdient.« Marie versuchte, nicht loszuheulen.

Ich schluckte. Marie. Meine beste Freundin. Wenn sie so was tat, dann hatte sie einen Grund. Aber bestimmt war alles ganz anders. Ich konnte mir keinen Reim darauf machen.

»Ich kündige dir nicht die Freundschaft. Das mal als allererstes. Eine Freundschaft ist dazu da, daß sie Krisen und Irritationen aushält. Aber was du da sagst, geht mir nicht in den Schädel...« Nun zitterte meine Stimme auch. Nein. Das hatten sie mir nicht einfach so angetan. Nicht, nachdem ich nachts stundenlang beim Zahnarzt war. Und Blut spuckte. Und unter Schmerzmitteln stand. Nein, das hätte Marie nie getan. Aus Jux und Spaß.

»Keiner von uns konnte wissen, daß es dir so dreckig gehen würde«, sagte Marie. »Du glaubst gar nicht, wie sehr ich Enno gebeten habe, die Sache abzubrechen!!«

»Enno?«

»Enno hat versprochen, mein Avci-Wing-Tsun zu promoten. Er sagte, die Sache mit der versteckten Kamera sei die ideale Chance... acht Millionen Zuschauer!! Das kriege ich natürlich nie wieder!! Aber ich wollte nicht so weit gehen, Franziska, ich schwöre es dir!!«

»Aber es ist doch gar kein Fernsehkasper aus der Kulisse gekommen...«

»Der Dreh geht noch weiter.« Marie sah mir fest in die Augen. »Das heißt, wenn du mitspielst.«

Ich atmete tief durch. Mitspielen? Nach all dem, was war?

»Es folgt noch ein zweiter Akt. Nächsten Samstag. Du wirst

der Frau wiederbegegnen. Und dem Handtaschendieb. Und sie werden wieder ein Auto klauen. Gleiche Nummer. Sie wollen sehen, wie du diesmal reagierst. Sie wollen dich richtig hysterisch sehen. Sie wollen die ›perfekte Frau‹ demontieren. Sie sagen, das will das Publikum sehen. Wie du zitterst vor Angst. Und Enno meint, einen besseren Moment kann ich mir gar nicht wünschen für meine Wing-Tsun-Promotion.« Sie senkte beschämt den Blick.

Mir gingen noch mal all die schrecklichen Bilder durch den Kopf. Die weinende Frau mit den Kohlköpfen und Apfelsinen. Die verunsicherten Verkäuferinnen. Der Kerl, der mit der Handtasche türmte. Marie, wie sie, ohne zu überlegen, hinterherhetzte. Der Transvestit, der sich die Perücke abriß. Der Polizist, den ich morgens schon gesehen hatte.

Morgens schon gesehen!! Ich war ihnen morgens bereits durch die Probe gelatscht! Die Probe für MEINEN Film! Sie hatten den ganzen Aufwand nur für mich betrieben! Deswegen war der Polizist auch so ungehalten! Weil ich ihnen fast den Dreh vermiest hätte!

Die Wandschränke. Die vielen Wandschränke. Da hatten sie alle dringesteckt. Mit ihren Kameras und Mikros und Kabeln und Schnüren. Das Brett! Die Arbeiter mit dem großen Brett! Dahinter hatten sie natürlich die Schauspieler ausgetauscht!! Das arme, hilflose Frauchen! Ich hatte ihr über den Kopf gestrichen und ihr die Wange getätschelt! Und nachher war es ein häßlicher Kerl!

Ich wollte lachen. Ich lachte auch. Es war ein hilfloses, hysterisches, weinerliches Lachen. Genauso, wie Marie gelacht hatte, als wir wieder zu Hause waren.

»Das Kabrio war natürlich nicht von Alex' Geschäftsfreund«, sagte Marie. »Es war vom Fernsehsender.«

»Und du wolltest natürlich auch keine Eckbank kaufen«, sinnierte ich.

»Natürlich nicht«, sagte Marie. »Ich mußte dich nur irgendwo hinlocken, wo sie gut drehen und sich verstecken konnten.«

»Die Gabernak!« fiel es mir plötzlich wie Schuppen von den Augen. »Sie hat schon vor Wochen von einer Eckbank geredet!«

»Sie war sozusagen der Anwärmer«, sagte Marie. »Es war Ennos Idee. Die Idee an sich war eigentlich genial. Aber sie ging voll auf deine Kosten. Und das habe ich im Leben nicht gewollt. Das mußt du mir glauben!«

»Enno! Er hat auch mein Handy manipuliert!«

Mit männlicher Grausamkeit hatte er die Karte herausgenommen. Und ich blödes Weibchen war zu dämlich gewesen, das zu bemerken.

»Ja. Und mit dem Regisseur alles verhandelt. Kein geringerer als Leo Buchinger hat Regie geführt! Und er hat dich auch erkannt, als du morgens mit den Kindern vorbeikamst. Er wollte noch alles abblasen. Aber Enno hat gesagt, du würdest es wollen, wenn du wüßtest, daß du mir damit hilfst. Und dann haben wir es eben durchgezogen. Der Dreh hat hunderttausend Mark gekostet.«

»Wer ist wir? Wer war alles eingeweiht? Wer hat alles mitgespielt?«

»Na, wir alle!«

»Die Gabernak! Paula! Alma mater! Du! Ihr habt es alle gewußt!«

»Ja«, sagte Marie zerknirscht.

Als ich in Berlin gewesen war. Da hatten sie diesen Plan ausgeheckt!

Ich würde alles für dich tun, hatte ich vor kurzem gesagt. Auf dieser gelben Matte hier. Und Marie hatte gefragt: Wirklich alles?

»Aber du hast dein Wing-Tsun nicht demonstriert!« stammelte ich. »Du bist dem Handtaschendieb nachgelaufen! Richtung Stadtwald! War da denn auch eine Kamera?!«

»Nein! Der zweite Dreh kommt ja noch! Ich soll den Dieb fangen und ihn nach allen Regeln der Kunst verprügeln. Das ist ein Stuntman, der läßt sich fallen und stellt sich tot, da soll noch richtig Spannung erzeugt werden, keiner soll wissen, daß das alles getürkt ist, am wenigsten du. Dich wollen sie schreien und vor Angst vergehen sehen. Na ja, und dann kommt auch Marc Egeling und löst alles auf. Und du kriegst Blumen und Sekt, und wir werden ins Studio eingeladen, und im Mai wird das Ganze dann gesendet. Eine bessere Promotion kann ich mir gar nicht wünschen.« Marie senkte den Kopf. »Aber jetzt habe ich meine Freundschaft zu dir aufs Spiel gesetzt. Und das ist unverzeihlich!«

Maries Stimme zitterte. Dicke Tränen liefen ihr über das Gesicht.

Mein Gott, dachte ich. Was hat diese Frau durchgemacht in den letzten Wochen. Ich heulte auch. Ich rutschte zu Marie hinüber und nahm sie in den Arm. Wir heulten und lachten und drückten uns und wußten in dem Moment, daß dies eine Bewährungsprobe für unsere Freundschaft war.

»Wirst du mir jemals verzeihen?« schluchzte Marie.

»Aber ja!« Ich war ja so froh, daß sie es mir gesagt hatte! Endlich war der ganze furchtbare Spuk zu Ende!! Ich konnte die Kinder wieder rauslassen! Ich konnte nachts das Fenster wieder aufmachen! Ich konnte wieder frei atmen… meine kleinen grauen Zellen fingen an zu arbeiten.

Der Dreh würde weitergehen. O.K. Der Dreh sollte weitergehen. Aber nach UNSEREM Plan. Ab sofort nehmen Sie das Ruder selbst in die Hand, hörte ich Dorabella Andreas sagen.

»Marie! Wir spielen weiter! Wir liefern ihnen ihren zweiten Akt!«

Ich richtete mich auf. »Wir zeigen Leo Buchinger unser ganzes schauspielerisches Talent!«

»Ach, Franziska! Das würdest du wirklich tun?«

»Na klar! Es wird ein richtiger Krimi! Aber WIR schreiben das Drehbuch. Wir schreiben es in DEINEM Sinne! Du zeigst der deutschen Fernsehnation, was du kannst! Das ziehen wir jetzt durch, Marie!« Ich schüttelte ihren Arm. »Marie! Und eines schwöre ich dir! Die Presse wird über DICH schreiben, nicht über mich!«

»Und wie willst du das anstellen?« schluchzte Marie unter Lachern.

»Paß auf«, sagte ich, und dann erklärte ich ihr, was ich vorhatte.

Marie fand die Idee toll. Aber sie strahlte nicht. Nicht so wie sonst.

Plötzlich setzte ich mich auf und starrte Marie an.

»Du hast eben gesagt, du müßtest mir zwei Sachen sagen...
Das war erst eine! Du hast nicht NOCH eine Leiche im Keller,
Marie?!«

»Eine Leiche mit Sicherheit nicht«, sagte Marie. »Sondern
was ziemlich Lebendiges. Du weißt doch, daß Alex und ich...
uns eigentlich trennen wollten...«

»Ich denke, ihr HABT euch getrennt!«

»Haben wir ja auch!« Marie schluchzte und wischte sich die
Nase und schluckte und haute einmal ganz fest auf ihren Sandsack und lachte und wischte sich ihre Tränen am Sandsackzipfel
ab. Dann sah sie mich mit glänzenden Augen an. »Ich bin
schwanger.«

Wir beschlossen, es keinem Menschen zu sagen. Weder das eine
noch das andere. Auch nicht Enno und Alma mater und Paula.
Nur den Kindern wollte ich gern sagen, daß sie wieder draußen
spielen konnten. Und daß alles nur Spaß war.

»Ist ja gut«, sagte Franz genervt. »Ich hab sowieso nicht verstanden, wieso du dich so angestellt hast.«

»Außerdem macht drinnen spielen genauso Spaß«, sagte
Willi.

Und damit war das Thema erledigt.

Am Samstag zogen wir die geniale Show ab. Marie bretterte
freudig erregt zu dem verabredeten Drehort.

Und plötzlich sah ich alles mit anderen Augen: die parkenden
Wagen am Wegesrand, in denen zufällig ein paar Männer lagen
und so taten, als ob sie schliefen, die vorbeiwankenden Passan-
ten mit Dackel, an dessen Halsband zufällig ein Mikrophon angebracht war, das stille verlassene Plätzchen vor einem Brunnen,
vor dem zufällig wieder diese Frau mit den Apfelsinen lag. Und
die Handtasche, die alberne. In einer Pfütze.

Der Handtaschendieb. Ich sah ihn hinter einer Laterne lau-
ern. Wie dramatisch. Wie hochdramatisch. Jetzt sollte die deutsche Fernsehnation aber was geboten kriegen.

Marie und ich stießen uns unauffällig in die Rippen.

»Also?«

»Jetzt.«

Wir stürzten aus dem Auto, die Frau jammerte, Hilfe, mein Bein, aber ich beachtete sie nicht, sondern zog eine sehr echt aussehende Schreckschußpistole aus der Tasche, zerrte den Handtaschendieb hinter der Laterne hervor, warf mich gegen ihn, daß er an ein parkendes Auto prallte, und drückte ihm die Knarre an die Schläfe. Der arme Schauspieler war so voller Panik, daß er wie ein totes Karnickel stillhielt. Klar mußte er glauben, die Knarre sei echt. Hyterische Mutti hat sich inzwischen eine Waffe besorgt und fuchtelt nun wild entschlossen damit herum. Ich schoß begeistert ein paarmal in die Luft. Der Schauspieler zuckte bänglich mit den Augendeckeln. Gefahrenzulage, mein Lieber! Ich quetschte ihn voller Wut und Wollust an den parkenden Wagen.

»So, Bursche. Und hier bleibst du solange stehen, bis ich dich erschossen habe.«

»Ist doch nur Spiel!« preßte der arme Mann hervor.

»Und macht mir verdammt Spaß!« Ich drückte die Knarre noch härter an seine Backenknochen. Ich kam mir vor wie im Krimi. Toll! Mehr davon! Und dann kam Maries großer Auftritt. Ich wollte ihr die Daumen drücken, aber das ging nicht, weil ich ja den bibbernden Schauspieler mit einem Griff, den Marie mir gezeigt hatte, an die Autotür pressen mußte. Der würgte um Gnade. Wahrscheinlich quetschte ich ihm irgendwelche Weichteile ab. Marie hatte aber gesagt, ich solle diesen Griff nicht lockern.

Marie zerrte plötzlich mit einer überraschenden Drehung aus der Hüfte den völlig verdatterten Regisseur aus dem Gebüsch, riß ihn vor die versteckte Kamera, schlug ihm zuerst mit einem Handkantenschlag an den Hals, trat ihn dann blitzschnell zwischen die Beine und hieb ihm den Ellenbogen an die Schläfe. Mein Gott, dachte ich, hoffentlich macht sie ihn jetzt nicht im Eifer tot! Sie neigt zu Übertreibungen! Der Stuntman neben mir verdrehte jedenfalls vor Angst die Augen.

»Schön stehen bleiben, Kleiner«, sagte ich und drückte die Knarre noch fester an seine Backe. »Hier kannst du noch was lernen!«

Marie machte Leo nach allen Regeln der Kunst fertig. Sie hieb und stach und wirbelte und trat, und Leo gab nur noch ein überraschtes Stöhnen von sich. Die Kameramänner sprangen aus ihrem Versteck. Alle hielten sie sensationslüstern drauf. Keiner griff ein. Pressefotografen stürzten aus ihren Löchern und drängelten sich um das ungleiche Paar. Es blitzte und klickte pausenlos. Vor Begeisterung ließ ich mein Opfer los, aber der Mann konnte nicht mehr türmen. Die Frau auf dem Gehsteig war längst davongerannt.

Die Polizisten liefen ratlos umeinand. Klar, sie waren ja gar nicht echt!

Da kam Marc Egeling mit dem knallgelben Kabrio angefahren und blickte irritiert in die Runde. So stand das gar nicht in seinem Drehplan! Ich gab zum Spaß ein paar peitschende Schüsse ab. Marc Egeling zog den Kopf ein. Er rappelte sich aus dem Wagen und holte einen dicken Blumenstrauß hervor, mit dem er heftig winkte.

»Verstehen Sie Spaß?« schrie Marc Egeling.

»Klar!! Sie auch?« schrie ich zurück.

Ich schoß auf den armen Blumenstrauß. Marc Egeling zog sich ängstlich dahinter zurück.

»Versteckte Kamera!« schrie Marc. »Aufhören!! Alles nur Spaß! Hier, Frau Zis, die Blumen sind für Sie!«

»Die können sie IHR geben!« rief ich und zeigte auf Marie. Auch die letzten Kameras, die noch auf Marc oder mich gerichtet waren, schwenkten nun auf Marie.

»Na bitte«, sagte ich zu meinem Handtaschendieb, der gebrochenen Blickes am Auto klebte. »Klappt doch alles!«

Und dann steckte ich die Knarre gnädig weg.

Leo Buchinger war ein phantastischer Verlierer. Er lachte und rappelte sich mühevoll auf und klopfte sich den Dreck von der Kleidung und gratulierte Marie und umarmte erst sie und dann mich und dann sein gesamtes Kamerateam. Dabei rieb er sich die schmerzenden Beulen.

Marie lachte auch. »Ich hoffe, ich hab Ihnen nicht allzu weh getan?«

»Ganz schön zugelangt hast, Madel!« grinste Leo Buchinger.

»Dabei habe ich mich sehr zurückgehalten«, sagte Marie. »Normalerweise sind meine Handkantenschläge tödlich.«

»Dös kann i mir denkn! Wen hast denn schon alles auf'm Gwissen, Madl?« Die Anerkennung stand Leo ins Gesicht geschrieben.

»Ich hatte plötzlich so eine Wut!« brach es aus Marie heraus. »Daß Sie das der Franziska angetan haben!«

»Ja mai«, sagte Leo betroffen. »Des hab ich ja net ahnen können, daß die Franka so auf'm Zahnfleisch geht! Nachher hat's mir schon verdammt leid getan!«

»Ich hätte mich auch nicht aus dem Schrank getraut«, sagte Marc Egeling. »So einen Dreh mache ich nie wieder!«

»Madel«, sagte Leo Buchinger zu Marie. »Kannst mir das noch mal zeigen, was du da eben mit mir gmacht hast? Das sind ja megamäßige Watschn! Mußt ja nicht ganz so draufdreschen wie vorhin!«

»Klar!« sagte Marie begeistert.

»I bin nämlich Boxer«, sagte Leo. Er begann schon, mit seinen Fäusten vor Maries Gesicht zu wedeln.

»Wartet!« rief ich. »Erst wenn alle Kameras laufen!«

»Die laufen sowieso die ganze Zeit«, sagte einer.

»Dann bitte ich noch mal die Presse!« schrie ich froh in die Runde.

Leo Buchinger zog seinen Mantel aus. »Hier Madel. Halt amal.«

Und dann stand ich da wie Meister Jente und hielt dem großen Regisseur den Mantel und sah begeistert zu, wie Marie und er sich hauten, und Marie konnte vor Lachen nicht richtig zielen, und Leo lachte auch, und dann fielen die beiden sich um den Hals, und die Blitzlichter zuckten, und die Kameras liefen, und Marc Egeling und all die anderen standen dabei und tranken Sekt.

»Auf dich, Marie«, sagte ich leise. »Jetzt bist du da, wo du hinwolltest! Nur: Schwanger hättest du nicht zu werden brauchen!«

Berlin war im dicken Schnee versunken. Die Buden auf dem Weihnachtsmarkt duckten sich im Schutz der Gedächtniskirche. Menschen kämpften sich dick vermummt durch den schneidenden Wind. Es mochten minus sechzehn Grad sein. Ich lehnte am Fenster und ließ den Blick über die grauen Dächer schweifen.

Doch die Kälte draußen störte mich nicht. Hier drinnen, in meiner Suite im Schweizer Hof, war es warm und gemütlich. Es gab Kaffee und Tee und frische warme Hörnchen, die der Zimmerkellner gebracht hatte. Überall Blumen. Ein Strauß vom Hotel, einer von meinem süßen Johannes Wohlscheitel und einer von Dr. Karl. Ein Adventskranz stand auf dem Tisch und daneben eine große Schale mit frischem Obst. Sogar Erdbeeren waren dabei, dicke, große rote Erdbeeren. Und das um diese Jahreszeit.

Nebenan richtete ein Zimmermädchen dezent mein Bett. Falls ich noch Lust auf ein Mittagsschläfchen haben würde. Ich hatte aber beschlossen, wie jeden Mittag in die große leere Hotelsauna zu gehen. Das war mein ganz persönlicher Luxus, daß ich da in der Mittagspause immer auf der heißen Pritsche liegen und dabei in Ruhe über die Sendung nachdenken konnte. Außerdem war das gut gegen die kleine Erkältung, die ich mir gefangen hatte. Husten und Niesen in der Sendung, das ging natürlich nicht. Ich wollte keine Haue mehr von Frau Dr. Kaltwasser. Diesmal freute ich mich richtig auf die Sendungen. Ich war bestens vorbereitet. Die Exposés waren pünktlich und vollständig gekommen.

Es klopfte. Aha. Punkt zehn. Na, dann wollen wir mal. Tief durchatmen. Und strahlen. Na, Leute, wie sehe ich aus?!

In Erwartung einer völlig ungeschminkten Frau Dr. Kaltwasser im grauen faden Grobwoll-Look öffnete ich die Tür.

Doch da standen nur Fred in seiner verrauchten Lederjacke und die anderen: Hoss, der mit dem Ring im Ohr, Edgar, der Blatternarbige, Viola, die Rundbebrillte, Andschela, die schwarzhaarige Schlaftablette, und wieder eine Neue mit Borstenschnitt.

»Guten Morgen, Frau Zis!«

»Guten Morgen! Kommen Sie rein! Wo ist Frau Dr. Kaltwasser?«

»Die rettet jetzt eine andere brennende Baustelle«, sagte Fred, während er sich den Schal vom Hals wickelte. Den Spruch mit der Baustelle hatte ich schon mal irgendwo gehört. Aber wo?

»Versteh ich nicht…« Ich unterdrückte ein Husten.

»Sie wird woanders dringender gebraucht. Sie haben sich jetzt etabliert, Ihre Quoten sind stabil, der Chef ist zufrieden, und wir sind ein eingespieltes Team. Sie wissen jetzt, wo es langgeht. Und wir wissen es auch. Haben wir alles Frau Dr. Kaltwasser zu verdanken. Sie ist am Anfang immer etwas hart, aber dann läuft der Laden. Sehen Sie ja.«

»Der Chef ist zufrieden?«

»Ja. Sehr. Sie haben sechzehn Prozent Marktanteil erreicht. Und über zwei Millionen Zuschauer. Letztens hatten Sie sogar zweieinhalb. Der Intendant läßt Sie herzlich grüßen und Herr Dr. Karl natürlich auch.«

»Aha.« Ich sank auf einen Stuhl. Deshalb also die Blumen von Dr. Karl.

Und ich dachte schon, er würde mich mögen.

Die anderen zogen sich die Mäntel aus und sahen sich unschlüssig in meiner Suite um.

»Aber setzen Sie sich doch!« stammelte ich. »Möchte jemand Kaffee oder Tee?«

Die Gesichter erhellten sich. Alle mochten Kaffee oder Tee. Und alle mochten ein duftendes, warmes Hörnchen. Ich mußte niesen.

Mist. Also doch was gefangen.

»Gesundheit«, sagte die Schlaftablette besorgt.

»Werden Sie uns nicht krank!« sagte Fred und reichte mir ein Taschentuch. Wie nett sie auf einmal alle waren! Kaum daß der Eiseswind Frau Dr. Kaltwasser nicht mehr durch das Zimmer wehte! Sie tauten im wahrsten Sinne des Wortes auf!

Ich griff zum Telefon und rief den Zimmerservice an.

»Bringen Sie eine Flasche Champagner«, sagte ich. »Und sieben Gläser!«

Die anderen starrten mich an. Ich blickte freundlich in die Runde.

»Wenn's schlimmer wird, hol ich mir ein Antibiotikum aus

der Apotheke«, sagte ich. »Außerdem, finde ich, könnten wir uns jetzt ruhig duzen.«

Als ich nachmittags auf dem Parkplatz des Zuchthauses vorfuhr, kam mein alter Freund Pauel mir schon entgegen.

Er steckte den Kopf durch die Taxischeibe und herrschte den armen Fahrer an: »Wissense überhaupt, wen Se da jefaan ham?«

»Ich nix wisse! Ich nix deutsch!«

»Det is die Franka Zis, Mann!« Und zur Strafe klemmte Pauel ihm eine Autogrammkarte von mir hinter den Rückspiegel.

»Pauel!« sagte ich streng. »Laß doch den armen Mann in Ruhe!«

Pauel hielt mir den Schlag auf und griff nach meiner Hand.

»Se ham 'ne janz neue Garderobe! Extra für Sie! Der janze Flüjel renoviert! Hat allet der Wohlscheitel für Sie orjanisiert! Det kennse jaanich wieder, det wollnse nich gloobn!«

Pauel riß mir meine Koffer aus der Hand und rannte O-beinig vor mir her.

»Aber Pauel«, sagte ich. »Wir wollten uns doch duzen!«

»Ach, Franka. Det daaf ick jaa nich meina Rejierung erzähln!« Pauel war ganz verlegen.

Ich betrat staunend mein neues Reich.

Keine vergitterten Fenster, kein alter erdrückender Schreibtisch, keine Pritsche mehr in der Zelle. Statt dessen eine wunderschön eingerichtete Garderobe in Dunkelblau. Mit einem riesigen nagelneuen Sofa, eleganten Sesseln und einem edlen Schreibtisch. Mit Telefon, Fax und Fernseher. Ich staunte. Auch hier eine große Silberschale mit Obst. Daneben köstlich duftende Adventsplätzchen auf einem hübschen Tablett.

»Und der janze Kühlschrank is voll! Und 'ne eijene Brause hamse hier. Janz wat Edlet!« Pauel öffnete begeistert die Tür.

Tatsächlich. Ein nagelneues, superluxuriöses Bad. Ganz für mich allein. Mit Dusche, Bidet und mattglänzenden Armaturen. Und drei gelben Rosen vor dem Spiegel. Ich entnahm unauffällig das Kärtchen, das darinnen steckte: »Damit du dich in Nowosibirsk etwas wohler fühlst! Dein Johannes Wohlscheitel!«

Ich drehte mich um und strahlte Pauel an. Dann drückte ich

ihm ein Küßchen auf die Backe. Obwohl das eigentlich Johannes Wohlscheitel galt.

»Aba nich doch, Franka! Jetz wer ick janz faleegn!«

Pauel zog sich die Schirmmütze in die Stirn und wackelte kurzbeinig davon.

Ich drehte und wendete mich in meiner Luxusgarderobe. Es war nicht zu fassen. Müttergenesungswerk, dachte ich. Erster Klasse privat. Was hab ich es doch gut. Ich darf hier arbeiten, ich fühle mich wohl, man gibt sich unendliche Mühe für mich, und dann krieg ich das Ganze noch bezahlt. Wie gut, daß ich durchgehalten habe. Wo ich doch schon so kurz vor dem Aufgeben war.

Ich ließ mich auf meine bequeme blaue Couch fallen – bestimmt hatte die Designeranspruch! – und betrachtete die gelben Rosen von Johannes Wohlscheitel. Was war das für ein wunderbarer Mann!

Plötzlich fielen mir die Hustentropfen ein. Ich kramte sie aus meinem Rucksack. Viola hatte sie mir besorgt. Wie lieb und rührend sie plötzlich alle waren! Ach, Gott, so ein langer Beipackzettel. Den würde ich später lesen. Und die Tropfen später nehmen. Das mit dem Husten war auch gar nicht mehr so schlimm.

Tatendurstig sprang ich auf und ging in die Maske.

Ach, Friedlinde, dachte ich, wie gut ich euch doch alle leiden kann.

»Heute haben wir ein ernstes Thema«, sagte Fred am letzten Tag der Staffel. »Aber ich weiß, daß du das schaffst.« Wir saßen wieder in meiner Suite und tranken Kaffee und aßen warme Hörnchen.

Ich strahlte froh in die Runde. »Ich bin bestens vorbereitet. Das Manuskript war ausgezeichnet. Auch wenn ich nur Vornamen habe und keine Bilder.«

»Bilder haben diesmal keinen Zweck«, schmunzelte Hoss. »Sie werden eh von der Maske verkleidet, weil sie zum Teil unerkannt bleiben wollen. Aber du weiß ja, wer wo sitzt.«

Fred goß sich Kaffee nach: »Nachnamen gehen diesmal nicht

wegen des Datenschutzes. Sprich sie mit dem Vornamen an und bleib beim Sie.«

»Ja, das dürfte nicht das Schwierigste an dieser Sendung sein.«

»Das Problem bei diesem Thema ist, daß du genauso selbstverständlich mit den Gästen reden mußt wie sonst auch. Vergiß die Kameras. Tau sie auf. Das kannst du doch so gut. Zuhören ist deine starke Seite.«

Ach, was konnte ich den dicken Fred gut leiden. Er war ein Freund geworden. Ein richtiger Freund. Ich mußte ihm jeden Morgen erst mal an seinen grobgestrickten Wollpullover sinken und ihm ein Küßchen auf die unrasierte Wange drücken. Auch wenn er nach Rauch stank. Aber jetzt mochte ich ihn. Und da störte mich das gar nicht mehr.

»Was macht die Erkältung?« fragte Fred besorgt.

»Ist besser. Ich geh jeden Mittag in die Sauna.«

»Sonst nimm besser dieses Antibiotikum«, riet mir Hoss. »Ausgerechnet heute solltest du keinen Hustenanfall kriegen.«

»Dir zuliebe zieh ich mir die Droge rein«, versprach ich.

»Heute ist es besonders wichtig, daß du den richtigen Ton triffst«, sagte Fred. »Heute machst du dein Gesellenstück.«

»Ich versuch's.«

»Keine falsche Larmoyanz«, sagte Fred. »Und kein Vorführen. Respektvoll und sachlich, aber doch menschlich. Das, was du so gut kannst. Und noch was: Du mußt professionelle Distanz wahren, auch wenn dir das Thema nahegeht.«

Ich schluckte. Heute ging es um Aids.

Im Taxi las ich endlich den Beipackzettel des Hustenmittels. »In der Frühschwangerschaft auf keinen Fall einnehmen.«

Ich ließ den Zettel sinken. Ich hatte zwar ewig nicht meine Periode gehabt, aber das machte der Streß und die Unterernährung und der unregelmäßige Lebenslauf.

Wir kamen an einer Apotheke vorbei. Ich würde mir einen anderen Hustensaft kaufen. Einen harmloseren.

»Halten Sie mal eben!«

»Haben Sie Hustentropfen, die garantiert wirken und trotzdem keine Nebenwirkungen haben?«

»Ehrlich gesagt nicht, Frau Zis. Wenn Sie heute Sendung haben, sollten Sie was Starkes nehmen.«

Aha, sie kannten mich. Also mit offenen Karten spielen.

»Hier steht, daß ich dieses Zeug nicht in der Frühschwangerschaft einnehmen soll.«

»Ja, sind Sie denn schwanger?«

»Natürlich nicht!«

»Dann können Sie es auch einnehmen.«

Ich stand unschlüssig da. Draußen wartete das Taxi.

»Ich meine, hundertprozentig sicher bin ich mir natürlich nicht…«

»Machen Sie doch einen Schwangerschaftstest. Dann sind Sie sicher!«

»Ich… ähm…«

»Wir haben hier einen, den können Sie im Rennen machen. Dauert keine zwei Minuten. Und dann sind Sie sicher…«

»Geben Sie her. Ich bin nicht schwanger. Was kostet der Spaß?«

Derrick würde sagen, reine Routine. War ja gar kein Anlaß. Wie denn auch. Blödsinn. Ich sprang nur über Gräbelein und fraß kein einzig Blättelein… jedenfalls fast keins. Im Taxi las ich die Gebrauchsanweisung. Und hoffte, der Fahrer würde nicht in den Rückspiegel schauen.

Pauel kam uns schon kurzbeinig entgegengewankt und riß die Taxitür auf: »Dicke Luft da obn. Kann sein, det die Sendung platzt!«

»Wieso? Was ist passiert?«

»Se wolln die Aidskrankn nich schminkn. Friedlinde saacht, se packt se nur mit Jummihandschuhn an!«

»Aidskranke! Pauel! Die sind HIV-positiv und erfreuen sich bester Gesundheit. Seid ihr denn alle hinterm Mond!« Hustend krabbelte ich aus dem Taxi.

»Ick nich! Aba die Friedlinde! Die streikt! Un die zwee andan Waiba hat se schon nach Hause jeschickt. Se sacht, det kannse ihren Mitarbeeterinnen nich zumutn.« Pauel klopfte mir auf den Rücken. »Det klingt aba jefährlich, Meechen!«

Ich rannte, so schnell ich konnte, auf die Toilette. Dann brachte ich das Röhrchen in meine Garderobe und legte es auf den Schreibtisch. Sie hatten recht gehabt. So was konnte man heutzutage im Rennen erledigen.

Jetzt erst mal in die Maske.

Friedlinde stand schmollend am Fenster. »Det mach ick nich! Ick hab 'n Mann und zwee Söhne! Un 'n Enkelkind is ooch untaweechs. Warum soll ick mir ansteckn! Det hab ick nich nötich. Früha gab's det allet nich!«

»Wo sind die Gäste?!« herrschte ich sie an.

»Im Jästeraum. Det soll allet desinfiziert werdn, sons jeh ick da nie mehr reien!« Sie wusch sich demonstrativ die Hände am Waschbecken. »Aber Sie könn hierbleibn. Sie sehn ja schrecklich aues! Waanse wieda schwimm?«

»In der Sauna«, sagte ich grausam. »Ich bin nämlich erkältet. Ziehen Sie sich lieber Gummihandschuhe an!«

»Schweißverklebt und strähnich sehnse aus! Und 'ne janz rote Neese hamse! Na, da müssen wa aba ran!«

»Ich gehe jetzt zu den Gästen.« Ich knallte die Tür hinter mir zu und eilte in Richtung Gästeraum. Auf dem Flur stand Fred und rauchte nervös.

»Gut, daß du kommst. Du mußt die Gäste begrüßen. Hoss versucht gerade, sie bei Laune zu halten.«

»Was hat die Friedlinde zu ihnen gesagt?«

»Bis jetzt noch nichts. Zum Glück!«

Mir lief die Nase. Verdammt. »Hast du mal ein Taschentuch?«

»Hier. Hast du die Hustentropfen genommen?«

»Gleich«, sagte ich entschlossen und öffnete die Tür zum Gästeraum.

Drinnen saßen ganz normale Leute. Eine Mutter machte Hausaufgaben mit dem zwölfjährigen Jungen. Das war der Bluter, der sich vor zehn Jahren mit der verseuchten Konserve angesteckt hatte. Der arbeitslose Lehrer schaute ihnen interessiert über die Schulter. Die andere, die mit dem Urlaubsflirt, die seit fünfzehn Jahren positiv war, redete mit der Gästebetreuerin über das Glatteis in Berlin.

Ich warf Hoss einen fragenden Blick zu.

»Trotz des Katastrophenwetters in Berlin sind jetzt fast alle da«, sagte Hoss. »Die Landebahn in Tegel ist vereist. Es fehlt noch ein Gast.«

Ich ging ringsum und gab jedem die Hand.

Der Mann im Rollstuhl, Hans-Peter, sah sportlich und drahtig aus. Er war sonnengebräunt und strahlte Lebensfreude aus. »Franka Zis! Daß ich Sie noch mal kennenlernen darf! Ich bin begeisterter Sportflieger«, sagte er. »Wenn die Landebahn mal wieder frei ist und ich dann noch lebe, darf ich Sie dann auf einen Flug über Berlin einladen?«

»Klar!« freute ich mich.

»Die Maske braucht heute etwas länger, wegen des Wetters sind zwei Kolleginnen ausgefallen.« Hoss warf mir einen bedeutungsvollen Blick zu.

»Na, macht nichts«, sagte ich, »dann fangen wir heute eben etwas später an. Zumal der eine Gast noch nicht da ist. Wo kommt der her? Wie heißt er gleich?«

»Walter. Walter kommt aus Zürich«, sagte Viola im Hintergrund. »Da schneit es ununterbrochen. Aber gelandet ist die Maschine, ich hab eben angerufen.«

Es klopfte. Wohlscheitel kam herein. »Stör ich?«

»Nein, überhaupt nicht! Schön, dich zu sehen. Das ist unser Regisseur!«

»Kann ich dich mal sprechen?« Johannes zog mich vor die Tür. »Ich habe gerade versucht, die Maskenbildnerin an ihre Pflichten zu erinnern«, sagte er. »Es sieht aber schlecht aus.«

»Kriegen wir Ersatz?«

»Schwierig. Bei den Straßenverhältnissen.«

»Und wenn wir auf die Maske verzichten?«

Johannes zuckte die Schultern. »Toll ist das nicht. Na, dann geh du wenigstens jetzt in die Maske. Du siehst heute ganz besonders… bedürftig aus.« Er grinste sein bezauberndes Lausbubengrinsen.

»Den Deubel werd ich tun«, antwortete ich. »Wenn die Gäste nicht geschminkt werden, wird die Moderatorin auch nicht geschminkt. Dann geh ich eben verrotzt und verquollen und mit Sauna-Haaren in die Sendung. So.«

»Das wird Friedlinde das Herz brechen.« Wohlscheitel stupste mich liebevoll an die Backe und ging fröhlich pfeifend über den Flur davon. »Und tu was gegen deinen Husten!«

»Ja, mach ich! Jetzt sofort!«

Ich wollte gerade in meiner Garderobe verschwinden. Da kam Pauel mit dem letzten Gast. Pauel dackelte wie immer krummbeinig voran. Der Gast war im dunklen Flur noch gar nicht zu sehen. Das mußte der sein, der gerade aus Zürich angekommen war. Wie hieß er gleich? Walter. Zweifacher Vater, der von seiner Frau verstoßen worden war, als er ihr beichtete, positiv zu sein. Nach einem Flirt auf einer Geschäftsreise.

»So, da sind wa schon!« rief Pauel. »Entspannse Ihnen erst ma!«

Der Gast kam mir bekannt vor. Ich versuchte, ihn im dämmrigen Licht der Flurlampe zu erkennen. Irgendwie erinnerte der mich an jemanden. An wen bloß? Krummbeinig, ging es mir plötzlich durch den Kopf. Krummbeiniger Schweizer. Und dann blieb mir das Herz stehen. Ich wußte, wer es war.

Es war Brüderli.

Walter Brüderli.

»Brüderli! Du? Was machst du hier?«

»Ich bin in deiner Sendung Gast, odr!«

Ach, dieses geliebte, geliebte »odr«!! Wie hatte ich es vermißt! Wie hatte ich den ganzen Mann vermißt!

Ich fiel ihm um den Hals. »Brüderli!« Wir küßten uns beherzt auf den Mund. Ich vergaß alles um mich herum.

Pauel zog sich diskret zurück. »Na det fängt ja juht an!«

»Komm in meine Garderobe!«

Ich zerrte Brüderli am Arm hinter mir her und schloß meine Garderobe auf.

»Setz dich!«

Brüderli ließ sich auf das blaue Sofa fallen. Seine Hände zitterten. Er war ganz weiß um die Nase. Jetzt erst wurde mir bewußt, wie nervös er sein mußte! Der ganze Mann war ein Nervenbündel.

»Brüderli?! Was… ich meine, DU bist der Walter aus Zürich?

DU bist der Vater mit den zwei Kindern, den seine Frau nicht mehr sehen will... DU BIST POSITIV? Seit wann weißt du das!?«

»Seit einem Jahr, odr«, sagte Brüderli.

»Dann wußtest du es auch schon im Sommer!«

»Ich wollte dich nicht damit belasten, odr!« sagte Brüderli.

»DESWEGEN ist mit uns nichts mehr gelaufen an dem Abend im Albergo Losone!! Mein Gott, Brüderli! Und ich habe geglaubt, du steckst mit diesen Pressegeiern unter einer Decke! Brüderli!! Hättest du es mir doch gesagt!! Dann wäre ich doch nicht so einfach abgehauen! Weißt du eigentlich, wie sehr ich um dich getrauert habe...?« Vor lauter Überraschung und Nach-Luft-Schnappen mußte ich wieder husten. »Ich hab dich geliebt, du Hund, und du hast mir das Herz gebrochen!«

»Dich hat's aber erwischt, odr!«

»Ja! Mich hatte es erwischt wie schon lange nicht mehr! Ich war wirklich verliebt in dich.«

»Und ich in dich, odr!«

»Wie GEHT es dir?« stammelte ich. »Ich meine... wie geht es den Kindern?«

»Mir geht es gut, den Kindern auch, aber du hast dich erkältet!«

Klar. Brüderli machte sich um MICH Sorgen, nicht umgekehrt.

»Moment, ich hab Hustentropfen. Ich wollt sie schon die ganze Zeit nehmen...«

Es klopfte. »Ich bin's, Inge! Ich würde Ihnen gern beim Anziehen helfen!«

»Danke, Inge! Gleich!! In fünf Minuten!«

Mein Blick irrte suchend über den Schreibtisch. Wo hatte ich die Dinger nur hingelegt? Mein Gott. Brüderli. Brüderli hier. Was mußte ihn das für einen Mut gekostet haben! Brüderli war zu mir gekommen! Und er war HIV-positiv! Er! Dieser vor Gesundheit strotzende, junge, sportliche Vater! Wenn wir miteinander geschlafen hätten, dann hätte er mich...

Es klopfte schon wieder. Johannes streckte seinen Kopf zur Tür rein. »Ich wollt nur sagen, daß die Maske...« Er stockte, als er mir ins Gesicht sah. Als er merkte, daß ich nicht allein war, zog er sich sofort zurück.

»Was ist mit der Maske?« Ich sprang zur Tür.

»Sie wird sie schminken«, sagte Johannes. »Alle.«

»Danke, Johannes!«

»DIR verdanken wir das! Sie hätte dich nie ungeschminkt vor die Kamera gelassen!«

»Ist schon gut, Johannes. Bis später!«

Der Schwangerschaftstest. Der Schwangerschaftstest!! Wo hatte ich den denn hingestellt?! Ich wischte die Unterlagen und die Karteikarten und den Sendeablauf und den Modeschmuck und den ganzen anderen Krempel vom Tisch.

Es klopfte. Hoss steckte seinen Kopf zur Tür rein: »Ist der Gast aus Zürich bei dir?«

»Ja. Wir machen gerade Briefing. Ganz kleiner Moment, Hoss!«

»In Ordnung! Ich warte draußen.«

»Hier ist aber was los, odr!!«

»Ja, ich sitz hier selten in der Hollywoodschaukel und betrachte Schmetterlinge und Bienchen…« Wo war denn dieses verdammte Röhrchen? Ach, Inge hatte es diskreterweise hinter das Telefon gestellt.

Das Telefon klingelte. Ich hob ab. »Ja, verdammt! Ich komme doch!«

Da war das Röhrchen.

»Hal-lo!« sang Dr. Karl. »Wie geht es Ih-nen?«

»Ich bin kurz vor der Sendung!« stammelte ich, während mir alles Blut aus den Adern wich.

Der Ring am Glasrand war blau.

»Ich habe eine positive Nach-richt!«

Ich faßte mir ratlos an die rotfleckige Nase. Wovon sprach der? Positiv?!

POSITIV!! Alles war positiv!!

Ich auch, wollte ich sagen. Ich auch, Mann. Aber ich biß mir auf die Lippen. Dr. Karl hatte sowieso kein Interesse an meinem privaten Chaos.

»Wir werden Ihren Vertrag ver-län-gern!« sang er froh.

»Welchen Vertrag!?«

»Wir werden ›Menschen bei Franka Zis‹ im nächsten Jahr fortführen!«

»Hat das nicht Zeit bis nach der Sendung…? Ich briefe hier gerade einen Gast, ich bin noch nicht mal umgezogen, und das Publikum ist schon drin, und geschminkt bin ich auch noch nicht…«

Mein Ton wurde schrill. Ich hatte mich selbst noch nie so zickig erlebt.

Brüderli erhob sich und verließ diskret den Raum. Ich winkte ihm unsicher nach. Mein Herz raste. Jetzt macht die Diva schlapp. Jetzt knickt sie um und fällt in Ohnmacht. Und diesmal ist da keine versteckte Kamera.

»Der Intendant ist zu-frie-den!« sang Dr. Karl unerbittlich weiter.

O MANN!!

»Ich weiß!« herrschte ich ihn an. Ich konnte seinen selbstherrlichen Singsang im Moment nicht ertragen. Nicht jetzt.

»Ihre Quoten sind stabi-hil!«

»Ja! Danke. Weiß ich!«

»Ihr Marktanteil liegt bei sechzehn Proze-hent!«

Und dein Einfühlungspotential bei NULL PROZENT!! MÄNNER!!!

»Gibt es noch was Wichtiges?« fragte ich kalt.

»Der Sendeplatz hat sich als optimal erwie-sen!« Die Stimme wurde immer sanfter. Wie oft hatte ich mir diese sanfte Stimme gewünscht! Wie oft hatte ich an diese eine Nacht zurückgedacht. In der diese Stimme so sanft gewesen war. Aber JETZT NICHT!!! Hauen! Pak-Sau! Fak-SAU! Schütteln! Würgen! Alles auf einmal!

»Ich dachte, das freut Sie!«

»HERR Dr. Karl, wenn Sie mich jetzt bitte entschuldigen würden!«

»Immer mit der Ru-he!«

»Wir haben heute die Aidssendung.«

»Ich wa-haiß!«

Ich sagte nichts mehr. Selbst zum Auflegen war ich zu schwach.

»Ich wünsche Ihnen eine gu-te Sen-dung!« kam es aus dem Hörer getropft.

»Ja. Die wünsch ich mir allerdings auch.«

»Wenn ich's schaffe, komm ich zu-guk-ken!«

Auch das noch. Wie ich es HASSTE, vor die Kamera zu gehen und hineinzulächeln und nicht zu wissen, ob ER im Regiekasten hockte oder nicht!

»Sparen Sie sich und mir das bitte«, flehte ich. »Heute ist nicht mein Tag.«

Ich ließ den Hörer aus der Hand gleiten.

Dann plumpste ich auf das blaue Sofa und starrte gegen die weiße Wand.

Wieder die Freitagabendmaschine. Wieder die abgeschlafften Geschäftsmänner. Am allerabgeschlafftesten war die blaß-bleiche Fernsehtussi mit der Rotznase und den Hustenattacken in der ersten Reihe. Immerhin: Die Diva flog inzwischen busineß. Man servierte mir ein warmes Abendessen mit einer Flasche Bordeaux. Ich rührte das Tablett nicht an.

»Etwas Champagner, Frau Zis?«

»Ja. Geben Sie her. Ach… Halt!! Nein! Kein Champagner. Tomatensaft!«

»Das sind ja wunderschöne Rosen!«

»Ja. Finde ich auch.«

Mein Gott. Schwanger. Wie konnte das nur passieren! Mit siebzehn hätte ich aufgepaßt. Mit knapp vierzig nicht.

Die Presse würde höhnen! FRAU ZIS, WANN KRIEGEN SIE ENDLICH IHR VIERTES KIND?? Bitte, dachte ich. Könnt ihr haben.

Dieses eine Mal. Dieses eine, eine Mal. Als ich mit Dr. Karl auf die »Pechvögel« gesunken war. Vor zwölf Wochen. Nach meiner ersten Sendung. Na bitte. Das paßte ja irgendwie.

Ich Pechvogel. Ich pechvögele, du pechvögelst, er sie es pechvögelt.

Aber bitte. Ich würde dieses Kind kriegen und lieben wie

332

meine anderen drei Kinder auch. Und es würde gleichzeitig mit Maries Kind kommen.

Aber was, wenn es mit Brüderli passiert wäre! Sich vorzustellen, DIESE Nacht hätte Folgen gehabt! Andere Folgen! Wenn DA das Ergebnis positiv gewesen wäre! Mein Gott! Ich starrte auf das dunkle Bullauge. Was hatte die HIV-positive Frau erzählt? Es war nur ein einziges Mal was gewesen. Mit einem reizenden Herrn im Urlaub. Unter Palmen. Und der wußte selbst nichts davon. Bis er sie dann Wochen später anrief. Sie war verheiratet und hatte einen Sohn. Und er – er war inzwischen tot.

Unter uns verabschiedete sich Berlin. Mein geliebtes Berlin.

Wie ich es am Anfang gehaßt hatte. Das kalte, graue, fremde. Und wie ich mich jetzt dort heimisch fühlte. In meinem Studio. In meiner Garderobe. In meiner Hotelsuite. Mit meinen Menschen. Die mir dort regelmäßig begegneten. Und die alle freundlich und liebevoll zu mir waren.

Jetzt würde alles schon wieder zu Ende sein. Gerade jetzt, wo ich Fuß gefaßt hatte.

Brüderli. Welch eine Begegnung heute nachmittag. Im dunklen Flur der Filmstudios. Und dann. Die Sendung. Die vergeigte Anmoderation. Ich mußte zweimal neu anfangen.

Ich war so aufgeregt, daß ich nicht weitersprechen konnte.

Brüderli auf seinem Stuhl. Bühnengast drei. Geschminkt und fremd. Wie er mich mit seinen braunen Augen fixierte! Und die Kameras. Hinter welcher saß Dr. Karl? War er da oder war er nicht da? Der hehre Programmgott beliebte ja immer unangemeldet irgendwo zu erscheinen. Ich stammelte und faselte. Und meine Schläfen pulsierten. Plötzlich war alles so banal! Als wenn man das Thema in sechsundfünfzig Minuten dreißig Sekunden abhandeln könnte! Warum durfte ich nicht von der Bühne gehen und sagen »Heute nicht«? Die Moderatorin ist befangen. Ich möchte mit Bühnengast drei allein sein.

Ich lehnte mich in meinen Flugzeugsessel und schloß die Augen.

WAS für ein Tag! Heute morgen hatte Fred noch gesagt, ich solle professionelle Distanz wahren. Ich hatte es aber nicht getan.

»Frau Zis? Noch irgendein Wunsch?«

Die Stewardeß räumte das Tablett ab.

»Nein. Wirklich nicht.«

Dr. Karl war natürlich auch noch aufgetaucht. Mit fünfzig roten Rosen. Sie waren nicht wirklich rot. Nicht dunkelrot. Es war so eine Mischung aus hellroten und orangefarbenen und dunkelgelben Rosen. Und die lagen nun neben mir auf dem Sitz.

Und morgen würde ich wieder mit den Kindern ins Einkaufszentrum gehen und ihre Hausaufgaben nachsehen und mit Franz Klavier üben und mit Willi Weihnachtsgeschenke basteln und mit Fanny Bilderbücher anschauen. Und meine Berlin-Erlebnisse in eine Schublade stecken müssen.

»Marie? Hast du mal einen Moment Zeit?«

»Ja. Natürlich. Was gibt's denn?«

»Komm mal in mein Schlafzimmer, da sind wir ungestört.«

Die Kinder wollten natürlich sofort mit. Über das Bett wälzen und mit Kissen werfen und die Heizdecke ein- und ausschalten und um die Fernbedienung vom Fernseher rangeln.

»Kinder«, sagte ich. »Jetzt bitte nicht. Ich muß die Marie mal ganz allein sprechen.« Meine Stimme wackelte. Ach, verdammt. Ich hatte gestern im Flieger noch lange nachgedacht. Und mir war plötzlich ein ganzer Balken aus dem Auge gefallen. Erst war es nur ein Verdacht. Aber ich konnte ihn die ganze Nacht nicht wegwischen. Und jetzt war ich mir plötzlich sicher. Es paßte eins zum anderen. Wie ein großes, buntes Puzzlespiel. Und das letzte Teil von dem Puzzlespiel lag in meiner Nachttischschublade.

»Geht bitte mal rüber zu Alma mater. Sie weiß schon Bescheid und wartet auf euch.«

Wir nahmen nur Maxie mit, der nicht von Maries Arm lassen wollte.

»Na«, sagte Marie. »Spuck's in die Tüte. Was hab ich angestellt?«

»Ich fürchte, ICH hab was angestellt«, sagte ich zerknirscht.

Ich wußte nicht, wie ich anfangen sollte. Aber ich mußte es ganz schnell hinter mich bringen. Jetzt sofort. Sonst konnte ich Marie nicht mehr in die Augen sehen.

Ich ließ mich auf das Bett fallen. Marie zog sich ans Fußende zurück. Wir hockten da auf dem Diwan wie damals im Engadin auf unserer Ottomane, jede ein Kissen im Arm. Nur fehlte diesmal das Champagnerglas. Und der Vollmond hinter dem Gebirgsmassiv.

Maxie krabbelte unternehmungslustig über die Bettdecke davon.

»Ich muß dir jetzt zwei Sachen sagen«, hob ich schließlich an, »die dich vermutlich sehr betroffen machen. Es fällt mir schwer, und vielleicht ist das auch das Ende unserer Freundschaft, aber ich werde es dir jetzt sagen, denn wenn ich es dir nicht sage, werde ich verrückt.«

»Ja, was denn? Mach es nicht so spannend!« Marie lachte und sah sich um. »Hast du die Versteckte Kamera auf mich gehetzt? Kommt raus, Jungens, ihr seid schon entdeckt!«

»Du kannst auch weinen oder um dich schlagen«, sagte ich. »Aber ich schwöre dir, ich habe das nicht mit Absicht gemacht.«

»WAS hast du nicht mit Absicht gemacht?«

»Ich bin auch schwanger, Marie!«

»Aber das ist ja WUNDERBAR!!« Marie sprang begeistert auf und umarmte mich. »Wie weit bist du? Sag! Ich hab die ganze Zeit schon gedacht, daß du dich verändert hast…«

»Ich bin ungefähr so weit wie du«, sagte ich.

»Ach, Franziska!« rief Marie. »DAS nenn ich Freundschaft, daß du nun auch noch mit mir schwanger wirst!«

»Tja…«, sagte ich verlegen. »Das ist eigentlich ganz praktisch, nicht?«

»Ist es… von deinem Freund Wohlscheitel…?« Marie senkte diskret die Stimme. Sie hielt meine Hand fest. Ich entzog sie ihr.

»Nein«, sagte ich tonlos. »Dazu ist der viel zu wohlerzogen.«

Maxie wühlte mit glänzenden Augen in meiner Nachttischschublade herum. Er zauberte einige Tuben und Döschen und Näpfe hervor, eine Nachtcreme und ein paar uralte Vaginalzäpfchen. Die hatten das Verfallsdatum längst überschritten. Ich benutzte so was ja seit Jahren nicht mehr.

»Laß das, Zauberbärchen. Das gehört Franziska. Leg es wieder rein, ja?«

»Laß ihn ruhig. Solange er sie nicht ißt.«

»Ach, ich bin ja so GLÜCKLICH, daß wir das alles nun zusammen erleben werden!! Weiß Paula es schon? Und Alma mater? Und die Kinder?«

»Nein. Ich wollte es zuerst dir sagen.«

Marie umarmte mich erneut. »Weißt du eigentlich, wie sehr ich dich liebe?«

»Das wird sich gleich herausstellen.«

Marie hielt mich auf Armeslänge von sich ab.

»Du wolltest mir ZWEI Sachen sagen!! Was ist die zweite Sache?«

Ich versuchte erneut, einen Anfang zu finden. »Marie, unsere Freundschaft hat schon viel ertragen. Ich bin nicht sicher, ob sie das hier auch noch erträgt. Wenn nicht, mauern wir die Wand zwischen unseren Häusern einfach wieder zu.«

»Nun SAG es schon! Zauberbärchen, laß das doch! Nicht alles ausräumen!«

Eine alte Taschenlampe kam zutage, eine lang nicht gebrauchte Packung Tampons. Und dann wurde Marie ziemlich weiß um die Nase.

Zauberbärchen hatte plötzlich etwas in der Hand. Dieses letzte Puzzlestückchen. Dieses kleine Teil, was unsere Freundschaft vielleicht für immer zerstören würde. Maxie betrachtete es von allen Seiten, talpte rüber zu Marie und drückte es ihr in die Hand.

»Zauberbärchen!! Wo hast du das her?! Wo hast du sie gefunden?!«

»Da drin!« sagte Maxie.

Marie starrte Maxie an. Sie nahm das Ding aus seinen kleinen Händen und roch daran. Ein ganz feiner kalter Duft war noch zu spüren.

Dann starrte Marie mich an. Fassungslos. Verwundert. Blicklos.

Es war die Vanillepfeife von Dr. Karl. Von Dr. Alexander Karl.

Am Silvesterabend hockten wir vier Weiber in unserem Weiber-nest und hielten Kriegsrat. Wir tranken alle Tee. Die Kinder wa-ren gerade im Bett. Wir hatten versprochen, sie um Mitternacht wieder zu wecken.

»Keine Talkshow mehr«, sagte ich traurig.

»Keine Wing-Tsun-Schule«, seufzte Marie.

»Und keine Mode für die Dame über Vierzig«, betrübte sich Paula. »Als Models für das klassische Busineß-Design geht ihr jedenfalls nicht mehr durch.«

»Mädchen sind eben dumm.« Marie und ich stopften fru-striert ein paar alte Adventsplätzchen in uns rein.

»Statt sich zu freuen!« rügte Alma mater. »So ein reicher Se-gen! Und das in Ihrem Alter!!«

»Dabei hatten wir alle gerade so gut Fuß gefaßt«, trauerte Marie. »Ich hatte schon über fünfzig Anmeldungen!«

»Und ich hatte schon über fünfzig Talkshows!«

»Und ich hatte schon über fünfzig Stoffe!« fügte Paula hinzu.

»Und Sie kriegen gleich fünfzig Schläge auf den Hintern!« empörte sich Alma mater.

Doch uns war nach Jammern und Wehklagen und Schicksal-Beweinen.

»Nun hat die GALA uns groß rausgebracht!«

»Und die BUNTE und die GUDRUN und die MADAME!«

»Wir werden ja wohl mit zwei weiteren Babys fertig werden!« empörte sich Alma mater.

»Ach, dieser Geruch nach Muttermilchstuhl, Möhrenbrei und Bananenmatsche! Ich hatte ihn schon ganz vergessen!«

»Und dann kommen übergangslos die Wechseljahre.«

Wir schnauften selbstmitleidig in unseren Pfefferminztee.

»Soll ich Sie beide mit dem Pak-Sao verhauen?!« entrüstete sich Alma mater.

»Schwangere haut man nicht«, sagte Marie.

»Doch! Wenn sie so ein dummes Zeug reden!«

Paula schaute auf die Uhr. »Viertel nach elf. Wir haben noch eine gute halbe Stunde.«

»Also?« sagte Alma mater. »Um Mitternacht will ich einen konstruktiven Vorschlag.«

»Wir vier bleiben zusammen, bis daß der Tod uns scheidet«, sagte ich weinerlich.

»Verkauft doch Schwangerschaftshängerchen«, sagte Paula energisch. »Ich mein das ernst! Schwangerschaftshängerchen sind nämlich was für Frauen, die sich hängen lassen.«

Paula kam nun richtig in Fahrt. »Mensch, Mädels!! Ihr habt ein fertig eingerichtetes Studio!! Ihr habt die superedlen Stoffe. Ihr habt das Know-how. Ihr habt die Promotion! Ganz Deutschland kennt euch! Jetzt müßt ihr euch nur noch den Umständen anpassen!«

»Welchen Umständen?«

»Na DEN Umständen!!«

»Oh, bitte nicht die Muttchenschiene«, flehte Marie. »Kein Storch auf dem Briefpapier!«

»Kein Mami-Baby-Gesülz mit Rüschen und Schleifchen unter dem Busen.«

»Nein, eben NICHT! Mode für die berufstätige Schwangere. Aus edlen Stoffen und selbstbewußten Schnitten. Kostüme, Hosenanzüge, lässige Freizeitmode. Alles, was die berufstätige, selbstbewußte schwangere Frau so in der Öffentlichkeit braucht.«

»Gibt's die? Die berufstätige Schwangere in der Öffentlichkeit?«

»Klar gibt's die!! Die versteckt sich bisher leider nur!«

»Ich hab noch nie eine gesehen«, maulte ich.

»Dann seid ihr die ersten, die sich trauen.« Paula haute mit der flachen Hand auf den Tisch, daß die Teetassen schwappten.

»Jawoll«, sagte Alma mater und haute noch fester hinterher.

»Das wäre das eine«, sagte Paula energisch. »Und gleichzeitig bietet ihr diesen berufstätigen Schwangeren in eurem Studio Gymnastik an. Für Frauen, die sich NICHT hängen lassen. Währenddessen können die Geschwisterkinder bei Alma mater und mir abgegeben werden. Da schlagt ihr alle Fliegen mit einer Klappe.«

»DAS ist doch das Ei des Kolumbus«, freute sich Alma mater.

»Das Ei der Paula!« sagte ich beeindruckt.

338

Alma mater lugte auf die Uhr. »Wir sind gut in der Zeit«, sagte sie zufrieden. »Zehn Minuten vor Mitternacht.«

»Wir müssen sofort mit der Promotion anfangen«, begeisterte sich Marie.

»Und wir brauchen einen Namen für unser Projekt!« rief Paula.

Alma mater ging zum Kühlschrank und zauberte eine Flasche Champagner hervor. Sie drehte sich freudestrahlend zu uns um:

»Wir haben schon einen!«

»Und der wäre?«

»DAS WEIBERNEST!«

»Sagen Sie mal, die UMSTANDSmode, die Sie da jetzt immer in Ihrer Talkshow tragen, welche Marke ist das eigentlich?«

Frau Gabernak hatte zum Abendessen geladen. Aus Anlaß ihrer Hochzeit mit Enno. Die Feierlichkeit fand in ihrem Party-keller statt. Wegen der Kinder.

»Die stammt aus Maries Kollektion«, sagte ich stolz, während ich meinen Blick über die Panoramatapete schweifen ließ. Sonnenuntergang hinter Palmen. Vorn Strand, hinten Meer. Und das Ganze dekoriert mit Fischernetzen und Muscheln. Be-zaubernd bürgerlich.

»Ist das die gleiche, die Sie in dem Werbespot für ›Cache Cache‹ tragen?«

»Klar. Das ist Maries neue Firma.«

»Und wer soll das kaufen?«

»Oh, Sie werden lachen, Frau Gabernak! Tausende von schwangeren Frauen sind begeistert von ›Cache Cache‹! Endlich gibt es anspruchsvolle und gut geschnittene Mode für die be-rufstätige Schwangere!«

»Ich finde, daß eine schwangere Frau im Geschäftsleben überhaupt nichts mehr zu suchen hat«, sagte Frau Gabernak.

Genauso, wie eine Familie mit drei Kindern nichts mehr in einem bürgerlichen Wohnzimmer zu suchen hat, dachte ich. Die gehört in den Keller.

Enno warf mir einen warnenden Blick zu.

Doch ich hatte ihm versprochen, in Anbetracht seiner Hochzeit ganz lieb und artig zu sein. Und nur nette Dinge zu sagen. Und mich mit meiner Meinung über Frau Gabernaks Geschmack absolut zurückzuhalten. Mehr noch. Ich hatte ihm versprochen, ihren Partykeller und ihre Eckbank und ihre Fischernetze und ihre Panoramatapete ganz toll zu finden.

Natürlich hätten die Kinder viel lieber diesen lauen Frühsommerabend in Frau Gabernaks Garten verbracht. Dort dümpelten nämlich künstliche Enten und künstliche Schildkröten auf einem künstlich angelegten Feuchtbiotop, neben dem viele blankgeputzte künstliche Steinchen sorgfältig aufgereiht lagen. Mit diesen Steinchen konnte man wunderbar auf die zahlreichen Zierfische werfen, und ich hätte den Kindern das Vergnügen von Herzen gegönnt. Die ganze künstliche Landschaft wurde noch von einer Reihe Gartenzwerge getoppt, die in Reih und Glied auf dem künstlich angelegten Rasen standen und jedes einzeln gedüngte Grashälmchen bewachten, das Frau Gabernak mit der Nagelschere auf Einheitslänge geschnitten hatte. Bestimmt hatten die Gartenzwerge Glasuntersetzer unter den Puschen.

Enno hatte uns aber gleich darauf hingewiesen, daß der Garten von Frau Gabernak nicht zu betreten sei. Aber den Partykeller durften wir betreten. Ausnahmsweise. Dafür war ja so ein Partykeller da. Schließlich hatte Frau Gabernak sich in stundenlanger Kleinarbeit um die perfekte Tischdekoration bemüht. An ihrem Partykellertisch und auf ihrer Partykellerbar waren handbemalte Tischkärtchen aufgestellt. Damit wir auch alle wußten, auf welchen Partykellerschemel wir uns zu setzen hatten. Dabei waren wir gar nicht so viele Gäste, als daß man uns mit Tischkarten hätte ordnen müssen. Alma mater, die Kinder und ich und dann noch Frau Gabernaks Vati und Mutti. Und ein alter Onkel mit alter Tante. Und der Hund. Ajax. Für Ajax gab es keine Tischkarte.

Jedenfalls hatte Frau Gabernak zur Feier des Tages ein Feinschmeckermenü bestellt. Es bestand aus lauter kindgerechten Köstlichkeiten wie Hummerschwänzchen und Kaviarhäufchen an Wachteleiern und Mousse vom Perlhuhn und Melonenschnitzen mit Meerrettichschaum.

340

»Mama?! Hier ist alles bescheuert, und ich will nach Hause!«

»Still, Kind. Wir sitzen jetzt hier und feiern. Und DU feierst auch!«

Franz saß beleidigt auf dem ihm schriftlich zugewiesenen Partyhocker und mampfte trockenes Brot in sich hinein.

»Das Büfett ist noch NICHT eröffnet«, sagte Frau Gabernak.

»Aber mein Mund«, sagte Franz muffelig.

Willi gähnte und ließ die Beine baumeln. »Hier ist alles besch…«

Ich warf ihm einen meiner Dolchblicke zu.

»Wie lange müssen Sie denn noch?« fragte Frau Gabernak mit einem abschätzenden Blick auf meinen Bauch.

Was? Hier sitzen? Wie ich Enno kannte, mindestens drei Stunden.

»Was meinen Sie?«

»Na, diese Sendung moderieren.«

»Noch eine Sendestaffel«, erwiderte ich. »Und dann ist erst mal Sommerpause.«

»Ich finde, schwangere Frauen gehören überhaupt nicht mehr ins Fernsehen.«

»Warum denn nicht?!« sprang Alma mater mir bei. »Das ist doch das Natürlichste von der Welt!«

»Daß Frauen heutzutage aber auch alles haben wollen«, sagte Frau Gabernak. »Ich habe mich damals bewußt gegen Kinder entschieden, weil ich mich um meinen Mann und mein Haus kümmern wollte.«

»MAMA!! Ich will hier weg!«

»Gleich, mein Schatz. Erst feiern wir, und dann gehen wir nach Hause.«

»Das nennst du feiern!«

»Laß uns wenigstens ein bißchen was essen, ja?«

»Das Büfett ist noch NICHT eröffnet«, sagte Frau Gabernak. »Erst wenn ich mit dem Glöckchen klingele, ist das Büfett eröffnet.«

»Das schmeckt mir alles sowieso nicht!«

»Wenn du jetzt lieb hier feierst, fahren wir auf dem Rückweg zu McDonald's. Versprochen!«

»Kommen Sie«, sagte Frau Gabernak. »Ich zeige Ihnen mein Haus. Dann können Sie mal sehen, wie man sich einrichten kann.«

»Au ja, Kinder«, sagte ich erleichtert. »Wir gucken mal das Haus an.«

»Die Kinder nicht!« Frau Gabernak geriet in Panik. »Für die Kinder habe ich im Fernsehkeller ein Video bereitgelegt!«

Wir schoben uns vom Partykeller in den Fernsehkeller. Eine dunkelgrüne Couch war mit einer Plastikplane überzogen. Dort durften die Kinder Platz nehmen. Frau Gabernak legte eine Videokassette ein.

Es war ein alberner Zeichentrickfilm mit einer Biene, die um die Blümchen flirrte und mit unnatürlich hoher Stimme auf Käferchen und Schmetterlinge einsäuselte.

»Boh! Uncool! Langweilig!«

»MÜSSEN wir das sehen?«

Frau Gabernak ließ mit einer elektrischen Fernbedienung die Verdunklungsanlage runterfahren. Nun war nicht mehr der leiseste Sommersonnenstrahl im Fernsehkeller. Nur noch die flirrende Video-Biene.

»Kommen Sie!« Frau Gabernak konnte es nicht mehr erwarten.

»Bitte, Kinder!« flehte ich beim Rausgehen. »Bewegt euch nicht! Nur einen Abend lang! Das kann doch nicht so schwer sein!«

Als erstes führte mich Frau Gabernak in ihr Gästeklo. Das war praktischerweise auch im Keller, wahrscheinlich für jene Gäste, die im Stehen pinkelten oder sich sonstwie danebenbenahmen. Dann kam der Werkzeugkeller dran. Frau Gabernak machte Licht. Etwa tausend Nägel und Schrauben waren alle nach Größe, Farbe und Gewicht geordnet und hingen säuberlich in kleinen Plastikkästchen an der Wand. Dieses Werk war Frau Gabernaks ganzer Stolz. Jetzt wußte ich endlich, was Enno an Frau Gabernak fand. Ruhe und Ordnung und ein Heim, in dem noch alles an seinem Platz ist.

Wir besichtigten noch die Sauna, die natürlich nie benutzt wurde, weil Frau Gabernak es nicht liebte, Schweißspritzer von der Holzbank entfernen zu müssen. Alles roch nach Meister Proper und nach Zitrus und Veilchen. Die Gästehandtücher lagen in Dreiecksform gefaltet auf dem Hocker. Nie hatte ein nackter Arsch auf diesem Hocker gehockt. Der war nur zum Gucken da, der Hocker.

Dann durfte ich endlich die Treppe hochgehen.

Alma mater schloß sich uns an. Frau Gabernak öffnete mit Stolz die Tür zu ihrem Garderobenschrank. Und da hingen sie! Zwölf Jacken und drei Mäntel! Geordnet wie eine Kompanie schlaffer Soldaten! Rührt euch, ihr leblosen Labberkragen! Wo bleibt der zackige Gruß!? Frau Gabernak schloß die Schranktür wieder. Wir wollten uns ja noch steigern. Und da war sie, die Einbauküche! Mitsamt Eckbank!! Daß ich dieses gediegene Stück Lebensqualität noch besichtigen durfte!! Die Einbauküche war ansonsten in pflegeleichtem Beige gehalten. Alles war tadellos sauber und machte einen unbenutzten Eindruck. Bestimmt durfte Enno nie hier sitzen. Enno hatte bestimmt einen eigenen Enno-Sitz-Raum, in dem Frau Gabernak ihm täglich seine Mahlzeiten auf Glasuntersetzern servierte.

Frau Gabernak entfernte verschämt einen einzelnen Wassertropfen im Spülbecken. Wie der vorlaute Lümmel da aber auch hingekommen war!

Die Fliesen, machte Frau Gabernak mich aufmerksam, seien besonders pflegeleicht, da grau-braun-schwarz gesprenkelt. Ich nickte begeistert.

Dann kam der große Moment, wo wir das Wohnzimmer anschauen durften. Dunkelbraune, schwere Schränke, Messinggriffe zum Daran-Erhängen, alles prima mattglänzend, edel im Design und zeitlos im Stil. Tische, Stühle, alles überzogen mit dunkelgrün gemustertem Stoff – allerdings ohne Plastikplane –, künstliche Blumen überall, eine Obstschale mit künstlichem Obst, kurzum, ein Stilleben, das jegliche Lebensfreude zum Kochen brachte. Und viele schwere Gardinen. Damit auch keiner reingucken konnte. Und womöglich sehen konnte, was Frau Gabernak zwischen ihrem Gelsenkirchener Barock so trieb.

»Hier ist es eingerichtet wie bei alten Leuten!« flüsterte Alma mater hinter mir. »Alles bescheuert, und ich will nach Hause!«

Ich kicherte unreif vor mich hin.

Wir schritten zurück in den Partykeller, wo man inzwischen schweigend auf den vorgeschriebenen Stühlen saß.

»Das Büfett ist eröffnet!« rief Frau Gabernak.

Ich war so demütig dankbar, daß keines meiner Kinder inzwischen ein Meerrettichschnittchen erbrochen oder einen Zierfisch in seinem Apfelsaft ertränkt oder ein Fischernetz abmontiert hatte, um seinen Bruder darin zu würgen. Nein, die Kinder hockten dumpfen Blickes vor der flirrenden Biene. Ich erlöste sie aus dem Gäste-Fernsehzimmer.

»MAMA!! Gehen wir jetzt endlich!«

»Ja, meine Süßen. Noch EIN Glas Sekt. Auf das Jubelpaar!«

Frau Gabernak balancierte in heiliger Konzentration ein halbes Glas Sekt mitsamt Glasuntersetzer zu meinem Platz und stellte es sorgfältig neben die kunstvoll gefaltete Serviette.

»Dürfen Sie denn überhaupt Alkohol trinken, in Ihrem ZUSTAND?!«

Ja, dachte ich. Ich MUSS Alkohol trinken.

»Pscht!! Der Opa will eine Rede halten!« Ich stellte das Glas wieder hin.

»Auch DAS noch!« Franz ließ sich frustriert auf seinen Stuhl fallen.

NICHT kippeln! flehte ich mit Blicken. Sonst wackelt das Glas! Und dann?!

Der Opa redete. Die Oma nickte. Die Tante und der Onkel nickten auch.

Enno stand hungrig neben dem Büfett und konnte sich kaum noch bremsen. Der Opa beliebte noch etwas auszuholen. Der Krieg damals und die schwere Zeit. Die Oma nickte betrübt vor sich hin.

Franz verdrehte die Augen. »Jahre später…«, murmelte er genervt.

Ich mußte kichern. Enno warf mir einen warnenden Blick zu.

Willi bröselte eine Salzstange auf seinen Glasuntersetzer.

Fanny auf meinem Schoß griff nach einer Gabel. »Essen? Ja?« Und da passierte es.

Mein Glas fiel um. Der halbe Schluck Sekt ergoß sich auf die penibel gefaltete Serviette. Ich stellte das Glas schnell wieder hin. Vielleicht hatte es keiner gesehen. Doch. Der Opa hatte es gesehen.

Der Opa hörte auf zu reden.

O Gott, dachte ich. Jetzt muß ich sterben.

Frau Gabernak wurde der Katastrophe gewahr. Sie sprang auf und holte einen Lappen und wischte und tupfte und entfernte das böse, böse Glas, und ich stammelte Entschuldigungen, und Enno durchbohrte mich mit Blicken, und Alma mater lachte und sagte, daß sie schon darauf gewartet hätte, daß hier endlich mal ein Glas umfiele, und Frau Gabernak rannte zwischen dem Partykellerspülbecken und dem Glasuntersetzerschrank hin und her, und Willi gähnte laut und fragte, wann wir endlich gingen, und der Opa setzte sich beleidigt hin und sagte, daß ihm sowieso keiner mehr zuhören wolle, und Enno schrie dazwischen, daß das Büfett aber nun wirklich eröffnet sei, und Frau Gabernak eilte nach dem Glöckchen und klingelte schrill, und mein Trommelfell fing an zu flattern, und ich versicherte Frau Gabernak, wie leid mir das täte mit dem Glas, aber Frau Gabernak konnte mich nicht hören, weil sie nun auch noch ein frisches Gästehandtuch aus dem Gästehandtuchschrank im Gästeklo hervorzauberte, um die Spuren des Wischlappens zu entfernen. Alles in allem ein äußerst unerfreulicher Wendepunkt dieses ansonsten so harmonischen Abends im Partykeller.

Tief betrübt verzehrte ich noch ein Anstands-Meerrettich-schaum-Melonen-Schnittchen, krabbelte unauffällig mit meinem hochschwangeren Bauch unter den Tisch und sammelte die zerbröselte Salzstange von Willi vom Partykellerfußboden, zwang die Kinder, sich von den schweigend speisenden Herrschaften per Handschlag und Diener zu verabschieden, und schleppte dann meine willenlose Brut durch den Kellerausgang zum Auto.

»Herzlichen Dank für den schönen Abend«, stammelte ich unter Tränen.

»Ich komme mit!« rief Alma mater erleichtert. »Fahren wir noch zu McDonald's? Aber bitte zu dem mit der Rutsche!«

»Guten Morgen, Frau Zis. Haben Sie Gepäck?«

»Ja. Das hier.« Ich wollte einen Koffer heben.

»Oh. Moment, wir helfen Ihnen!«

Ein netter Bodensteward rannte um seinen Tresen herum und stemmte mein gesamtes Gepäck auf das Kofferband.

»Ist das Ihre ›Cache Cache‹-Kollektion?« fragte die Dame hinter dem Schalter.

»Nicht meine«, sagte ich. »Die von Marie Stein. Wir führen die Kollektion auf der Berliner Frauenmesse vor.«

Ich betrat den Flieger.

»Guten Morgen, Frau Zis. Möchten Sie den Hamburg-Star?«

»Ja bitte.« Ich blätterte hastig.

Und da war der Beitrag. Über zwei Doppelseiten, mit wunderschönen Fotos von Marie. Marie mit ihrem drallen Bäuchlein auf der Gymnastikmatte, Marie in verschiedenen todschicken »Cache Cache«-Kostümen, Marie in einem zauberhaften weit wehenden Abendkleid barfuß bei uns im Garten. Marie mit geballten Fäusten im Nahkampf mit Leo Buchinger. Marie beim Toben an den Sandsäcken mit Maxie.

»Eine Frau kämpft sich nach vorn«, lautete die Überschrift. »Marie Stein, alleinerziehende Mutter eines dreijährigen Sohnes, stand eines Tages vor der Entscheidung: Was mache ich nach meiner Scheidung? Sie verzichtete auf den Unterhalt ihres Mannes, dem Marketingmanager einer großen Familien-Urlaubs-Organisation und jetzigem Programmchef eines öffentlich-rechtlichen Senders, und erkaufte sich damit die Freiheit, von der viele Frauen träumen. Mit Fleiß und Ehrgeiz und einer gesunden Portion Selbstvertrauen war sie schnell am Ziel. Zuerst sollte es ein Avci-Wing-Tsun-Studio werden, und gleichzeitig verwirklichte sich die zierliche Vierzigerin den Plan einer eigenen Modekollektion. Doch ›Forty-Fun‹, das Modeatelier für die anspruchsvolle Dame über Vierzig, mußte warten. Frau Stein erwartet überraschend noch ein Kind. Von wem, will sie nicht verraten: ›Für meine beruflichen Pläne spielt das keine Rolle.‹ Mit Hilfe ihrer Freundin und Managerin Paula Rhöndorf verwandelte sie kurzerhand ihr Kampfsportstudio in ein Gymnastik-Paradies für werdende und gewordene Mütter.

›Das Weibernest‹ heißt dieser florierende Laden in Köln, den auch die schwangere Fernsehmoderatorin Franka Zis regelmäßig besucht. Hier tummeln sich tagtäglich all die Frauen, die nicht im Rüschenhängerchen und auf ausgelatschten Gesundheitssandalen ihre Rückenschmerzen und Wochenbettdepressionen beweinen wollen. ›Man kann was tun‹, weiß Marie Stein. ›Bei konsequenter Gymnastik vor- und hinterher kann frau ihre Traumfigur bei bester Gesundheit und wachsendem Selbstbewußtsein innerhalb kürzester Zeit wieder erreichen.‹ Für die Zeit ›vorher‹ hat die ideenreiche Geschäftsfrau eine seriöse und stilvolle ›Mode für zwei‹ entworfen: ›Cache Cache‹, die Mode für die berufstätige Schwangere, die bewußt auf die Muttchenschiene verzichtet. Marie Stein stellt ihre Kollektion gemeinsam mit ihrer Freundin Franka Zis auf der Berliner Frauenmesse vor. Bleibt zu hoffen, daß der Männerwelt diese spontanen Marktideen nicht verborgen bleiben: Von solcherlei Flexibilität und Frauenpower können selbst die cleversten Marketingmanager noch was lernen!«

Na bitte, dachte ich, während ich entspannt in meinem Tomatensaft rührte. Jetzt hat Marie es endlich geschafft. Ganz ohne mich. Und das Beste an diesem Artikel: Er stammt von einem Mann.

Ein letztes Mal. Diesmal grünte und blühte alles. Berlin gab mir zum letzten Mal die Hand.

In meiner Suite im Hotel Schweizer Hof warteten die üblichen Blumen, die riesige Obstschale, der flauschig-weiche Bademantel. Größe XXL. An alles hatten sie gedacht. Ich war richtig gerührt.

Am späten Vormittag kamen meine Leute von der Firma zum Briefing. Fred und ich umarmten uns herzlich, soweit das bei unseren dicken Bäuchen möglich war. Auch Hoss, Edgar, Andschela, Viola und die schwarzhaarige Schlaftablette spendierten mir ein herzliches Lächeln.

Bei weit geöffneter Dachterrassentür besprachen wir den Sendeablauf.

Wir waren entspannt, wir alberten herum, immer öfter kam ein »Wißt ihr noch?« – »Erinnert ihr euch an den?«, und dann erzählte Fred in seiner unnachahmlichen Art Schwänke aus der gesammelten Kiste meiner Fettnäpfchen und Fauxpas, und wir bogen uns vor Lachen.

»Weißt du noch, wie du dem Spanier angeboten hast, mit ihm tanzen zu gehen?«

»Oder wie du den Schwarzen im Publikum für den Bürgerberater aus Osterode im Harz gehalten hast?«

»Erinnert ihr euch an mein erstes Outfit?«

»Klar! Du hattest ein Meerrettichschnittchen am Hintern kleben!«

Für einen kurzen Moment kam mir noch einmal die Erinnerung an Frau Dr. Kaltwasser. »Sie haben die wochenlange Arbeit meiner Firma zunichte gemacht«, hatte sie nach einer meiner ersten Sendungen zu mir gesagt.

Solche Worte waren nie wieder gefallen. Wir waren eine Familie geworden. Und ich würde sie alle schrecklich vermissen.

Am allerletzten Morgen lud ich mein gesamtes Team zum Brunch ein. Ich wollte mich bei allen bedanken. Und mich von allen verabschieden.

Das »Café am Neuen See« im Tiergarten war extra für uns reserviert. Die Tische waren feierlich dekoriert, die Kellnerinnen servierten Lachs und Schinken, Brötchen und Ei. Und natürlich reichlich Sekt. Wir saßen mit über sechzig Leuten ausgelassen auf den Bierbänken und genossen den Sommermorgen. Die Boote auf dem trüben See schaukelten träge vor sich hin. Eine feine Blütenschicht lagerte auf dem Wasser. Es sah wunderschön aus.

Alle waren sie gekommen, die Kameramänner, die Tontechniker, dann natürlich mein alter Freund Pauel, die Kabelträger, die Beleuchter, die Aufnahmeleitung, die Produktionsleitung, die Bildregie, die Lichtregie, Menschen, die ich noch nie gesehen hatte. Natürlich, sie hockten immer in ihren Kabäuschen und versuchten, aus »Menschen bei Franka Zis« eine vernünftige Sendung zu machen. Friedlinde Bauch war da mit ihrem Mann und ihren Kindern und Kindeskindern, dann die nette mit der Baskenmütze aus der Requisite, die mir immer in letzter Minute ein Glas Wasser gereicht hatte, meine liebe goldige Inge, die Garderobenberaterin, die Mitarbeiter aus der Redaktion, sämtliche Rechercheure aus der »Firma« – sie hockten alle in dicken grobgestrickten Pullovern und Lederjacken in der Sonne, die Leute vom Schnitt, der Warm-Upper, die Publikums-Caster, die Garderobenfrauen, die Gästebetreuerinnen, die Sicherheitsingenieure und die Feuerwehrmänner. Der Zivi, der mir immer wortlos und verlegen die Video-Mitschnitte in die Garderobe gebracht hatte, die Sekretärin, die den Prompter bedient hatte… alle, alle, alle waren sie da. Sie hockten auf den Bierbänken, sahen den Spatzen beim Herumhüpfen zu, tranken Sekt und plauderten und ließen den lieben Gott einen guten Mann sein.

Der liebe Gott war natürlich auch da. In Gestalt des hehren Programmdirektors. Dr. Karl. Der rothaarige Riese mit den zwei verschiedenfarbigen Augen. Er plauderte angeregt mit Fred. Sie wollten die Talkshow auch ohne mich weitermachen. Die Sendung hatte sich etabliert. Und der Sendeplatz auch. Ich war ein bißchen stolz darauf. Auch wenn das Ganze ja nur zu einem Bruchteil mein Verdienst war.

Johannes Wohlscheitel im schwarzen Anzug saß mir schräg gegenüber. »Ich werde dich vermissen, meine Sonne!« Er lächelte mich liebevoll an.

Er zog ein kleines Abschiedsgeschenk hervor: Eine schmucklose Blechtasse, auf die er »Block Nowosibirsk« geschrieben hatte. Und eine Entlassungsurkunde. »Wegen guter Führung und besonderer Umstände vorzeitig aus der Haft entlassen… Die Zuchthausleitung wünscht Häftling Franka Zis alles Gute für ihren weiteren Lebensweg.«

Ich würde ihn auch vermissen. So einen Freund findet man nicht alle Tage.

Auch Enno war da. Allerdings ohne Frau Gabernak.

Frau Gabernak hatte nämlich nach langem Nachdenken über jenen Abend in ihrem Partykeller den Eindruck gewonnen, ich hätte das Sektglas mit Absicht umgeworfen. Um ihr den gelungenen Abend zu verderben. Aus Neid über ihre Sektgläser. Und ihren Partykeller. Und ihre schöne Einrichtung. Enno fand, daß ich mit Frau Gabernak ein klärendes Gespräch über das Sektglas führen sollte. Und ich fand, daß Frau Gabernak in meinem Leben nichts mehr zu suchen hatte. So leid mir das für Enno tat.

»Amüsiert ihr euch?« fragte ich meine Jungens, die mit vollen Backen kauten.

»Es geht«, sagte Franz. »Ziemlich langweilig. Keine Kinder!«

»Hier ist alles besch...« Willi fing einen strengen Blick von mir auf und unterbrach sich. »Alma mater! Spielst du mit uns?«

»Jetzt laßt Alma mater erst mal in Ruhe frühstücken«, sagte ich. »Sie war doch noch nie in Berlin! Sie soll das mal in Ruhe genießen!«

Aber Alma sprang schon auf. »Vom Rumsitzen lerne ich Berlin auch nicht kennen! Wer geht mit mir Boot fahren?«

Ach, Alma, dachte ich. Du goldige Frau.

Sofort stoben die Jungen mit vollem Mund über die Wiese zum Seeufer hinab. Alma mater rannte frohen Mutes hinterdrein.

»Aber seid vorsichtig!« rief ich hinter ihnen her. »Dieser Blütenteppich könnte rutschig sein!«

Dr. Karl erhob sich und klopfte an sein Glas.

Alle hörten auf zu sprechen und zu kauen und sahen ihn erwartungsvoll an. Über uns rauschten die sattgrünen Bäume im Wind.

»Als wir vor einem Jahr beschlossen, Franka Zis als Moderatorin für unsere neue Talkshow zu gewinnen, da hat man uns im Sender ausgelacht«, begann Dr. Karl seine Rede. »Franka Zis hatte nicht die leiseste Ahnung vom Fernsehen. Sie wußte nicht, was ein Pilot war, sie hatte noch nie die Worte ›casten‹ und ›briefen‹ gehört, sie ahnte nicht, wie man eine Talkshow vorbereitet, sie hatte noch nie vor einer Kamera gestanden. Ich muß zugeben, als ich damals zu ihr in die Schweiz flog, um mit ihr über ein Konzept zu sprechen, da habe ich nicht gewußt, wie wir mit dieser Frau unsere geplante Sendung machen könnten. Aber als ich am nächsten Morgen wieder im Flieger saß, da hätte ich nicht gewußt, wie wir OHNE diese Frau unsere Sendung machen könnten. Und nun hat sich Frau Zis schon wieder für ein neues Abenteuer entschieden«, fuhr Dr. Karl fort. »Sie bekommt ihr viertes Kind, und wir wünschen ihr von Herzen alles Gute. Wir werden diese Sendung fortführen, auch wenn die Suche nach einer Nachfolgerin schwerfällt. Aber lassen Sie mich Ihnen sagen: Es war eine erfreuliche, eine fruchtbare, eine in jeder Hinsicht gewinnbringende Zusammenarbeit.«

Du sagst es, dachte ich. Besonders fruchtbar und gewinnbringend.

In dem Moment hörte man Willi brüllen.

Alle Köpfe gingen Richtung See.

Und da kam er. Voller Wut, voller Verzweiflung und voller Entenkacke.

Katastrophen-Willi war in den Weiher gefallen. Und zwar richtig.

Er war ein einziges Bündel Dreck, Blütenmatsch, Wasser und Lehm.

Und er brüllte, daß niemand mehr sein eigenes Wort verstand.

»Er wollte einfach über das Wasser laufen!« lachte Alma mater herzlich.

»Er hat gedacht, die Blütenmatsche ist Land«, versuchte Franz zu erklären. »Aber es war Wasser drunter! Das habe ich ihm gleich gesagt!«

Oh! Mein armer Willi! Da war das unternehmungslustige Bürschchen zu den Booten gerannt und hatte den kürzesten Weg genommen! Und war bis zum Scheitel versunken! Alma und Franz hatten ihn unter Aufbietung aller Kräfte aus der fauligen Brühe gezogen.

Und da stand er nun. Und schrie.

Dr. Karl setzte sich. Er grinste mich an. Nu mach ma, Frauchen. Hast du doch am ersten Abend im Albergo Losone auch gekonnt. Ich sitze hier und amüsiere mich und stecke mir ein Pfeifchen an. Und der Kreis schließt sich auf unterhaltsame Weise.

Paula und Alma und ich, wir alle stürzten uns auf das wutschnaubende Bündel Dreck und versuchten, es zu trösten. Er stank entsetzlich.

»Runter mit den Sachen«, entschied Paula.

»Nein!! Es gucken doch alle!«

»Keiner guckt«, sagte ich. Aber das war gelogen.

Alle guckten. Und keiner wußte Rat.

»Hast du frische Sachen im Hotel?« fragte ich Paula.

»Nein. Du hast extra gesagt, wir sollten kein großartiges Gepäck mitbringen. Ich dachte, für die eine Nacht reicht's.«

»Franz, zieh dein T-Shirt aus und leih es ihm.«

»Ph! Damit das auch noch voll Entenkacke wird! Kommt nicht in Frage!«

Paula kramte in ihrer Handtasche nach dem Chanel-Tuch, das ich ihr mal geschenkt hatte. Aber Willi schlug es uns aus der Hand. Und wir fanden es beide unangemessen, den wutschnaubenden, entenkackebedeckten Knaben darin einzuwickeln.

Hilflos sahen wir uns um. Alle waren hochsommerlich spärlich gekleidet. Bis auf die Grobgestrickten aus der Firma.

Keiner konnte Willi etwas leihen.

Jemand reichte mir ein Küchenhandtuch. Ich rubbelte ratlos auf Willis Kopf herum. Das Küchenhandtuch war nun auch versifft.

»Laß das, Mama!!« heulte Willi beleidigt. Er haute nach mir und nach dem Tuch und nach Alma mater, die lachend beteuerte, es sei doch alles gar nicht so schlimm! Aber Willi wollte ihr nicht glauben. Es war ihm alles entsetzlich peinlich. Sechzig Augenpaare lugten.

Ich zerrte das heftig um sich schlagende Kind in die Damentoilette, wo ich mich vor Enge kaum drehen konnte, hochschwanger, wie ich war. Mist. Nur kaltes Wasser, kein Handtuch. Nur ein paar Papierhandtücher. Von der grünen, harten Sorte.

»Junge, zieh dich aus«, keuchte ich mit letzter Kraft.

Angewidert entfernte ich die versifften, stinkenden Sachen von Willis zitterndem Körperchen und schmiß alles mit spitzen Fingern in den Eimer. Auch die Turnschuhe. Sie hatten sich vollgesogen mit der braunen, ekligen Brühe. Splitternackt und beleidigt stand Willi vor mir und brüllte.

Ich tupfte ihn, so gut es ging, mit dem kalten Wasser und den grünen Papiertüchern sauber. Er schlug nach mir und schrie mich an, ich sei das alles schuld.

Ich ließ das tobende, nackerte Bündel Wut in der Damentoilette zurück, kratzte an der Küchentür und bat den erstaunten Koch um ein trockenes Kleidungsstück. Irgendeins. Bitte!

Jemand reichte mir schließlich eine ausrangierte Kochhose. Sie war ebenfalls siffig und fleckig, an ihrem letzten Dienst-Tag hatte es wohl Spinat gegeben.

Unter den amüsierten Blicken der sechzig Gäste kamen wir schließlich aus unserem Loch hervor. Da standen wir nun. Und schämten uns fürchterlich. Die Kochhosen schlotterten meinem armen Willi um die Beine. Er zog eine Schleifspur aus fleckigen Hosenbeinen hinter sich her.

»So können wir heute abend nicht in die Talkshow«, entschied Paula.

»Nein«, sagte jemand. »Wirklich nicht.«

»Und morgen nicht in den Flieger.«

»Zur Not geht alles«, sagte Alma mater. Sie hatte schon das Unterhemd unter ihrer Bluse ausgezogen und hängte es dem armen Willi über die kleinen rosa Brustwarzen. Er sah zum Brüllen erbärmlich aus. So waren die noch nicht mal nach dem Krieg rumgelaufen.

»Der Junge braucht Schuhe«, stellte Paula sachlich fest.

Ich schaute auf die Uhr. »Flusn?«

»Halb zwei.«

»Wie lange haben die Geschäfte auf?«

»Oh, die schließen gleich. Ist ja Samstag mittag.«

»Wer hat ein Auto?«

Niemand hatte ein Auto. Alle waren mit der S-Bahn da. Weil sie ja was trinken wollten.

»Wie lange brauche ich, um mit Willi von hier zum Kudamm zu joggen?« fragte ich in die Runde. Das würde ein lustiges Bild sein. Hochschwangere Mutter joggt mit heftig um sich schlagendem barfüßigem Kind in Kochhosen und Damenunterhemd über den Kudamm. »Wichtiges am Wochenende« würde wieder seine Schlagzeile haben.

Wohlscheitel sprang auf. »Mein Wagen steht in der Tiefgarage vom Interconti.«

»Kanufahn?«

353

»Ja, klar. Ich hab noch nicht so viel getrunken.«

»Los!« schrie ich. »Lauf!«

Und dann rannten wir Hand in Hand, der gutgekleidete, wohlgescheitelte Regisseur mit den geputzten Lackschuhen, die schwangere Diva, die sich vor Lachen nicht halten konnte, und der schreiende Bengel, der das alles gar nicht komisch fand, durch den Park und über die Straße und in die chromblinkende Halle vom Interconti, wo Wohlscheitel erst noch sein Parkmärkchen entwerten mußte. Unter den verblüfften Blicken der livrierten Pagen und der hochherrschaftlichen Gäste aus aller Herren Länder stürzten wir in den goldverspiegelten Aufzug. Einige Herrschaften rückten befremdet von uns ab. Wohlscheitel räusperte sich, ganz Herr der Lage, und unterdrückte ein Grinsen. Mann von Welt grinst bei so was nicht. Die hochschwangere sektbeschwipste Diva kicherte in ihren riesigen dicken Bauch hinein. Der stinkende barfüßige Bengel mit der Kochhose schluchzte und warf wütende Blicke um sich und zog sauer die Rotznase hoch. Wir irrten hastig durch das dunkle Parkhaus. Dann warfen wir uns in Wohlscheitels fein geputzten Mercedes. Und waren um fünf vor zwei im Schuhgeschäft.

Abends war die letzte Sendung. Die aller-aller-letzte Sendung. Diesmal war Marie dabei. Marie und Paula und Alma mater und die Kinder. Ich brannte darauf, meinen Freundinnen alles einmal zu zeigen. Sie bewunderten meine Garderobe, sie schüttelten meinen Mitarbeitern die Hand, sie staunten, wie groß doch das Studio sei. Ich platzte vor Stolz. Wie oft hatte ich ihnen alles haarklein geschildert. Und nun waren sie da.

Als die Kinder nach kurzer Zeit das Interesse an meiner Berliner Welt verloren, ging Alma mater mit ihnen auf den Parkplatz Fußball spielen.

»Aber nicht wieder irgendwo reinfallen!« rief ich aus dem Fenster.

»Und nichts mehr essen jetzt!« Mein alter Freund Pauel mit der Schirmkappe spielte auch mit. Ich sah durch die unvergitterten Fenster meiner Luxusgarderobe auf sie hinunter und wollte den Augenblick festhalten. Welch ein strahlender Sommerabend. Ob die Frösche im Albergo Losone wohl jetzt um die Stuhlbeine der tafelnden Gäste sprangen?

Zum letzten Mal saß ich bei Friedlinde Bauch in der Maske, zum letzten Mal fummelte Inge mit kalten Fingern an meiner Halskette herum, zum letzten Mal stand ich neben dem Kulissenschieber in der Gasse, zum letzten Mal hörte ich meine Auftrittsmusik, den Applaus der Gäste im Studio. Dann fuhren hinter mir die Kulissen zu. Für immer, dachte ich, während ich vor die Kamera eins trat und meine Anmoderation aufsagte.

Längst schon benutzte ich keinen Teleprompter mehr. Trotzdem: Jedesmal, wenn ich die ersten Worte in diese Kamera sprach, hatte ich Herzrasen. Nicht etwa wegen der zwei Millionen Leute, die ich hinter diesem Kasten vermuten durfte. Sondern nur wegen einem. War er da, oder war er nicht da? Dr. Alexander Karl. Heute war er vermutlich da. Heute hockte er vermutlich in der Regie. Schließlich war es unsere aller-aller-letzte Sendung.

Mir zuliebe gab es das Thema »Aller Anfang ist schwer – Geburt, aber wie?« Wir hatten eine Hebamme, eine Gynäkologin, einen alternativen Geburtshaus-Vater, eine sechsfache Mehrlingsmutter und eine uralte rothaarige Schauspielerin zu Gast. Miriam Britt vertrat die Auffassung, daß Männer im Kreißsaal nichts zu suchen hatten. Und daß Männer einem ja auch nicht beim Verrichten anderer peinlicher Dinge zuschauen. Und daß Männer sowieso nur schlapp machen, wenn sie Blut sehen.

Der alternative Geburtshaus-Vater beteuerte, daß seine Lebensgefährtin nur deshalb so problemlos in vierunddreißig Stunden entbunden hätte, weil er sich beim Wehenverstreichen auf ihren Brustwarzen solche Mühe gegeben hätte. Die sechsfache Mehrlingsmutter verwies froh darauf, daß Männer doch wenigstens die Videokamera bedienen könnten, wenn sie schon sonst zu nichts nütze wären, und die Gynäkologin fügte hinzu, daß Männer im Kreißsaal einfach nur beschäftigt werden wollten. Sie sei immer froh, wenn endlich einer auf dem Gang eine rauchen ginge. Auch die Hebamme gab zu, daß die weiblichen Gebärenden viel weniger anstrengend seien als die männlichen. Die vierundachtzigjährige Schauspielerin wollte dann von dem

Geburtshaus-Sponti wissen, ob er seine Lebensgefährtin etwa immer noch erotisch fände, und die Mehrfachmutter warf ein, daß sie immer ihrem Besuch beim Abendessen die Geburtsvideos vorspielten, was sehr zum Unterhaltungswert des geselligen Beisammenseins beitrüge. Frau Miriam Britt ekelte sich daraufhin mit Hingabe und versicherte der sechsfachen Mehrlingsmutter, daß sie niemals bei ihr zum Abendessen eingeladen werden wolle. Die Gynäkologin räumte ein, daß es zwischendurch auch ganz normale Menschen gäbe, die einfach nur zum Gebären kämen und danach auch wieder gingen.

Ich ließ sie alle plaudern und suchte Marie.

Da saß sie. Da oben. In der dritten Reihe. Mit ihrem prallen Bäuchlein, ihrem strahlendschönen Gesicht und mit leuchtenden Augen. Und neben ihr saß Dr. Karl.

Zuerst versetzte es meinem Herzen einen Stoß. Sie gehörten zusammen! Ich hatte in ihrem Leben nichts zu suchen!

Aber dann wagte ich ein kleines Kabinettstückchen. Ein kurzer Blick auf die Uhr, ja, es ging noch, der Gang ins Publikum war an dieser Stelle absolut legal.

Na, dann wollen wir mal. Letzter Streich. Es kann mir ja nichts mehr passieren. Mit leichter Mühe erhob ich mich aus meinem Stuhl.

Die Kameras folgten mir. Die hochschwangere Moderatorin im bezaubernden Cache-Cache-Hosenanzug schwankte ins Publikum, wo zufällig eine hochschwangere Frau saß. Im Cache-Cache-Kostüm. Es war eine besonders schöne Frau, eine strahlende, eine, die sich ganz offensichtlich sehr auf ihr Kind freute. Und der lange Mann neben ihr? Mit den rötlichen Pumuckl-Haaren? Der gehörte doch bestimmt zu ihr!

»Wie lange haben Sie denn noch bis zur Geburt?«

»Vier Wochen«, strahlte Marie mich an.

»Wissen Sie schon, was es wird?«

»Ein Mädchen«, lächelte Marie.

»Genau wie bei mir«, sagte die Moderatorin.

Keine Privatbemerkungen, Frau Zis! Gehen Sie zurück auf die Bühne! Wir schneiden das raus! Ihr Bauch wirft Schatten!

»Starke Frauen braucht das Land!« sagte ich froh in die Kamera.

»Und fröhliche!« sagte Marie mit Nachdruck.

Frau Zis, Sie schweifen vom Thema ab! Unser Thema ist Geburt!

»Und wo werden Sie Ihr Kind zur Welt bringen?«

»Zu Hause«, lächelte Marie. »Da sind wir am besten aufgehoben.«

»Wen möchten Sie denn bei der Geburt dabeihaben?«

»Meine beste Freundin! Die bekommt nämlich auch ein Kind. Wir sind sogar für den gleichen Termin ausgerechnet!«

Wir strahlten uns an. Ach, Marie, dachte ich, wie sehr ich dich liebe.

Und jetzt wagen wir noch eine kleine Zugabe.

»Und Sie sind der Kindsvater?« hielt ich Dr. Karl das Mikro unter die Nase. Er wich zurück, aus Angst, er müsse es essen. Damit hatte er nicht gerechnet, der hehre Programmgott. Dabei war er doch selbst immer für Überraschungen gut.

»Ähm, wenn Sie so wollen …«, entfuhr es meinem überraschten Chef. Seine verschiedenfarbigen Augen weiteten sich.

»Nein«, antwortete ich freundlich. »Wollen tue ich das eigentlich nicht. Aber wenn Sie der Kindsvater sind, können wir's ja nicht mehr ändern.«

Der Programmdirektor fuhr sich durch die abstehenden Haare. Mein Gott, dachte ich. Jetzt hab ich ihn in der Hand. Jetzt kann ich ihn vor zwei Millionen Zuschauern fertigmachen. In seinem eigenen Sender.

Jetzt kann ich weibliche Rache üben. Manche Frauen finden ja nichts wichtiger, als an Männern Rache zu üben. Davon handeln ganze Frauenromane.

Ich warf Marie einen winzigen fragenden Blick zu. Sollen wir, Schwester? Sollen wir ihn hauen? Wir haben ihn in der Hand. Sechs Kameras sind auf uns gerichtet. Und er kann nicht flüchten.

Marie schüttelte ganz leicht den Kopf. Nein, Franziska. Das ist nicht unser Stil. Das haben wir nicht nötig.

Und genau in dieser Sekunde wußte ich, daß Marie und ich

die Gewinnerinnen waren. Ob wir ihn jetzt öffentlich zur Schnecke machten oder nicht.

Frau Zis, bleiben Sie beim Thema! Schweifen Sie nicht ab!

»Werden Sie denn bei der Geburt dabeisein?« fragte ich Dr. Karl.

»Ich weiß nicht«, antwortete er verlegen. »Ich glaube, sie lassen mich nicht!«

»Warum lassen Sie ihn nicht?« fragte ich Marie mit gespielter Verblüffung.

»Es gibt Sachen, bei denen Männer nur stören.«

Die uralte Schauspielerin auf der Bühne klatschte anerkennend Beifall. Ihre Armreifen schepperten.

»Genau! Nichts anderes ist seit Jahren mein Reden! Männer überschätzen sich völlig! Kein Mensch braucht die Männer zum Kinderkriegen! Das war schon immer Frauensache!«

Einige Leute im Publikum lachten.

»Aber Männer KÖNNEN schon sehr produktiv sein…«, warf ich ein. Ich sah Dr. Karl an. »Wenn es ihnen auch an Einfühlungspotential fehlt.«

»Auf gewissen Gebieten«, räumte Mira Britt ein. »Aber sehr begrenzt!«

»Aber es gibt Männer, die verfügen sogar über Humor«, sagte Dr. Karl.

»Und Humor ist so wichtig«, rief Marie.

»Trotzdem!« schnaufte Mira Britt von ihrem Bühnenplatz aus. »Immer wenn es ernst wird, sind sie nicht zu gebrauchen!«

Der Programmdirektor lächelte. »Ich gebe mich geschlagen. Wenn Frauen zusammenhalten, haben die Männer keine Chance. Nur: Die wenigsten Frauen wissen um ihre Stärke.«

Die Leute im Publikum klatschten.

Ich warf einen Blick auf die Uhr. Noch eine Minute dreißig Sekunden.

Gehen Sie jetzt auf die Bühne, Frau Zis. Sagen Sie Ihre Abmoderation. In Kamera zwei. Los jetzt. Gehen Sie zurück auf die Bühne!

Die letzte Minute in meinem Studio, dachte ich. Das Studio, das mein Zuhause geworden ist. Mein geliebtes Nowosibirsk.

Kamera zwei schwenkte auf mich zu. Das rote Licht ging an. Los, Frau Zis. Abmod. In wenigen Augenblicken wird alles zu Ende sein.

Ich warf einen Blick auf meine Lieben. Da saßen sie, oben im unbeleuchteten Publikumsblock. Alma mater, Franz, Paula mit Fanny auf dem Schoß. Und ganz am Rande der Bank langweilte sich Willi. Er baumelte mit den Beinen und gähnte. Mama, wann gehen wir endlich. Hier sind alle bescheuert und sprechen kein Deutsch.

Marie, dachte ich. Marie, du sollst das letzte Wort haben. Deine Lebensfreude, deine Power, dein Optimismus und deine Fröhlichkeit. Was fühle ich mich reich, seit ich dir begegnet bin. Und ich verstehe Alex, daß er dich liebt. Wie könnte ich ihm darum böse sein.

Und dann tat ich etwas, das bei Moderatoren streng verboten ist. Ich gab das Mikro aus der Hand. Und reichte es Marie. Kamera zwei schwenkte sofort zu ihr. Die Uhr tickte.

»Sie haben das letzte Wort«, sagte ich. »Ich bin sicher, Sie haben eine Menge zu sagen!«

Marie ergriff das Mikrophon. Etwas unsicher noch, zögerlich, bescheiden.

Dr. Karl und ich sahen sie aufmunternd an. Los, Marie. Eine Minute zwanzig Sekunden. Eine Minute, in der du Millionen von Leuten etwas von deiner positiven Lebenskraft abgeben kannst.

»Emanzipation«, sagte Marie schließlich, »Emanzipation ist doch nicht, die Männer immer nur zu hauen. Das ist zwar zur Zeit in Mode, aber es bringt uns keinen Schritt weiter. Ständig wird lamentiert und aufgerechnet. Über Männer in Führungspositionen, die uns Frauen nicht ihre Chefsessel frei machen wollen! Vom Jammern wird die Situation nicht besser. Wir können nur an uns selbst arbeiten. Aber positiv, nicht zerstörerisch! Wir haben so viel Energie und Kraft! Wenn wir sie nur nicht so ziellos verschleudern würden!«

Ja, Marie. Mach weiter. Du hast noch vierzig Sekunden!

Marie sah sich kurz nach ihrem Alex um. Der nickte aufmunternd.

»Und noch was scheinen viele Frauen zu vergessen: Wir haben uns unsere Männer in den allermeisten Fällen freiwillig ausgesucht. Wie unfair also von uns, sie ständig ändern zu wollen! Männer sind nun mal aus einem anderen Holz als wir. Das macht ja auch ihren Reiz aus. Aber wir sollten Reiz nicht mit Alltagstauglichkeit verwechseln.«

Sie reichte mir das Mikro zurück. Noch dreißig Sekunden. Für eine letzte Frage mit »W«.

»Und welche Konsequenzen haben Sie aus dieser Erkenntnis gezogen?«

Ich sah Dr. Karl an. Er war auf ihre Antwort genauso gespannt wie ich.

»Die Männer lieben«, sagte Marie, »aber mit Frauen leben.«

Das Publikum klatschte. Noch zwanzig Sekunden. Ich mußte mich unbedingt noch bei meinen Zuschauern bedanken!

Kamera zwei schwenkte hastig auf mich herum. Das rote Licht ging an.

»Wir sind am Ende angelangt«, sagte ich. »Wir haben alle viel gelernt in diesem Jahr, aber am meisten habe ich gelernt. Von Menschen, die mir in dieser Zeit begegnet sind. Menschen, die Ihnen und mir aus ihrem Leben berichtet haben.«

Fred hob beide Hände mit ausgestreckten Fingern. Das war das Zeichen für »Noch zehn!«.

»Ich bedanke mich bei Ihnen zu Hause, und ich bedanke mich bei allen hier im Studio, daß sie mich in dieser spannenden Zeit begleitet haben. Bleiben Sie mir gewogen, ich bin sicher, daß wir uns auf irgendeine Weise wiedersehen!«

Der Aufnahmeleiter stimmte den Applaus an.

Das war's!! Fred hob seinen rechten Daumen. Auf die Sekunde. Aus, vorbei, Ende. Die Kameras fuhren in die Totale. Dann ertönte die Abspannmusik. Friedlinde mit ihrem Bauchladen, Inge mit ihrer Flusenbürste, Wohlscheitel mit einem letzten gelben Rosenstrauß, die Requisiteurin mit einem Tablett voller Sektgläser, die Leute aus dem Publikum mit ihren Autogrammkarten, der Tonmann, der Verkabler, der Kulissenschieber, die Anglerinnen, die Kabelträger, alle, alle standen sie da. Es war vorbei! Es war ein für allemal vorbei!

Ich hatte es geschafft! Ich schaute auf Marie. Sie wischte sich eine Träne aus den Augen und applaudierte, so fest sie konnte.

Mädchen, dachte ich. Der Beifall gilt doch dir.

Neben ihr Dr. Karl kramte verlegen nach seiner Pfeife. Dann klatschte er auch. Ich grinste ihn an. Ich würde Berlin nicht als Verliererin verlassen. Und nicht allein. Die besten Menschen durfte ich mit nach Hause nehmen. Alma mater. Und Paula. Und Marie. Und natürlich meine Kinder.

Alma mater und Paula auf ihrer schlecht beleuchteten Bank ganz hinten winkten und klatschten, und die Kinder schauten beeindruckt auf ihre Mama. Endlich fanden sie es mal nicht blöd und langweilig. Ich kniepte ihnen ein Auge.

»Jetzt bist du da, wo du immer hinwolltest«, sagten Paulas Augen. »Du hast es geschafft.«

»Bravo«, signalisierte auch Alma mater. »Ganz ausgezeichnet!«

Jemand kämpfte sich durch die Kameras und das Menschenknäuel nach vorn.

»Du bist schon ein verdammter alter Profi«, sagte Alexander Karl.

Er reichte mir ein Glas Wasser. Ich nahm es und trank es in einem Zug leer.

Alle Personen und alle Handlungsstränge dieses Romans sind natürlich wie immer frei erfunden und entspringen ausschließlich der Phantasie der Autorin.

Na ja. Nicht ganz.

Manche Kulissen gibt es wirklich!

Es gibt das Albergo Losone in der Schweiz am Lago Maggiore.

Es gab den Schweizer Hof in Berlin in der Budapester Straße. Man hat ihn unmittelbar nach Fertigstellung dieses Romans abgerissen.

Es gibt das Café am Neuen See im Tiergarten.

Es gibt die luxuriöse dunkelblaue Garderobe in der Berliner Union Film in Tempelhof.

Und es gibt irgendwo in Köln ein Weibernest.

Es gibt tatsächlich Menschen wie Marie, Paula und Alma mater.

Aber den kläglichen Rest hab ich mir nun wirklich ausgedacht.

Hera Lind
Der Tag, an dem ich Papa war
Mit Bildern von Marie Marcks
Band 85020

Endlich einmal nicht mehr Fridolin sein und nicht erst acht
Jahre alt und nicht mehr machen müssen, was die Großen wollen, und nicht mehr Flötespielen üben und nicht mehr in die
Schule müssen und Gummibärchen essen dürfen, soviel man
mag. Einmal mit Papa tauschen können, das wär was! Denkt
Fridolin. Als Fridolin eines Morgens beim Zähneputzen dem
Papa beim Rasieren zusieht und mault, er habe keine Lust auf
die blöde Schule, und Papa meint, er wäre gern noch mal acht,
weil er sich dann nicht zu rasieren brauchte und nicht ins blöde
Büro müsse, da kommt Papa die Idee, dass sie beide einen Tag
lang tauschen sollten. Toll, denkt Fridolin, und Papa verspricht
es ihm für morgen und Fridolin kann es gar nicht glauben.
Wahrscheinlich ist das wieder so ein Versprechen, das die Großen machen, um die Kleinen zu beruhigen, und dann wird
nichts draus. Aber am nächsten Morgen, als Fridolin aufwacht,
ist er wirklich Papa, groß und stark, mit tiefer Stimme und einem Kratzebart, den er rasieren muss. Und Papa ist Fridolin,
klein und schmal und zappelig. Was Papa, der eigentlich Fridolin ist, im Büro erlebt, und Fridolin, der eigentlich Papa ist, in
der Schule und auf dem Spielplatz und welch aufregende Abenteuer die beiden bei ihrem Rollentausch durchstehen müssen,
das erzählt Hera Lind in ihrem ersten Kinderbuch mit Temperament, Humor und viel Einfühlung in die Seele aller Fridolins,
die so gern einmal einen Tag lang Papa wären.

Fischer Taschenbuch Verlag

fi 680 / 4

Hera Lind

Ein Mann für jede Tonart

Roman

Band 4750

Die Heldin des Romans ist eine Musikstudentin, Mitte Zwanzig, die, kaum daß sie der streng moralischen Erziehung ihrer Tante Lilli entronnen ist, beginnt, das Leben in vollen Zügen zu genießen. Sie verdingt sich als Sängerin bei Konzerten westdeutscher Kleinstadtkultur und sieht sich alsbald durch zwei zähe Verehrer mit ernsthaften Absichten zur umschwärmten Perfektfrau und Vorstadt-Callas gemacht. Prekäre Situation: Sie läßt sich, emanzipiert und lebensfroh, wie sie ist, sowohl mit dem verheirateten Arzt als auch mit dem einflußreichen Kritiker ein. Als sie schwanger wird und durch allzumenschliches Versagen eine Welturaufführung platzen läßt, bricht die Illusion vom fröhlich-freien Künstlerinnendasein jäh zusammen. Doch wie jede gute Geschichte nimmt auch diese eine überraschende Wendung...

Fischer Taschenbuch Verlag

fi 698 / 3

Hera Lind
Frau zu sein bedarf es wenig
Roman
Band 11057

Pauline hat Wut. Sie hat doch nicht zehn Jahre lang ihren Kehlkopf strapaziert und sich sämtliche Partien, die für ihre min-
derbemittelten Stimmbänder in Frage kommen, in den Schädel
gehämmert, um jetzt einem gediegenen Gatten die Blümchen-
tapeten wohnlicher zu gestalten, als warmherziger Vordergrund!
Sie ist eine Karrierefrau mit der nicht zu unterdrückenden Be-
rufung, ihre Stimmbänder im Winde der Öffentlichkeit flattern
zu lassen! Auch ein uneheliches Kind kann sie nicht davon abhalten, weiterhin hemmungslos ihrem ungezügelten Selbstver-
wirklichungsdrang zu frönen. Emanzipiert und lebensfroh wie
eh macht sie sich mitsamt Klötzchen am Busen auf den dor-
nenreichen Weg einer alleinerziehenden Diva. Dabei trifft sie
auf Simon, den exzentrischen Opernsänger, der ihr durch rein
gar nichts im Wege steht...

Fischer Taschenbuch Verlag

fi 697 / 3

Hera Lind
Die Zauberfrau
Roman
Band 12938

Charlotte Pfeffer hat es faustdick hinter den Ohren: Sie führt
ein richtiges Doppelleben. Als weißgestärkte »Dr. Anita Bach«
steht sie täglich in der Seifenserie »Unsere kleine Klinik« des
Privatsenders »Vier Minus« vor der Kamera. Aber ihr Privatleben sieht anders aus. Vernunftverheiratet mit dem grundsoliden,
karrierebewußten Wirtschaftsprüfer Ernstbert, der außer den
Zwillingen Ernie und Bert noch nichts Nennenswertes zur Ehe
beigetragen hat, verzaubert sie in ihrer Freizeit nach Lust und
Laune unschuldige Männer, sozusagen als Ausgleich gegen den
Alltagsfrust. Der einzige, der auf ihre Zaubertricks nicht rein-
fällt, ist der phlegmatische Gatte. Hier muß Charlotte andere
Geschütze auffahren...

»Meine Leserinnen schreiben mir, daß sie
das Gefühl haben, eine gute Freundin verloren zu haben,
wenn sie das Buch zuklappen. Und etwas Schöneres kann man
mir als Autorin eigentlich nicht sagen.«
Hera Lind

Fischer Taschenbuch Verlag

fi 696 / 3